Lewis Grassic Gibbon
Lied vom Abendrot

Lewis Grassic Gibbon

LIED VOM ABENDROT

Aus dem schottischen Englisch
und mit einer Vorbemerkung von Esther Kinsky

Mit einem Nachwort von Iain Galbraith

GUGGOLZ

VORBEMERKUNG ZUR ÜBERSETZUNG VON *LIED VOM ABENDROT* VON LEWIS GRASSIC GIBBON

Ein paar erklärende Worte zu der vorliegenden Neuübersetzung sind vonnöten.

Das *Lied vom Abendrot*, im Original *Sunset Song*, ist der erste Teil einer Trilogie, die im Land der Kindheit und Jugend von Lewis Grassic Gibbon spielt, im Howe, einem weiten Becken zwischen den schroffen Bergen der Grampians und der Nordsee, südlich von Aberdeen. Kennzeichnend für die gesamte Ostküste sind Dialekte des *Scots*, das im Unterschied zum gälisch-keltisch geprägten Idiom der Westküste eine große Ähnlichkeit mit skandinavischen Sprachen aufweist. Die Dialekte dieser Gegend werden unter dem Oberbegriff »Doric« zusammengefasst, der sich vom »Dorischen« der Antike ableitet und eigentlich nur den – inferioren – Gegensatz zum »Attischen« der Hauptstadt Edinburgh definiert. Doch die eigentliche Herrschaftssprache, gegen die man sich sprachlich absetzte, war das Englische, die Sprache »South of the Border«, südlich des Grenzlands längs des Flusses Tweed. Mit jeder weiteren Sprosse, die ein Sprecher des Scots in der Schulausbildung erklomm, verdrängte das Englische die lokale Sprache. Dieses Dilemma wird nirgendwo in der schottischen Literatur auf so psychologisch feinfühlige und überzeugende Weise thematisiert wie in der Figur von Chris Guthrie, die im Zentrum dieses Romans steht. An Chris Guthrie, der Tochter armer Häusler, manifestiert sich der Sprach- und Identitätskonflikt, der so vieles in Schottland prägte, und bis heute ist sie die literarische Heldin Schottlands per se, die sich gegen den sozialen Aufstieg durch Bildung und die damit verbundene Anglisierung entscheidet und für das Land und die mit dem Landleben verbundene Sprache, die im Unterschied zum Englischen das zum Ausdruck bringen kann, »was sich zu sagen verlohnt«.

Wie alle Dialekte schöpfte das »Doric Scots« seine Stärke und Poesie aus der Abwesenheit von Normen, aus einer von keinen Machtfunktionen geregelten wuchernden und blühenden Sprachphantasie. Natürlich gibt es heute das hervorragende *Dictionary of the Scots Language*, das bemüht ist, eine größtmögliche Breite der Bedeutungen zu erfassen und zu erläutern, doch zur Zeit der Handlung des Buches – zwischen 1912 und 1919 – gab es solche Quellen nicht, und die Sprache war gelebte Wirklichkeit, die sich onomatopoetisch und eingedenk ihrer an Land und Landarbeit orientierten Traditionen und Überlieferungen ständig entwickelte. Diesen Gestus der offenen Sprachschöpferischkeit versucht Lewis Grassic Gibbon nachzuempfinden, und dazu gehören nicht nur das Vokabular, sondern auch ein spezifischer, jede Phrase der Syntax prägender Tonfall und ein Rhythmus, die sich abhängig von Erzählhaltung und -intention ändern. So steht die eigentliche Handlung des Buches in der Klammer von *Prelude*, *Vorspiel*, und *Epilude*, *Nachspiel*, in der eine Art Kollektivstimme zu Wort kommt, die – allerdings von der ihr wiederum übergeordneten Autorenstimme hier und da ironisch unterminiert – unter häufigem Bezug auf »die Leute«, die dieses oder jenes gesagt, berichtet, gemutmaßt haben, in großem Bogen die Vorgeschichte und Nachgeschichte der Kernhandlung Revue passieren lässt. Das von den mythischen Anfängen bis hin zur Ankunft der Familie Guthrie aus dem Aberdeener Land in dem fiktiven Dorf »Kinraddie« gesponnene Vorspiel stimmt den Leser mit einer Mischung von gespielter Naivität und grober Haudrauf-Mentalität auf die Konflikte ein, die sich zwischen Kollektiv und Individuen entwickeln werden. In Vorspiel und Nachspiel kommt ungenannt eine Art Chor zu Wort, der erst etwas raubatzig die Szene für die eigentliche Handlung vorbereitet und im Nachspiel dann mit einer durch alle Wortzwischenräume sickernden Melancholie kommentiert. Zwischen diesen beiden Klammern spielt sich die Handlung ab, deren Ton sehr unterschiedliche Stimmungen und Anteile von lokalem Idiom aufweist, meist abhängig von der Figur, die im Mittelpunkt der jeweiligen Szene steht. Zwar entspinnt sich an Chris' Konflikt die Zwiesprachigkeit des Textes, doch ihr ist wenig Dialektales, dafür umso mehr Sprachschöpferisches, zuweilen sogar Experimentelles zugeordnet. Die Protagonisten des Doric sind die eingesessenen Bewohner von Kinraddie, der Lange Rob, Chae Strachan, die Munros und Mutches, die Stimmen, die – immer disharmonisch – den Chor bilden.

Lewis Grassic Gibbon hat keinen »Bauernroman« geschrieben, sondern einen dem Modernismus verpflichteten Text mit eigenwilliger Verwendung idiomatischer Elemente und politischem Bewusstsein. Nichts an seinem Roman entspricht einem Muster oder einer Konvention. Es ist eine empathische Darstellung von Mensch und Landschaft, die ihre eigene Sprache, ihren Tonfall, ihren Rhythmus findet. Tonart, experimentelle Ansätze und dergleichen Idiosynkrasien gehören natürlich zum täglichen Brot des Übersetzers, doch die große Frage, die sich angesichts der Arbeit an der Neuübersetzung von *Sunset Song* stellte, war die Wahl des Idioms, das an die Stelle des »Doric« treten und einen Gegenpol zum Hochdeutschen bilden kann. Einzelne sehr markante Wörter – zum Beispiel die konsequente Verwendung von *lass*, *lassie* oder *quean* anstatt *girl*, die Vokabel *queer* in einer Vielzahl von Bedeutungen von komisch bis unheimlich, das intensivierende *fell* und nicht zuletzt *gloaming*, das für den ganzen Roman bedeutende Gegenstück zum *Sunset*, dem *Abendrot* des Titels – mussten eine Entsprechung finden, die sich weit genug vom Hochsprachlichen entfernt, ohne exotisch zu wirken. Nach einigem Experimentieren mit verschiedenen mundartlichen Einschlägen habe ich mich dazu entschlossen, mich des mir zwar nicht vertrauten, aber gut dokumentierten Vokabulars aus dem Plattdeutschen zu bedienen, das vom »Memelländischen« der deutschsprachigen Bevölkerung des ehemaligen Ostpreußens und heutigen Litauens bis an die Grenzen des Friesischen reicht und in einzelnen Fällen sogar erstaunliche Ähnlichkeit mit den Entsprechungen in Scots aufweist. Ich hoffe, Kenner und Sprecher plattdeutscher Varianten werden mir verzeihen, wenn *Deern* und *Mäken* für *Mädchen*, *mall / mallig* für *queer* und das wunderbare *Ohmdraut* für *Abendrot* nicht immer in Plattdeutsches eingebettet stehen und insgesamt in einen Tonfall eingeflochten sind, der vor allem dem der Ostküste Schottlands nachgebildet ist, denn diese Melodie trägt den Text und musste erhalten werden. Viele Wörter werden sich den des Plattdeutschen Unkundigen durch Phonetik und Kontext erklären, doch ist dem Text ein kleines Glossar der weniger leicht verständlichen Ausdrücke angehängt.

Dank eines Stipendiums des deutschen Übersetzerfonds konnte ich mehrere Wochen in Stonehaven verbringen, mich mit dem Klang der Sprache vertraut machen und die Landschaft und Gegend erkunden. Für die überwältigende Freundlichkeit der Menschen in Stonehaven und ihre Begeisterung für dieses Übersetzungsprojekt kann ich hier nur einen kollektiven Dank aussprechen. Besonderen Dank aber schulde ich Bill Malcolm, dem Biografen von

Lewis Grassic Gibbon und Herausgeber seiner Werke, den Doric-Dichtern Alistair Lawrie und Gráinne Smith, deren Rezitationen und Reminiszenzen ich aufzeichnen durfte, und vor allem Regina Erich, die mir, ohne Zeit und Mühe zu scheuen, alle mit dem Buch verbundenen Schauplätze und Orte gezeigt hat.

Esther Kinsky, Berlin, Januar 2018

EINE ANMERKUNG

Wenn die große niederländische Sprache keine Literatursprache mehr wäre und ein Niederländer auf Deutsch eine Geschichte schriebe, die unter Drenther Bauern spielt, würde man ihm zugestehen, dass er sich eine gewisse Freiheit und Eigenwilligkeit in seinem Gebrauch des Deutschen erlaubt. Er würde auf den Seiten seines Buches vielleicht ein paar Dutzend unübersetzbarer Wörter und Ausdrücke einführen – unübersetzbar insofern, als sie nur im regionalen Kontext und in ihrem Umfeld zu verstehen sind –, und ebenso würde er vielleicht einen Weg finden, sein Deutsch dem Rhythmus und der Melodie der gesprochenen Sprache seiner Bauern anzupassen. Weiter könnte er aus Rücksicht auf seine Leser nicht gehen, und eine breite Streuung von Anführungsstrichen um Wörter und Ausdrücke wäre sowohl eine Ungehörigkeit als auch eine Fehlübersetzung.

Das Entgegenkommen, das einem solchen hypothetischen niederländischen Autor von Seiten des Deutschen erwiesen würde, wird ein Schotte auch von der großen englischen Sprache erwarten können.

L.G.G.

Für Jean Baxter

DAS VORSPIEL

VORSPIEL
DAS FELD OHNE FURCHEN

Das Land von Kinraddie hatte ein Normannenbursche errungen, Cospatric de Gondeshil, das war zur Zeit von William the Lyon, als Greife und dergleichen wildes Ungetier noch in der Landschaft Schottlands umherstrichen, damals wachten die Leute nachts in ihren Betten auf vom Kreischen der Kinder vor einem Ungetüm von Wolf, der des Nachts durch das mit Tierhaut verhängte Fenster kam und ihnen an die Kehlen ging. Im Tobel von Kinraddie hatte ein solches Untier seinen Bau, und tagsüber lag es faul im Forst herum, und der grausige Gestank ließ sich allwägens in der Gegend riechen, und im Schemern sah mancher Schäfer das Untier, wie es die großen Flügel halb über dem großen Bauch gefaltet hielt, und sein Kopf war wie der von einem großen Hahn, jedoch mit Ohren wie ein Löwe, und so schob sich der Kopf über einem Fichtenbaum empor und lurte. Und das Untier fraß Schafe und Männer und Frauen und war ein rechtes Grauen, und der König ließ seine Boten eine Belohnung ausrufen für den, der sich aufmachen und dem Übeltun des Untiers ein Ende bereiten würde. So stieg der Normannenbursche Cospatric jung und ohne Besitz und arg tapfer und gut bewaffnet auf sein Pferd in der Stadt Edinburgh und kam nach Norden herauf, aus den fremden südlichen Gegenden kam er herauf durch den Forst von Fife und die Weiden von Forfar und vorbei an Aberlemnos Hünenstein, der errichtet wurde, als die Pikten die Dänen schlugen, und da machte er Halt und betrachtete die Figuren darauf, ganz deutlich damals noch, bis heute kaum verblasst, und die Pferde und das Stürmen und die Flucht von diesem rohen fremden Volk betrachtete er. Und vielleicht sprach er gar ein Gebet bei diesem Stein, und bald ritt er hinauf in die Mearns, und die weitere Geschichte handelt nicht mehr davon, wie er ritt und immer weiter ritt, sondern davon wie er zuletzt nach Kinraddie kam, dem geschlagenen Ort, da sagten sie ihm, wo der Greif schlief, nämlich dort unten im Tobel von Kinraddie.

Doch untertags versteckte sich der Greif im Wald, und nur des Nachts konnte der Bursche zu ihm gelangen, nämlich über einen Pfad zwischen Hainbuchen, der dorthin führte, wo das Untier zwischen Knochenhaufen in seinem Bau hockte. Und Cospatric wartete, dass es Nacht wurde, dann ritt er bis zum Rand vom Tobel von Kinraddie, empfahl seine Seele Gott an und stieg von seinem Pferd, den Wildschweinspeer in der Hand, und ging hinab in den Tobel und tötete den Greif. Und er schickte Kunde davon an William the Lyon, der in der Stadt Edinburgh saß und Wein trank und seine Feinsliebchen beschmuste, und William machte ihn zum Ritter von Kinraddie und gab ihm die ganze Gemeinde zum Besitz, mit dem Recht sich dort eine Burg zu erbauen und ein Greifenhaupt im Wappen zu tragen und allem wilden Getier und butten, widersetzigen Volk den Garaus zu machen, dieses Recht hatten nun er und seine Nachkommenschaft immerdar.

So ließ sich Cospatric dort von den Pikten eine trutzige Burg bauen, die lag im Schutz der Hügel, mit den Grampians düster und schroff dahinter, er ließ den Tobel trockenlegen und heiratete eine Piktendame und machte ihr Kinder und lebte dort bis zu seinem Tod. Und sein Sohn nahm sich Kinraddie als Namen, und eines Tages blickte er hinaus von den Zinnen der Burg, und da sah er den Graf Marschal von Süden hinaufkommen, um mit den Highlandmännern die Schlacht zu schlagen, die dann bei Mondynes stattfand, da, wo heute die Getreidemühle steht, und der holte seine Leute und kämpfte dort, doch auf welcher Seite, das weiß keiner zu sagen, es wird wohl auf der siegreichen Seite gewesen sein, sie waren eh listig und schlau, die Kinraddies. Und der Urenkel von Cospatric, der schloss sich den Englischen an gegen den Highlandkämpfer Wallace, und wie Wallace das nächste Mal von Süden her anmarschierte, da zogen Kinraddie und anderes Volk des damaligen Adels in die Burg von Dunnottar, die hinter Kinneff ins Meer ragt, trutzlich gebaut und stark, wo bei Flut die See an die Felsen klatscht und das Kreischen der Seemöwen gellt, bei Tag und bei Nacht. Viel Speise und Fleisch und Gerät nahmen sie mit und bezogen bewehrte Stellung dort, sie und ihre Mannen, und die ganzen Mearns verwüsteten sie, dass der Highlandkämpfer, der sich erdreistete, sich gegen den edlen englischen König zu erheben, keine Nahrung für die schlimmen Habenichtse in seinem Gefolge finden sollte. Doch Wallace kam ganz fix durch den Howe gezogen, und er hörte von Dunnottar und belagerte die Burg, die wohl ordentlich fest gebaut war, doch mit fest Gebautem hielt er sich nicht lange auf. In tiefer Nacht, während das Donnern der See jedes Geräusch überdröhnte, da erklomm er heimlich die Felsen von Dunnottar, und bald waren sie über der Burgmauer, er und seine streunenden Skoten, und sie nahmen Dunnottar ein und murksten all das adlige Volk ab, das dort versammelt war, und auch all die Engländer, und beuteten ihnen alle Speise und alles Gerät ab und marschierten von dannen. In der Burg von Kinraddie, so hieß es, hatten sie in diesem Jahr nur eine junge Braut, die gerade erst eingetroffen war, und die hatte keine Nachkommen, und die Monate gingen vorüber, da ritt sie schließlich zur Abtei von Aberbrothrock, wo der brave John, ihr Vetter, der Abt war, und sie erzählte ihm von ihrer Not und davon, dass der Zweig der Kinraddie nun wohl am Ende war. Da lag er bei ihr, das war im September, und im nächsten Jahr brachte die junge Braut einen Sohn zur Welt, und von da an mischten sich die Kinraddies in keinerlei Kriege und andere Stänkereien mehr ein und rührten sich nicht weg aus ihrer Burg, die im Schutze der Hügel lag, und da saßen sie mit ihrem Gerät und ihren losen Feinsliebchen und den Lümmeln, die zum Dienst verschnitten waren.

Und so kam die Erste Reformation, und weitere folgten, und manche schrien *Whiggam!* und manche *Rom!* und manche *Der König!*, bloß die Kinraddies saßen still und fein und friedlich für sich in ihrer Burg und scherten sich keinen Deut um das Gezänk der Leute, denn Kriege, die waren ein glückloses Ding. Doch dann kam der Holländer Willem, gleich war klar, an dem wird sich nicht rütteln lassen, und da waren die Kinraddies fein für den Bund, sie hatten wohl den Bund mit Gott im Sinn, hatte ihnen ja eh am Herzen gelegen, hieß es. Also haben sie eine neue Kirk gebaut, da unten, wo die Kapelle gestanden war, und bauten ein Pfarrhaus dazu, dort im Windschutz der Eibenbäume, wo der Highlandkämpfer Wallace sich versteckt hielt, wie die Englischen ihn zuletzt doch in die Niederlage trieben. Und einer von den Kinraddies, John Kinraddie hieß er, der ging nach Süden und wurde ein großer Name am Gerichtshof von London, und er war ein Busenfreund von den beiden Menschern Johnson und James Boswell, und einmal kamen die beiden, der John Kinraddie und James Boswell, auf einer Vergnügungsreise hinauf in die Mearns und saßen beieinander, und Abend um Abend tranken sie Wein und führten garstige Reden bis tief in die Nacht, und wenn schließlich der alte Herr ihrer überdrüssig wurde, dann stahlen sie sich davon, wie James Boswell in sein Tagebuch schrieb, hinauf auf den Dachboden, wo die Dienstmädchen waren, und eine, Ρεφφγ Δσυφψας λαττε ειηεη ξεττεη Γυττ υηδ ίζλ λαβ βεί ίλπ φεψεφεη.

Doch dann zu Beginn des neunzehnten Jahrhunderts, da brachen schlimme Zeiten an für die schottischen Adligen, denn das Gift der Französischen Revolution kam übers Meer, und die Häusler und anderes gemeines Volk erhoben sich und riefen: *Zur Hölle mit euch!*, wenn die Auld Kirk von den Kanzeln Gefügigkeit predigte. Bis hinauf nach Kinraddie kam das Gift, und der junge Lord damals, Kenneth hieß er, der nannte sich Jakobiner und schloss sich dem Jakobinerverein von Aberdeen an, und dort in Aberdeen kam er beinah um in dem Aufruhr, mitten beim Kämpfen für Freiheit, Gleichheit und Brüderlichkeit, wie er es nannte. Als Krüppel trugen sie ihn heim nach Kinraddie, und trotzdem wollte er noch immer, dass alle frei und gleich sein sollten, und machte sich daran, sein Anwesen zu verkaufen und das Geld nach Frankreich zu schicken, denn er hatte ein sehr gutes Herz. Und die Häusler marschierten wie ein Mann zur Burg von Kinraddie und schmissen die Fensterscheiben ein, denn sie meinten, mit der Gleichheit sollte einer doch daheim beginnen.

Mehr als der halbe Besitz war auf diesem Wege verdröppelt, und der Krüppel saß dabei und las seine ollen französischen Bücher, doch davon hatte keiner eine Ahnung, bis dass er starb und seine Witwe, das arme Fraumensch, sah, dass ihr kaum mehr gehörte als das Land zwischen den schroffen Hängen der Grampians und den Höfen, die bei Bridge End am Denburn standen, beiderseits der Straße, die hinaus führte. Zwanzig, dreißig Pachten mögen es gewesen sein, die Häusler mürrisches Volk vom Piktenstamm, ohne Geschichte, gemeines Volk, zerwohnt und krummgeflickt drängten sich die schiefen Höfchen inmitten der langen, ansteigenden Felder. Die Pachten währten ein, zwei Jahre, geschuftet wurde vom ersten Schimmer des Tags, an dem einer Hosen trug, bis zum dunklen Glusen der Nacht, in der er ins Leichentuch gewickelt war, und das Adelspack saß amangs da und verfraß die gezahlte Pacht, dabei waren sie nicht mehr wert als die, die schufteten. Das wars nun, was Kenneth seiner Frau Gemahlin hinterließ, sie vergoss gar viele Tränen darüber, dass es so weit gekommen war, doch kam es noch schlimmer, bis ihr selbst das Tuch ums Kinn gebunden und sie in die Grabstätte von Kinraddie gebettet wurde, gleich neben ihren Gemahl. Drei ihrer Kinder ertranken auf See, beim Fischen vor den Klippen von Bervie, doch der vierte, der junge Cospatrick, der, welcher am selben Tag starb wie die alte Königin, der war klug und sparsam und bei Vernunft und machte sich daran, das Anwesen herzurichten. Er warf all die kleinen Häusler hinaus, die machten sich davon nach Kanada oder Dundee und dergleichen, die anderen konnte er nicht so schnell loswerden. Doch auf dem freigewordenen Land ließ er größere Höfe bauen, die verpachtete er zu höherem Zins und für längere Zeit, das sei jetzt die Zeit für stattliche, große Gehöfte, sagte er. Und er ließ Wälder von Fichten, Lärchen und Tannen pflanzen, um die langen kahlen Hänge gegen Wetter zu schützen, und wohl hätte er das Glück der Kinraddies zum Guten wenden können, doch er nahm sich eine Deern von Morton zur Frau, die hatte Deiwelsblut in den Adern und brachte ihn zum Rasen und trieb ihn in Trunksucht und Tod, das war der beste Ausweg noch. Denn sein Sohn, der war glatt dösig, schließlich sperrten sie ihn in eine Anstalt, und das war das Ende der Familie von Kinraddie, das Herrenhaus, das dort stand, wo die Pikten dem Cospatrick eine Burg gebaut hatten, das bröckelte dahin wie ein Käse, nur zwei, drei Zimmer behielten die Treuhänder noch als Kontor, da war das ganze Anwesen schon bis untern Dachfirst verschuldet.

Im Winter neunzehnelf nun machten bloß noch neun Höfe das Anwesen von Kinraddie aus, und die *Mains*, das

Gutshaus, war der größte davon, das war das Vorwerk der Burg gewesen, damals, in lang vergangener Zeit. Ein irisches Mensch, Erbert Ellison mit Namen, betrieb den Hof für die Treuhänder, sagte er, doch wenn man all den Geschichten glaubte, dann schaffte er wohl mehr Säckel Silber in die eigene Tasche als in die der Treuhänder. Nuja, wen sollte es wundern, er war ja bloß ein Dubliner Kellner gewesen, sagten die Leute. Das war damals gewesen, bevor Lord Kinraddie, der Döskopp, ganz verrätscht ist. In Dublin war er gewesen, der Lord Kinraddie, auf einer trunkenen Ausschweifung, und Ellison hatte ihm den Whisky besorgt, und manche redeten, er hätte auch das Bett mit ihm geteilt. Aber die Leute, die reden so allerhand. Der Dösel brachte Ellison mit zurück nach Kinraddie und machte ihn zu seinem Diener, und manks, wenn er so richtig besoffen war und die Geister aus den Whiskyflaschen kamen und ihm auf der Nase herumtanzten, dann schmiss er eine Flasche nach Ellison und brüllte: *Raus mit dir, du verdammter Sack!*, so laut war er, dass es bis ins Pfarrhaus tönte, wo es die Ohren der Pastorengattin grob beleidigte. Und der alte Greig, der als Letzter dort Pastor war, der schickte Zornesblicke hinüber zum Herrenhaus von Kinraddie wie John Knox nach Holyrood, und sagte, Gottes Stunde, die werde schon schlagen. Und die kam auch so sicher wie Gevatter Tod, ab in die Anstalt schafften sie den Dösel, eine Schwesternhaube hat er aufgehabt, wie er den Kopf aus dem Rückfenster des Wagens streckte, und *Kikerikiiii!* hat er ein paar Schulkindern zugerufen, als der Wagen auf der Straße an ihnen vorbeifuhr, und die sind allesamt ganz verschreckt nach Hause gerannt.

Ellison aber, der hatte sich mit dem Wirtschaften auf einem Hof gut vertraut gemacht und auch damit, wie der Viehhandel betrieben wurde, und vor allem über den Ankauf von Pferden hatte er sich kundig gemacht, deshalb ernannten die Treuhänder ihn zum Verwalter vom Gutshaus, und er zog im Gutshaus ein und sah sich um nach einer Frau. Manche wollten nichts mit ihm zu schaffen haben, so ein armes irisches Mensch, das nicht richtig reden konnte und nicht zur Kirk gehörte, doch Ella White, die war selbst auch ein bisschen was in die Jahre gekommen. Wie Ellison dann beim Ernteball in Auchenblae zu ihr trat und rief: *Darf ich dich heut Abend nach Hause bringen, meine Liebe?*, da sagte sie: *Jo, sicher.* Und unterwegs, da legten sie sich zwischen die Heuraufen, und Ellison mag da so dies und jenes gemacht haben, damit er sie sich sicher hatte, denn er war inzwischen schon ganz verrückt nach einer Frau. Am folgenden Neujahrstag machten sie Hochzeit, da hielt sich Ellison schon für was Feines in Kinraddie, vielleicht gar für Landadel. Doch die Instmänner, die Pflüger und die Scharwerker vom Gutshaus, die hatten nie was andres als Spott übrig für den Landadel, und am Vorabend von seiner Hochzeit, da packten sie Ellison, wie er grad nach Haus kam, und zogen ihm die Hosen runter und strichen ihm Pech auf den Hintern und die Fußsohlen und steckten Federn drauf und warfen ihn in den Wassertrog, denn das war der Brauch. Er nannte sie *verdammte schottische Rüpel* und geriet in wahnsinnige Wut, und am Ende des Dienstjahrs warf er sie hinaus, den ganzen Verein, so sehr hatte er sich gekränkt.

Doch danach, da ergings ihnen gut, ihm und seiner Frau, der Ella White, und sie hatten eine Tochter, so einen mageren Hippen von einer Deern, die hielten sie für zu fein, um in die Schule von Auchenblae zu gehen, deshalb ging sie auf die Stonehaven Academy, und da lernte sie, arg wacker zu sein und sich im Turnsaal herumzuschwingen mit kleinen schwarzen Hosen unterm Rock. Ellison selbst kriegte allmählich eine Wampe, und sein großes Gesicht war rot und glänzend, und Augen hatte er wie eine Katze, grüne Augen, und sein Schnauzbart, der hing ihm zu beiden Seiten des Mundes herab, ordentlich schön breit war der Mund und voll mit falschen Zähnen, schrecklich teuer und schmuck, richtig mit Gold auf einer Seite. Ja, und er trug enge Stutzen und Reithosen, denn inzwischen war er fei Landadel; und wenn er einen auf dem Viehmarkt traf, dann rief er aus: *Jo mei, das bist jo du, olter G'sell!* Und der jeweilige Kerl wurde ganz rot im Gesicht und schämte sich eins, doch er sagte nichts, denn der Ellison, das war kein Mann, dem einer gegen den Strich gehn wollte. Im Politischen sagte er, da wär er ein Konservativer, aber jeder in Kinraddie wusste, er meinte damit, dass er Tory war, und die Kinder vom Strachan, dem, der am Peesie's Knapp den Hof betrieb, die kreischten ihm jedesmal hinterher, wenn er vorbeikam:

He, deine Nase ist blau wie Tint,
siehst ja aus wie vom Turra das Rind!

Denn Ellison hatte Geld an das Mensch oben in Turriff geschickt, dessen Kuh beschlagnahmt worden war, um die Versicherung zu bezahlen, und die Leute sagten, das wären doch bloß Angeber, das Mensch mit der Kuh und Ellison auch, und hinter seinem Rücken lachten sie ihn aus.

Das war also nun das Gutshaus unterhalb des alten Herrenhauses, und Ellison führte da Wirtschaft nach seiner irischen Art, und gleich gegenüber, zwischen den Eiben versteckt, waren Kirk und Pfarrhaus, die Kirk war ein alter, zugiger Kasten, und im Winter mochte man mitten im Vaterunser einen Hustenanfall hören, laut genug, um das Dach hochgehn zu lassen, und Miss Sarah Sinclair, die vom Netherhill kam und die Orgel spielte, die nieste in ihr Gesangsbuch und verspielte sich, und der Pastor, der alte wars noch, der funkelte sie zornesvoll an und sah dabei mehr wie John Knox aus denn je. Neben der Kirk war ein uralter Turm, der war noch zu Zeiten der Katholschen erbaut, dieser leipen, gottlosen Lumpen, und der war fei alt und ungenutzt, außer von den Ringeltauben, die flogen ein und aus durch die schmalen Schlitze im oberen Stock und nisteten dort das ganze Jahr, und alles dort war richtig weiß von ihrem Schiet. In der unteren Hälfte des Turms war so ein Abbild vom Cospatric de Gondeshil, das war der, der den Greifen getötet hatte, der lag da auf dem Rücken mit so einem dösigen Grinsen im Gesicht; und der Speer, mit dem er den Greifen getötet hatte, der war dort in einem Schaff verschlossen, das sagten jedenfalls so manche, aber andere sagten, es wär bloß alter Plunder aus den Zeiten von Bonny Prince Charlie. Das war also der Turm, aber er war nicht so richtig Teil von der Kirk, die echte Kirk war in zwei Teile geteilt, das Hauptschiff und das kleine Schiff, und manche nannten die beiden Teile auch den Kuhstall und die Rübenmiete, und die Kanzel stand in der Mitte. Früher war das kleine Schiff für die Leute vom Herrenhaus gewesen und für ihre Gäste und dergleichen feine Leut, doch jetzt ging jeder rein, der die Stirn dazu hatte, und setzte sich nieder, und die Gemeindevorsteher saßen da mit ihren Klingelbeuteln, und der junge Murray, der den Blasebalg für Sarah Sinclair bediente. Schöne Glasfenster hatte es da im kleinen Schiff, furchtbar alt, drei Stück mit Bildern von Mäken, nicht sehr anständig als Fensterbilder in einer Kirk. Die eine von den Mädels war der Glaube, und die sah ganz schön dösig aus, sie hielt die Hände in die Höhe und blickte empor wie ein Rind, dem eine Rübe in der Gurgel quersteckt, und das Stück Tuch um ihre Schultern war ganz verrutscht, aber darauf achtete sie gar nicht, und rings um sie so ein Gekringel von Schriftrollen und allem möglichen Zinnober. Und die zweite Deern, das war die Hoffnung, sie war beinah so gräsig wie der Glaube, aber sie hatte fei schönes Haar, rotes Haar, es könnte auch als kastanienbraun gelten, und im Winter kam beim Morgengottesdienst ein Licht durch die Eiben im Kirchhof geplätschert und floss geradewegs durch das Haar von der Hoffnung in das kleine Schiff. Und die dritte Deern, die stellte die Liebe dar, die hatte einen Haufen nackter Kinderchen zu ihren Füßen, und sie sah arg schön und rechtschaffen aus als Frau, zumal dieses ganz tapsige Gekrabbel noch an ihr hing.

Doch die Fenster im Hauptschiff, die waren zwar bunt, aber sie hatten keine Bilder, und es hingen überhaupt nirgends Bilder da, wozu auch? Bloß solche rohen Menscher wie die Katholschen wollen eine Kirche, wo es aussieht wie in einem Krämerkalender. Es war anständig dort und ziemlich schlicht mit den geschnitzten alten Bänken, manche mit Polster, manche ohne, wer von Natur aus kein Polster hatte und das Kleingeld zum Ausgeben besaß, der konnte sich nach Belieben ein Kissen auflegen. Oben im Schatten der Kanzel und quer zum Rest der Kirche, da waren drei Bänke, wo der Chor saß und beim Gesang der Kirchenlieder anführte, manche nannten das den Kälberstand.

Die Hintertür, die an der Rückseite der Kanzel, führte hinaus auf den Kirchhof und über diesen zum Pfarrhaus mit seinen Ställen und Scheunen, das war noch zu Zeiten der Alten Königin errichtet, es war schmuck anzusehen, bloß schrecklich feucht, wie all die Pastorenfrauen sagten. Aber Pastorenfrauen klagen ja wahrlich gern und wissen nicht, wie gut es ihnen geht mit all der Münze, die sie kriegen, bloß weil ihre schmächtigen Männlein ein- oder zweimal am Sonntag eine Predigt halten, und so hochnäsig, sie erkennen einen kaum, wenn man ihnen auf der Straße begegnet. Die Studierstube des Pastors war hoch oben im Haus, der Blick von dort ging über ganz Kinraddie, im Dunkeln sah der Pastor von dort sicher die Lichter der Bauernhöfe wie glimmernde Sandkörner vor seinem Fenster ausgestreut und das Licht an der Fahnenstange des Herrenhauses hoch oben zwischen den Sternen. Doch in diesem Dezember neunzehnelf stand das Pfarrhaus leer und war schon manchen Monat verwaist, der alte Pastor war gestorben, und über den neuen war noch nicht abgestimmt; und so kamen die Pastoren von Drumlithie und Arbuthnott und Laurencekirk abwechselnd am Sonntagvormittag und hielten Gottesdienst in Kinraddie; und, weiß der Himmel, bei dem, was die zu erzählen hatten, wären sie besser zu Haus geblieben.

Doch ging man durch die Hauptpforte aus der Kirk und folgte der Straße ein Stück Richtung Osten, also auf dieser Straße, die zu Kirk und Pfarrhaus und Gutshaus führte, dann kam man auf die Mautstraße. Sie verlief von Norden nach Süden, doch gegenüber dem Weg, über den man also gekommen war, war noch eine Straße, die ging durch Kinraddie, vorbei am Hof vom Bridge End. Da war also eine Kreuzung, und wenn man sich links hielt, die Mautstraße lang, dann kam man zu Peesie's Knapp, das war noch eins von den alten Gehöften, eine kleine Pacht von vielleicht dreißig, vierzig Morgen, mit einem Stück schralem Land als Weide, doch fürwahr, da war wenig Weide drauf, es war ein rechter Buschenkaasch mit Brambusch und Dornstrunk und Dreck, es wimmelte von Kaninchen und Hasen dort, des Nachts kamen sie hervor und fraßen die Saat und konnten einen schier um den Verstand bringen. Doch das meiste Land am Knapp war nicht übel, der Schweiß von zweitausend Jahren steckte darin, und das große Feld hinter den Stallungen war schwarze Erde, nicht der rote Lehmboden, der in halb Kinraddie den Unterboden gab.

Die Ställe und Scheunen auf Peesie's Knapp waren nicht

älter wie zwanzig Jahre, doch stands nicht zum Besten damit, denn zwar lag das Haus der Straße zugewandt – und das war richtig praktisch, sofern es einen nicht scherte, dass man kaum das Hemd wechseln konnte, ohne dass ein unmanierliches Trampel von draußen reinglotzte –, jedoch zwischen Kuhstall und Pferdestall und der Scheune auf der einen und dem Haus auf der andern Seite lag der Viehgang, und genau in der Mitte dazwischen der Misthaufen, hoch und gelb vor Dung und Stroh und Fladen, und die Strachansche konnte sich nie mit Peesie's Knapp abfinden, weil es so schrecklich stank. Doch Chae Strachan, der Bauer am Hof war, der sagte bloß: *Quaas, was ist schon so'n klein Muffes?* Und dann fing er an und erzählte von den schrecklichen Gestänken, die er seinerzeit im Ausland gerochen hatte. Er war nämlich ganz schön herumgekommen, der Chae, in all den Jahren bis er nach Schottland zurückkehrte und sich auf Netherhill zum letzten Mal als Instmann verdingte. Er war in Alaska gewesen und hatte dort nach Gold gesucht, doch zum Deiwel, da hatte er vom Gold wenig gesehen, deshalb war er nach Kalifornien und hatte dort eine Farm gehabt, bis ihm das Obst bei den Ohren rauskam, und nie im Leben mehr würde er eine Apfelsine oder Birne anschauen, nicht mal in der Konservendose. Und dann war er nach Südafrika, da ging es hoch her mit ihm, ganz dicke war er mit dem Häuptling von so einem Stamm von Schwarzen gewesen, trotzdem, ein arg anständiger Kerl war das. Er und Chae, die beiden hatten gegen die Buren und die Britischen gekämpft und sie geschlagen, das sagte jedenfalls Chae, aber Leute, die Chae nicht leiden konnten, sagten, er hätte immer bloß mit dem Maul gekämpft, und was das Schlagen betraf, der konnte noch nicht mal die Haut von einer Kumpfe Sauermilch schlagen.

Denn bei denen, die sich für was Feineres halten wollten, bei denen war er nicht beliebt, der Chae, er war nämlich ein Sozialistenmensch und glaubte daran, dass wir alle gleich viel Geld haben sollten und dass es nicht Reich und Arm geben sollte und dass kein Mensch besser war als der andere. Klar, das mit dem Geld, das war glatt dösig, denn wenn alle eines Tages gleich viel Geld hätten, wie säh es am nächsten Tag aus? Genauso wieder Arm und Reich! Aber Chae sagte, die vier Pastoren von Kinraddie und Auchenblae und Laurencekirk und Drumlithie hatten im letzten Jahr alle dasselbe Geld bekommen, und was hatten sie dieses Jahr? Immer noch dasselbe! *Ha, da musste wohl früh aufstehn, wenn du einem Sozialisten beim Stolpern zugucken willst, und wenn du hier Lippe riskierst, dann geb ich dir gleich eins auf den Dassel, mein Kerleken!* Ja, Chae war schwer gut im Disputisimatieren, und er war nicht der streitlustige Typ, außer er wurde auf die Palme gebracht, und die Leute mochten ihn, auch wenn sie über ihn lachten. Aber weiß der Himmel, über wen lachen sie nicht? Chae war ein rechtes Mannsbild, groß, mit kräftigen Schultern, das Haar blond und glatt, und er hatte eine breite Stirn und einen ordentlichen Zinken von einer Nase, und seine Schnauzerspitzen zwirbelte er hoch wie der deutsche Kaiser, und er konnte einen rennenden Jungstier im Lauf aufhalten, so stark war er in den Händen und Armen. Und er war einer der hannigsten Burschen in Kinraddie, er kastrierte Kälber und ritt Pferde zu und schlachtete Schweine ab, alles so mirnichtsdirnichts, oder er kachelte die Milchküche und schnitt den Kindern die Haare und grub einen Brunnen, und unterdessen erzählte er die ganze Zeit davon, dass der Sozialismus bald käme, und wenn nicht, dann gäbs einen riesigen Knall und wir würden alle wieder Wilde. *Dammich, so isses, Mann!*

Aber die Leute sagten gern, er sollte besser anfangen, seine Strachansche zu sozialismieren, die frühere Kirsty Sinclair vom Netherhill, bevor er mit anderen anfing. Die hatte eine schlimme Zunge, hieß es, die konnte wohl die Milch sauer machen und einen Kesselflicker von der Tür jagen, und wenn den Chae nicht ab und zu die Sehnsucht nach seiner Hütte und seiner prächtigen schwarzen Deern in Südafrika packte, dann zum Deiwel mit der Hütte und der Deern, mit denen mochte dann nicht viel los gewesen sein.

Er war auf Netherhill in Dienst gegangen, wie er vom Ausland zurückkam, und da waren nur zwei Töchter gewesen, Kirsty und Sarah, dieselbe, die in der Kirk die Orgel spielte. Beide waren schon nicht mehr die Jüngsten, in arger Not um einen Mann, und Kirsty war dazu noch versetzt worden, denn es hatte ganz danach ausgesehen, dass dieses Doktorenkerlchen aus Aberdeen sich mit ihr abgeben wollte. Das hatte er auch getan und hatte sie in Umständen zurückgelassen, und ihre Mutter, die alte Sinclair, die hat fast den Verstand verloren wegen der Schande, wie Kirsty zu heulen angehoben und ihr erzählt hat, was war. Das war nun gerade um die Zeit, wie die neue Dienstfrist begann, und wen brachte da der alte Sinclair vom Netherhill von der Dienstbörse mit als Chae Strachan, dem das Blut noch warm war vom Leben in ausländischen Gefilden und der selbst für die verhohlenste Ermunterung ein Äugsken hatte? Trotzdem drängte er sich nicht danach, Kirsty den Hof zu machen, und schlich bloß um sie herum wie ein Frettchen um eine Falle mit Fleischbrocken drin, ungewiss, ob der Brocken das Risiko lohnte, und unterdessen pressierte es wahrhaftig, und – herrje! – drastische Schritte standen an. Eines Abends dann, nachdem sie alle in der Küche Abendbrot gegessen hatten und der alte Sinclair noch mal zum Placken in den Kuhstall gegangen war, da war die alte Sinclairsche aufgestanden, hatte Kirsty zugenickt und gesagt: *Ach, ich geh jetzt mal ins Bett. Du wirst doch auch bald schlafen gehn, Kirsty?* Und Kirsty sagte: *Ja*, und warf ihrer Mutter einen nickeligen kleinen Blick zu, und fort war die Alte, oben in ihrem Zimmer, da fing Kirsty an, mit Chae zu schäkern und zu flirten, und er war ein Mann, der ordentlich schnell in Wallung geriet, deshalb hätte er sie im Nu schon gleich in der Küche flachgelegt, doch das wär zu unsicher, hatte Kirsty geflüstert. Also zog er seine Schuhe aus und sie die ihren, und sie krauchten die Treppe hinauf in Kirstys Zimmer und waren grad beim Pläsier, wie *rums!* die Tür aufging, da stand die alte Sinclairsche mit der Kerze in der einen Hand, die andere Hand in Entsetzen erhoben. *Nein, nein*, sagte sie, *so geht es nicht, Chakie, mein Jung, jetzt musst du sie heiraten*. Und da gab es keinen Ausweg für Chae, den armen Kerl, so wie Kirsty und ihre Mutter ihn anfunkelten. Also wurden sie getraut, der alte Sinclair hatte was gespart und pachtete Peesie's Knapp für Chae und Kirsty und richtete ihnen alles ein, und da ließen sie sich nieder, und Kirstys Kind, ein Mäken, kam zur Welt, bevor noch sieben Monate um waren, gut ausgewachsen und mit allem dran, wie es sein muss, das Menschlein, so sehr seine Mutter auch schwor, es wäre ein Frühchen.

Sie hatten noch zwei Blagen danach, beide Jungs, und beide Chae ähnlich wie gespuckt, das waren die Kinder, die vom Turra Rind sangen, sobald sie den wackeren Wagen von Ellison über die Kinraddie Road rumpeln sahen, und weiß der Himmel, die brachten einen zum Lachen.

Gleich gegenüber vom Peesie's Knapp, auf der anderen Seite der Mautstraße, da stieg das Land rot und lehmig an, und ein unebener Steinweg führte hinauf zum Gehöft von Blawearie. *Raus aus der Welt und auf nach Blawearie*, so hieß es in Kinraddie, und weiß der Himmel, das war ein raues Land und einsam dort auf der Höchte, sechsundfünfzig Morgen groß, längs dem Moor, das sich am Hang hoch über Blawearie zog, bis zu einer großen flachen Kuppe, da lag ein kleiner See, wo

Schnepfen zu Hunderten nisteten, und manche sagten, er sei bodenlos, dieser See, und der Lange Rob von der Mühle sagte, das wär dann wohl so tief wie die Verkommenheit des Pastors. Das war arg schlimm, so von einem Pastor zu reden, obwohl Rob meinte, es sei wohl eher schlimm, so von einem See zu reden, doch da lag das Gewässer, düster und wehevoll, dicht gesäumt von Schilf und scharfem Gras, und das schrille Tschickern der Schnepfen mochte einem das Hören und Sehen verschlagen, wenn man des Abends da stand. Doch das tat kaum einer, denn dicht am See befanden sich Aufrechte Steine aus alter Vorzeit, manche gerade hingestellt und manche flach liegend, und manche standen schräg in diese und jene Richtung, und genau in der Mitte ragten drei aus dem Boden auf, schief mit ihren flachen scharfen Seiten, und sahen wohl aus, als lusterten sie da und warteten. Das waren Druidensteine, und im Volk hieß es, die Druiden, das wären arge Deiwel von Männern gewesen, damals, in der Vorzeit, da kamen sie hier hochgeklaspert und sangen ihre üblen heidnischen Lieder um die Steine herum, und wenn ihnen so ein christlicher Missionar in die Quere kam, dann stachen sie ihn ab, sowie sie seiner ansichtig wurden. Und der Lange Rob von der Mühle sagte immer, was Schottland bräuchte, das wär die Rückkehr der Druiden, aber das redete er nur so dahin, denn sie waren sicher ein ganz unkünniger Haufen und kein bisschen schlau.

Blawearie hatte seit über einem Jahr keinen Pächter mehr gehabt, doch nun sollte einer kommen, so hieß es, ein John Guthrie mit Namen, von oben im Norden. Die Ställe und Scheunen standen schmuck und dicht beieinander zur einen Seite des Hofs, der Messhocken lag dahinter, und auf der andern Seite vom Hof war das Haus, kein übles Haus fürwahr für so ein kleines Anwesen, es hatte drei Stockwerke und eine ordentliche Küche und einen ansehnlichen Streifen

Garten zwischen dem Haus und dem Blawearier Weg. Buchen standen dort, drei Stück, die eine nah am Haus, und die Gartenhecke war im Sommer so dicht von Sügers, wie es sich nur wünschen ließ, und hätte es sich vom Sügersduft leben lassen, dann hätte einer den Hof sogar mit Gewinn bewirtschaften können.

Peesie's Knapp und Blawearie nun, das waren die Gehöfte, die Richtung Stonehaven lagen. doch wenn man damals im Winter auf der Auchenblaer Straße nach Osten gegangen wäre, dann wär man zuerst nach Cuddiestoun gekommen, eine Pacht, so klein wie Peesie's Knapp und auch so alt, ein Häuslerhof aus ganz alten Zeiten, gut eine Viertelmeile von der Straße abgelegen, und der Cuddiestouner Weg war vom Ende der Ernte bis zum Anfang des Frühlings ein einziger Schlabberwabber aus Dreck. Manch einer wollte wissen, dass der ewige Gubbel dort an Munros Hals schuld wäre, denn den kriegte man nie ganz ohne Dreck zu sehen. Andere meinten, er versuchte es erst gar nicht. Er hatte die Pacht für dreizehn Jahre, der Munro, ein Mensch, der von drunten, von Süden her war, aus der Gegend von Dundee, einsneunzig groß mochte er sein, doch schlimm trampelig um die Beine, wie ein Lamm mit Wasserkopf. Riesenpatten hatte er, die ihm irgendwie dauernd im Weg waren. Er mochte um die vierzig sein und schon kahl, die Haut rot und runzlig auf Wangen und Kinn, weiß der Himmel, einen schäbigeren Kerl hatte wohl kaum je einer gesehn, der arme Mann. Es gab wohl Schlimmere als Munro, auch wenn die vielleicht alle im Knast saßen, und bölken und strunzen konnte er, dass es jeden schnell verdross. Er bewirtschaftete sein Land mal so und mal so, dabei war der Boden nicht übel, zum größten Teil jedenfalls, es hatte auch diesen schwarzen Streifen fette Erde, der sich weiter durch die Felder vom Knapp zog, doch war die Drainage schlecht, überall gab es noch die alten Steinrinnen, und der Verwalter am Herrenhaus tat den Deiwel daran, sie zu ersetzen oder das Dach vom Kuhstall zu flicken, da tropfte es wie durch ein Sieb der Munroschen auf den Kopf, wenn sie bei Schlechtwetter abends die Kühe molk.

Doch wenn wer so von oben herab sich zu sagen erfrechte: *Himmel, das ist ja ein arg mieser Kuhstall, gute Frau!*, dann brauste sie sofort auf: *Von wegen mies, der ist bestens für Leute wie uns*, und wenn dieser Jemand, weil ers nicht besser wusste, der arme Dussel, dann zustimmte und sagte, ja, für arme Leute wärs kein übler Hof, fürwahr, dann fuhr sie ihn wieder an: *Wer ist hier arm? Eins will ich dir sagen, mir hat noch nie einer helfen müssen, bloß posaunen wirs nicht im ganzen Umland herum wie manch einer, denn ich hier beim Namen nennen könnte!* So würde dieser arme Jemand wohl denken, dass mans ihr auf keine Weise recht machen könnte, und sie wurde ganz schön ausgelacht in Kinraddie, allerdings nie offen und ihr ins Gesicht. Das war dünn, ihr Gesicht, und sie hatte schwarzes Haar und beißende schwarze Augen wie ein Marder, und eine Stimme, die konnte einem mit ihrem Schnerken ordentlich die Nackenhaare zum Sträuben bringen. Doch sie war die beste Hebamme weit und breit, oft genug kam es vor, dass in tiefster Nacht ein ganz aufgelöstes Mannsbild an ihrem Fenster rappelte: *Frau Munro, Frau Munro, steht auf, bitte, und kommt und seht nach meiner Frau!* Und mit einem Satz war sie auf und in den Kleidern, bevor einer noch einen Pfiff tun konnte, und raus gings in die Kälte der Nacht von Kinraddie, sie huschte flink wie ein Frettchen, bald bösselte und kommandierte sie schon barsch in der Küche des Hauses herum, wohin sie gerufen war, und herrschte die Frau im Kindbett an, es könnte ihr noch viel schlechter gehen, und war dabei ganz kurz und knapp und klipp. Aber das Komische an dem Mensch war doch, dass sie meinte, keiner rede schlecht von ihr, und wenn sie eine Andeutung hörte, die einer so ganz hintenrum anbringen wollte, dann wurde sie rot wie ein Rhabarberstängel im Messhocken und sah aus, als wollte sie gleich losflennen, und dann tat sie einem auf einmal leid, bis sie im nächsten Augenblick wieder Andy oder Tony ankreischte und ihnen eins hinter die Löffel gab, dass den beiden in ihren kleinen dösigen Schädeln beinah Hören und Sehen verging, den armen Deiweln.

Andy und Tony waren zwei Dösige, die hatte die Munrosche in Kost von einer Anstalt in Dundee, und angeblich waren sie nicht gefährlich. Andy war ein Karwenzmann von einem Kerl, und der Mund stand ihm immer offen, er sabberte wie ein zahnendes Fohlen, und seine Nase, die wackelte ihm hin und her im Gesicht, und wenn er was sagen wollte, dann kam nur ein krauses Gebrabbel raus. Er war der Blödere von den beiden, aber ganz schön verschlagen, manks rannte er weg, den Hügel hinauf, und dann stand er da und drehte der Munroschen eine lange Nase und schnitt ihr Grimassen, und sie kreischte ihm zu und er grölte zurück, und dann machte er sich über die Heide davon zum Hüsselhus auf Upperhill, wo die Pflugknechte ihm Zigaretten gaben und ihn dann hänselten, bis er ganz rackerich und fuchtich wurde, und einmal versuchte er, einen mit der Axt zu morden, die er aus dem Hackklotz gerissen hatte. In der Nacht schlich er sich dann zurück nach Cuddiestoun, draußen fiepste er wie ein getretener Hund und hechelte an der Tür, bis Munro die letzten Haare zu Berge standen, die er noch auf dem kahlen Dassel hatte. Aber die Munrosche, die war mit einem Satz auf und bei der Tür, packte Andy am Ohr und zerrte ihn herein, und manche Leute erzählten, sie zöge ihm die Hosen runter und versohlte ihn, aber das war vielleicht gelogen. Sie hatte keine Angst vor ihm und er hatte keine Angst vor ihr, und deshalb passten sie wohl richtig zusammen.

So ging es zu in Cuddiestoun, das waren sie alle, bis auf Tony, denn die Munros hatten nie ein eigen Kind gehabt. Und Tony, der war zwar nicht der Blödeste, aber dafür war er der Verrätschte und zwar ordentlich. Er war klein und breit und hatte ein rotes Bärtchen und traurige Augen und er ging mit gesenktem Kopf, und einer konnte recht Mitleid mit ihm haben, denn ab und an überkam eine Anwandlung das Mensch, mitten auf der Straße etwa oder auf halbem Weg auf einem langen Rübenacker, und da stand und stand er wie ein Dösel, bis einer ihn schüttelte, dass er wieder zu Sinnen kam. Er hatte weiche, zarte Hände, denn er war kein Arbeiter; die Leute sagten, er sei mal Gelehrter gewesen, und Bücher sollte er geschrieben haben, doch von all dem Lernen war ihm wohl das Gehirn ganz weich geworden, und dann hatte er klar den Verstand verloren und war in die Anstalt vom Armenhaus gekommen. Die Munrosche schickte Tony zu Besorgungen in den kleinen Laden hinter Bridge End, sie sagte ihm, was sie brauchte, ganz deutlich und einfach, und vielleicht gab sie ihm dabei auch eins hinter die Löffel, wie es bei Kindern oder Döseln so gemacht wird. Er hörte ihr zu und nickte, er hatte verstanden, und dann gings los in den Laden, und er kam zurück, und nie machte er einen einzigen Fehler. Eines Tages hatte die Munrosche ihm gerade alles gesagt, was er holen sollte, da sah sie, wie er etwas mit einem gefundenen Bleistift auf ein Stück Papier kritzelte. Sie nahm ihm das Papier ab und drehte es in alle Richtungen, aber sie wurde nicht schlau draus. Sie gab ihm eins hinter die Löffel und fragte, was er da geschrieben hatte. Aber er schüttelte bloß den Kopf, genau wie ein richtiger Dösel, und streckte die Hand nach dem Papier aus, aber die Munrosche gab es nicht her, und als es Zeit war, dass die Strachanblagen auf dem Weg zur Schule unten an der Ecke vom Cuddiestouner Weg vorbeikommen mussten, da stand sie da und gab das

Stück Papier der Ältesten, Marget, der Deern, und sagte, die sollte doch die Lehrerin mal fragen, was da geschrieben stand. Und am Abend hielt sie sich schon bereit, als die Strachaner heimkamen, und sie brachten ihr einen Umschlag von der Lehrerin, darin war ein Brief, in dem stand, dass auf Tonys Papierfetzen in Stenoschrift geschrieben sei: *Zwei Pfund Zucker, The People's Journal, ein Viertel deka Senf eine Dose Rattengift und ich glaub nicht, dass ich sie um ein Groschen beschwindeln kann für was zu rauchen, die ist bestimmt die gniedschigste Alte diesseits des Tweed, hängen soll sie.* Tony war am Ende vielleicht gar nicht so dösig, aber an dem Abend bekam er kein Essen, und sie fragte nie wieder, wenn er sich was aufschrieb.

Wenn man nun der Kinraddie Road noch weiter nach Osten folgte, kam man links am Netherhill vorbei. Fünf Pachten hatten in den Häuslertagen vor Lord Kenneth ihre Felder behalten. Doch jetzt war es ein richtiger Hof von ansehnlicher Größe, der alte Sinclair und seine Frau, ein Mensch, das nichts und niemandem wohl gesonnen war – ganz verbittert war sie darüber, dass ihre älteste Tochter Sarah Jungfer geblieben war –, die lebten im Hofhaus, und im Hüsselhus waren der Großknecht und der zweite und dritte Knecht und noch ein Scharwerker. Der Denburn floss hinterm Netherhill, seicht und gemächlich und leicht floss er dahin in seiner Senke, kaum je zeigte sich ein Fisch darin, und die Leute sagten, das sei wohl recht so, auf Netherhill rochs schon verdorben genug, auch ohne dass der Denburn noch Seines dazugab. Durch die stinkende Gatsche des Moors zwischen Netherhill und Peesie's Knapp liefen die Spuren einer Straße aus alten Zeiten, manche erzählten, sie wär so alt wie Calgacus, welcher die Römer bei der Schlacht von Mons Graupius zum Deiwel gejagt hatte, andere sagten, der Weg wär Druidenwerk, von denselben, die oben überm See von Blawearie die Steine aufgestellt hatten. Und beim Himmel!, da musste sich ein Haufen müßiger Steinhauer herumgetrieben haben, sie hatten sich noch an einem anderen Steinkreis auf der Netherhiller Heide versucht, genau auf halbem Weg der alten Straße. Doch heute, so lang danach, ragten höchstens noch zwei, drei Steine aus der Erde auf, und die Ackerknechte vom Netherhill schworen, der Rest sei zerschlagen und über das ganze Ackerland verstreut worden, die Felder waren so beinhart und steinig und blach wie das Herz der alten Bäuerin selbst. Doch übel war die Erde nicht für Rüben und Hafer dort oben auf Netherhill, das Heu konnte wohl leidlich gut werden, doch der größte Teil des Bodens war roter Lehm, arg grob und nass für Gerste, und wären da die Schweineherden nicht gewesen die die alte Sinclair fütterte und in Laurencekirk verkaufte, ihr Mann wär vielleicht nie so weit gekommen, wie er jetzt war. Sie stammte von alteingesessenen Gourdoner Leuten ab, die alte Sinclairsche, und über die weiß ja jeder Bescheid, die Fischer von Gourdon, die würden selbst einer Wasserleiche noch Silber aus dem Balg quetschen und stinkenden Schellfisch als Duftfisch bezeichnen und zwei um einen Schilling verkaufen. Sie war eine Fischerdeern gewesen, bevor sie sich mit dem alten Sinclair einließ, und wie sie sich mit geliehenem Geld auf Netherhill eingerichtet hatten, da war sie es gewesen, die zweimal die Woche in ihrem kleinen Ponykarren nach Gourdon rumpelte und mit einer Ladung faulem Fisch zurück kam, der die ganze Landschaft verstank, damit düngten sie das Land. Und düngen tat es sich wohl gut so, die ersten sechs Jahre oder so hatten sie feinen Ertrag, dann war der Boden bleich vor Ausgelaugtheit, und sie mussten aufhören mit dem Fischdünger. Doch inzwischen lief die Schweinezucht gut und brachte fein Geld, ihre Schulden waren getilgt, das Geld vermehrte sich von selbst.

Er war von harmloser Natur, der alte Sinclair, und er wurde langsam tatterig, und die Sinclairsche half ihm abends, sich in seinen Stuhl niederzusetzen, und zog ihm die Schuhe aus und streifte die Pampuschen über und sagte: *Du hast dich wieder müd gearbeitet, mein Jung*, und er legte ihr die Finger unters Kinn und sagte: *Ach wo, mir gehts gut, mach dich nicht bang ... solang wie ich noch dein Jung bin, mein Mäken ...* Und dann guckten sie einander an wie dösig, zwei alte runzlichte Dussel, und ihre Tochter Sarah, die so etepetete war, die hat sich dann immer geschämt, wenn grad jemand auf Besuch war und das mitbekam. Doch der Sinclair und seine Frominschke, die schüttelten nur den Kopf über sie, und nachts im Bett, wenn sie die alten Bunken aneinanderdrückten, um sich zu wärmen, dann taten sie manchen Seufzer, weil kein wackerer Bursche je die Neigung gezeigt hatte, Sarah in sein Bett zu holen. Lange Jahre hindurch hatte Sarah gehofft und ausgespäht und sich geputzt und geschniegelt, und einmal hatte es beim Langen Rob von der Mühle einen Schimmer Hoffnung gegeben, doch Rob, der war nicht der Typ zum Heiraten. Guter Himmel! Wenn die Dösel vom Cuddiestoun echte Dösel waren, wie sollte einer dann den Kerl nennen, der einen Haufen Geld hatte und bloß für sich allein hauste und sein Bett selbst machte und sein Brot selbst buk, obwohl er ein Weib hätte haben können, das ihn besonnen und wacker zugleich machen könnte?

Doch der Rob von der Mühle, der verschwendete keinen Gedanken auf das Gerede über ihn in Kinraddie. Weiter unten an der Kinraddie Road, da stand sie, die Mühle, an der Ecke der Nebenstraße nach Upperhill, und zehn Jahre lebte Rob dort nun schon allein, versorgte die Mühle und las die Bücher von einem eischen Mensch namens Ingersoll, der Uhrmacher war und nicht an Gott glaubte. Er hatte stets zwei, drei prächtige Schweine bei der Mühle, der Rob, und die hatten gut prächtig sein, denn was gab er ihnen anderes zu fressen als Korn und Gerste, die er aus den Säcken stibitzte, welche die Leute ihm zum Mahlen brachten? Doch war es nicht zu leugnen, dass der Eber vom Langen Rob einer der besten in den Mearns war, und von weither, sogar von Laurencekirk her, kamen die Leute und brachten ihre Säue, um sie von diesem Eber decken zu lassen, so ein feiner Karwenzmann von einem Viech war das. Außer der Mühle und seinen Schweinen hatte Rob noch einen Clydesdale-Gaul und ein Kunterchen, mit denen er seine zwanzig Morgen pflügte, und ein, zwei Kühe, die nie kalbten, weil er nie Zeit hatte, sie zu einem Bullen zu bringen, obwohl er damit die Zeit besser zugebracht hätte als all die Stunden, die er schwitzend und schuftend wie ein Döskopp darauf verschwendete, das schrale steinharte Heideland hinter der Mühle aufzureißen und ein Feld daraus zu machen. Vor drei Jahren hatte er damit angefangen und war nicht mal halb durch, es war voll großer Kuhlen und Kölken und verkrallter Broamwurzeln, dick wie Männerarme, ein blöderes Vorhaben hat man noch nicht gesehn. Rob hörte man bis spät draußen auf dem blachen Boden schuften, und wenn der Rest von Kinraddie zu Bett ging, dann pfiff er da vor sich hin, als wärs neun Uhr am Vormittag und als schiene die Sonne noch hell. Er pfiff *Ladies of Spain* und *There was a young maiden* und *The lass that made the bed to me*, doch beim Deiwel, nie holte er sich eine Deern, die ihm das Bett richtete, und vielleicht war das auch besser für die Deern, sie würde nicht viel von ihm zu sehen bekommen neben sich im Bett.

Nach so einer Nacht mit ihr wär er bestimmt wieder beim ersten Dämmerstreif draußen gewesen. Manchmal nahm er den Ackergaul und die Kunterstute mit, und sie waren dicke Freunde, die drei, bis die Tiere abzockelten, wenn er es nicht wollte, oder sich nicht von der Stelle bewegten, wenn er wollte, dass sie sich rührten, und dann wurde er glatt wild vor Wut auf sie und nannte sie bei den schlimmsten Namen, die ihm auf die Zunge kommen wollten, er schrie, dass man meinte, über die halben Mearns wär es zu hören, und er drosch auf die Pferde ein, dass die Leute schon sagten, das sollte mal einer bei der Tierquälerei melden, dabei konnte er gut mit Tieren umgehn und mochte im nächsten Augenblick schon wieder mit ihnen Freund sein, und wenn er fort gewesen war, beim Schmied in Drumlithie oder beim Zimmermann in Arbuthnott, kamen sie vom fernsten Winkel der Weide herangaloppiert, sobald sie ihn sahen, und er stieg vom Rad und fütterte sie mit Zuckerklumpen, die er gekauft hatte und bei sich trug. Er hielt sich für einen rechten Pferdekenner, der Rob, und guter Himmel!, er erzählte einem Geschichten von Pferden, bis einem glatt flau im Kopf wurde, doch er selbst bekam es nie satt, der lange Lulatsch. Lang war er und schmalknochig wohl, aber ganz schön schwer dabei, mit einem kleinen Kopf auf den Schultern und Augen so rauchgrau wie eine stählerne Pflugschar am Wintermorgen und stets glitzernd, und sein langer Schnauzbart, der hatte die Farbe von reifem Korn und hing ihm zu beiden Seiten des Mundes herab, deshalb hatte der alte Pastor ihm gesagt, er sehe aus wie ein Wikinger, und da hatte Rob gesagt: *Soll wohl gut sein, Herr Pastor, so lang ich nicht ausseh wie ein Pfarrer, werd ich mich schon fein zufrieden durchs Leben schlagen*, und der Pastor hatte gesagt, er sei ein Tor, und ein gottloser noch, und sein Lachen klänge wie das Prasseln von Dornstrunk im Herdfeuer. Und darauf hat Rob gesagt, lieber wär er ein Dornstrunk als ein Schmarotzer alle Tage, denn er glaubte nicht an Pastoren und Kirchen, das hatte er aus den Büchern von Ingersoll gelernt, obwohl, guter Himmel!, wenn die Logik von dem

Mensch so mies war wie seine Uhren, dann taugte er wenig als geistige Stütze. Ihm sollte es recht sein, sagte Rob noch, wenn Christus mal nach Kinraddie käme, er würde ihm gerne Speise geben und Trank, doch zum Deiwel mit der Speise, die es im Pfarrhaus gab. So ging es zu beim Langen Rob und in seiner Mühle, manche sagten, er wär wohl nicht ganz bei Koppe, doch andere sagten, sehr wohl wär er das, und sogar noch mehr als das.

Upperhill nun erhob sich über der Mühle, gekrönt von Lärchenwald, und die Leute erzählten, vor hundert Jahren hätten sich dort fünf Häuslerpachten gedrängt, bis Lord Kenneth die Scheunen und Ställe abriss, die Häusler aus der Gemeinde verjagte und den prächtigen Hof vom Upperhill erbaute. Und zwanzig Jahre später war der Sohn von einem der Häusler zurückgekommen und hatte den Hof gepachtet, Gordon hieß er mit Namen, und die Leute nannten ihn kurz Upprumpel, und das gefiel ihm nicht, denn er war ja beinah schon Landadel mit seinem großen Gehöft und hatte seinen Vater ganz vergessen, den Häusler, der den ganzen Weg von Kinraddie geheult hatte wie ein Kind, an dem Abend damals, als der Lord Kenneth sie davongejagt hatte. Er war ein kleines Stück Mann, ein weißes Gesicht hatte er und langes dünnes Haar und eine Nase, die war nicht grade sondern saß ihm schief zur einen Seite gedreht im Gesicht, und keinen Schnauzbart hatte er, und seine Füße und Hände waren ganz klein, er trug gerne Stutzen und darüber weite Hosen und hatte einen Stock bei sich, und so sah er stolz aus wie ein Hahn auf dem Mist.

Die Gordonsche war von Stonehaven gebürtig, ihr Vater hatte im Postamt gearbeitet, doch guter Himmel!, wer sie reden hörte, der mochte wohl meinen, er hätte persönlich das Postamt erfunden und sich patentieren lassen. Sie war ein rechtes Trumm von einem Weib, doch stets gut gekleidet und mit Augen wie ein Fisch, ganz kabeljausch sahen sie aus, und sie versuchte Englisch zu sprechen und wollte ihre beiden Töchter Nellie und Maggie Jean, die zur Stonehaven Academy gingen, auch dazu bringen, Englisch zu reden. Beim Himmel, die machten ein Kauderwelsch draus, wenn man die Menscher auf der Straße traf und fragte: *Und, Nellie, wie legen denn die Hühner deiner Mutter?*, dann sagte sie ziemlich sicher etwa: *Nich so moi bis dato*, und dabei guckte sie so stolz auf einen herab, dass sich mancher wohl zusammenreißen musste, um das Frettchen nicht übers Knie zu legen und ihr eine ordentliche Tracht Prügel zu verpassen.

Obwohl sie wahrlich keinen Taubenschlag von Familie hatte, redete die Gordonsche so, dass einer wohl hätte meinen können, sie hätte seit ihrer Hochzeit pro Monat einen Wurf Blagen in die Welt gesetzt. *Also, wie ich Nellie erzogen hab*, hieß es alle naslang, oder: *Und der Spezialist in Aberdeen hat gesagt, dass Maggie Jean* – und so weiter, bis die Leute es so satt hatten, dass sie im Umkreis von einer Meile um Upperhill kein Kind mehr erwähnten. Doch Rob von der Mühle, der freche Rüpel, der sagte ihr seinen Spott recht ins Gesicht und erzählte: *Also, wie ich meinen Eber zum Spezialisten in Edinburgh gebracht hab, da hat der gleich losgelegt: Also, Herr Rob, das ist ein fei außerordentlicher Eber, sehr empfindsam aber SO klug, und Sie sollten ihn wahrhaftig auf die Academy schicken, und eines Tages, da wird er Ihnen alle Ehre machen*. Wie die Gordonsche das hörte, da wurde sie rot wie ein Puter und vergaß auf ihr Englisch und sagte vom Rob, der wär doch ein oller Strunt, ein dahergelaufener.

Außer den beiden Töchtern gab es noch einen Sohn, John Gordon, ein wüster Kerl, wie man ihn sich schlimmer nicht denken kann, zwei, drei Mäken hatte er schon in Umstände gebracht, dabei war er kaum achtzehn. Doch wegen einer, da war er ganz schön in Bredullje geraten, ihr Bruder war Gärtner unten in Glenbervie, und wie der von der Sache Wind kriegte, da kam er nach Upperhill und erwischte den jungen Gordon auf dem Viehgang. *Du bist doch der Jock?*, sagte er, und der junge Gordon sagte: *Halt deine verdammten Pfoten bei dir*, und der andere sagte: *Ja gleich, erst muss ich sie an einem Gubbelfetzen abwischen*, und damit packte er eine Handvoll Mist, den er auf den jungen Gordon klatschte, und dann rollte er ihn in der Jauche, bis er aussah, dass er einer Sau die Lust aufs Abendbrot verdorben hätte. Die Knechte im Hüsselhus hörten den Aufruhr und kamen herausgestürzt, doch sowie sie sahen, dass es bloß der junge Gordon war, der da seine Abreibung kriegte, taten sie nichts als lachen, und sie standen dabei und riefen einander zu, dass da in der Jauchegrube doch eine prächtige Karrenladung Dung herumliege. Der Bursche aus Drumlithie, eingedenk seiner Schwester und ihrer Schande, war nicht scharf darauf, die Tortur so bald zu beenden, der junge Gordon sah noch eine Woche lang aus wie eine halbtote Katze und stank wie eine, die mausetot war, das war eine bittere Kränkung für die Herrin vom Upperhill. Sie rannte zum Hüsselhus und nahm den Großknecht beim Wickel, ein barscher junger Teufel von einem Highlandmann war das, Ewan Tavendale mit Namen. *Warum hast du meinem Johnnie nicht beigestanden?*, da sagte Ewan: *Ich bin als Großknecht angestellt, nicht als Milchamme.* Ein schamloser Lump war er, ein stilles Wasser wohl, und als Arbeiter arg gut, er konnte das Wetter riechen, sagten die Leute, und das Land, das lag ihm wohl eh im Blut.

Den achten Hof von Kinraddie, den konnte man schwerlich einen Hof nennen, das war nämlich Pooty's, an der Kinraddier Straße lag er, auf halbem Weg zwischen Mühle und Bridge End. Es war kaum mehr als eine Butze mit zwei Räumen und einer schiefen Schuppenreihe dahinter, wo der alte Pooty seine Kuh hielt und einen Esel, der war beinah so alt wie er selbst, sah aber fürwahr doppelt so frisch aus, und die Leute sagten, das Tier finge an zu stottern, sobald es das Maul zum Wiehern auftat, so lang war es schon beim Pooty. Denn der alte Pooty war wohl der schlimmste Stotterer, der sich je in den Mearns hatte hören lassen, und das Allerschlimmste dabei war, dass er es nicht wusste, und er brachte glatt jeden Pastor weit und breit, der ein Singfest veranstalten wollte, dazu, ihm einen Part zu geben. Dann stieg er auf die Empore, der alte tatterige Trottel, und rezitierte Robert-Burns-Gedichte, dass es eine arge Qual war für alle, die es anhören mussten. Er lebte schon gut fünfzig Jahre auf Pooty's, sein Vater war davor Instmann am Knapp gewesen, kaum eine Seele wusste noch, wie er mit Namen hieß, er selbst mochte es vergessen haben, er war einfach der Pooty's. Und der älteste Einwohner von Kinraddie war er und arg stolz darauf, doch weiß der Himmel, auf was er da stolz sein konnte, wo er es doch bloß so lange in einer muffigen klammen Butze ausgehalten hatte, in der kaum eine Geiß freiwillig hätte pinkeln wollen. Schuhmacher war das Mensch, und er nannte sich Suter, so ein altmodischer Name, über den sich die Leute lustig machten. Graues Haar fiel ihm bis über die Ohren, und er wusch sich vielleicht an Neujahr und zum Geburtstag, bestimmt nicht öfter, und wenn ihn je einer in anderem Gewand gesehen hatte als in dem grauen Hemd mit der roten Halsbinde, dann hat derjenige es fein für sich behalten.

Alec Mutch war der Bauer vom Bridge End, der Hof stand jenseits der Quelle des Denburn, er war von Stonehaven hergekommen, bis über beide Ohren stecke er in Schulden, erzählten sich die Leute, und zum Deiwel, das war kein Wunder mit so einer Schlunze von Frau, wie er sie am Halse hatte. Ein wackerer Arbeiter war Alec, und Bridge End war nicht das übelste Land von Kinraddie, obwohl es nass war in der Senke, wo die Felder an Upperhill grenzten. Stallungen gabs für zwei Paar Pferde, doch Alec hielt nur drei Stück, er wollte warten, bis die Kinder groß waren, um seine zwei Gespanne vollständig zu machen. Und der Nachwuchs kam immer weiter, viel anderes brachte sie nicht fertig, die Mutchsche, kaum ein Jahr ging herum, ohne dass sie wieder im Kindbett war, Mutch war schon ganz daran gewöhnt, dass er sich mitten in der Nacht aufrappeln und runter nach Bervie um den Arzt rennen musste. Der Arzt, der alte Meldrum war es, der kniepte dann Alec zu und rief: *Mann, Mann, bist du schon wieder zugange gewesen?*, und Alec sagte: *Verdammich, heutzutage braucht einer man bloß eine Frau angucken, und schon isses wieder soweit.*

Dann sagten die Leute, er müsse seine Frau wohl viel anstarren, und das ließ sich schwerlich glauben, sie war keine Schönheit, hatte ein schiefes Auge und einen scheelen Blick, und nichts bekümmerte sie, nicht ein Ding auf Erden, nicht mal, wenn alle fünf Kinder gleichzeitig Zeter und Mordio schrien und der Rauch durch den Kamin schlug und das Essen verdarb und das Vieh in den Hof trampelte und an ihrer Wäsche fraß. *Ach, wenn ich hundert Jahr tot bin, ist das alles egal*, sagte sie dann und steckte sich eine Zigarette an wie ein Kesselflicker, denn sie hatte immer ein Päckchen bei sich, die halben Mearns zerrissen sich das Maul über sie, sie und ihre Pafferei. Zwei von den fünf Kindern waren Jungs, der älteste war elf, und alle fünfe hatten sie das Mutch-Gesicht, breit und knochig mit spitz zulaufendem Kinn, wie bei jungen Eulen und Füchsen, und mächtig große Ohren hatten sie alle, wie Henkel an der Sahnekumpfe. Alec selbst hatte auch solche Riestüten, dass es hieß, er klatsche damit im Sommer die Fliegen weg, und einmal kam er auf dem Fahrrad nach

Hause von Laurencekirk, da war er schwer betrunken, und an dem steilen Hang bei der Brücke über den Denburn, da verguckte er sich und hielt das fließende Wasser für die breite Straße, und zwischen Brückenkrone und Ufer schlidderte er dann holterdiepolter gut ein Halbdutzend Meter runter in das lehmige Bachbett, und oft erzählte er, wenn er nicht auf einem Ohr gelandet wär, dann hätte er sich gut und gern das Hirn zerschlagen, doch der Lange Rob von der Mühle lachte dann laut und sagte: *Hirn? Herrje, Mutch, da wär bei dir keine Gefahr gewesen!*

Das also war Kinraddie in jenem düstern Winter neunzehnelf, und der neue Pastor, der, den sie früh im Jahr drauf wählten, der würde sagen, es wär die Schottische Landschaft daselbst, eine Kreuzung von Kohlkopf und schmuckem Hundsrosenbusch im Schatten eines Hauses mit grünen Fensterläden. Und was er damit wohl meinte, das mochte sich einer man selbst ausmalen, wenn er einen Kopp hatte für Rätsel und Tinnef, es gab ja kein einziges Haus in Kinraddie, das grüne Fensterläden hatte.

DAS LIED

I
PFLÜGEN

Unter und rings um Chris Guthrie, die ausgestreckt lag, wisperte und haspelte die Juniheide und schüttelte ihr Gewand, gelb vom Ginster und überhaucht mit Lila, die erste Blüte vom Heidekraut, doch noch nicht ganz in voller Inbrunst seiner Farbe. Und im Osten gegen das Kobaltblau des Himmels lag das Glitzern der Nordsee, das war hinter Bervie, und in einer Stunde vielleicht mochte der Wind sich dort drehen, und dann mochtest du den Wandel schon spüren in Stärke und Ungestümigkeit, mit einem Strom Kühle, den er dann mitführen würde von der See. Seit Tagen war der Wind jetzt vom Süden gekommen, strich schüttelnd und rüttelnd übers Moor und sprang die schlummernden Grampians hinauf, das Ried zuckte und bebte am Wasser, wenn seine Hand auf ihm lag, doch er brachte mehr Hitze als Kühle, und all die Felder waren schier ausgedörrt, jeder Tropfen aus ihnen gesaugt, und die rotlehmige Erde von Blawearie klaffte offen um Regen, der nimmermehr kommen würde, so mochte es scheinen. Hier oben strahlten die Hügel vor Schönheit und Hitze dabei, doch die Heuwiese war nichts als knisternde Dürre, und im Kartoffelfeld hinter Scheunen und Ställen hingen die Strünke schon gilblich und rostigbraun, als hätten sie die Lohe. Die Leute sagten, seit dreiundachtzig hätte es keine solche Dürre gegeben, und der Lange Rob von der Mühle sagte, *das* jedenfalls könnten sie Gladstone nicht in die Schuhe schieben, und alle lachten, außer Vater, weiß der Himmel warum.

Der Norden, oben nach Aberdeen zu, hatte genug Regen, sagten manche, der Dee führte Hochwasser, und die Kinder angelten im Seichten angeschwemmte Lachse, und das kam wohl manchem ganz recht, doch kein Fitzel vom rechten Wetter war über die Hügel gekommen, die Straßen runter zur Schmiede in Kinraddie oder hoch bis zum Denburn glühten ordentlich in der Hitze unter einer dicken Schicht Staub, sodass die Automobile hindurchwummerten wie Kessel unter Dampf. Und das geschah ihnen ganz recht, die scherten sich doch um nichts und an keinem, dieses Pack, das in den Automobilen fuhr, sagten die Leute, kaum vierzehn Tage war's her, da hatte einer beinah den kleinen Wat Strachan überfahren und war schliddernd zum Halten gequietscht, eben genau vor Peesie's Knapp. Wat hatte geheult wie eine Katze mit einem Stachel unterm Schwanz, und Chae war mit ein paar Sätzen draußen und hatte den Fahrer an der Schulter gepackt. *Was fällt dir ein, zum Deiwel?*, hatte Chae ihn gefragt. Und der Fahrer, so recht ein Schnösel mit Stutzen und schiefem Hut, der hatte gesagt: *Halt demnächst die verdammten Kinder von der Straße!* Und Chae hatte gesagt: *Und du halt deine Zunge man manierlich im Zaum!*, und dann hatte er dem Fahrer einen Hieb aufs Ohr versetzt, dass der runterplumpste in den Dreck, und die Strachansche, die Tochter vom alten Netherhill, die kam herausgestürzt und schnerkte schrill: *Herrje, du Viech, du hast das Mensch erschlagen!*, und Chae hatte bloß gelacht und gesagt: *Keine Sorge, verdammich!*, und weg war er. Die Strachansche hatte dem Schnösel beim Aufstehn geholfen und ihn abgeklopft und gebürstet und sich für Chae entschuldigt, richtig manierlich. Und zum Lohn hat sie gekriegt, dass Chae wegen tätlichem Angriff nach Stonehaven zum Richter bestellt wurde und ein Pfund Strafe bezahlen musste, und wie er aus dem Gericht kam, hat er gesagt, es gibt keine Gerechtigkeit im Kapitalismus, eine Revolution würde mit dessen korrupten Schwengeln schon aufräumen. Mag sein, dass das stimmt, doch so wahr ich hier steh – nach einer Revolution sieht es nicht aus, hat der Lange Rob von der Mühle gesagt, genauso wenig wie nach Regen.

Mag sein, dass das auch der Grund war für ein gut Teil der gretzigen Laune im ganzen Howe. An jedem Weg, den du gingst, standen die Bauernburschen an die Gatter gelehnt und starrten finster ins Wetter, und Straßenarbeiter, die armen Kerle, polkten sich müde an ihren Buckeln und troffen von Schweiß, und die einzigen, die es gut haben mochten, waren die Schäfer oben am Berg. Doch die wurden heiser vom Fluchen als Antwort, wenn Leute ihnen das zuriefen, die Bergbäche, wo die Herde stand, konnten in der nächsten Stunde schon versiegen oder versickern und die Schafe sich dann verlaufen und blöken und einen schier um den Verstand bringen, bis man sich meilenweit müde lief, um sie ans nächste Fließ zu führen. Jedermann wurde ordentlich vergretzt, wenn er zum Himmel sah, und überall im Howe brachten die Pastoren ein Gebet um Regen ein, das kam zwischen dem für das Heer und dem für das Rheuma des Prinzen von Wales. Doch es brachte rein gar nichts an Regen, und der Lange Rob von der Mühle sagte, er hätte gehört, mit dem Heer und dem Rheuma stünde es auch noch genauso wie vorher.

Vater hätte vielleicht besser daran getan, die Zunge manierlich im Zaum zu halten und in Echt zu bleiben, da gab es jede Menge Regen, ein prima Land war das, Aberdeen, wenn es um Regen ging, bei Tag und bei Nacht sahst du den Regen über den Barmekin und den Hill of Fare rollen und strömen, in dem schönen Nordland dort oben. Und Mutter tat dann einen Seufzer beim Blick aus den Fenstern in Blawearie: *Kein Land so schön wie Aberdeen, und keine Leute so brav wie die am Don.*

Ihr ganzes Leben hatte sie am Don verbracht, die Mutter, geboren in Kildrummie, wo ihr Vater als Ackerknecht in Stellung war, nicht mehr wie dreizehn Schilling bekam er pro Woche, und dreizehn waren sie in der Familie, vielleicht, damit es sich genau ausging. Doch Mutter sagte, sie hatten sich alle vertragen, nie im Leben war sie froher als damals, wie sie barfuß auf den Straßen zu der kleinen Schule trabte, die sich in den Schatten der heimeligen Hügel schmiegte. Und mit neun ging sie von der Schule und bekam einen Korb gepackt und sagte ihrer Mutter Lebwohl und machte sich auf in die erste Anstellung, nicht mal Schuhe hatte sie damals an den Füßen, bis sie zwölf war hatte sie keine Schuhe gehabt. Das war noch keine richtige Anstellung, diese erste, sie hatte kaum mehr zu tun, als bei einem stinkalten Bauern die Krähen von den Feldern zu scheuchen und unterm Dach zu schlafen, doch es gefiel ihr wohl gut, und nie würde sie vergessen, wie der Wind auf den Feldern sang, als sie jung war, und das döselige Blöken der Lämmer, die sie hütete, und wie sich die Erde anfühlte unter ihren Zehen. *Ach, Chris, mein Mäken, es gibt wohl Bessres als deine Bücher und dein Lernen oder Lieben und Kosen, da ist das weite Land ganz deins und du bist seins, in dieser Zeit, wenn du kein Kind mehr bist und noch nicht Frau.*

So hatte die Mutter damals Arbeit getan und war über die Felder gelaufen, sie war heiter und sanft, das wusstest du auch jetzt, wenn du sie gegen die Sonne stehn sahst, dann wars, als blicktest du tief hinab in einen Tunnel der Jahre. Auf der zweiten Anstellung blieb sie lange, sieben acht Jahre war sie dort gewesen, bis der Tag kam, an dem sie John Guthrie beim Wettpflügen in Pittodrie traf. Oft hatte sie davon früher Chris und Will erzählt, es war nichts Großes, dieser

Wettbewerb, die Pferde waren jämmerlich und die Pflügerei noch ärger und so grob, ein harscher Wind pfiff über die Gewannen, und Jean Murdoch war schon drauf und dran heimzugehen. Und dann kam ein stattlicher junger Bursche an die Reihe, ein Rotschopf, beinichter als es je einer gesehen hatte, seine Pferde waren umflochten mit Bändern, schmuck und geschniegelt, und sobald er seine Furche ansetzte, sah jeder gleich, er würde den Preis machen. Und er machte ihn in der Tat, der junge John Guthrie, und nicht nur das. Denn wie er sich anschickte, auf dem einen Pferd von dem Feld wegzureiten, klopfte er mit der Hand auf den Rücken des anderen, und mit einem Blitzen im störrischen scharfen Auge rief er Jean Murdoch zu: *Sitz auf, wenn du magst!*, und sie rief zurück: *Und ob ich das mag!*, und sie packte das Pferd an der Mähne und schwang sich allein hinauf, bis Guthries Hand sie fasste und auf dem Rücken des Gauls zurechtsetzte. Und so ritten die beiden zusammen weg vom Wettpflügen in Pittodrie, Jean saß auf ihrem Haar, so lang wars und golden, und schaute lachend auf in das störrische stolze Gesicht von John Guthrie.

Und das war der Anfang von ihrem Leben zusammen, sie war so lieb und sanft zu ihm, doch durfte er sie nicht anrühren, sein Gesicht mochte wohl düster werden vor Raserei wegen dieser Sanftheit, die reizte seine Seele, dass sie fast zur Hölle fuhr. Doch nach zwei, drei Jahren hatten sie zusammengekratzt und gespart, dass es reichte für Hausrat und Möbel, und so heirateten sie endlich, und bald kam Will auf die Welt und kurz darauf kam Chris, und die Guthries pachteten einen Hof in Echt, Cairndhu hieß er, und da ließen sie sich nieder und blieben etliche Jahre.

Winter wie Frühjahr, Sommer wie Erntezeit, Dürre wie Sonnenschein auf den Hängen des Barmekin, das Leben zog die Furchen durch die Gewannen und lenkte seine Gespanne, und der Starrsinn verhärtete sich, scharf und kalt, im Herzen von Jean Guthries Mann. Doch der Schimmer ihres Haars brachte ihn noch immer in Wallung, und Chris hörte ihn nachts stöhnen vor Qual, wenn er bei seiner Frau lag, das Gesicht der Mutter wurde fremd und fragend, ihre Augen weit fort auf den Frühlingen ruhend, die sie nie wieder sehen mochte, so heiter und lieblich waren sie gewesen, noch konnte sie Chris oder Will einen Augenblick halten und herzen, wenn sie allein war mit ihnen. Dann kam Dod und danach Alec, und Mutters schönes Gesicht wurde zährig davon. Eines Abends hörten Chris, wie sie laut zu John Guthrie sprach: *Vier in der Familie, das reicht; kein weiteres mehr.* Und der Vater donnerte sie an, wie es seine Art war. *Das reicht? Wir werden nehmen, was Gott uns in seiner Gnade schickt, Weib. Da sorg du nur für.*

Gegen Gottes Willen wollte er nichts unternehmen, nein, das tat Vater nie, und wie zu erwarten war, ließ Gott auf Alec die Zwillinge folgen, sieben Jahre später. Mutter ging umher mit diesem fremden Blick in den Augen, bevor sie kamen, sie hatte ihre liebliche Heiterkeit ganz verloren, und einmal, da mag sie wohl krank gewesen sein, sagte sie zu Vater, als es um den Arzt und dergleichen ging: *Sei da man nich bang. Da wird doch dein Freund Jehova für sorgen.* Vater war wie erstarrt, dann verdüsterte sich sein Gesicht, doch kein Wort sagte er, und Chris war verwundert darüber, hatte sie doch gesehn, wie zornig er wurde, als Will das Wort benutzt hatte, ganz gedankenlos, nur eine Woche zuvor war das gewesen.

Denn Will hatte das Wort in der Kirk von Echt gehört, wo die Ältesten sitzen, mit rasiertem Kinn und den Klingelbeuteln zwischen den Knien, so warten sie, dass die Predigt zu Ende geht und sie mit leisem slierigem Schritt zwischen den Bankreihen herbuckeln zum Ton der mageren Pennymünzen der Not, die scheu an die Threepennies des Wohlstands stießen. Und eines Sonntags hatte Will, dem Einschlafen nah, das Wort Jehova gehört, wie es dem Pfarrer über die Lippen kam, und er bewahrte und hütete es seiner Schönheit und Prächtigkeit wegen und wartete darauf, Ding, Mensch oder Tier zu begegnen, die zu diesem Wort passten, so wohlgeformt und gewichtig und groß.

Das war im Sommer, zur Zeit der Flöhe und Gelsen und Stechfliegen in den Wiesen, wo die Färsen aus schläfrigem Wiederkäuen auffuhren und in ein blödes tapsiges Birsen losbrachen, wenn die Gelsen durch Haar und Haut ins Hinterteil stachen. Echt bebte in diesem Jahr vom Donner der Herden, dem Krachen durchbrochener Gatter, dem Klatschen der Rinder durch Bracken und zuletzt dem Stöhnen von Guthries altem Pferd Nell, die in so einen He-Galopp von Highlandochsen geriet, wobei ihr ein großes gebogenes Horn in den Bauch fuhr und ihn aufplatzen ließ wie eine faule Steckrübe.

Der Vater sah es passieren, von hoch oben am Feld, da waren sie beim Heumachen und trugen die Büschel auf Raufen zusammen, und er stieß laut einen Fluch aus: *Verfluchtich noch mal!*, und rannte los in seiner behänden Art, hinab zu dem stöhnenden Haufen, zu dem Nell jetzt geworden war. Im Laufen nahm er eine Sensenklinge auf, und wie er näher kam, zog er die Klinge vom Schaft und schrie: *Du armes Ding!*, und Nell röchelte und röchelte Blut und war schweißbedeckt und wandte den Kopf ab, und der Vater schlug ihr die Sensenklinge in die Kehle und sägte so lang, bis sie tot war.

So war es mit Nell zu Ende, der Vater wartete, bis die Heuraufen voll standen, und machte sich auf nach Aberdeen und kaufte eine neue Stute, Bess hieß sie, und auf ihr kam er nach Haus geritten vor Wills voll Verzückung starrenden Blicken. Und Will nahm die Stute und gab ihr Wasser und führte sie in die Bucht, wo Nell geschlafen hatte, und gab ihr Heu und eine Handvoll Korn und machte sich daran sie zu putzen, vom Widerrist bis zur Fessel und ihren prächtigen runden Bauch und den Schweif, den langen, gelockten. Und Bess stand da und fraß ihr Korn, und Chris stand gegen den Torpfosten gelehnt mit der Lateinischen Grammatik in der Hand. Und so striegelte Will glücklich mit langen schönen Strichen, bis er mit dem Schweif fertig war, und dann, als er die Bürste hob, um Bess auf die Flanke zu klopfen, dass sie sich in der Bucht umdrehte, damit er ihr die andere Seite striegeln konnte, da blitzte ihm im Kopf das herrliche Wort auf, das er sich als Schatz bewahrte. *Da herum, Jehova!*, rief er und klatschte ihr kurz auf die Seite, und John Guthrie hörte das Wort über den Hof und kam flinks aus der Küche, wischte sich die Krümel vom Haferkeks aus dem Bart und über den Hof in den Stall kam er gelaufen –

Aber er hätte Will nicht so schlagen dürfen, Will fiel dem Pferd zwischen die Füße, und Bess wandte den Kopf, Körner fielen ihr aus dem Maul, und sie schaute hinab auf Will mit seinem Gesicht voller Blut, und dann schwenkte sie ihren Schweif und stand still. Und dann zerrte John Guthrie seinen Sohn beiseite und beachtete ihn nicht mehr, hob nur die Bürste und den Striegelkamm auf und rief: *Brrr, Mädchen!*, und machte weiter mit dem Striegeln. Chris hatte geschrien und die Hände vors Gesicht geschlagen, doch jetzt schaute sie wieder hin. Will setzte sich langsam auf, sein Gesicht war voll Blut, und John Guthrie sprach zu ihm, ohne ihn anzusehen, während er Bess dabei putzte.

Merk dir, Kerleken, wenn ich noch einmal höre, dass du den Namen deines Schöpfers lästerst, wenn ich noch einmal höre, wie du dieses Wort im Munde führst, dann verschneid ich dich. Merk dir das. Verschneid dich wie ein Lamm.

So hasste Will nun den Vater, er war sechzehn Jahre alt und beinah ein Mann, doch der Vater konnte ihn immer noch zum Heulen bringen, als wäre er bloß ein Kind. Er flüsterte Chris von diesem Hass, wenn sie nachts in der Dachkammer hoch oben im Haus in ihren Betten lagen und der Austmond über dem Barmekin schwamm und die Kiebitze über dem Echter Land zwiepten. Und Chris hielt sich die Ohren zu und hörte doch hin, drückte mal die eine Wange ins Kissen, mal die andere, auch sie hasste und hasste auch wieder nicht – den Vater, das Land, das Leben auf dem Land, ach, wüsste sie's nur!

Sie kannte ja Bücher, trat in sie hinein, in das Zauberland weit weg von Echt, draußen, weit fort, im Süden. Und in der Schule, schrieben sie, da sei sie die Schlaue, und John Guthrie sagte, sie solle wohl die Schulbildung kriegen, derer sie bedurfte, wenn sie nur brav lernte. Dann mochte sie einmal wohl Lehrerin werden zu seiner Ehre, das war anständig vom Vater, flüsterte die Guthrie in ihr, aber die Murdoch lachte mit offenem heiterm Gesicht. Doch immer weiter wandte sie sich ab von dem Lachen, ganz entschlossen, sie hörte so gern von all den Dingen in Geschichte und Geographie, fand selten was zum Lachen, auch nicht die fremden Namen und Wörter wie Too-long und Too-loose, bei denen die Klasse sich vor Lachen bog. Und im Rechnen auch, da war sie besser als gut, rechnete lange Reihen im Kopf, und deshalb war sie immer die Beste, sie war die Prima und sie bekam die Preise, vier Preise hatte sie bekommen im Lauf von vier Jahren.

Ein Buch hatte sie bekommen, das hatte sie arg blöd gefunden, *Alice im Wunderland* hieß es, das war ganz ohne Sinn und Verstand. Das zweite Buch, das hieß *What Katy did at School*, und sie mochte Katy sehr gern und beneidete sie und wünschte, sie könnte wie Katy auch in der Schule wohnen und brauchte nicht durch den grösichten Pladder der Winterabende nach Hause zu stapfen, um den Kuhstall auszumisten, wo der Gestank von dem Dung ihr pfuich ins Gesicht schlug. Und das dritte Buch war *Rienzi*, da waren manche Teile gut und andere arg ermüdend. Er hatte eine ganz schmucke Frau, der Rienzi, und er schlief bei ihr, die weißen Arme hatte sie um ihn geschlungen, als die Römer am Ende kamen, um ihn zu töten. Und das vierte Buch, das sie gerade neu bekommen hatte, kurz bevor die Zwillinge nach Cairndhu kamen, das hieß *The Humours of Scottish Life* – herrje, wenn dieser Schiet lustig war, dann musste sie ohne jeden Witz geboren sein.

Das waren alle ihre Bücher, die keine Schulbücher waren, und alle Bücher die sie in Cairndhu hatten, bis auf die Bibeln, die die Großmutter ihnen vermacht hatte, eine für Chris und eine für Will, und in der für Chris standen die Worte: *Für meine liebe Chrissie: Vertrau auf Gott und tu das Rechte.* Denn Großmutter, die auf Vaters Seite, nicht von der Mutter her, war arg fromm gewesen, und jeden Sonntag bei gleich welchem Wetter war sie zur Kirk in Echt gestapft, vier, fünf Pastoren mochte sie dort alles in allem mitgemacht haben. Und einem Pastor, dem hatte sie nie verziehen, denn der sagte nicht Gooutt, wie ein anständiger Mensch es aussprach, sondern Gott, und eine Gnade wars gewesen, wie der sich verkühlte, ins Bett musste er sich legen und starb dann ganz schnell, vielleicht war das seine Strafe gewesen.

So sahs also bei Chris aus mit ihrem Lesen und ihrem Lernen, zwei Chris' gab es, die kämpften um ihr Herz und setzten ihr zu. Den einen Tag hasstest du das Land und das rohe Reden der Leute, und das Lernen war schön und recht, und am nächsten Tag wachtest du auf und hörtest die Kiebitze über den Hügeln rufen, tief und tiefer ins Herz riefen sie dir, und der Geruch der Erde wehte dir entgegen, und du mochtest fast weinen, weil es so schön war und so lieblich, das schottische Land und der Himmel darüber. Da sahst du ihre Gesichter im Feuerschein, Vaters und Mutters Gesicht und die Nachbarn, bevor die Lampen angezündet wurden, müde und sanft, so lieb waren sie dir, und deinem Herzen so nah, du verlangtest nach den Wörtern, die sie gekannt und gesagt und dann vergessen hatten in der fernen Jugend ihrer Leben, schottische Wörter, die deinem Herzen erzählten, vom Hachten und Darben, der Fron ihrer Tage und ihrem Ringen, das nie zu Ende ging. Und kaum eine Minute später warst du schon wieder die Englische, zurück in den englischen Wörtern, so scharf und sauber und klar – eine Zeitlang, eine Zeitlang, bis sie dir so glatt aus der Kehle glitten und du wusstest, sie würden nie etwas sagen, das sich zu sagen überhaupt verlohnte.

Doch Chris machte die Prüfung für ein Stipendium und bestand und bekam es und fing an mit dem Konjugieren von lateinischen Verben, erstmal die einfachen: *amo, amas, wenn du lieb hast*, und dann lachtest du laut, wenn der Oberlehrer das sagte, und er rief: *Pssst! Pssst!*, doch er war ganz erfreut und lächelte, und dir war wohl und ganz kribblig, und du fühltest dich all den andern Deerns überlegen, die kein Latein oder so was lernten, die waren Küchenmägde bis auf die Knochen. Und dann Französisch, das war arg schwer, das *u* war am schlimmsten, und einmal kam ein Schulinspektor nach Echt, und Chris versank vor Scham fast in den Boden des Klassenzimmers, als sie sich vor die anderen stellen und *o-oo-obutin* sagen musste. Und der Inspektor sagte: *Spitz den Mund, wie wenn du feifen wolltest, aber sag dann nur o-oo, o-oo, o-oo*. Und das sagte sie dann und fühlte sich wie ein Huhn mit einem Kiesel in der Gurgel danach, wie der Inspektor weg war, ein Englischer war er gewesen, einen Riesenbauch hatte er gehabt, und er hatte nicht pfeifen sagen können, nur feifen. Und er ging wieder, runter war er gegangen, zu dem Wagen, der ihn an den Bahnhof bringen sollte, und seine feine Ledertasche hatte er vergessen, und wie der Oberlehrer das sah, da rief er: *Hach, Chrissie, lauf man fix dem Inspekter hinterher und bring ihm die Tasche.* Das machte sie, und sie hat ihn auch eingeholt, am Ende vom Schulhof, er hat sie angeglotzt und *Hä?* hat er gesagt und dann kurz gelacht und noch mal *Hä?* und dann: *Donke.* Und Chris ist zurück ins Zimmer zum Oberlehrer, der hat da auf sie gewartet und sie gefragt, ob der Inspekter ihr was gegeben hatte, und Chris hat *Nein* gesagt, da hat der Oberlehrer arg enttäuscht geguckt.

Dabei wusste ja jeder, dass die Englischen furchtbar gniedsch waren und nicht richtig reden konnten und Feiglinge waren, die den Wallace durch Tücke gefangen und dann umgebracht hatten. Doch in Bannockburn, da waren sie ordentlich geschlagen worden, Edward der Zweite hatte die Sporen gegeben, bis er in Dunbar war, und danach hatten die Englischen in jedem Krieg verloren, außer in Flodden, und in Flodden hatten sie auch wieder nur durch Tücke gesiegt, ganz so wie es in dem Lied von den Blumen des Waldes heißt. Ihr wollten immer die Tränen kommen, wenn sie hörte, wie das gespielt wurde und wie so viele mitsangen beim Gemeindekonzert in Echt, weil es so traurig war und von den Burschen handelte, die nie mehr zurückkamen zu ihren Deerns bei den Heuraufen, und diese heirateten nie und saßen nur da und starrten nach Süden zur Grenze nach England, wo ihre Burschen lagen, mit Dreck und Blut bedeckt, die Kilts blutgetränkt, die Helme zerbrochen. Und sie schrieb einen Aufsatz darüber, in dem sie alles erzählte, so, wie es gewesen war, der Oberlehrer sagte, es sei sehr gut und sie sollte sich eines Tages doch mal in der Dichtung versuchen, so wie die Frau Hemans.

Doch dann, grade nachdem sie den Aufsatz geschrieben hatte, kamen die Zwillinge zur Welt, und Mutter ging es schlimm wie immer danach. Elend und schluchzend suchte sie das Bett auf, Chris brachte Stunden um Stunden Kessel mit Wasser zum Kochen, und dann kamen die Tücher zurück, besudelte Tücher voll mit Schmier, den sie sich nicht traute anzuschauen, sie wusch die Tücher schnell und hängte sie zum Trocknen auf. Der Doktor kam, wie es Abend wurde, er blieb die ganze Nacht, und Dod und Alec schudderten und wimmerten und flennten in ihrer Kammer, bis Vater hinaufging und sie so verdrosch, dass sie wohl was zum Flennen hatten, aber da trauten sie sich nicht mehr. Vater kam wieder herunter, flink wie immer, obwohl er seit vierzig Stunden nicht geschlafen hatte, und er schloss die Küchentür hinter sich und saß da mit dem Kopf in den Händen und stöhnte und nannte sich einen elenden Sünder, Gott möge ihm die Lüste des Fleisches vergeben. Er sagte auch noch was über ihr schönes Haar und dann noch was über die Lüste, aber er hatte das nicht für Chris' Ohren gedacht, denn als er aufschaute und sah, wie sie ihn anstarrte, da fuhr er sie an, sie solle dem Doktor ein Frühstück bereiten: *Da drüben in der Stube, und koch auch ein Ei.*

Und dann fing Mutter an zu schreien, der Doktor rief von oben: *Mann, das ist ein arg schwerer Fall, ich werd wohl deine Hilfe brauchen!* Als Vater das hörte, wurde er grau im Gesicht wie ein Lappen und schlug die Hände wieder vor die Augen und schrie: *Ich wag mich nicht! Ich wag mich nicht!* Dann rief der Doktor wieder: *Guthrie, Mann, hast du mich nicht gehört?*, und Vater sprang zornig auf und schrie: *Verdammich noch mal, ich bin ja nicht taub!*, und er rannte die Treppe hinauf, behände wie immer, und dann fiel die Tür der Kammer zu, und Chris konnte nichts mehr hören.

Sie wollte auch lieber nichts hören, sie fühlte sich selbst

ganz elend, wie sie das Ei kochte und in der Stube aufdeckte, mit einem weißen Tischtuch über dem grünen aus Plüsch, alle Möbel so dunkel und schattenvoll und lusternd. Dann kam Will die Treppe herunter, er konnte nicht schlafen wegen Mutter, sie saßen beisammen, und Will sagte, der Alte sei doch ein Viech und Mutter hätte kein Baby mehr bekommen dürfen, dafür sei sie zu alt. Chris starrte ihn an, die schrecklichsten Bilder gingen ihr durch den Kopf, sie wusste es nicht besser damals, der Englischen in ihr wurde schlecht, wie sie flüsterte: *Was hat Vater denn damit zu tun?* Und Will starrte sie auch an, das Gesicht ganz beschämt: *Weißt du das denn nicht? Was hat ein Bulle mit dem Kalb zu tun, du Dummchen?*

Doch dann hörten sie einen grässlichen Schrei, der ließ sie auffahren, er hörte sich an, als würde ihre Mutter von wilden Tieren zerfleischt und schrie in höchster Not, und dann kam ein kleines Quieken wie von einem Ferkel, und danach versuchten sie von den Geräuschen dort oben wegzuhören, Chris ließ das Ei immer weiter kochen, bis es hart war wie Stein. Und dann schrie die Mutter wieder, oh Gott!, das Herz blieb dir stehn bei dem Ton, und damit kam der zweite Zwilling zur Welt.

Dann trat Stille ein, der Doktor kam die Treppe herunter, der Morgen war nah, verschreckt hing er jenseits der verstummten Felder und horchte und wartete. Doch der Doktor rief jetzt: *Heißes Wasser, Kannen voll, gieß mir ein Becken voll, Chris, und gib gut viel Seife dabei!* Sie rief zurück: *Ja, Herr Doktor!*, doch ihre Stimme blieb tonlos, er hörte sie nicht und wurde ganz ärgerlich: *Hast du mich nicht gehört?* Und Will rief die Treppe hinauf: *Jawohl, Herr Doktor, sie ist doch bloß bang!*, und der Doktor rief herunter: *Da wird sie verdammt mehr Grund haben, bang zu sein, wenn sie selbst ein Kind kriegt! Bring mir das Wasser, schnell!* Sie gossen das kochende Wasser ins Becken und brachten es durch die Stube, der Doktor kam an ihnen vorbei, hielt die Hände von ihnen weggestreckt, ihr Geruch erfüllte Chris mit einem Grauen, das sie einen Tag und eine Nacht lang nicht losließ.

Das war die Ankunft der Zwillinge auf Cairndhu, vorher schon war kaum genug Platz für sie gewesen, jetzt mussten sie hausen wie die Kesselflicker. Doch es war ein arg guter Hof, John Guthrie wollte sich nicht davon trennen, obwohl die Pacht bald zu Ende ging, und als Mutter nach zwei Wochen aufstehen konnte und herunterkam, noch mit einem Schimmer Gold in ihrem herrlichen Haar und wieder klarem Blick aus klaren Augen, da tobte und fluchte er, als sie zu ihm sprach. *Mehr Kammern?, was brauchen wir denn mehr Kammern wie wir jetzt haben? Meinst du, wir wären Landadel?*, so schrie er und fing wieder davon an, wie er Kind gewesen war in Pittodrie, da hatte seine Mutter neun Kinder gehabt, alle daheim, in einer Butze mit einer Stube und Diele, und sein Vater war bloß ein Instmann gewesen. Trotzdem waren sie zurechtgekommen, gottesfürchtig und rechtschaffen hatte er sie gemacht, und wenn ein Kind von Jean Murdoch auch nur halb so gut wär, dann würden ihre Wangen nie von Schamesröte gestreift. Mutter sah ihn an, auf den Lippen dieses kleine Lächeln, das sie hatte: *Nun, nun, dann bleiben wir also hier wohnen?* Und Vater reckte seinen Bart ganz nah an sie ran und schrie: *Jawohl, das tun wir, seis zufrieden!*

Doch am nächsten Tag, da kutschierte er zurück vom Markt, den alten Bob hatte er vorgespannt, als unten am Fuß des Barmekin ein Automobil um die Ecke kam, stotternd und knatternd wie ein wütender Kesselflickerhund. Der alte Bob hatte einen Satz gemacht, wobei der Karren beinah im Graben gelandet war, dann stand er starr wie ein Stein, so bang, dass er keinen Schritt mehr tat, und der Karren stand quer auf der

Straße verkeilt. Und wie Vater versuchte, den schreckstarren Gaul zur Seite zu zerren, da steckte eine Frau den Kopf aus dem Fenster vom Automobil, das Gesicht hatte sie ganz voll gepappkleistert mit Schminke und Puder und Dreck, und sie rief: *Sie versperren den Weg, mein Mann.* Und John Guthrie brauste auf wie ein Löwe: *Ich bin nicht Ihr Mann, Gott seis gelobt, denn wenn ichs wäre, dann würd ich einen Klumpen Dreck nehmen und Ihnen das Zeug vom Gesicht abkratzen, und dann würd ich noch einen Aasfresser ranlassen, damit es ganz sauber wird.* Die Frau platzte darüber beinah vor Wut, sie warf sich zurück in den Sitz und sagte: *Sie werden noch von mir hören. Hören Sie, James, schreiben Sie sich den Namen auf dem Schild auf!* Und der Schoffer hat rausgeguckt, ganz schön beschämt hat er ausgesehen, und er hat auf das Namensschild unter Bobs Geschirr geguckt und *Ja, Gnä'Frau* gebibbert, und dann sind sie umgedreht und davongefahren. So musste man mit diesem Dreckspack von Landadel umgehen, doch wie Vater die Pacht verlängern wollte, hat er Bescheid bekommen, dass er sie nicht kriegt.

Da hat er sich den *People's Journal* vorgenommen und hat seinen feinen besten Anzug angezogen, Chris hat die Mottenkugeln rausgeschüttelt und ihm den weißen Kragen gesucht und die Hemdbrust zum Bedecken des Arbeitshemds, und so machte John Guthrie sich auf den Weg nach Aberdeen und nahm den Zug nach Banchory, um sich dort eine kleine Pacht anzusehen. Doch die Miete war schrecklich hoch, und er sah, dass fast der ganze Bezirk nur aus Land von ganz großen Höfen bestand, das würde ihm die Luft abdrücken und er hätte da keine Chance. Doch das Land war herrlich, das stimmte ihn beinah um, herrlich sahs aus, und die Finger juckten einem, sich daran zu machen, doch der Makler nannte ihn *Guthrie*, und das ließ ihn kochen: *Was soll dieses Guthrie hier, Freundchen, ich bin Mister Guthrie für Sie.* Und der Makler sah ihn an und wurde ganz weiß um den Mund, und dann stieß er so einen kurzen Lacher aus und sagte: *Nun gut, Mister Guthrie, ich fürchte, Sie wären uns nicht genehm.* Und John Guthrie sagte: *Euer Hof ist mir nicht genehm, das will ich dir sagen, du kleiner futtleckerischer Schwengel.* Arm mochte er sein, aber das Mensch musste noch schlüpfen, das sich bei ihm, John Guthrie, solche Allüren erlauben konnte.

Also kam er heim und fing wieder an zu suchen. Und am dritten Tag kam er zurück von weit unten im Süden. Er hatte Blawearie bekommen, eine Pacht in Kinraddie in den Mearns.

Wüst war das Wetter in jenem Januar, den ganzen Abend trieben blusternde Graupelschauer über die Slug Road, während John Guthrie mit Familie und Hausrat von Aberdeen in die Mearns flütterte. Zweimal blieben die großen Karren mit den Ringsen stecken, es raschelte noch von den Restfetzen des Bindfadens darin, den Überbleibseln vom Einbringen der letzten Ernte im September, zweimal hockten sie in Schneebargen fest, bevor sich die Pferde stätsch an den Aufstieg machen sollten. Die Dunkelheit sackte wie eine plitschnasse Decke über die Erschöpfung und das Wimmern der Säuglinge, das John Guthrie vergrellte. Mutter rief nach ihm aus ihrem Winkel im vorderen Karren, wo sie mit den Zwillingen saß, mal den einen, mal den andern an der Brust, ihre Haut so bloß und kalt und weiß, und eine Strähne ihres rostgoldenen Haars löste sich aus dem Dunkel über ihrem Gesicht im Schein der schaukelnden Laterne. *Wir machen besser Halt in Portlethen und ziehn nicht heut Abend noch den Slug hinauf.* Vater brauste auf und fluchte zur Antwort: *Verdammicht und verflucht, meinst du, ich bin aus Silber gemacht, dass ich für Herberge in Portlethen bezahlen kann?* Und Mutter tat einen Seufzer und nahm den kleinen Zwilling, den

Robert, von der Brust, und die Milch tröpfelte schwer und zäh von seinen süßen, weichen Lippen. *Nein, wir sind nicht aus Silber gemacht, aber vielleicht hocken wir gleich wieder fest, und dann bleiben wir alle in dieser Nacht noch tot.*

Davor mochte ihm selbst bang sein, dem John Guthrie, sein Zorn lag an seiner Sorge wegen der Nacht, doch zu einer Antwort kam er gar nicht, denn jetzt erhob sich ein großes Brüllen auf der Straße längs dem wehenden Wogen von Torfmoos, auf dem das schütternde Mondlicht zitterte. Das Vieh hatte sich da zusammengerottet, mit gegen den Wind gehobenen Schwänzen widersetzten sie sich dem Slug und den stachelnden Girselkörnern, der kleine Dod heulte und bölkte die Tiere an, Angus mit gestutzten Hörnern und Shorthorns und Jungochsen mit Highlandblut, die fett geworden waren und sich gütlich getan und das Leben geliebt hatten auf den Hammen von Echt, und nach Süden hier, über diese rauen Hügel hinweg, lag eine Welt, die ihnen so kalt und so glücklos war. John Guthrie ließ den Zipfel der Plane fallen, in deren Schutz seine Frau saß mit den Zwillingen und den Möbeln der besten Stube und einer Fülle von gutem Gerät, und dann rannte er flink an dem vorgespannten Pferd vorbei bis hin zum Vieh, wo es zusammengerottet stand. Sein Faustschlag ließ Dod in den Graben taumeln. *Hast du denn keinen Verstand im Kopp, du Balg?*, schrie er und entrollte indessen den Lederriemen, den er um die Hand gewickelt trug und der ihm als Peitsche taugte. Das Knallen grollte durch das spitze Nädeln des Girsel, in langen Wellen richtete sich das Fell auf dem Rücken der Rinder auf, und nach einer Minute gab ein Tier ein Muhen von sich, ein kleiner Highlandstier wars, und setzte sich in Bewegung und verfiel in Trab, und die übrigen folgten ihm, schliddernd und grätschend auf ihren gespaltenen Hufen, der Gestank von ihrem Dung hing scharf und bitter im Girselgestöber des Abends. Alec vorneweg sah sie kommen und drehte sich um und verfiel auch ins Traben an der Spitze ihres Zugs den Slug hinauf in die Mearns und nach Süden.

Gnärend und ächzend, die Karrenböden stöhnend unter der Last, die auf ihnen lag, so gelangten sie über die Gefahrenstelle, die Wagen nahmen wieder Fahrt auf, der erste mit der abgeschirmten Laterne und dem Hausrat und Mutter, die die Zwillinge an der Brust hielt. Im nächsten Karren, mit Clyde im Geschirr, lag die Saat verladen, Kartoffeln, Weizen, Gerste, und Taschen mit Werkzeug und Gerät und Hacken und Forken, zusammengebunden mit starkem Zwirn, und zwei gute Pflüge und eine Egge, und Melkzeug und ein Rübengrammel mit Zähnen, die schnitten wie eine Guillotine. Den Kopf gegen den Wind gesenkt, mit lose hängenden Zügeln und das schmucke Fell ganz versprenkelt mit Graupel ging die Stute Clyde, die Last war ihr nicht schwer, wacker und brav und kräftig marschierte sie voran, hinter John Guthries Karren her, hatte keine Seele und kein Ding, das sie führte bis aufs immer und jetzt und seine Stimme auf dieser halben Meile, wenn er ihr munter zurief: *Brav, Clyde, brav, immer voran, mein Mäken.*

Chris und Will beim hintersten Karren, Will jetzt sechzehn, Chris fünfzehn Jahre alt, die Straße stiegen sie immer weiter bergan, gerade und gnadenlos, und dann und wann duckten sie sich in den Windschutz, und der Girsel sang scharf an ihnen vorbei rechts und links, weiß und glitzernd im Dunkel. Und manchmal kletterten sie vom Karrensitz herab, der überm mühsamen Trotten des alten Bob schwankte, und liefen neben ihm her, auf jeder Seite einer, und sie stapften mit den Füßen, um warm zu werden, und sahen die Ginsterbüsche, die sich schwarz zu beiden Seiten des Wegs die weißen Hügel hinaufzogen, und in der Ferne das Flackern von Lichtern übers Moor verstreut, da lagen

Menschen in Obdach und warm zur Nacht. Doch dann machte der Weg bergauf eine Biegung nach rechts oder links, auf die eine oder andere steile Ausgesetztheit, und der Wind schlug ihnen wieder entgegen, dass sie nach Luft schnappten und zurück auf den Karrensitz kletterten, Will mit eisigen Händen und Füßen, der Schillegasten stach scharf wie Nadeln im Gesicht, Chris war noch schlimmer dran, mit jeder Wegbiegung fror sie schlimmer, ihr Körper war wund und taub, die Knie, die Schenkel, der Magen, die Brüste, alles tat ihr so weh, dass sie den Tränen arg nah war. Aber davon sagte sie nichts, die Kälte ließ sie in eine Art Dämmer versinken, und einen seltsamen Traum hatte sie, wie sie sich da durch die uralten Hügel abmühten.

Aus dem Nachtdunkel vor ihnen kam ein Mann gelaufen, Vater sah ihn nicht oder merkte nicht auf ihn, obwohl der alte Bob so schnaubte und scheute in dem Traum, den Chris grade hatte. Und wie der Mann näherkam, da rang er die Hände, er war von Sinnen und sang, ein ausländisches Mensch, schwarzbärtig, halbnackt war er, und rief auf Griechisch: *Die Schiffe von Pytheas!, die Schiffe von Pytheas!*, und so ging er an ihnen vorbei ins Gestiebe des eisigen Graupelsturms auf den Grampian-Hügeln, Chris sah ihn nicht wieder – so ein malliger Traum. Denn die Augen hatte sie ja weit offen, die rieb sie, ohne es nötig zu haben, wenn das kein Traum gewesen war, dann musste sie im Kopf verdreht sein. So gelangten sie über den Slug, dort unten lagen Stonehaven und die Mearns, und weit weit hinten, Meilen noch durchs Becken des Howe, das blinkernde kleine Pünktchen Licht, das vom Fahnenmast von Kinraddie schien.

So langten sie an auf Blawearie, arg erschöpft für das bisschen Nacht, das ihnen noch blieb, und sie schliefen weit in den nächsten Morgen hinein, der grösich kalt von der See bei

Bervie heraufgezogen kam. Die ganze Dunkelheit hindurch hatten sie diese See gehört, das Schuuuusch-Huuuusch, das an den Klippen des einsamen Kinneff stöhnte. Nicht dass John Guthrie auf solche dösigen Töne gelustert hätte, doch Chris und Will horchten darauf in der Kammer, in der sie rasch ihr Behelfslager aufgestellt hatten. In der Fremdheit und Kälte und bei diesem Seufzen der Wellen in der Ferne fand Chris keinen Schlaf, bis Will flüsterte: *Lass uns zusammen im Bett schlafen.* Und das taten sie dann und schmiegelten sich aneinander, bis ihnen ganz warm war. Doch beim ersten Morgenschimmer schlüpfte Will wieder unter die Decken von seinem Bett, er war bang, was der Vater sagen würde, wenn er sie zu zweit in einem Bett liegen fand. Chris wurde fuchtich, als er das sagte, fuchtich und durcheinander, ganz die englische Chris, während der Schlaf sie überkam. War das denn möglich, dass Bruder und Schwester was miteinander machten, wenn sie zusammen schliefen? Und außerdem hätte sie auch sowieso nicht gewusst, wie.

Will schien es, als hätte er kaum eine Minute in seinem Bett gehabt, um warm zu werden oder noch ein Auge zuzutun, da war John Guthrie schon auf und munter und stapfte durchs Haus und weckte sie alle, und die Zwillinge wachten auf und weinten nach der Brust, und Dod und Alec mühten sich mit dem Feuer im Bausen. Vater fluchte die fremde Blawearie-Treppe hinauf und hinunter, polterte von einer Tür zur nächsten, blaffte, ob ihnen denn nicht selbst übel würde vor Scham, dass sie sich jetzt noch in den Betten suhlten, wo der halbe Tag schon um sei? Dann ging er hinaus, es wurde still im Haus, sobald er die Tür hinter sich zuschlug, er rief noch über die Schulter, er gehe jetzt, sich den See in Moor von Blawearie anzusehn: *Macht bloß, dass ihr euch beeilt mit dem Frühstück, und dann an die Arbeit, bevor ich zurück bin, sonst hau ich euch die Löffel heiß!*

Das war wahrlich ein malliger Einfall, dass Vater um diese Tageszeit den Hang hinauf gehen wollte. Auf dem Weg durch den Ginster hörte er einen Schuss, der John Guthrie, durch den Morgen, dunkel und wie aus Eisen krachte es, und John Guthrie blieb verbaselt stehen – war Blawearie nicht seins und er der Pächter? Wut packte ihn, und er schritt nicht mehr beschwingt, sondern rannte jetzt zwischen den dürren Brambüschen in großen Sätzen bergauf wie ein Hase, und schlagartig erschien er am See, der grasgesäumt und kühl unterm Wintermorgen lag, darüber ein Schwarm wilder Gänse, die nach Osten strebten, zur See. Alle, bis auf eine, stießen mit glänzendem Flügelschlag unter dem stahlgrauen Himmel nach Osten, während diese eine schräg absank und taumelte und mit glänzenden Schwingen die Luft strich, und dann, während John Guthrie ihre Federn zu Boden rieseln sah, einen grellen Schrei von sich tat wie ein Kind im Angstmahr nachts unter den Decken, und dann platschte der Vogel aufs Ufer des Sees, kaum zehn Meter von der Stelle, wo der Mann mit seiner Flinte stand. Da ging John Guthrie leise übers Gras zu dem Burschen mit seinen feinen Stutzen und seinem roten Gesicht, wer war er denn, dass er so selbstsicher da auf Guthries Land einfach stand? Der Kerl fuhr wohl zusammen, wie er Guthrie kommen hörte, und dann brachte er so ein halb joviales Lachen auf seine dumme Visage, doch John Guthrie, der lachte nicht. Stattdessen redete er ganz leise: *He, Mann, du hast hier geschossen*, und das Mensch sagte: *Ja, genau.* Und John Guthrie sagte: *He, dann bist du wohl ein Wilderer, was?*, und der Bursche sagte: *Nein, ich bin Maitland, der Großknecht am Gutshaus*, und John Guthrie flüsterte fast: *Und wenn du der Erzengel Gabriel bist, du schießt nicht auf MEINEM Land hier, verstanden?*

Die Aufrechten Steine ragten auf über den beiden, gefleckt und mit weißen Schneerändern gezeichnet standen sie, und ein Wind ging, der blies so kalt, dass sogar die Steine Frostbeulen kriegten, wie die beiden Männer da standen und einander anfunkelten. Dann brummte Maitland: *Da wird Ellison vom Gutshaus sich schon drum kümmern.* Und dann machte er sich arg fix aus dem Staub, bestimmt hatte er Angst, einen Tritt in den Steert zu kriegen. Und zu Recht, John Guthrie hätte ihm allzu gern mitten hinein getreten, doch das vergab er sich klipp, denn die Gans lag noch da, gleich neben dem Wasser, zuckend und Blut aus dem Schnabel gurgelnd, und sie blickte ihn voll Angst aus den schiefergrauen Augen an, und er wartete fein still, bis Maitland verschwunden war, dann drehte er dem Vogel den Hals um und nahm ihn mit nach Blawearie. Er erzählte der ganzen Familie von der Begegnung mit Maitland und schärfte ihnen ein, wenn sie je einen Schuss auf dem Land hörten, dann sollten sie gleich zu ihm rennen und Bescheid sagen, er würde sich jeden Wilderer vorknöpfen, ob Jude, Christ oder der Prinz von Wales in Person.

Das war also Vaters erste Bekanntschaft mit den Aufrechten Steinen, und er mochte sie nicht, denn eines Abends im Frühling, nach einem ganzen Tag Pflügen, müde war er vielleicht auch ein bisschen, da wanderte er den Hang hinauf zum See und fand Chris dort im Gras liegen, so wie jetzt in der Sommerhitze. So müde er auch war, flink stand er an ihrer Seite, die Schultern breit gereckt, seine zornfunkeligen Augen auf sie gerichtet, sie hatte nicht mal Zeit, das Buch mit Geschichten zu schließen, in dem sie las, er riss es ihr aus der Hand und warf einen Blick drauf und schrie: *Dreck ist das! Du solltest besser unten im Haus sein und deiner Mutter helfen die Luren waschen!* Und mit lauerndem Auge hatte er auf die Aufrechten Steine geschaut, und da war Chris ein malliger Gedanke in den Kopf gekommen, nämlich meinte sie, es habe ihn geschuddert, als wäre er bang, er, dem doch vor nichts bang war, ob tot oder lebendig, ob Adel oder Bürger. Vielleicht kam der Schudder auch von der hitzigen Hast, nach der ihn die Schärfe der kalten Frühlingsluft plötzlich anfiel, eine Minute lang stand er da und schaute auf die Steine und sagte, das wären leipe, schlimme Dinger, die Leute, die sie errichtet hätten, die brannten jetzt im Feuer, Wilde in Fellkleidern seien sie gewesen, jetzt hätten sie kein Fell mehr, das sie schützte. Und Chris sollte jetzt sofort heim und an die Arbeit gehn, hatte sie am Abend vielleicht Schießen gehört?

Nein, sagte Chris da, sie hatte nichts gehört, und auch an keinem andern Abend, bis John Guthrie selbst sich eine Flinte kaufte, ein gebrauchtes Ding, das er in Stonehaven gefunden hatte, ein Vorderlader wars, und wie er auf dem Weg nach Blawearie an der Mühle vorbeikam, da trat der Lange Rob heraus und sah die Flinte und rief laut: *He Mann, ich hatte keine Ahnung, dass du ein 45er Veteran bist!* Und Vater rief zurück: *Herrje, Rob, haste dunnemals schon in der Mühle die Leute betuppt?*, denn manks konnte er einen Witz vertragen, bloß nicht in der Familie. Also brachte er die alte Flinte nach Hause und lud sie mit Schrot und stopfte einen Fetzen Mull nach, und am Abend ging er leise hinaus im Schemern und schoss mal ein Kaninchen, mal einen Hasen, keine Seele durfte die Flinte anrühren außer ihm selbst. Das versuchte auch keiner, bis zu dem Tag, an dem er zum Markt nach Laurencekirk fuhr, da nahm Will die Flinte herunter und lachte sich eins und lud sie und ging hinaus und schoss auf ein Ziel, eine Heringskiste auf einem Zaunpfahl, bis er beinah perfekt traf. Doch dann wünschte er bald, er hätte es nicht getan, denn wie Vater am Abend nach Hause kam, da zählte er seine Schrotkugeln und wurde glatt rasend vor Zorn, bis Mutter der Sache müde wurde und rief: *Nun schweig schon, du mit deiner Flinte, was ist schon dabei, dass Will sie benutzt hat?*

Vater hatte am Bausen gesessen, als er das hörte, jetzt stand er auf wie eine Katze und stierte Will an, dass Chris das Blut in den Adern gerann. Dann sagte er in der leisen Stimme, die er immer hatte, wenn er sich zum Prügeln anschickte: *Komm raus mit mir in die Scheune, Will.* Mutter lachte ihr eigenes, helles Lachen, das sie von den Quellen in Kildrummie mitgebracht hatte, es war lieb und fremd in einem, dabei warf sie Will einen Blick voller Mitleid zu. Doch Chris brannte vor Scham an seiner statt. *Vater, das kannst du nicht tun!*, rief sie.

Genauso gut hätte sie die Gezeiten in Kinneff anrufen mögen, dass sie das Land verschonen sollten, der Vater kochte inzwischen vor Zorn. *Schweig still, Deern*, flüsterte er nur, *sonst nehm ich dich auch vor.* Und dann ging er mit Will zur Scheune und zog ihm die Hosen runter, wo Will doch beinah siebzehn war, und schlug ihn mit dem Riemen, bis die Striemen blau über seinen Hinterbacken standen, und in der Nacht konnte Will kaum schlafen vor Schmerz, er schluchzte in sein Kissen, bis Chris zu ihm ins Bett schlüpfte und ihn in die Arme nahm und ihn hielt und wiegte und die Hand unterm Hemd auf seinen Körper legte und die Finger sanft hin und her über sein geschundenes Fleisch bewegte, ihn besänftigte, und nach einer Weile hörte er auf zu weinen und schlief ein, an sie geklammert, seltsam kam es ihr vor, denn sie kannte ihn größer und älter als sie selbst war, und irgendwie waren seine Haut, sein Haar, sein Körper ihr fremder als früher, als wären sie keine Kinder mehr. Ihr fiel ein, was Marget Strachan erzählt hatte, und sie fühlte sich im Finstern vor Scham erröten, und dann musste sie noch mehr daran denken und lag wach, und wie es auf Mitternacht ging, sah sie aus dem Fenster eine Lohe in Lilarot und Gold, die kroch und glitt und flackerte über den Himmel, das war der Widerschein vom Ginsterflämmen in der Nacht, oben auf den Grampians, und am nächsten Morgen war sie fast zu müde, um in ihre Kleider zu finden und sich aufzumachen, um über die Felder zum Bahnhof zu gehn, zum Zug ins College nach Duncairn.

Denn ins College hatte man sie geschickt, und das war ihr arg fremd nach der Oberschule in Echt, ein hässlicher kleiner Bau war die Schule dort unterhalb von Bahnhof Duncairn, hässlich wie die Sünde und beinah so stolz, sagte die Chris, die eine Murdoch war, die Chris vom Land. Im Hauptgebäude befand sich der geschnitzte Kopf eines Tiers, das aussah wie ein Kalb, das Krämpfe hat, doch die anderen wollten schwören, das Wesen sei ein Wolf auf einem Schild, was auch immer das Viech da zu suchen hatte.

So ließ Mr Kinloch, der alte Zeichenlehrer, Woche um Woche eine Klasse zum Hof vor dem Wolfstier marschieren, sie setzten sich alle auf die Stühle, die sie mitgebracht hatten, und versuchten sich im Zeichnen von dem Biest. Kinloch hatte wohl eine Schwäche fürs Adlige, wer ein feines Kleid trug und das Haar schön gebürstet und einen Vater hatte, der recht hochgestellt war, neben der nahm er Platz und streichelte ihr den Arm und sprach mit ihr in einem leisen Singsang, weswegen alle ihn hinter seinem Rücken auslachten. *Neeeein, dös ist nicht gonz richdig*, säuselte er, *dös is mehr wie eins von den Schweinen von Chrissies Vaaaader als wie ein Waaabbendier, möcht ich woooohl meinen.* Ja, er mochte die Adligen, das tat der Mr Kinloch, und fürwahr, damit war er keine Ausnahme unter den Lehrern dort. Die meisten von ihnen waren Söhne und Töchter von ganz armen Häuslern und Fischern, nah beim Adel fühlten sie sich sicher und unerschrocken, weit weg von dem elenden Loch mit Grütze und Grieß und leintuchlosen Betten, wo sie aufgezogen worden waren. Deshalb waren sie arg herablassend zu Chris, der

Tochter eines Kleinbauern ohne Bedeutung, nicht dass es ihr was ausmachte, sie war gescheit und verständig genug, sagte sie sich selbst. Und hatte nicht Vater gesagt, dass in Gottes Augen ein ehrlicher Mann so gut war wie jeder Schullehrer und im Allgemeinen sogar verdammt viel besser?

Doch es brachte dich trotzdem auf, wenn ein Mensch wie die Fordyce-Deern von Mr Kinloch gehätschelt wurde, wo sie ein Gesicht hatte wie eine zerbrochene Puddingform und eine Stimme wie ein Nagel auf Schiefer. Und auch ihre Zeichnungen gaben wenig Grund zum Hätscheln, das Geld ihres Vaters hatte mehr damit zu tun, nicht dass Chris selbst zeichnen konnte wie ein Künstler, Latein und Französisch und Griechisch und Geschichte waren die Fächer, in denen sie glänzte. Und der Englischlehrer gab ihnen einen Aufsatz auf zum Thema *Tode großer Männer*, und ihr Aufsatz war so gut, dass er ihn der ganzen Klasse laut vorlesen musste, und die Fordyce-Deern hatte währenddessen ohne Unterlass geprustet und geschnaubt, so wütend war sie vor Missgunst.

Mr Murgetson war der Englischlehrer dort, obwohl er selbst kein Englischer war, er kam nämlich von Argyll und sprach mit so einem komischen Jammerton, das war der Highland-Jammer, und die Jungen beschworen, dass ihm Haarbüschel zwischen den Zehen wuchsen wie bei einer Highland-Kuh, und wenn sie ihn durch den Gang kommen sahen, steckten sie die Köpfe um die Ecke und riefen alle zusammen *Muh!*, wie ein Haufen Vieh. Dann geriet er in furchtbare Wut, und einmal, als es wieder passiert war, kam er in die Klasse, wo Chris auf den Unterrichtsbeginn wartete, und er stand da ganz offen fluchend und fuchtbar, und er packte ein schwarzes Lineal und warf Blicke um sich, als wollte er einen ermorden. Und vielleicht hätte er das auch gemacht, wenn nicht die Französischlehrerin, die so eine Prütte und Feine war, ins Klassenzimmer gesäuselt gekommen wäre, und da ließ er das Lineal sinken und grunzte und kräuselte die Lippen und sagte: *Ah, Canaille.* Sie säuselte noch ein bisschen und sagte: *Mäh souie.*

So gings also zu im College in Duncairn, zwei Chrissies gingen jeden Morgen dorthin, und die eine war ganz klug und fleißig, und die andere lehnte sich zurück und lachte leise über die Einfälle der Lehrer und dachte an den Hang von Blawearie und das Stampfen der Pferde und den Geruch nach Dung und die braunen furchigen Hände ihres Vaters, bis sie richtig Heimweh bekam. Doch sie wurde freund mit Marget Strachan, Chae Strachans Tochter, die war schmiedich und schmuck und lieb, es tat gut, mit ihr freund zu sein, obwohl sie von Dingen redete, die Chris anfangs schlimm erschienen, doch dann überhaupt nicht schlimm waren, du wolltest noch mehr davon hören, und Marget lachte und sagte, Chae hätte ihr das erzählt. Sie nannte ihn immer bloß Chae, das gehörte sich nicht, so vom eigenen Vater zu reden, vielleicht lags daran, dass er Sozialist war und meinte, Arm und Reich müssten gleich sein. Welchen Sinn hatte es, so was zu glauben und dann die eigene Tochter zur höheren Schule zu schicken, damit sie selbst eine von den Reichen würde?

Doch dagegen verwehrte Marget sich, das wars doch nicht, was Chae wollte, sie sollte studieren und bereit sein für die Revolution, die eines Tages kommen würde. Und auch wenn die nie kommen würde, sie, Marget, wär nicht auf Reichtümer aus, sie würde Doktor lernen, Chae sagte, das Leben käme aus den Frauen durch Tunnel der Schmerzen, und wenn Gott für Frauen was anderes vorgesehen hatte als das Gebären von Kindern, dann war es sicher das Retten von Kindern. Und Margets Augen, so blau und tief, die sahen aus wie ein Brunnen, wenn du hineinschautest, und wurden noch tiefer und dunkler, und ihr sanftes Gesicht wurde so ernst, Chris war es dann selbst ganz ernst zumute. Doch das dauerte nur einen Augenblick, im nächsten Moment war Marget schon wieder beim Lachen und Scherzen und ihren Versuchen, sie zu schockieren, indem sie von Männern und Frauen erzählte, was für Dussel die unter den Kleidern waren und wie die Kinder gemacht wurden und wie du sie kriegen solltest und von den Dingen, die Chae in Hütten der Schwarzen in Afrika gesehen hatte. Und sie erzählte Chris von einem Ort, wo die Menschen weiß und eingesalzen in großen Steinwannen lagen, bis die Ärzte sie aufschneiden mussten, das waren Armeleuteleichen. *Da sieh dich bloß vor, Chris, und stirb nicht arm, ich möcht nicht eines Tages nach einer Leiche zum Aufschneiden klingeln und dann dich aus der Wanne gebracht kriegen, tot und alt und verhutzelt und überkrustet mit Salz, ich würd in dein totes fremdes Gesicht gucken, das Skalpell schon bereit in der Hand, und schreien: Aber das ist doch Chris Guthrie!*

Das war schrecklich, Chris wurde ganz flau und kodderich von der Vorstellung, sie hielt inne mitten auf dem hellen Pfad durch die Felder nach Peesie's Knapp an diesem Abend im März. Rein und scharf und wild und klar war er, der Abend, der Geruch der gepflügten Erde in Nase und Mund, die Gespanne vom Netherhill waren den ganzen Tag auf den Feldern draußen gewesen, so eigen und schön und vertraut war der Geruch, den Chris in sich aufnahm. Und noch etwas sah sie, wenn sie Marget anschaute, flau von der Vorstellung davon, wie ihr toter Körper zu Marget gebracht wurde. Was sie sah, war eine Ader, die in Margets Kehle schlug, eine kleine blaue Ballung, wo das Blut in langsamen, ruhigen Schlägen vorwärtsstieß, nie mehr würde es das tun, wenn du tot und starr unterm Gras lagst, unten in der Erde mit ihrem Duft, doch nie mehr würdest du sie riechen; oder eingesperrt in die eisige Dunkelheit einer Wanne würdest du nie mehr die Lohe des brennenden Ginsters sehen oder die See am Fuß der Hügel tosen hören, ein Tosen, das durch den nebligen Morgen herandrang, all die guten Dinge, die nicht dauern konnten und so schnell vorübergingen. Und nur sie waren wirklich und wahr, außer ihnen war nichts, das du jemals erlangen konntest, als müder Traum und diese letzte dunkle Stille – ach, bloß ein Narr war gerne am Leben!

Doch Marget warf die Arme um sie, als Chris das sagte, und gab ihr einen Kuss mit ihren roten, sanften Lippen, rot wie Hagedornbeeren waren sie, und wohl gäb es schöne Dinge auf der Welt, sagte sie, Schönes, das nicht dauerte und deshalb umso schöner sei. *Warte ab, bis du in den Armen deines Liebsten liegst, zur Erntezeit, zwischen den Heuraufen, die um euch stehn, dann hört er auf mit den Scherzen, so ist das nämlich, weißt du, dann ändert sich bei ihnen der Blutdruck – und dann nimmt er dich so, warte, kein Mensch kann uns sehen, und dann hält er dich so mit seinen Händen, und so küsst er dich dann …*

Es war ganz schnell vorbei, hastig und schämlich, doch dabei auch schön, kitzelnd und fremd und schämlich im Wechsel. An dem Abend stand sie noch lange nach dem Abschied von Marget und wandte sich um und schaute hinunter auf Peesie's Knapp und errötete wieder, und mit einem Mal sah sie sie alle in Blawearie, als wären sie Fremde, die nackt aus der See gestiegen waren, und bei jedem Blick, der auf Vater und Mutter fiel, wurde ihr flau. Doch das ging vorbei nach ein, zwei Tagen, denn nichts ist, das bleibt.

Gar nichts, obwohl du arg jung bist, um an so was zu denken, du hast die Schule und das Lernen, englische Chris, und Leben und Essen und Schlafen bleibt der anderen Chris, die die Zehen für dich im Dunkel der Nacht ausstreckt und flüstert: *Ich bin du*. Doch dann kannst du wohl das Grübeln nicht lassen, als eines Tages Marget, die Teil deines Lebens geworden ist, dir am Knapp entgegengelaufen kommt mit der Nachricht, dass sie weggehen würde, nach Aberdeen, um dort bei einer Tante zu wohnen – *das ist ein besserer Ort für die Wissenschaft, hat Chae gesagt, und ich bin umso schneller mit der Ausbildung fertig.*

Und drei Tage danach fuhren Chae Strachan und Chris mit ihr zum Bahnhof hinunter und brachten sie an den Zug, wie sie da auf dem Bahnsteig standen, und Marget ihnen aus dem Zug winkte, so lieblich und jung, da sah Chae geradezu benommen aus, wie Chris sich fühlte. Er fuhr Chris heim vom Bahnhof, der Chae, und unterwegs sagte er nur einmal was, mehr zu sich selbst als zu Chris, wie es schien: *Ach, Marget, Mäken, dir wirds schon gut ergehn, wenn du dir die Burschen vom Leib hältst, dass sie dir bloß nicht die liebliche Brust küssen sollen.*

Da war sie fort, deine Marget, und keine Seele gabs in Kinraddie, die an ihre Stelle treten konnte, die Dienstmägde in Chris' Alter waren nichts als Dussel und Schussel, unter kieksigem Gekreisch rannten sie um die Scheune am Gutshaus, während die Ackerknechte hinter ihnen dreingnickerten. Und John Guthrie scherte sich so wenig um sie wie um Marget selbst: *Freunde? Mach deine Aufgaben, zeig uns, dass was aus dir wird, für Freunde hast du keine Zeit.*

Mutter blickte auf, wie er das sagte, ganz freundlich, gar nicht bang vor ihm, nie war sie bang: *Sieh nur zu, dass ihr der Kopf nicht weich wird von all dem Lernen und Dreck, das Lesen in Büchern ist es gewesen, woran der arme fuchsige Döskopp vom Cuddiestoun glatt durchgedreht ist, sagen die Leute.*

Da reckte ihr Vater seinen Bart entgegen: *Ach ja? Hättst du lieber, dass sie am Lesen von Büchern durchdreht oder am* – dann hielt er inne und fuhr plötzlich Dod und Alec an, die im Winkel der Küche einen Lärm gemacht hatten. Doch Chris, die im Schein der Öllampe in ihre Bücher starrte, mit Caesars Ankunft in Gallien befasst war und mit dem Aufruhr, den das Mensch dort losgetreten hatte, sie wusste wohl gut, was der Vater auszusprechen gedacht hatte – *Lust* war das Wort, das er hätte sagen mögen. Und sie blätterte die Seite um mit dem öden Caesarkerl und dachte an den wilden Aufruhr, den der Döskopp Andy eines Tages auf den Wegen und in den Wäldern von Kinraddie veranstaltet hatte.

Marget war noch kaum fort, als die Sache passierte, und bloß davon ging jetzt das Gerede im Ort, von dem, was Anfang April passiert war. Zur Saatzeit wars, John Guthrie säte zwei Felder mit Gras und mit Korn, schwenkte weit seine Hand, indem er voranschritt und die Saat auswarf, und Will trug ihm das Korn zu, das in Säcken entlang den Gewannen stand. Chris selbst half auch am frühen Morgen, wenn der Tau schnell verflog, es war heiter und leichtmütig in der frischen Luft, beim Flöten der Amseln in den Bäumen von Blawearie und dem Schimmern der See weit jenseits des Howe, wenn der Wind die Hänge heraufgeweht kam mit einem frischen, wilden Geruch, der dich packte und dir den Atem verschlug. So still war die Welt in jenen Stunden, wenn die Sonne gerade erst über den Horizont lugte, dass du die Schritte von Chae Strachan herübertönen hörtest, so klar und deutlich, als ginge er auf dem Feld nebenan, doch er war weit unten, ein Schatten und ein sonnenbeschienener Fleck beim Säen auf seinen Feldern hinter den Ställen und Scheunen von Peesie's Knapp. Lerchen stiegen auf an diesem Morgen, das hatte Chris bemerkt, sie zwitscherten und tirilierten schwärzlich und waren nicht zu sehen gegen das Gleißen der Sonne, erst eine Lerche, dann eine zweite, bis dir von der Süße des Tirilierens glatt schwindlig wurde und du stolpertest mit den schweren Eimern, beladen mit Korn, und Vater fluchte dich an über seinen roten Bart hinweg: *Verdammt noch mal, Mädchen, bist du denn ganz schusselig?*

An jenem Morgen wars, dass der dösige Andy sich weggestohlen hatte vom Cuddiestoun und sich auf diesen schandaligen Streifzug durch Kinraddie machte. Der Lange Rob von der Mühle erzählte später von dem Pferd, das er mal gehabt hatte, das hatte sich im Frühjahr auch gern solche Eskapaden geleistet, war über Gräben und Bäche gesprungen und über alles hinweg, was ihm an Lebendigem in die Quere kam, sobald es eine kirre kleine Stute vorbeikommen hörte. Ein Wallach wars, und trotzdem machte er das, und was war denn Andy anderes als so ein Wallach, der arme Deiwel? Obwohl die Ellisonsche da nicht zustimmen würde, herrje, niemals!

Es hieß, sie war nach der Begegnung mit dem Trottel so schnell gerannt, dass sie gleich ein paar Dutzend Pfunde dabei verlor. Bis fast in Sichtweite vom Gutshaus jagte der Wüstling hinter ihr her, und dann krabbelte er davon, ins Gestrüpp abseits der Mautstraße. Sie war ordentlich früh unterwegs gewesen für ihre Verhältnisse, die Ellisonsche, und schritt grad dahin auf dem Weg nach Fordoun, wie Andy aus einem Gebüsch am Wegesrand sprang, sein schiefscheeles Gesicht ganz schwitzig, und die Augen brennend heiß und feucht. Zuerst hat sie gedacht, er hätte sich wehgetan, aber dann sah sie, dass er zu lachen versuchte, er riss an ihrem Kleid und rief: *Du komm!* Sie wär fast in Ohnmacht gefallen aber tat es dann doch nicht, sie hatte den Regenschirm in der Hand, den krachte sie dem Döskopp auf den Dassel, dann machte sie kehrt und rannte davon, er kam hinter ihr hergepratzt, in langen Sprüngen wie ein Riesenaffe, und schrie ihr Schreckliches hinterdrein. Wie sie in Sichtweite vom Gutshaus kamen, war der Jagd ein Ende gesetzt, er musste dann gut eine Stunde lang in den Hügeln gelauert haben, sicher hatte er auch die Munrosche gesehen, das Marder, wie sie die Pfade hinunterschlidderte, runter zum Gutshaus, nach Peesie's Knapp und Blawearie, und überall fragte sie schneidend, als wärs jedermanns Schuld, bloß nicht die ihre: *Habt ihr wohl den Andy gesehn, den Strunt?*

Wie sie in Richtung Blawearie ging, muss er über die Hügel zurück gestökert sein, hoch oben überm Cuddiestoun, bis Upperhill in Sicht kam. Später meinte nämlich ein Pflüger, er hätte ihn gesehn, wie er da oben gegen den Himmel scheimelte und ein großes Büschel Sauerampfer ausriss und aß. Dann geriet er in den Wald vom Upperhill und wartete, Maggie Jean Gordon kam gegen neun dort den Weg zum Bahnhof entlang – ein dichter dicker Lärchenwald wars, mit einem Pfad mittendurch, wo das Licht kaum hineinfand, und die Zapfen knirschten und knackten und moderten unterm Schritt, und ab und an kroch ein grüner Riegel aus Ginster aus einer Mulde im Wald und schaute dich an, und wenn es Winter war, kam das Wild von den Grampians herunter und suchte hier Schutz. Doch im April, da trieb sich kein Wild mehr herum, um Maggie Jean zu verschrecken, nicht mal der Döskopp verschreckte sie. Er hatte hoch oben im Wald abgewartet, bevor er sich an sie heranmachte, vielleicht war er vorher auch an dem Pfad, wo sie ging, entlanggestolpert, immer verborgen vor ihren Blicken, denn sie hörte es knacken im Gehölz, daran konnte sie sich hinterher noch erinnern, und auch daran, dass sie sich gewundert hatte, ob wohl die Eichhörnchen schon draußen waren. Eine Gordon war sie, das war keine Empfehlung, doch sie war ein fröhliches kleines Ding, schmal und mit schmuckem brauem Haar, aufrecht ging sie, aufrecht blickte sie, und ihr Lachen, das hatte jeder gern.

Durch den Wald und direktenwegs dem Döskopp in die Arme ging sie nun, und wie er sie packte und mit seinen Händen emporhob, nicht mal da wurde ihr bang, nicht mal, wie er sie tief in den Wald geschleppt hat, die Ginsterzweige peitschten auf ihre Gesichter und der nasse Tau tropfte auf sie, und so gerieten sie auf eine kleine Lichtung von Ginster umringt, wo die Sonne einen langen Finger in den Dämmer hinunterstreckte. Maggie Jean stand auf und schüttelte sich, wie er sie auf den Boden setzte, und sie sagte ihm, sie könne jetzt nicht mehr spielen, sie war in Eile, sie würde noch ihren Zug verpassen. Aber er hörte gar nicht auf sie, auf einem Knie hockend drehte er den Kopf hin und her, ruckte und zuckte mal hierhin, mal dahin, und lurte und lusterte, und Maggie Jean lusterte auch und hörte, wie die Pflüger ihren Gäulen zuriefen, und wie ihre Mutter gerade in dem Augenblick mit ihrem *Putt-putt!, putt-putt!* die Hühner zum Füttern lockte. *Ich muss jetzt aber los*, sagte Maggie Jean zu ihm und griff nach ihrer Tasche und war noch keinen Schritt gegangen, da hatte er sie schon wieder gepackt, und nach einem Moment, auch ohne dass sie Angst hatte, sie mochte ihn bloß nicht leiden, da sagte sie ihm, nur ihre Mutter dürfe sie da anfassen, sonst niemand, und bitte, sie müsse jetzt wirklich los. Sie blickte auf zu ihm und schob ihn weg, diesen dösigen, malligen Kopf, er fing an zu schnurren wie eine wilde Riesenkatze, schrecklich muss es gewesen sein, dieser Anblick von ihm und dieses Geräusch. Der Herr allein weiß, was er als nächstes gemacht hätte, wenn nicht da, durch diesen hellen klaren Morgen, schön wie noch nie dagewesen, tief unten jenseits der Felder ein Mann zu singen angehoben hätte, weit weg, jedoch ganz rein, mit so einem heiteren Schwingen in der Stimme. Und dann brach er ab und pfiff das Lied, und danach sang er wieder von vorn:

Lieblicher Wicht,
heiter und licht,
Mäken klein,
wärst du mein,
ich hielt dich fest
nah meinem Herz,
lieblicher Edelstein,
wärst du nur mein.

Und da ließ der Döskopp, der horchend am Boden huckte, Maggie Jean los und fing an, selbst das Lied zu brabbeln, dann nahm er sie wieder in die Arme, aber ganz sanft, und er wiegte sie, als wäre sie eine Katze, und stellte sie dann auf die Füße und zupfte ihr das Kleid zurecht, und dann stand er selbst auf und nahm ihre Hand und führte sie durch den Lärchenwald zurück auf den Pfad. Sie ging los und ließ ihn zurück, und einmal drehte sie sich noch um, da sah sie, wie er hinter ihr her stierte, und sie merkte, dass er weinte, und sie rannte zu ihm zurück, das liebe Ding, und tätschelte ihm die Hand und sagte: *Wein doch nicht!* Sie sah, wie sein Gesicht sich verzog wie bei einem gepeinigten Tier, und fort ging sie zum Bahnhof hinunter. Erst wie sie am Abend nach Hause kam, erzählte sie von ihrer Begegnung mit dem Cuddiestouner Andy.

Der Tag schritt voran, und der Lange Rob, der auf seinem schralen Feld oberhalb der Mühle fröterte, der sang immer noch und schwitzte und fluchte die Pferde an, sein Singen musste Andy aus dem Lärchenwald hergeführt haben, an Hecken entlang schlidderte und krabbelte er, damit ihn bloß keiner von den Upperhillern sah, die draußen auf den Feldern warkten. Einmal schaute Rob auf und meinte, einen Schatten im Graben krauchen zu sehen, in dem Graben, der gleich an sein Blachfeld grenzte. Er hielt es für einen Hund oder dergleichen und schleuderte einen Stein, für den Fall, dass das Viech in Hitze war oder sich anschleichen wollte, um Hühner zu reißen. Der Schatten jaapte und grollte, wie der Stein traf, und war dann verschwunden, als Rob den nächsten Stein aufhob, und so machte Rob sich wieder an die Arbeit, und von dem Döskopp auf der Kinraddier Straße, der dort rannte, auf Bridge End zu, und dem das Blut in Rinnsalen übers wehverzerrte Gesicht strömte, von dem sah er nichts.

Doch gleich an der Ecke, kurz vor der scharfen Biegung an Pootys Hof, da prallte er beinah mit Chris zusammen, sie kam grade von Auchenblae mit Besorgungen, die die Mutter ihr aufgetragen hatte, den Korb hatte sie über dem Arm und in Gedanken war sie weit weg, nämlich beim Beugen der Verben auf -are. Er rannte ihr sabbernd entgegen, und sie schrie, obwohl sie gar nicht so bang war, dann schmetterte sie ihm den Korb mitten ins Gesicht und rannte zu Pooty. Der saß drinnen gleich bei der Tür, die sie grade noch erreichte, das tapsende Untier auf den Fersen, sie hörte sein Hiemen und Japsen, und später, lange danach noch, würde sie sich immer wieder fragen, woher auf einmal eine solche Gelassenheit über sie gekommen war. Flink wie ein Vogel huschte sie durch die Tür und knallte sie dem Döskopp vor der Nase zu und legte den Riegel vor und sah die Bretter sich wölben und splintern, wie sich von draußen der Körper des Irren wieder und wieder dagegenwarf. Pooty stotterte und formte tonlose Wörter im Dämmer, doch als er endlich verstand, da war er wohl tapfer, er schliff sich zwei von seinen Schustermessern scharf und schlich sich bibbernd von Fenster zu Fenster – die ließ der Döskopp unangetastet. Chris lugte aus einem Fenster und sah ihn wieder, er wühlte gerade in dem Korb, den sie ihm an den Kopf geworfen hatte, er warf die einzelnen Päckchen hinaus, wo sie über die Straße rollten, während er ein großes Stück Seife erwischte und sich daranmachte, hineinzubeißen und es zu essen, pfui! Dabei stotterte und blubberte er vor sich hin, dann kam er wieder angestürmt und warf sich aufs Neue gegen Pootys Tür, der Schaum trat gelb aus seinem Bart, während er immer weiter an der Seife fraß.

Doch dann kriegte er Durst und ging zum Bach hinunter, Pooty und Chris standen da und pierten nach ihm, und da kam der Cuddiestouner in Person um die Ecke. Sein Blick fiel auf Andy, er rief nach ihm, da setzte Andy über den Bach und verschwand, und Munro ihm hinterdrein mit Zeter und Mordio, und die beiden verschwanden aus dem Blickfeld in Richtung Bridge End. Pootys Gestammel zum Trotz schob Chris den Riegel hoch und ging hinaus und packte den Korb wieder ein, und alles war da, außer der Seife, und die war jetzt in Andys Bauch.

Und viel mehr hatte er an dem Tag auch nicht zu essen gehabt, er war beinah am Ende seiner Kräfte, obwohl er noch rannte wie ein Hase, und der Cuddiestouner hinter ihm her, der war arg klotzig in den Beinen, doch wie das Glück es wollte, lenkte gerade Mutch vom Bridge End sein Gespann über die Straße, um sein Feld fürs Sommergetreide zu eggen, als er der beiden Läufer ansichtig wurde, wie zwei Dösige waren sie hintereinander her, Andy rannte bald zweimal so schnell wie der Cuddiestouner, Seife und Irrsinn schäumten ihm übers Gesicht, der Cuddiestouner hechelte hinterdrein. Mutch ließ sein Gespann langsamer trotten und rief Andy zu: *He, Mann, renn doch man sachte!*, und wie Andy auf seiner Höhe war, da stellte er ihm ein Bein, Andy stolperte, schon lag er im Dreck, und im nächsten Augenblick war der Cuddiestouner auf ihm drauf und drosch ihm mit den Fäusten ins Gesicht, und der Alex Mutch stand bloß dabei und schaute zu, wackelte vielleicht ein bisschen mit seinen Riestüten, ihn ging das ja nichts an. Der Döskopp hob die Hände vors Gesicht gegen die Schläge, dann packte ihm der Cuddiestouner mitten in die Weichteile, der Döskopp schrie auf und wurde schlaff wie ein Sack unter den Händen vom Cuddiestouner. Und das war das Ende von Andys Streifzug, denn jetzt wurde er zurück nach Cuddiestoun gebracht, und die Leute erzählten, die Munrosche hätte ihm die Hosen runtergezogen und ihn mit dem Riemen versohlt, bis er wund war, doch wer weiß schon, was gelogen ist und was wahr, andere sagten nämlich, der Cuddiestouner selbst wärs gewesen, den sie versohlte, denn er war es ja, der den Döskopp am Morgen hatte aus dem Haus schlüpfen lassen, um ihren Namen mit seiner Wüstlingerei in Verruf zu bringen. Doch mehr Gelegenheit bekam Andy nicht, der arme Bratsch, am nächsten Tag kamen die Wärter von der Anstalt und holten ihn ab in einem Wagen, die Hände hatten sie ihm auf den Rücken gedreht und gefesselt, und nie wieder hat einer den Andy in Kinraddie gesehen.

Vater geriet ganz fuchtich und vergrellt, wie er von Chris die Geschichte hörte, eine eigene Fuchtichkeit war es, er nahm sie mit in die Scheune und ließ sich erzählen, und seine Augen glitten auf und ab über ihr Kleid, während sie sprach, ganz kodderich wurde ihr dabei, beinah gruslig. *Hat er dich also in Schande gebracht?*, flüsterte er, und Chris schüttelte den Kopf, und dann sah Vater aus, als sackte er ganz schlapp und schlaff in sich zusammen, und seine Augen trübten sich. *Ha, solche Sachen müssen in einer gottlosen Gemeinde wie hier ja passieren. Wenn der Pastor Gibbon da ist, kommt so was wohl nicht mehr vor.*

Drei Stück Pastoren waren nach Kinraddie gekommen und wollten sich um die verwaiste Kanzel bewerben. Der erste hielt seine Predigt Anfang März, er war das hibbeligste Ding, das sich einer vorstellen konnte, kaum einsfünfzig groß, jedenfalls sah er nicht nach mehr aus. Er trug ein feines Gewand mit lila Kapuze, wie ein Katholenmensch, und er zuckelte und ruckelte auf der Kanzel herum wie eine Schnepfe mit Veitstanz und geriet recht in Rage über den *Zweifel am Jüngsten Tag in der Kirk of Scotland*. Doch über ihn war sich in Kinraddie niemand im Zweifel, und wie Chris mit Will und ihrem Vater aus der Kirk kam, hörte sie Chae Strachan sagen, er säße lieber unter einer brütenden Glucke als unter *so einem* als Pastor. Der zweite, der sich versuchte, war ein betagtes Männlein von Banff, tattrig und alt, und ein paar meinten, so einer wär der Beste, in diesem Alter wär er zur Ruhe gekommen, hielte nicht Ausschau nach einer größeren Kirk und einem größern Gehalt. Denn wenn es einen gab, der einen Zigahn ums letzte Hemd bringen und noch im Fegefeuer für einen Batzen fromme Reden feilbieten würde, dann wär das ein Pastor der Auld Kirk.

Doch das arme greisichte Mensch von Banff wirkte ordentlich ausgelaugt. Er hatte Jahre damit verbracht, Bücher und dergleichen zu schreiben, Saft und Kraft waren ihm ganz in die Feder verdribbelt, kaum konnte er selbst seine Predigt lesen, und damit war der Fall von Anfang an schon klar wie Kloßbrühe. Kaum eine Menschenseele hörte seiner Predigt zu, außer Chris und ihrem Vater. Ihr gefiel die Predigt, denn sie handelte von den längst ausgestorbenen Tieren des Schottischen Lands, als der Dschungel über den ganzen Howe seine Wälder zur Blüte brachte und sich eine rote Sonne über der dampfenden Erde erhob, auf die noch kein Mensch seinen Fuß gesetzt hatte, und der Pastor malte aus, wie die dunklen, schwerfälligen Volksstämme übers Tiefland der Nordsee zogen, der große Bär schaute zu, wie sie ankamen, und sie jagten und fischten und liebten und starben, Gottes Kinder am Morgen aller Zeit, und er brachte die Rede auf die ersten Seefahrer, die über die Sunde segelten, sie brachten die heidnischen Götzen der großen Steinkreise, das Goldene Zeitalter war vorbei und vergangen, und Lust und Grausamkeit überzogen die Welt, und er erzählte von der Auferstehung von Christus, der Nadelspitze des kosmischen Lichts weit drüben in Palästina, das Licht, das kroch und wankte und doch nie verging, das Licht, das noch als Sonne auf die ganze Welt scheinen würde und nicht zuletzt auf die schattigen Täler und Hügel von Schottland.

Wie sollte man sich darauf bloß einen Reim machen, außer

dass er Kinraddie für einen arg miesen Ort hielt, nachdem die Dschungel alle vertrocknet waren? Und seine Gebete, die waren ja viel zu kurz, kaum etwas hatte er über den König zu sagen und die königliche Familie, dieser Pastor Colquohoun. Damit hatte ers sich verscherzt bei Ellison und Mutch, die waren beide ganz furchtbar begeistert vom König, alle beide bereit, jeden Tag für den König zu sterben, sonntags sogar zweimal, wie der Lange Rob von der Mühle gern sagte. Und seine Predigt hatte auch Chae Strachan wenig Freude gemacht, er wollte einen Prediger, der den Sozialismus lobte und sagte, dass Arm und Reich gleich sein sollten. Die paar Menschen, die zuhörten, hatten nichts übrig für den alten Bücherschreiber aus Banff, er hatte keine Chance, bloß Chris und ihrem Vater hatte er gefallen, Chris zählte dabei nicht, und John Guthries Stimme war ja nur die eine, und beim Auszählen der Stimmen für den Banffer sahs mau aus.

Stuart Gibbon war der dritte, der sich ums Pfarrhaus von Kinraddie die Mühe machte, und an dem Sonntag, wie Chris sich in der Kirk hinsetzte und hinauf zur Kanzel blickte, wo er stand, da wusste sie so gut wie sie ihre eigene Hand kannte, dass er ihnen allen gefallen würde, kaum mehr als ein Student war er, schwarz war sein Haar, und das Gesicht voll und frisch und rot, die Schultern stark und kräftig, ein schmucker Kerl war das. Und seine Stimme erst, die nahm sie alle ein, sie war laut und wacker wie von einem Stier und gleichzeitig vornehm und geschliffen, und das Vaterunser sagte er auf eine Weise auf, dass es die Edlen wie die Einfachen guthießen. Denn wiewohl er bat, dass ihm seine Sünden vergeben würden, so wie er jenen vergab, die gegen ihn sündigten – anstatt, wie es vornehmer war, zu bitten dass ihm die Verfehlungen verziehen würden, so wie auch er denen verzieh, die gegen ihn fehlten –, sprach er es doch mit so einer feinen Feierlichkeit, die jeden, der zuhörte, ganz ernst und erhaben stimmte, und ein oder zwei fielen gegen Ende des Gebetes ein, und das kommt arg selten vor in einer Gemeinde der Auld Kirk. Dann kam seine Predigt, die war aus dem Hohelied des Salomon, und er predigte gut und vornehm dazu, wobei er zeigte, dass das Lied mehr als eine Bedeutung hatte. Es war nämlich Christi Beschreibung der schönen Beschaffenheit der Auld Kirk von Schottland, und als solches musste es mit Ehrerbietung gelesen werden, und es war das Bild der weiblichen Schönheit, das nach der Anmut und Lieblichkeit der Kirk gebildet war und als solches eine immerwährende Unterweisung für die Frauen, auf dass sie nach aufrechtem und edlem Leben in dieser Welt und nach Erlösung in der jenseitigen Welt strebten. Und im Handumdrehn lauschte ihm die ganze Kirk von Kinraddie, als machte er grade ein Versprechen, zu Martini jedermanns Steuern zu zahlen.

Denn das hatte recht einen Kitzel, solches von der Kanzel gelesen zu hören, die Brüste und Schenkel einer Frau und all die andern Dinge, und dann in dieser Stimme wie von einem muhenden heiligen Bullen; dabei konnte man sich trotzdem sicher sein, dass es die hochanständige Heilige Schrift war, und mit einer höhern Bedeutung noch dazu. So ging jeder zu seinem Sonntagsessen nach Hause und war ordentlich zufrieden mit diesem neuen Pastorsburschen, auch wenn er kaum mehr als ein Student war, und am Montag, da dröhnten dem Langen Rob von der Mühle die Ohren von all dem Erzählen über die Predigt, und er zählte zwei und zwei zusammen und sagte: *Ha, so eine Predigt, das ist eine saubere Art von kleinem Ersatzvergnügen, mitten auf der Kirchenbank. Ich hab meins lieber allein für mich und privat.* Aber das war ja glatt so wie der Rob immer war, sagten die Leute, eine rechte Warnung war da vor ihm und seinem Ingersoll, der weder Uhren machen noch sinnvolles Zeug schreiben konnte. Und keinen hielt es davon ab, zur Kirk in Kinraddie zu trapsen und die Stimme für den letzten Kandidaten aufs Pastorenamt abzugeben.

So zog er also mit einer ansehnlichen Mehrheit ein, der Pastor Gibbon, Mitte Mai waren sie schon im Pfarrhaus, er und seine Frau, ein Englische, die er in Edinburgh geheiratet hatte. Sie war jung wie er und ganz hübsch auf ihre spillerichte Art, mit einer Stimme, die war so mall wie die von Ellison, beinah jedenfalls, und doch anders, und große dunkle Augen hatte sie, und die beiden waren so schwer verliebt, die Dienstmagd erzählte, sie küssten sich jedesmal, wenn er bloß auf einen kurzen Spaziergang ging, der Pastor. Und einmal, wie er von einem Ausflug zurück kam und sie schon auf ihn wartete, da nahm der Pastor sie auf den Arm und lief mit ihr die Treppe hinauf, und dabei küssten und kosten sie und pierten einander mit ganz glitzigen Augen an, und dann sind sie ins Schlafzimmer gegangen und machten die Tür zu und kamen stundenlang nicht wieder raus, obwohl es mal grade früher Nachmittag war. Vielleicht hat es gestimmt, vielleicht auch nicht, denn die Dienstmagd, die hatte die alte Sinclairsche in Gourdon fürs Pfarrhaus besorgt, und eher fließt der Berviebach rückwärts den Howe hinauf, als dass eine Gourdoner Deern die Wahrheit sagt.

Solang man denken konnte, war es in Kinraddie so, dass ein neuer Pastor in der Gemeinde die Runde machte, wenn er sein Amt angetreten hatte. Manche waren schnell dabei, manche eher langsam, der Pastor Gibbon war einer von den schnellen. Am Samstag kurz nach der Mittagszeit kam er nach Blawearie und stieß auf John Guthrie, der im Hof beim Schärfen seiner Hacke war, das Unkraut musste aus dem Blawearier Boden rausgeworfen werden wie Kinder aus der Schule nach der letzten Stunde, es war grobes Land, arg rau, arg nass, schraler roter Lehm, Vaters Laune wurde übler, je mehr er davon sah. Wie nun der Pastor da vor ihm stand und laut und saftig rief: *Ihr seid also mein Nachbar Guthrie, guter Mann?*, da reckte Vater dem Pastor sein bärtiges Kinn entgegen, sein Blick glitzerte wie ein Eiszapfen, und er sagte: *Nu, HERR Gibbon, das werd ich wohl sein.* Da streckte der Pastor ihm die Hand entgegen und schlug fei flink einen andern Ton an und redete sachte: *Sie haben den Hof gut in Schuss, Herr Guthrie, proper und adrett, obwohl Sie ja kaum ein halbes Jahr hier sind, wie ich höre.* Und dazu lächelte er breit und freundlich.

Danach waren sie dann ganz dicke, setzten sich jeder auf eine Seite der Deichsel vom Mistkarren mitten im Hof, der Pastor ohne Sorge um sein feines schwarzes Gewand, und Vater erzählte ihm von dem blachen Land in Kinraddie, und der Pastor sagte ihm, das wollte er wohl glauben, nur einer vom Norden könnte es so gut in den Griff kriegen. Nach einer Minute waren sie schon dicke wie zwei Brüder, Vater brachte ihn ins Haus, Chris stand in der Küche, und Vater sagte: *Und die hier ist meine Tochter, die Chris.* Der Pastor lächelte sie an mit seinen schwarzen Funkelaugen und sagte: *Ich hab gehört, du bist ganz eine Schlaue, Chrissie, und gehst zum College in Duncairn? Wie gefällt es dir dort?* Und Chris wurde rot und sagte: *Gut, Herr Pastor*, und er fragte sie, was sie mal werden wolle, und sie sagte: *Lehrerin*, da antwortete er, es gäbe keinen ehrenwerteren Beruf. Dann kam die Mutter herein, die gerade die Zwillinge schlafen gelegt hatte, und sie war sacht und seut wie immer, egal ob Herr oder Hausierer, und ihr schönes Haar war eine Krone wie von Gold. Sie brühte dem Pastor einen Tee, und er lobte den Tee und sagte, bessern Tee als in Kinraddie hätte er noch nie getrunken, das läge an der Milch. Vater fragte, von wo sie im Pfarrhaus die Milch bekämen, und der Pastor sagte, vom Gutshaus. Vater ruckte seinen Bart vor und sagte: *Na, die soll wohl gut sein, die Milch, das ist das beste Land in der Gemeinde, was dieses Pack in Besitz hat.* Und der Pastor sagte: *Ich mach mich jetzt wohl wieder auf den Weg zurück ins Pfarrhaus. Komm uns doch mal abends besuchen, Chrissie, vielleicht haben die Frau und ich ein paar Bücher, die du ausleihen kannst und die dir beim Lernen nützlich sind.* Und so ging er davon, ganz schön beinich war er und flink, aber auch nicht flinker als Vater selbst, der neben ihm schritt bis dahin, wo der Rübenacker an die Straße stieß.

Am nächsten Montag machte sich Chris gegen Abend auf zum Pfarrhaus, das mochte die beste Tageszeit sein, dachte sie, doch Vater erwähnte sie nichts davon, nur Mutter, die lächelnd sagte: *Ja geh nur* so weit weg schien sie und vor sich hin träumend, wie so oft im letzten Monat. Chris zog ihr feinstes Kleid an, das sie nur sonntags anlegte, und die hohen Schnürstiefel, dann zupfte sie ihr Haar zurecht vor dem Spiegel in der Stube und ging über die Höchte am Blawearie-See vorbei, während der Abend über die Grampians kam und die Schnepfen zu Hunderten girrten, drüben, jenseits des grauen Wassers vom See, still und grau, als könnten die Vögel den Sommer nicht vergessen noch hoffen, dass jemals wieder einer kam. Die Aufrechten Steine warfen lange spitze Schattengestalten Richtung Osten, vielleicht genauso wie eines Abends vor wohl zweitausend Jahren, wie die wilden Männer den Hügel heraufgeklaspert kamen und ihre Lieder im Schutz dieser Schatten sangen, während das ohmdrautige Schemern dort über ebendiesen, denselben stillen Hügeln wartend hing. Ein seltsames, unheimliches Gefühl überkam da Chris, halb bangend blickte sie sich um nach den Steinen und der Weiße des Sees, dann eilte sie davon über die Feldwege, bis sie oberhalb von Kirchhof und Pfarrhaus ankam. Jenseits der Straße ragte das alte Herrenhaus auf, von seinen Bäumen halb verborgen, die zerbrochenen Mauern waren sichtbar, das Licht am Fahnenmast glimmerte schon, bald würde es dunkel sein.

Sie schob den Riegel am Tor in der Kirchhofsmauer zurück und ging über den Kirchhof aufs Pfarrhaus zu, die alten Steine schwiegen rings um sie, gar nicht so alt, wenn man der Aufrechten Steine am Hang von Blawearie gedachte, und alt waren sie dennoch. Manche stammten noch aus den lang zurückliegenden garstigen Zeiten der Covenanters, einer trug einen Schädel mit gekreuzten Knochen und ein Stundenglas, und das war halb mit Moos bedeckt, sodass du die olle Schrift kaum lesen konntest, in der ein *s* so aussah wie ein *f*, und das alles ließ dich schuddern. Die Eiben drängten ganz dicht heran um diese Stelle, wo der älteste Stein stand, und wie Chris daran vorbeiging, streckte sie die Hand danach aus, und der tiefhängende Zweig einer Eibe raunte und strich ihr über die Hand mit einem kalten frostigen Hauch, dass ihr ein törichter Schrei über die Lippen kam, sie wünschte, sie hätte den geraden, offenen Weg über die Straße genommen anstatt diese Abkürzung, die ihr so gelegen vorgekommen war.

Sie pfiff sich selbst eine Melodie vor und eilte sich, und da stand der neue Pastor schon gleich draußen vorm Kirchhof auf der anderen Seite, er lehnte sich übers Tor und blickte zwischen den Steinen umher und sah sie eher als sie ihn bemerkte, und seine Stimme schreckte sie ganz schön auf. *Na, Chrissie, du bist ja guter Dinge*, sagte er, und sie schämte sich, weil er jetzt wusste, dass sie am Kirchhof gepfiffen hatte; er schaute sie so eigen und mall an und schien sie dann augenblickslang ganz zu vergessen, dann stieß er ein fremdliches schiefes Lachen aus und grummelte etwas vor sich hin, doch sie konnte die Worte verstehen: *Eine reicht am Tag.* Dann war es, als ob er erwachte, und er dröhnte ihr sein Bullenmuhen entgegen: *Jetzt möchtest du wohl ein Buch mitnehmen, denk ich mir. Nun, im Pfarrhaus gehts heute Abend drunter und drüber, Frühjahrsputz oder dergleichen, aber warte man hier einen Augenblick, ich lauf und hol dir etwas, das leicht und heiter ist.*

Fort war er, und sie stand allein zwischen den schwarzen Bäumen, die sich über die Grauheit des Kirchhofs neigten. Ohne Ende wisperten und raschelten unsichtbar die Gräser über den dämmernd liegenden Steinen, und sie dachte an die Toten unter den Steinen, Bauern und Ackerknechte und ihre Frauen und kleine Kinder und neugeborene Säuglinge, die Körper zu bloßen Skeletten geworden, und wenn man in der Erde grub, so fände man nur ihre Knochen, außer bei den frisch Begrabenen, und dort im Dunkel krochen und schwärten wohl Würmer in Fleisch, das schwarz verweste, und es war ein grausiger Ort. Doch schließlich kam der Pastor zurück, hielt ihr ein Buch hin und sagte: *Hier, nimm das, ich hoffe, es gefällt dir.* Sie nahm das Buch und betrachtete es im schwindenden Licht, der Name war *Religio Medici*, und sie bezwang ihre Scheu und fragte: *Hat es Ihnen denn gefallen, Herr Pastor?* Der Pastor starrte sie an und sagte mit ganz kalter Stimme: *Zum Teufel, ja!*, dann drehte er sich um und ließ sie allein durch das Grulige zwischen den Eiben zurückgehn. Doch sie hatte jetzt keine Angst, und wie sie den Hang hoch nach Hause stieg, dachte sie an das Wort, das er benutzt hatte, das war doch ein Fluch gewesen, nichts anderes, sollte sie Vater davon etwas sagen?

Nein, das ging nicht an, ein Pastor war ja auch nur ein Mann, und er hatte ihr doch ein Buch geliehen, das war nett von ihm, obwohl er so eigen geblickt hatte. Und außerdem wusste Vater ja nichts davon, dass sie hinunter zum Pfarrhaus gegangen war, vielleicht würde er meinen, sie versuchte, sich zu den feinen Leuten zu mischen, und würde noch selbst zu fluchen anfangen. Nicht dass er oft fluchte, der Vater, sagte sie sich, wie sie über den Hügel lief und hastend aus dem

Dämmer hinauf ins letzte Licht des Maitags gelangte, wo die Sonne im Untergehn ein Glühen und Glitzern war, das um ihre Füße tanzend sie erwartete. Nein, nicht oft fluchte er, nur wenn ihm alles einfach zu viel wurde, wie damals beim Säen am Feld unter Blawearie, als erst die Karrendeichsel gebrochen war, und er dann sah, wie es sich eingrieste und Regen kam, da hatte ihn wohl eine Wut gepackt, er tobte gegen Will und Chris, er würde sie mit dem Riemen verdreschen, bis sie nicht mehr genug heile Haut hatten, um einen Penny draufzulegen, und zuletzt, ganz außer sich, da hatte er die Faust gegen den Himmel geschüttelt und gerufen: *Ja, lach nur, du Schlunz!*

Chris warf einen Blick oder zwei in *Religio Medici* und gähnte sich halbtot beim Lesen, da machte es an einem seltenen müßigen Tag mehr Spaß, Mutter beim Kaddern zu helfen. Im Sonnenlicht des rotheißen stillen Wetters ließ Jean Guthrie jedes Bett in Blawearie abziehen, und die Decken wurden in Zuber gestopft, die halb mit lauwarmem Wasser und Seife gefüllt waren, und Chris zog die Schuhe aus und die Strümpfe und rollte die langen Unterhosen auf und stieg in die grauen, schaumigen Schichten der Decken und stampfte mit den Beinen darauf. Es fühlte sich so angenehm an, wenn das Wasser blau und regenbogenschillernd zwischen den Zehen aufstieg und dichter und dichter wurde, dann gings in den nächsten Zuber, während Mutter den ersten leerte, das war schöne Arbeit, sie meinte, sie könnte für immer und ewig Decken stampfen, bloß wurde es immer heißer, ein sooriger Vormittag, an dem sie kadderten. Mutter ging ins Haus und Chris streifte ihren Rock ab und dann noch den Unterrock, und als Mutter mit einer weiteren Decke herauskam, rief sie: *Guter Himmel, du hast dich ja ausgezogen!*, und gab Chris einen Klaps auf den Schlüpfer, ganz zärtlich, und sagte: *Du gäbst einen hübschen Jungen ab, Chris, mein Mäken*, und lächelte auf ihre heitere frohe Art und machte sich wieder ans Waschen.

Doch gerade da kam John Guthrie vom Feld zurück, er zusammen mit Will, und sobald Vater sie sah, wurde sein Gesicht ganz schrumplig und klein, und er schrie: *Sofort raus da mit dir, du schamloses Luder, zieh dir die Kleider an!* Sie stieg aus dem Zuber, weiß und betreten, sich mehr für den Vater schämend als für sich selbst, und Will lief rot an, ganz verlegen führte er die Pferde fort, doch John Guthrie schritt breit und harsch in großen Schritten über den Hof in die Küche zu Mutter und tobte bei ihr. *Was sollen die Leute von der Deern denken, wenn sie sehen, wie sie da sitzt, beinah nackich? Alle würden sich das Maul schludern und uns anökeln und wir würden zum Hohn am Ort.* Mutter schaute ihn an, sanft und gelassen: *Ach das war wohl nich das erste Mal, dass du eine Deern nackich gesehn hast, und wenn deine Nachbarn noch nie eine gesehn haben, dann werden sie ihre Blagen wohl gemacht haben, ohne sich die Buxen runterzuziehn.*

Das brachte Vater in bleichen Zorn, er ließ Mutter stehn und ging hinaus, das Gesicht jetzt leichenblass und nicht mehr rot, und er sagte kein Wort mehr, den ganzen Abend sprach er nicht mit Mutter und auch nicht den nächsten Tag. Chris ging am Abend zu Bett und dachte an das Geschehene, zusammengekrampft und allein lag sie da, ihr war, als hätte sie ein eingesperrtes wildes Tier aus ihres Vaters Augen grallöögen sehn, wie sie dort im Zuber stand. Wie ein Feuer, das über den Hof lief, und es ging und ging nicht fort, als stünde sie immer noch da unter seinem fuchtigen Blick. Sie verbarg das Gesicht unter der Decke, doch sie konnte es nicht vergessen, am nächsten Morgen hielt sie es nicht mehr aus, bloß immer weiter darüber zu grübeln, das Haus lag still, die Männer waren im Feld, sie ging zu Mutter und fragte sie geradeheraus, sie hatte noch nie so etwas gefragt.

Und dann passierte etwas Schreckliches, Mutters Gesicht wurde grau und greisig, sie ließ von ihrer Arbeit am Küchentisch und wurde indessen bleicher mit jeder Sekunde, Chris war schier verrückt bei dem Anblick. *Mutter, ich wollte dich nicht verstören*, rief sie und schlang die Arme um sie und hielt sie fest, sie sah ihr Gesicht, so bleich und krank, so war es im letzten Monat geworden. Endlich lächelte Mutter sie an und legte ihr die Hände auf die Schultern. *Es liegt nicht an dir, Chris, mein Mäken, es ist bloß das Leben. Ich kann dir nichts sagen und nichts raten, mein Kind. Du musst den Männern selbst entgegentreten, wenn die Zeit kommt, niemand kann dabeistehn und dir helfen.* Und dann gab sie Chris einen Kuss und sagte etwas, das noch fremdlicher war: *Denk daran um meinetwillen eines Tages, wenn ichs nicht länger hachten kann* – sie unterbrach sich und lachte und war wieder heiter. *Wir sind doch dösig, wir beiden, los, lauf hinaus und hol mir einen Eimer Wasser.* Chris nahm den Eimer und ging hinaus, hinüber zu der Pumpe im glühheißen Wetter, und dann überkam sie etwas, sie schlich zurück auf leisen Sohlen, und da stand Mutter, so wie sie sie verlassen hatte, bleich und einsam und traurig, Chris wagte nicht, zu ihr hineinzugehen, sie stand bloß da und schaute.

Etwas passierte mit Mutter, mit ihnen allen passierten Dinge, nichts blieb jemals gleich außer vielleicht diesem Wetter, und wenn es so weiterging, dann würden diese Dschungel aus Pastor Colquohouns Predigt bald wieder auf den Feldern des Howe sprießen. Und immer dieses elende Placken am Land und das Leben darauf, während man wartete, auf Regen oder auf Tauwetter! Sie würde froh sein, wenn sie die Prüfungen gemacht hatte, dann würde sie in Aberdeen zur Universität gehen und bald eine eigene Schule haben, sie, die englische Chris, Vater mit seinem vergrellten Pieren und

Schelten würde vergessen sein, sie hätte ein schönes eigenes Haus und würde anziehen, was ihr gefiel, und nie wieder einen Mann bei ihrem Anblick vergretzt werden sehen, dafür würde sie schon sorgen.

Oder vielleicht auch nicht, wie seltsam, dass sie sich selbst nie so richtig kannte, obwohl sie erwachsen war, eine Frau schon, beinah. Vater sagte, das Salz der Erde, das wären die Leute, die eine gerade Furche eggten und nie zurückschauten, doch sie war bloß erst gepflügtes Land, die Furchen gingen kreuz und quer, du wolltest mal dies, du wolltest mal das, Bücher und all ihr Edles waren zuweilen nicht mehr als leeres Gebrabbel, und dann waren es der Mess und die Buttichkeit, die dich wieder krank machten und zurück an die Bücher trieben.

Sie drehte sich mit einem Ruck im Gras von diesem verstörten Grübeln und Denken. Der Sonnenuntergang malte sich auf dem See, doch es war so luurich wie je nur, eine von diesen Nächten würde es, in denen man keine Decke auf dem Körper ertrug und das Duster selbst eine schwere schwarze Decke war. Der Wind hatte sich gelegt, während sie da ausgestreckt grübelnd lag, schwerlich ein Verlust war das, doch nichts kündigte sich an seiner Statt an, der Ginster stand aufrecht im späten Nachmittag ohne sich zu regen, große Gesichter in Haufen und gelb wie die Gesichter eines Heers gelber Männer, die von oben über Kinraddie blickten und nach dem Regen Ausschau hielten. Mutter unten im Haus brauchte sicher ihre Hilfe, Dod und Alec würden schon von der Schule zurück sein, Vater und Will bald vom Feld kommen.

Da rief schon jemand nach ihr!

Sie stand auf und schüttelte das Kleid aus und ging durchs Gras bis zum Rand des Abhangs, dort unten sah sie Dod und Alec stehen, die zu ihr hinaufwinkten. Sie schrien ihren

Namen, ein Klang wie das Muhen von verwaisten Kälbern, ganz langsam ging sie, um die beiden zu necken, bis sie ihre Gesichter sah.

Und da, wie sie den Hügel hinabflog, ihr eigenes Gesicht ganz bleich, da zuckte ein langer Blitz hinter ihr über die Gipfel der Grampians, und weit weit fort über den Feldern am Berg hörte sie das Zischen von Regen. Die Dürre war endlich gebrochen.

II
EGGEN

Im Hinlegen, nachdem sie den Hang bis auf die Höchte hinaufgelaufen war, noch keuchend vom Hasten bergauf – mit wehendem Rock und dem eisernen Entschluss für nichts und niemand umzukehren, das von ganz Blawearie rief oder schrie, nicht mal für des Vaters Pfiff! –, spürte Chris das raue Gras unter sich knisternd zu einem wohligen Ruhelager zusammensinken. Nacken und Schultern und Hüften und Knie entspannte sie, die braungebrannten Arme bebten noch kurz längs des Körpers im Loslassen der Muskeln, und träge rann der Tag als fasernder Lichtkranz zwischen die langen braunen Wimpern, die sich auf ihre Wangen gesenkt hatten. Während die Schatten der Aufrechten Steine wie Zeiger einer riesigen Sonnenuhr nach Osten krochen, riefen die Schnepfen und riefen ohne Unterlass –

Gerade so wie beim letzten Mal, als sie zum See hinauf gestiegen war, und wann war das noch gewesen? Sie öffnete die Augen und dachte nach und wurde müde davon und stieß ein kurzes fremdliches Lachen aus. Im Juni letztes Jahr wars gewesen, an dem Tag, als Mutter sich und die Zwillinge vergiftet hatte.

So lange her und so kurz, die Stunden und Tag hattest du empfunden wie eine finstere kalte Grube, der du nie mehr entkommen würdest. Doch du warst ihr entkommen, die feuchte Schwärze hatte sich vor dem Sonnenschein verzogen, und die Welt ging weiter, die bleichen Gesichter und das Gewisper aus der Grube schwanden, du würdest nie wieder dieselbe sein, doch die Welt ging weiter, und du gingst mit. Nicht nur Mutter war mit den Zwillingen gestorben, etwas in deinem Herzen starb mit ihr und legte sich mit ihr ins Grab auf dem Kirchhof von Kinraddie – das Kind in deinem Herzen war damals gestorben, das kleine Kind, das geglaubt hatte, die Hügel seien zu seinem Spiel gemacht, jeder Weg wohl mit Warnungen besteckt und mit Händen versehen, die dich vom Abgrund der Gefahren rissen, wenn das Spiel allzu arg wurde. Das starb, und die Chris der Bücher und Träume starb dabei, oder du hast sie in dünnes Papier gewickelt und fortgelegt, zu dem dunklen stillen Leichnam, der mal deine Kindheit war.

Das hatte die Munrosche vom Cuddiestoun ihr gesagt in dieser grausigen Nacht, als sie über die regendurchweichten Felder von Blawearie gekommen war und die Leiche der Mutter aufbahrte und die Körper der beiden Zwillinge, die so still in ihrem Bettchen gestorben waren. Sie bösselte durch die Zimmer, ganz rasch und kantig und kalt, dieser schwarzäugige Marder, blaffte diesen und jenen Befehl, sie wars, die Dod und Alec aus ihrem Weinen verschreckte und Vater und Will hinausjagte, dass sie die Tiere versorgten. Und schnell und kühl und mit ungerührten Fingern arbeitete sie, schielte mit ihrem rattigen Gesicht zu Chris hinüber. *Jetzt wirst du wohl wegmüssen aus der Höheren Schule, das will ich wetten, Bildung ist ein Schiet, besser wenn du gar keine hast. Fürs Träumen und für Schiet wirste mau Zeit haben, wenn auf Blawearie der Haushalt geführt sein will.*

Und Chris in ihrer Grube, benommen und stumpfen Blicks, sagte nichts, hinterher bereute sie das, und eine andere als sie selbst ging und suchte nach Tüchern und Gewand. Dann wusch die Munrosche den Körper ab, der Mutter gewesen war, und steckte ihn in ein Nachthemd, ihr bestes Nachthemd, das mit den blauen Bändern, das sie viele Jahre nicht mehr getragen hatte, und sie machte sie fein und lieblich anzusehen, und dann kamen die Tränen endlich, wie du sie so sahst, heiße Tränen, die sich dir wie Blutstropfen aus den Augen pressten, doch sie versiegten schnell, das wäre dein Tod, wenn du länger so weinen würdest, anstelle der Tränen tönte ein endloser Wehruf in ihrem Kopf, auf den es keine Antwort gab: *Ach Mutter, Mutter, warum hast du das getan?*

Erst Tage später hörte Chris, warum, sie versuchten, es vor ihr und den Jungen zu verbergen, doch auf dem Totenschein, da kams heraus, Mutter hatte sich und die Zwillinge vergiftet, weil sie wieder schwanger war und eine Angst empfand, die schrecklich war und still und klarsichtig. Deshalb hatte sie sich umgebracht, verstörten Geists war sie gewesen, die Mutter, so sanftäugig und lieb, mit ihren Erinnerungen an die Quellen von Kildrummie, mag sein, diese waren das Letzte, an das sie noch dachte, und an die Krähen, die über den Hochlandfeldern von Don riefen, tief tief im Tunnel der Jahre.

Einen Monat später gingen Dod und Alec wieder zur Schule, und wie sie sich an diesem ersten Tag auf den Heimweg machen wollten, da rief erst ein Mitschüler hinter ihnen her und mehrere stimmten mit ein: *Döskopp! Döskopp! Wem seine Mutter war ein Döskopp?* Die beiden rannten bis nach Blawearie und kamen flennend ins Haus gestolpert, sie flennten und flennten, Vater wurde ganz fuchtich bei dem Anblick und verdrosch sie beide, doch Verdreschen hin oder her, sie wollten am nächsten Tag nicht wieder in die Schule gehen.

Und da meldete Will sich zu Wort, er gab keinen Pfifferling mehr um Vater jetzt. In einer einzigen Nacht, wie es schien, war das Wissen über ihn gekommen, dass der Vater ihn nicht wieder schlagen würde, er kaufte ein altes Fahrrad und radelte des Abends davon, wie es ihm grad gefiel, sein Gesicht war kalt und steinern, wenn er dem Blitzen in Vaters Blick begegnete. Morgens maulte und grollte John Guthrie dann manchmal mit ihm: *Wo rennst du jede Nacht hin wie ein Zigahn?* Doch Will gab nie eine Antwort darauf, bis einmal, da holte Vater nach ihm aus, und Will fuhr herum und zischte: *Sieh dich vor.* Und Vater hielt inne und trat zurück, Chris betrachtete die beiden mit zürnigen Augen, zürnig und bang zugleich, auch noch, als Will für seine Brüder Partei ergriff.

Warum sollten sie auch in die Schule gehen? Ich würds auch nicht. Und du brauchst nicht so stieren. Du selbst sorgst verdammich gut dafür, dass du dieser Tage nicht in die Nähe von einem Markt oder Laden gerätst, ich muss die ganze Schietarbeit für dich machen!

Vater war mit einem Satz auf den Beinen, kaum dass er diese Worte hörte, Will hielt sich schon bereit, mit geballten Fäusten standen sie in der Küche, und Dod und Alec hörten mit dem Heulen auf und starrten, um jeden Laut gebracht. Doch mit Wucht schob Chris da den Tisch zwischen die beiden und gab vor, ihn zum Backen zu brauchen, da ließen sie die Fäuste sinken und John Guthrie fluchte, aber leise, und Will wurde rot und sah dusselig aus.

Am selben Abend noch, und ohne einem von ihnen auf Blawearie ein Wort zu sagen, denn dafür war er zu karsch, da schrieb Vater seiner Schwester Janet in Auchterless und bat sie, Dod und Alec in Pflege zu nehmen und in Aberdeen auf die Schule zu schicken. Eine Woche drauf war sie schon da, aus dem Norden oben, Tante Janet und auch ihr Mann, der Onkel Tam, groß und stämmig und wacker, und an seiner Uhrkette baumelten etliche Reihen kleiner Medaillen, die hatte er beim Wurfringspiel gewonnen. Wohl freundliche Leute waren sie, alle beide, Alec und Dod waren ganz blöd vor Entzücken, wie sie von dem Auchterlesser Plan hörten.

Doch Tante und Onkel hatten nie ein eigenes Kind gehabt und stellten rasch klar, wenn die Jungen jetzt mit ihnen kämen, dann aber richtig, sie wollten die beiden an Kindes Statt annehmen.

Vater schnaubte und reckte den Bart vor, als er das hörte: *Mein eigen Fleisch und Blut also wollt ihr mir stehlen, was?* – und Tante Janet nickte darauf und sah ihn fest an: *Ja, John, genau so isses, wir haben nie ein eigen Kind gehabt, und weiß der Himmel, wir habens versucht*, und der Vater sagte: *Böses Blut bringt böse Frucht*, und die Tante sagte: *Nu, ich werd mich jedenfalls nicht umbringen müssen, weil mein Mann mich behuckt wie eine Zuchtsau*, und Vater sagte da: *Du Hundsfott.*

Chris hörte sich das krieschige Hickhack an, bis ihr der Kopf bald platzte, dann rannte sie aus der Küche hinaus und durch den Hof auf die Tenne, wo Will sich zu schaffen machte. Er hatte den Lärm gehört und machte sich lustig über sie, doch seine Augen waren voll Zorn, als er den Arm um sie legte. *Gib nicht acht auf diese alten Deiwel, der eine so übel wie der andere, Vater, Tante oder dieser Schietslot, der sich mit seinen kleinen Blechmedaillen behängt. Komm, wir gehen auf die Weide und holen die Kühe heim.*

Die Kühe ließen es sich gut gehen im Klee, als die beiden, Chris und Will, zur Weide kamen, und sie hatten es nicht eilig, waren nicht erpicht darauf, bald wieder auf Blawearie zu sein. Und Will war zornig und sanft und lieb zugleich. *Lass sie dir keinen Kummer machen, Chris, lass nicht zu, dass Vater dich zum Sklaven macht, wie ers gerne täte. Wir müssen unsere eigenen Leben leben.* Und sie sagte: *Was bleibt mir denn anderes übrig, als jetzt daheim zu bleiben?*

Das wusste er auch nicht, sagte Will, doch er selbst sollte gerädert, verschnitten und gevierteilt sein, wenn er noch lange bliebe, sobald er genug Geld beisammen hatte, würde er sich aufmachen nach Kanada, da war jeder sein eigener Herr. Chris lauschte mit weit aufgerissenen Augen, sie klammerte sich an diese plötzliche Hoffnung und vergaß ganz, mit der Gerte die Kühe anzutreiben, die in ihrer narrschen Kleeseligeit stehenblieben und sich mit den Hörnern stießen und den Hang hinauf stampften. *Ach, Will, du könntest mich dann als Haushälterin nachkommen lassen!* Da wurde Will puterrot und ließ die Gerte nach den Kühen sausen, und Chris seufzte und ließ die Hoffnung fahren, und Will hätte gar nicht sagen brauchen: *Hm, ja, mal sehen, aber dir würd es wohl kaum dort gefallen.*

Da wusste sie sicher, dass er eine Deern irgendwo in Drumlithie hatte, und mit ihr wollte er Bett und Kleinpacht dort im rauen Kanadierland teilen.

Als sie zurück auf Blawearie waren, war der Streit vorüber, Vater hatte seiner Schwester Janet nachgegeben, wenngleich mit Groll. Drei Tage später saßen sie nur noch zu dritt zur Mahlzeit am Küchentisch, und tagelang horchte Chris noch nach den Stimmen von denen, die tot oder fort waren, so oder so weit weit weg von Blawearie. Doch auch das verlor seine Fremdheit mit der Zeit, die Erntezeit kam, sie ging hinaus auf die Felder, um mitzuhelfen, üppig und schwer stand das Korn, gelb von Sonne und Regen der vergangenen zwei Monate.

Er hatte keinen Garbenbinder, Vater wollte von solchen Dingen nichts wissen, doch er hatte von Echt einen alten Ernteschneider mitgebracht, und damit mähten sie das Getreide, auch wenn Will fluchte, er würde sich zum Narren von Kinraddie machen, wenn er sich mit diesem Ding sehen ließe. Vater lachte ihn scharf über seinen Bart hinweg an wie eine fauchende Katze. *Wenn die Lacher von Kinraddie einen größeren Dämel aus dir machen können, als du von Natur aus bist, dann wird das ein Wunder sein, und tritt dir nicht ins Hemd, Kerleken, ich werd das Ding selbst fahren.* Will brummelte zwar was vor sich hin, doch er gab bei, denn jede Erntezeit überkam es Vater schrecklich und seltsam, ein Koller, den du bei keinem Namen zu fassen kriegtest, es war, als würde er dann auf einmal stärker und grausamer, stark und kräftig von der Reife des Korns, er war dann händiger wie je, und das Gesicht wurde voller, und sie hörten ihn von den Feldern heraufkommen, rittlings auf Bess' breitem Rücken und Kirchenlieder singend, das war das einzige, was er je sang, und so mall und arg schrill, dass du beim Hören schwitzige Hände bekamst.

Das Feld unterhalb von Haus und Hof von Blawearie, das gab die beste Ernte, dort stand das Wintergetreide, und das schnitten sie als erstes, rauschendes Korn wars, mit Spieren, die sich kaum knicken und in Stränge zum Binden der Garben drehen ließen. Eine rechte Mühe fand Chris das, wenn sie ihren Abschnitt der Fahr so schnell freiräumen musste, dass der Ernteschneider auf dem Rückweg wieder hindurch konnte, dabei war das Wetter kühl und grau. Doch hinter dem Grau war die Sonne, und manchmal, wenn du den Blick von den Garben hobst, dann sahst du einen Strahl, der weit oben über die Felder vom Upperhill wanderte oder über der Heide lag oder auf den Spitzen der Cuddiestouner Hocken tanzte, ein Strahl aus dem heißen grauen Dunst dieses Himmels, der wartend über dem Schweiß des erntenden Howe wachte.

Bevor der Schnitt im Wintergetreide begann, mussten Wege um das Korn freigelegt werden, breite Streifen, die Vater selbst mit der Sense mähte, er schwor, dass die Sense wieder in Ehren stehn würde, wenn Ernteschneider und Garbenbinder verrostet daliegen und die Leute wieder Menschen vom alten Schlag hervorbringen würden. Doch seis wie es sei, vergangen mochte sie sein, die Zeit der Sense, oder noch bevorstehen, der Ernteschneider war nun hervorgeholt und es wurde angespannt, und Chris ging hinterdrein. Es war bestes Erntewetter, sagten die Leute, übel war es, im Brud-der der Hitze zu ernten, und so still war jetzt die Luft am Morgen und Mittag, wie eine Erinnerung an Frühlingstage war es, meilenweit klang es über den Howe, das Schlirren der Sensenklingen, das Singen des Langen Rob von der Mühle, die Menscher vom Cuddiestoun, die Tony verfluchten, der dastand und die Garbenhocken anstierte. Dann kam der Ernteschneider von Blawearie durchs Tor gescheppert, mit Bess und Clyde an der Deichsel, und die Klingen blitzten und glitzten wie die Zähne von einem Tier und hechelten hungrig nach Freiheit. Und John Guthrie schrie: *Hü!* und lenkte die Pferde die Schnittbahn entlang, und das hungrige Gehechel wurde zu einem tiefen stopfkehligen Knurren, während das Getreide über die Zähne der schaukelnden Flegel des Ernteschneiders getrieben wurde, und die Fahr hinunter eilte die Maschine, gleichmäßig und brav, ein sauberer Schnitt von oben bis unten, ohne auch nur einen verirrten Spier wie auf den anderen Höfen, dafür sorgte John Guthrie schon.

Doch du hattest gar nicht die Zeit, Schneise oder Ernteschneider anzustarren, kaum waren die Pferde aus dem Weg und die erste Garbe über den Flegeln ausgeworfen, da stürzte sich Chris schon darauf und nahm sie auf und band sie und warf sie zur Seite, bevor du *Glenbervie!* hättest sagen können, und sie war schon bei der nächsten Ladung und zwirbelte die Spiere zum Binden und nahm auf und band und band und nahm auf und die Hände verschwammen ihr vor den Augen zum Nebel dabei, so flink waren sie. Auf halbem Weg der Fahr traf sie mit Will zusammen, der vom unteren Ende her schaffte und sich den Schweiß vom Gesicht schnipste. Und kaum hatten sie sich aufgerichtet und zum oberen Ende des

Feldes geschaut, wurde das Dong-Dong der leerlaufenden Flegel wieder zu dem grollenden gierenden Surren, wo der Vater die Pferde zum nächsten Schwaden ansetzen ließ. Immer noch glomm die Sonne hinterm Dunst, und draußen vor Kinneff stöhnte das Nebelhorn ohne Unterlass, selbst hättest du am liebsten auch so gestöhnt, lang bevor der Tag vorbei war, wenn der Rücken von der Mühe des Bückens schier brach und barst.

Doch nach drei Tagen war das Wintergetreide geschnitten, das Sommergetreide leuchtete schon gelb hinter der Steinmauer, und daran machten sie sich ohne Verzug. Und plötzlich lösten sich die Nebel auf, und das Nebelhorn hörte auf zu dröhnen, und ein glühendes, sooriges Hitzewetter setzte ein, beim Ausspannen der Pferde ließ sich das Holz vom Trichter des Schneiders kaum anfassen, so heiß war es. Kinraddie ankte und bückte sich dann wieder zum Placken, die Hitze würde nicht dauern, Regen war fällig, der Himmel mochte der Ernte beistehn, die noch einzubringen war.

Am zweiten Tag des Schnitts im Sommergetreide kam ein Scharwerker von der Mautstraße den Weg nach Blawearie heraufgestiegen und rief nach John Guthrie, ob er keine Arbeit hätte, und John Guthrie sagte: *Mal sehn, mal sehn, zeig erstmal, was für Arbeit in dir steckt*, und der Scharwerker sagte: *Nu, soll mir recht sein.* Und er warf den Rock ab und machte sich an die Mitte der Bahn, legte los, was das Zeug hielt, raffte und band, als wär er dazu geboren, und warf Chris ein Lächeln zu, wenn er auf sie traf. Als der Vater die nächste Fahr runter kam, rief Vater dem Scharwerker zu, er wolle ihn für ein, zwei Tage nehmen, wenn sich das Wetter hielt, und Chris könne ins Haus gehn und das Abendbrot richten – *aber kein Trödeln, Deern, dass dus bloß weißt!*

Ein schwarzhaariger, zigahnerischer Kerl war der Scharwerker, Vater wollte ihn nicht zur Mahlzeit in der Küche haben, das Mensch war am Ende verlaust, und im Haus schlafen sollte er auch nicht. Chris richtete ihm also ein Lager in der Scheune, er sagte, das sei ihm fei recht so. Doch wie sie ihm am ersten Abend das Essen in die Scheune brachte, da war ihr auf einmal ganz beschämt zumute vor ihm, und sie sagte, wenn Vater nicht wäre, würde sie ihn im Haus essen lassen. *Ach, mach dir dawegen kein Kummer, Mäken*, sagte er. *Ich bin auf seine Gesellschaft als wenig scharf wie er auf meine. Was solls, er ist doch bloß so ein Kinraddier Dussel!* Chris fühlte, wie ihr dabei flammend die Röte ins Gesicht stieg, da sah mans all wieder, dass man den Scharwerkern nichts Gutes tun sollte, doch sie tat so, als hätte sies nicht gehört, und wandte sich um, den Hof zum Haus zu überqueren. Da streckte der Scharwerker den Arm aus und legte ihn um ihre Beine, bevor sie einen Schritt tun konnte, und fast riss er sie runter ins Heu neben sich. *Du hast noch nie bei einem Mann gelegen, Mädel, das seh ich wohl, eine Schande ist das um dein heißes Blut. Merk dir, ich bin da, wenn du mich brauchst, ich hab mehr Mäken entjungfert als ich Jahre zähle, und keine hab ich leer davongeschickt.* Er ließ sie los und lachte leise, sie konnte bloß dastehn und ihn anstarren, kodderich nur und fuchtich, etwas drehte sich ihr im Magen herum, und die Knie wurden ihr weich. Der Scharwerker streckte die Hand aus und tätschelte wieder ihr Bein. *Merks dir bloß, wenn du mich willst, ich bin hier*, und Chris schüttelte den Kopf, ihr war zu flau und benaut, um ein Wort herauszubringen, sie schlüpfte aus der Scheune und huschte über den Hof und konnte nicht mehr aufhören, sich Hände und Gesicht mit warmem Wasser zu waschen, bis Vater die Zeitung sinken ließ und fragte: *Bist du jetzt ganz ausgereckt?*

Doch als sie am Abend oben in ihrer Kammer war – der Kammer, die jetzt ganz ihre war, Will schlief, wo zuvor seine Brüder geschlafen hatten –, da sah sie den großen Mond über die Grampians kommen, während sie sich auskleidete. Sie öffnete das Fenster, sie hatte es immer offen, wenn sie schlief, und es war, als hätte die Nacht darauf gewartet, ein Stoß Herbstwind fuhr herein, warm und kühl wehte ihr der Wind ins Gesicht mit einem Geruch wie nach altem Klee und mit dem Geruch nach Dung und dem Geruch nach Stoppelfeldern, alle ineinander vermischt. Sie stand ans Fenster gelehnt und atmete die Luft ein, betrachtete den Mond mit den Hügeln darunter, die Blawearie überragten, Kinraddie lag schlummernd da wie ein Ort in einem Bilderbuch, lange Schatten zogen über den nachtschlafenden Feldern, als tanzten sie eine Petronella. Und ohne Anfang und ohne Grund überkam sie ein seltsames Weh, in ihren Brüsten, die zu kribbeln begannen, in ihrer Kehle und unterm Herzen, und sie hörte ihr Herz klopfen und ganz kurz auch das Blut in ihrem Kopf pulsieren. Und sie dachte an den Scharwerker da unten in der Scheune und wie leicht es wär, sich die Treppe hinunterzuschleichen und über den Hof, pechschwarz und voll Schatten, in die Scheune hinein.

Doch das dachte sie nur eine Sekunde lang, dumm war sie, sie lachte sich selbst aus, kühl und risch und glatt, und sie schloss das Fenster und sperrte die Nachtgerüche aus und zog langsam die Kleider aus, betrachtete sich dabei in dem großen Spiegel, der bei ihrer Mutter in der Schlafkammer gestanden hatte. Sie wurde erwachsen, schmuck und quick, wohl nicht schön, ihre Wangenknochen allzu hoch dafür und ihre Nase allzu kurz, doch ihre Augen waren klar, tief und braun, tief, braun und klar wie das Denburn-Fließ, und ihr Haar mal rot, mal braun, fein gesponnen wie ein Spinnennetz, wildes, wunderschönes Haar. So sah sie sich selbst, ihre Zähne waren ebenmäßig und schön, ein weißes Leuchten in dem ernsten braunen stillen Gesicht, das John Guthrie ihr mit seinem Blut vererbt hatte Und so, ohne Kleider, schimmerten Hals und Brust unter dem Gesicht, ihre Haut war da wie Seide, und es kitzelte sie, wenn sie darüber strich. Unter der Wölbung ihrer linken Brust war ein Grübchen, sie sah es und beugte sich vor, um es genauer zu betrachten, und das Mondlicht rann ihr über den Rücken, wie komisch, dass sie das spürte, das Fließen des Mondlichts auf ihrem Rücken. Und wie das Mondlicht heller wurde, richtete sie sich auf und betrachtete sich ganz und fand sich sanft und glatt und schmiedich für den Liebsten, der eines Tages kommen und sie küssen und umarmen würde, gerade so.

Chris sah, wie das braune Leuchten ihres Gesichts sanft und scheu wurde bei diesem Gedanken – wie sie beieinander liegen würden, in einem Zimmer voll Mondlicht, und sie würde ihm lieb sein, lieb und all wieder lieb, ihm alles und jedes geben, und er würde einschlafen mit dem Kopf auf ihrer Brust oder sie würden weit in den Morgen hinein liegenbleiben und miteinander flüstern, sie würden einander so viel zu sagen haben! Und diese dritte und letzte Chris würde schließlich die Stimme finden für die Bangigkeiten, die ihren Blick erfüllten und vom nächtlichen Regen auf dem Dach reden, so gruslig und herrlich auf den langen Schieferdächern, und von den Jahren, die verblassten und dahinsanken, sich auflösten wie Atemhauch vor diesen dritten, klaren Augen, und vom Gesicht der Mutter, wie sie tot dalag, und den Aufrechten Steinen da oben, Nacht um Nacht und Tag um Tag am See von Blawearie, wie sich die Dinge um sie sammelten und weinten und lachten und all wieder lebten in den Stunden vor dem Morgendämmer, bis tief unten die Hähne in Kinraddie zu krähen anfingen und aufs Neue der Tag anbrach. Und das alles würde er glauben, mehr noch als sie selbst es glaubte, ohne sie auszulachen, und sie umarmen und küssen, grade so. Aber wahrhaftig, er würde wohl bloß einen Leichnam zu halten kriegen, wenn sie jetzt nicht ins

Nachthemd stieg und ins Bett, von einem Burschen ließ sich träumen, bis du kalt warst wie Stein, doch wenn er kommt, will er dich wärmer als so.

Das war nun der Erntezeitkoller, der Chris überkam, mild war er, und sie schlief mittendrin ein. Doch er hinterließ seine Spur in ihr, so wie die lange Egge nach einem braunen stillen Mai ihre Spur in den krümelnden Schollen hinterlässt, weder Schmerz noch Wonne blieb ihr davon, doch die Spur würde ihr Leben lang bleiben, ihr langer dunkler Schwung auf dem langen, wartenden Feld. Garbenbinder und Ernteschneider rasselten und ächzten durch das unsichere Wetter, das den Howe im Griff hatte, bald würde das Wetter umschlagen, und mit dem Aufschocken der Garben waren sie auf Blawearie weit hinterher. Doch Will gab sich nicht mehr her dazu, die Nächte durchzuplacken, wenn John Guthrie ein Wort davon sagte, lachte er ihm ins Gesicht und schwang sich auf sein Rad und fuhr nach Drumlithie, Abend für Abend. Vater stapfte hinaus zu den Ställen und starrte auf die Felder und kam mit blitzendem Blick wieder ins Haus und schulerte Chris mit düsterem Funkeln an: *Verschwinde ins Bett, wenn du die Kühe gemolken hast!* Dagegen wandte sie nichts ein, todmüde war sie am Ende des Tags, so müde, dass sie im Stroh um die Kühe schon beinahe einschlief.

Doch eines Abends wagte sie nicht einzuschlafen, sie hörte, wie John Guthrie oben in dem Zimmer, das er mit Mutter geteilt hatte, aus dem Bett stieg und leise mit seinen bestrumpften Füßen herumstrich, wie eine große Katze auf ihren leisen Pfoten, ein Tier, das schnüffelte und Absichten hatte und in die Nacht witterte. Und einmal kam er herunter, übers duckige Knarren der Stufen, und er blieb an ihrer Tür stehen, und sie hielt die Luft an, halbkrank vor Bangigkeit, obwohl – wovor hatte sie Angst? Sie hörte seinen Atem hechelnd und hiemend gehen und das scharrende Tasten seiner Hand auf dem Türriegel, dann wars vorüber, er musste hinauf oder hinunter gegangen sein, das Haus lag leise, doch sie hatte Angst einzuschlafen, bis Will in den stillen frühen Morgenstunden nach Haus gerattert kam.

Denn der Erntezeitkoller, der ging um in Kinraddie, so fix Chris auch den ihren bezwungen hatte. Und wenn ein Bursche und eine Deern meinen mochten, keiner außer ihnen könnte wissen, was sie trieben, da irrten sie doch gewaltig, auf dem Gipfel von Ben Nevis mochten sie sich miteinander verstecken und dort ihre Wonne haben, doch zehn zu eins stand die Wette, wenn sie sich auf den Heimweg machten, dann würde da die Munrosche sein oder eine andere Rachfatt, die sich halb doof gnickerte vor Freude an anderleuts Beschämung. Zuerst waren es Sarah Sinclair und der Großknecht vom Upperhill, der Ewan Tavendale war das, über die die Leute tratschten, zusammen hatte wer sie aus dem Lärchenwald oben überm Upperhill kommen gesehen, diesem Wäldchen, wo der Döskopp seinerzeit der Maggie Jean nachgestellt hatte, was hatten sie da wohl gemacht, die beiden allein? Alec Mutch vom Bridge End wars, der ihnen begegnet war, wie er gerade fürbass übers Moor ging mit seiner zerbrochenen Mäherklinge, die brachte er in die Schmiede zum Flicken. Die beiden sahen ihn erst gar nicht so richtig, das Gesicht von der Sinclairjungfer war schäbig anzusehen, ganz fleckig vor Röte, wie ein gehäutetes Karnickelbein von einem Tier mit der Tuberkulose, Ewan schlapfte neben ihr her, mit so einem Galgenblick, als hätte er die eigene Mutter aufs Kreuz gelegt, sagte Alec, und so war ihm vielleicht auch zumute. *Moin Abend wünsch ich!*, hatte Alec den beiden zugerufen, da sind sie vor Schrecken fast aus der Haut gefahren, und Alec, der trug die Geschichte weiter zum Schmied auf der andern Seite vom Moor. Und von dort, da kann sich jeder man sicher sein, da machte es wohl schnell die Runde durch Kinraddie, der Schmied hatte schneller eine Lüge erzählt als ein Pferd beschlagen, und darin war er ein echter Meister.

Ob es die Wahrheit war oder nicht, Chae Strachan bekam Wind von der Sache und marschierte hinüber nach Upperhill, um mit Ewan Tavendale zu reden und ihn auf manierliche Art zu fragen, was er denn mit Sarah jetzt vorhatte, seine Schwägerin war sie ja, diese dösige alte Schachtel. Er hätte womöglich alles auch glatt und macklich in Ordnung gebracht, bloß dass er Ewan zum falschen Zeitpunkt erwischte, der saß grad draußen vor dem Hüsselhus mit den anderen Knechten, und wie Chae herankam, da wurde ein Gickeln laut, das Chae ganz schön auf die Palme brachte, er baute sich mitten vor ihnen auf und fragte, was zum Deiwel sie denn zu lachen hätten? *Mau*, sagte Sam Gourlay da, *verdammich mau*, und er musterte Chae dabei von oben bis unten, und Ewan sagte, ihm wär bei seinem Anblick mehr nach Weinen wie nach Lachen zumute, und das sagte er so langsam und schamlos, dass es Chae wohl zur Weißglut brachte, jähzorning wie er eh war und schnell mit den Fäusten dabei, verpasste er Sam Gourlay einen Hieb auf die Ohren, dass dieser langgestreckt auf dem Boden landete, und bevor einer noch blinzeln konnte, waren er und Ewan schon feste dabei, ding-dong gings, wie zwei Kesselflicker, hin und her über den ganzen Hof vom Upperhill, und Upprumpel kam angerannt in seinen feinen Stutzen, ganz entrüstet war das Mensch, doch er fing sich gleich einen Tritt ins Gedärm, der ihn in den Messhocken setzte, wo es einst seinem Sohn so übel ergangen war, und damit war seine Einmischung am Ende. Nach ein, zwei Minuten wars klar, dass Ewan kämpfen mochte wie er wollte, er würde den Kürzeren ziehen, er war dem Chae in seinem Fuchten nicht gewachsen. Da sprangen die restlichen Knechte auf und stürzten sich auf Chae, doch als er zu guter Letzt heimkam nach Peesie's Knapp, da hatte er kaum einen Kratzer. Ewan aber, dieser leipe Stiesel, der hatte eine Platzwunde im Gesicht, die *ihm* den Mund eine Zeitlang wohl stopfen würde, und ein blaues Auge hatte er, das war so groß, man hätte die Stiefel an den Riesenpatten vom Cuddiestouner damit flicken können.

Und ob mans glaubt oder nicht, der Cuddiestouner wars auch, der das nächste Gerücht in Gang brachte, mitten rein taperte er sozusagen hochpersönlich, wie er zum Pfarrhaus hinauf ging, um sich auf so ein Papier eine Unterschrift zu holen, für den Advokaten wohl. Doch Mr Gibbon sei nicht daheim, sagten sie ihm, die Gibbonsche selbst kam raus, um es ihm mitzuteilen, fein und glei wie immer, doch er konnte sie nicht leiden, diese englische Schlunze. Ganz verdrossen wandte er sich von der Tür, mag sein, die großen Schweißmauken von dem Kerl waren schon wund vom vielen Hin und Her den ganzen heißen Tag lang. Doch unten im Garten vom Pfarrhaus, wo die Eiben tief übers üppige Gras gebeugt stehn, ihre Zweige haben schon dem braven verirrten Wallace Obdach gewährt, damals, bevor dass die Englischen ihn jagten und stellten und nach London holten, wo sie ihn hängten und verschnitten und seinen Leichnam vierteilten, um ihn auf die Tore Schottlands zu spießen – genau da im Gras kam ein Rascheln und Quieken aus dem Halbdunkel, als wär eine Herde kleiner Ferkel zugange. Der Cuddiestouner blieb stehn und nahm eine Handvoll Kies von der Einfahrt des Pastors und schleuderte die Steine ins Gras und rief dabei: *Schert euch weg!*, denn es mochten ja auch Hunde in Hitze sein, die da herummachten, große Schäferhunde verstanden keinen Spaß, wenn ihnen der Sinn nach Paarung stand. Doch statt eines Schäferhunds erhob sich die Gourdoner Deern aus dem Gras, die, welche die alte Sinclairsche für den Dienst im Pfarrhaus gefunden hatte, und Munro sah ihr

Gesicht mit so einem ganz glasigen Blick, wie das Gesicht von einem Schwein unterm Messer des Schlächters, und sie strich sich blöde das Haar aus dem Gesicht und trapste an Munro vorbei, ohne ein Wort, als wär sie halb im Schlaf. Doch wie sie an ihm vorbei war und fast schon am Pfarrhaus, da fing sie an zu pfeifen und lachte so ein schrilles Lachen, wie als hätte sie etwas versucht und versucht und es endlich geschafft und hätte dabei alle aus dem Feld geschlagen. So war es dem Cuddiestouner vorgekommen, und wahrhaftig, das konnte niemand seiner Phantasie zuschreiben, denn die hatte er nicht, der schäbige Schratt, also musste es wirklich arg komisch gewesen sein, er stand da und hatte ihr hinterhergeschaut wie bedeppert und wollte sich selbst grad daran machen, die Straße hinunterzutrapsen, als auf einmal der Mr Gibbon persönlich neben ihm stand.

Inzwischen war es ordentlich duster geworden, aber doch noch nicht so duster, dass der Cuddiestouner nicht gesehen hätte, dass der Pastor keinen Hut aufhatte und atemlos Schniefer tat, wie wenn er grade ein Rennen gelaufen wäre. *Los, sag an, Mann, was willst du?*, bratschte er ihn an. Munro war arg verdattert, dass ein so feiner Bursche wie der Pastor ihn derartig anfuhr. Deshalb sagte er nur: *Na so was, Mr Gibbon, Sie sind wohl grad um die Wette gerannt?*, und gleich drauf bereute er es, denn der Pastor schritt ohne ein weiteres Wort an ihm vorbei und warf dann über die Schulter: *Wenn du was von mir willst, komm morgen vorbei.*

Und damit ging er ins Pfarrhaus und ließ die Tür mit einem solchen Knall zufallen, dass der Cuddiestouner in seinen mückeligen Stiefeln einen Satz tat. Ihm blieb also nichts anderes übrig, als wieder daheim mit der Munroschen zu tratschen, und ob mans glaubt oder nicht, sie hat an nichts gespart, wie sie es weitererzählt hat, und bald hatte jeder in Kinraddie eine andere Version, die vom Langen Rob bekam

John Guthrie zugeschrien, als er an der Mühle vorbeikam. Er verbreitete nie schmähliche Gerüchte über Menschen, der Lange Rob, so witzelten die Leute, nur über Pferde, aber vielleicht hielt er Pastoren für was Geringeres als Pferde.

John Guthrie mochte sie gern glauben, die Geschichte, auch wenn er nicht solche ollen Grabben im Kopf hatte wie Rob mit seinem Ingersoll, die Welt rollte immer schneller der Hölle der Reichtümer entgegen, meinte er, und die alten Tage der Sklaverei waren wieder da, Pastoren machten da mit und hurten herum wie der Rest. Die Bitterkeit in ihm war gewachsen und nagte immer tiefer in seinem Herzen nach diesem Jahr auf Blawearie. So harsch hatte das Land sich gezeigt im Wechsel der Jahreszeiten, das hatte ihn aus den Schuhen gehauen, das Getreide war in diesem Sommer nicht so schlecht geraten, doch er sah ein, dass auf den langen blachen Hängen aus schralem rotem Lehm das Getreide in einem normalen Jahr kaum gedeihen würde. Und ihm wurde auch klar, was ihm in Echt nie in den Kopf gekommen wäre, nämlich dass die Tage der Häusler wohl all wie vorüber waren, die waren vorbei, die Tage von Leuten wie ihm selbst und Chae und dem Cuddiestouner, Pooty und dem Langen Rob von der Mühle, sie waren die letzten Kleinbauersleute, die mit bloßen Händen dem Boden ihr Leben abrangen. Als böses Zeichen der Zeit las er den Selbstmord von Jean Guthrie, Schande hatte sie ihm bereiten und seinen Namen zum Fluch in den Mündern der Nachbarn machen wollen, böse Zeiten, in denen sich Frauen einfach das eigene Leben nehmen oder ihre Hurereien nach Belieben zur Schau tragen konnten, während das Landvolk zu wenigen reich wurde und zu vielen an den Boden der Grube musste, und Dunkelheit breitete sich über das Land, das er lieber hatte als seine eigene Seele oder als Gott.

Und als nächster war es Will selbst, der die Zungen in Kinraddie zum Wetzen brachte, er und seine Rumdandelei in Drumlithie. Doch Chris kam vorher hinter die Sache, noch bevor das Gerede nach Kinraddie gelangte, in Drumlithie selbst stieß sie darauf, im Hof vom Gärtner Galt. Der Scharwerker war an dem Tag von Blawearie verschwunden, an dem sie sich mit ihrem Korb auf den Weg machte, kein Anzeichen von Regen gabs an diesem Tag, die Hitze hielt still wie die weiße dumpfe Glut aus einem Schmelzofen. Unten auf der Mautstraße zischten die Automobile vorbei, als sie den Weg nach Mondynes einschlug, wo in längst vergangenen Zeiten die Schlacht geschlagen worden war. Unter der Brücke strömte der Bach nach Westen zum Bervie Water, Kinder riefen und plantschten im Schutz der Brücke, wer es wagte, ging nackt, sie sah, wie sie weiß und verschreckt im Schutz der Steine hockten und stierten. Bald war die Hitze so groß, dass Chris den Hut abnahm und in der Hand schwenkte, und so stieg sie den Weg hinan, bis schließlich zur linken Hand Drumlithie auftauchte, manche nannten es Schiet, um die Leute dort zu hänseln, und damit ließen sie sich auch arg vergrellen in Schiet. Ein schiefer Haufen Häuser war es, nicht mehr, weiß von Sonnenlicht rings um den Turm, der Schiet zum Hohn der Gegend machte, denn keine Kirche war daneben. Die Leute sagten, bei Regen rannten die Drumlithier hinaus und trugen den Turm ins Trockne, so stolz waren sie auf das Ding, es war noch aus den Weberzeiten im Dorf, als die Uhr auf dem Turm war und die Glockenschläge die Stunde anzeigten.

Das also war Schiet, es erhob sich aus seinem Staub und seinen alten Gerüchen, die Beeren hingen reif im Garten von Gärtner Galt, und er sah Chris so mallig an, wie er ihren Namen hörte. Gleich fing er an mit hundsföttscher Witzelei und Anspielung, während er ihr die Beeren abwog, ein feister Mückel von einem Mann war er, triefte ordentlich von Schweiß in dieser Hitze, du kamst bald selbst ins Schmelzen, wenn du ihn ansahst. *Wie gehts denn Will?*, fragte er. *Er hat sich hier letztens wenig blicken lassen – wahrhaftig, das Rosenrot auf Mollie Douglas' Wangen ist bald ganz verblasst.* Und Chris sagte darauf: *Ach ja?*, so ganz steif, und dann: *Ich nehm auch zwei Pfund von den Brombeeren.* Die packte er ihr auch noch ein, und er lurte und kniepte dabei wie ein fettes Schwein, das zum Scherzen aufgelegt ist, sie hätte ihm eine Ohrfeige verpassen mögen, aber das tat sie nicht, es würde nur noch mehr übles Gerede bringen, und das war wohl schon im Überfluss da. Was hatte Will nur getrieben, und was hatte er seiner Deern angetan, dass er sie verlassen hatte?

Richtig froh war sie, die Stinkluft von Schiet hinter sich zu haben und die Straße nach Mondynes vor sich. Da hörte sie die Klingel von einem Fahrrad weiter unten auf dem Weg hinter sich, und sie trat zur Seite, doch niemand radelte an ihr vorbei, das Fahrrad wurde langsamer, und eine Stimme rief so ganz verkuscht: *Bist du die Schwester von Will Guthrie?* Chris drehte sich um und sah sie, wusste sofort, dass es Wills Deern war, jung und hell und blond, mit blassem Gesicht, und sie hörte ihre eigene Stimme beinah so scheu wie die Augen, die sie anschauten, als sie Antwort gab: *Ja, und du wirst Mollie Douglas sein?*

Das Gesicht des Mädchens errötete dabei, ganz sachte und seut, und sie sah sich um nach dem Spitzturm von Schiet, als fürchtete sie, das Ding könnte sie ausspähen. Und dann, fast unter Tränen, bat das Mädchen Chris unvermittelt, Will doch zu sagen, er müsse herkommen und sie wiedersehen, noch an diesem Abend, sie könne es nicht mehr aushalten, es war ihr jetzt gleich, ob sie schamlos war oder nicht, sie konnte einfach nicht anders! Dann las sie in Chris' Augen die Frage, und alles Blut wich augenblicklich aus ihrem

Gesicht und stieg gleich wieder auf, Chris war es, als erröte das Mädchen am ganzen Körper unter ihren Kleidern, bis an die Fußsohlen, so wie es ihr selbst manchmal erging. Dann rief sie aus: *Ach DAS meinst du, wie all die andern auch, aber das stimmt doch nicht!* Chris merkte, sie konnte nichts sagen und leugnen, dass es tatsächlich DAS war, was sie gedacht hatte, was sonst sollte sich einer denn denken? Im nächsten Moment war Mollie Douglas' Gesicht ganz dicht an ihrem, so sanft und so bestürzt und beschämt, ganz wie ihr eigenes Gesicht. Mollie wollte ihr in die Augen sehen und schaute dann doch weg, wurde so rot, als würde sie gleich in den Boden versinken, so narrsch war ihr zumute. *Das stimmt gar nicht, es ist bloß so, dass ich ihn so lieb hab, so arg, ich kann nicht mehr leben, wenn ich Will nicht wiederseh!*

So standen sie da mitten auf der Straße, zu verlegen, um einander in die Augen zu sehen, und sie wussten nichts mehr zu sagen, sie fanden die Worte nicht mehr, und dann kam ein Pferdewagen vom Bahnhof her, und Mollie sprang wieder aufs Fahrrad und wendete es und warf einen Blick über die Schulter zurück, mit einem Lächeln, das du nimmer vergessen solltest, und rief stammelnd: *Ade!*

Doch auch den Blick in Mollies Augen konnte Chris nicht vergessen, in Gedanken daran ging sie nach Hause, und beim Essen am Abend konnte sie den Blick nicht von Will abwenden. Zum ersten Mal seit Jahren sah sie ihn so richtig an, fast ein Mann war er, das helle wellige Haar auf seinem Kopf, das sich als feiner rostroter Flaum bis auf die Wangenknochen zog, ein Flaum wie an frisch geschlüpften Küken, Augen hatte er so blau und dunkel wie eine Deern, gut und lieb, wenn er sie ansah, grollig, wenn sie sich auf Vater richteten. Oft kam es allerdings nicht vor, dass er Vater ansah, zwischen Vater und Will fiel kein Wort, außer wenn sie glatt gezwungen waren zu reden, wie tumpiches

Volk, das gemeinsam marachte und aß und keine Worte brauchte für den Hass.

Vater aß sein Abendbrot und stieg den Hügel hinunter mit seiner Flinte, Will lungerte zwischen Tür und Fenster, pfeifend und untätig, bis er quer über den Howe hinweg oben auf den Hügeln von Drumtochty etwas sah, das aufstieg und kreiste, aschgrau, dann dunkler gegen den herbstlichen Himmel, eine große Gestalt wie eine Schlange dort in der stillen Abendluft, die Schwanzspitze ein glühendes Funkeln, das kein Abendrot war, wie es dort hinter den Hügeln so rot jetzt aufglomm. *Sie flämmen den Broam!*, rief er Chris zu, *drüben nach Dumtochty zu flämmen sie den Broam, komm mit, gehn wir aufs Moor und flämmen unsere Büsche, die haben es verdammich nötig!*

Aber ich muss das Gelee machen, du Dösel!

Ach, zum Deiwel mit dem Gelee, bald sind wir alle selber Gallert und Bunken und liegen im Grab, komm schon!

Also zogen sie los, packenweise altes Papier hatten sie bei sich, um es zu Fidibussen zu drehen, und so rannten sie den Hang zum Moor hinauf. Oben ließen sie sich nach Luft ringend ins Gras fallen, zu ihren Füßen lag Kinraddie, gemäht, abgeerntet und dicht mit Hocken besteckt, in Erwartung des Dunkels, weiter hinten und unten der Schimmer der Lichter von Bervie wie das Glühen weiteren Ginstergeflämms am Meer. Dann trennten sie sich, liefen jeder zu einer Seite hinterm Gatter zum Moor, Chris rannte nach links zwischen den Büschen lang, riss mit dem Absatz Löcher ins Gestrüpp, dicht am Boden und an jedem größeren Strauch. Von weit hinten rief Will, jetzt mache er los, sie sah seinen Umriss in großer Ferne gegen den Himmel, *Ja, gut!*, rief sie zurück und kniete sich neben den größten Struppen, in den sie den Fuß gestoßen hatte, und sie zündete ihren Fidibus an und hielt die Flamme an die knisternde Dürrheit im Gras.

Wummernd ging der Busch augenblicklich in Flammen auf, und so machte sie weiter, vor und zurück und um die ganze Höchte herum, fix musste es gehen, so fix wie einen die Beine nur tragen wollten, um das Gestrüpp weiter vorne anzuzünden, wenn aus den Reihen dahinter schon Flammen und Rauch nach ihrem Haar züngelten. Im trockenen windstillen Abend schossen die Flammen knisternd hoch und fraßen sich knurrend weiter im Gebüsch und erfassten das Gras und krochen qualmend voran, suchten Wege zu noch unentflammtem Gezweig und steckten dieses in Brand, halb hieltest du schon diese Feuerzungen für lebendig und bösartig, so wie sie durchs Gras stießen. Als Chris am Moorgatter auf Will traf, lag das Feld wie ein Hochlandmeer aus Feuer, das den Hügel erfasste, die Sonne war jetzt ganz verschwunden, und das riesige rote Feuertier schlich und sprang und jagte ohne Einhalt, ganz Kinraddie lag in seinem Widerschein.

Will war schwarz wie ein Neger, die Augenbrauen versengt, so zog er Chris neben sich ins Gras, sie sollte sich setzen. *Herr im Himmel, ich hoffe, der Zaun oben fängt kein Feuer, sonst jagt der alte Guthrie mich aus Blawearie, weil ich sein greises Haupt vor Kummer ins Grab bringe!*

Verächtlich sagte er das und äffte Vaters Aberdeenshirer Tonfall dabei nach, und halb vergrellt wollte Chris schon auffahren, doch dann fragte sie bloß: *Was würdest du tun, wenn er dich vom Hof jagte?*

Weggehn, sagte Will.

Würdest du denn in Dienst genommen?

Zum Deiwel mit solchen Sorgen.

Doch so ganz zuversichtlich klang er nicht, Chris wusste gut genug, dass er es nicht einfach haben würde, wenn es wirklich soweit käme, jetzt, wo die Ernte im Howe vorüber war. Und dann fiel ihr Mollie Douglas wieder ein, die sie im

Eifer des Zündelns und Flämmens glatt vergessen hatte – ihr kam es auf einmal vor, als sähe sie ihr blasses Gesicht neben Wills in dem feuerbeleuchteten Dunkel. *Ich hab heute Mollie Douglas in Drumlithie getroffen, sie hat mir gesagt, ich soll dich bitten, dass du heute hinunterfährst zu ihr.*

Er saß stocksteif, als wäre er taub, sie fasste ihn am Ellbogen. *Will!* Er schüttelte ihre Hand ab. *Ich hab dich gehört. Was soll das taugen? Ich kann keine Deern haben so wie andere Leute. Ich bin nicht mal in Lohn.*

Vielleicht will sie keinen Lohn, und es geht ihr nur um dich. Will, die Leute reden über sie und dich in Drumlithie. Galt und andere Schierkerle wie er.

Reden? Was reden sie denn?

Naja, was sie eh so reden. Dass sie ein Kind von dir bekommt und du deshalb jetzt weg bleibst von ihr.

Galt hat das gesagt?

Er hat so eine Anspielung gemacht, aber wenn er nicht grad mit deiner Schwester redet, wird er mehr als bloß Anspielungen machen.

Chris hatte ihn noch nie so fluchen gehört wie jetzt, als er mit geballten Fäusten aufstand.

So redet der über Mollie, dieses elste Schwein! Ich hau diesem dreckigen Galt den Dassel ein, dass seine eigene Mutter ihn nicht wiedererkennt!

Das würde wenig helfen, redete Chris ihm zu, die Leute würden bloß hämeln und sich ins Fäustchen lachen und erst recht sagen, da wär was dran an der Sache mit Mollie.

Was soll ich denn sonst tun?, fragte Will, immer noch ganz fuchtich, und Chris wurde rot und sagte: *Warte ab. Liebst du sie, Will?* Doch sie hätte wissen müssen, wie er eine solche Frage aufnehmen würde, vielleicht wurde er selbst jetzt rot im Schutz der Dunkelheit, er schleuderte die Papierzwirbel davon, die er noch übrig hatte, und stieß hervor: *Ich bin weg nach Drumlithie*, und schon rannte er den Hügel hinunter, bevor sie ihn aufhalten konnte.

Vielleicht, das sagte er Chris später, vielleicht war er mit keiner anderen Absicht gegangen, als seine Mollie wiederzusehen. Doch wie das Schicksal es wollte – keinen anderen als Galt selbst fuhr er beinah über den Haufen vor dem Drumlithie Hotel, ordentlich betrunken war der alte Fettsack, und bei ihm war Alec Mutch. *Moin Abend, Will!*, schrie Mutch. Und Galt schrie: *Nimm sie heute lieber nicht mit raus, Will, mein Jung, das Gras ist arg nass, kannste nich drauf liegen!*

Will hielt an und sprang ab und ließ das Fahrrad mitten auf der Straße liegen. Er ging auf Galt zu: *Redest du mit mir?*, fragte er. Und der Fettsack, hiemend wie eine Sau beim Werfen, das Gesicht ganz schwitzig, hickste besoffen: *Mit wem denn sonst?*

Dafür kriegst du das hier, versetzte Will und schlug auf den mächtigen Bauch von Galt ein, doch Mutch packte seinen Arm und rief: *Junger Guthrie, du bist wohl ganz blöd geworden, der alte Mann könnte dein Vater sein!* Will sagte, wenn er so einen zum Vater hätte, würd er ihn umbringen und sich dann selbst ersäufen, und er wollte sich von Mutch losreißen und weiter auf dieses Mistviech Galt eindreschen. Doch darauf war Galt gar nicht scharf, im Nu hatte er kehrt gemacht und rannte all seinem Fett zum Trotz die Gassen von Drumlithie hinauf, fei flott bei seiner Leibesfülle, und im nächsten Moment war er nicht mehr zu sehen.

Klar gabs in Schiet genug Tratschen, die Mutch die ganze Geschichte steckten, mit der er dann heimradelte nach Bridge End. Ein, zwei Tage drauf wussten alle davon, und Will war das Gespött von ganz Kinraddie. Vater hörte es vom Postboten, der ihn von der Straße aus heranwinkte, um ihm alles zu erzählen, und kaum hatte er es gehört, stapfte John Guthrie zu Will, der auf dem Feld mit Sommergetreide aufschockte, und sagte: *Was hab ich da gehört von dir und einer lodderigen Schlunze dort in Drumlithie?*

Will war den ganzen Tag guter Laune gewesen, weil er seine Mollie wiedergesehen hatte, und sie hatte ihn schwören lassen, dass er nicht wieder in Wut geraten und sich zum Narren machen würde, wenn er anderleuts mieses Getratsche über sie hörte. Deshalb fuhr Will einfach fort mit dem Schichten der Hocken und sagte bloß: *Wovon zum Deiwel redest du?* Vater reckte sein bärtiges Kinn vor und schrie: *Gib mir Antwort auf meine Frage, Will!* Und Will sagte: *Dann stell mir eine vernünftige Frage. Wie soll ich denn wissen, was du gehört hast? Kann ich Gedanken lesen?*, und Vater darauf: *Zur Hölle mit dir, du dreckiger Lump, soll ich mir dein Herumhuren jeden Abend bieten lassen und deine Frechheiten noch obendrein? Stimmt es, dass eine Schlunze namens Mollie Douglas ein Balg von dir bekommt?*, und Will sagte: *Wenn Du Mollie Douglas noch mal eine Schlunze nennst, dann hau ich dir die Zähne ein, dass sie dir in der Gurgel stecken bleiben, egal ob du mein Vater bist.*

Sie ließen beide ab vom Aufschocken und starrten einander an, dumpf vor Wut, und Vater holte aus, wie um Will zu schlagen, doch Will fasste nach seinem Arm und rief: *Sieh dich vor!* Vater ließ den Arm sinken, bleich wie ein Geist war er geworden, und er machte weiter mit dem Schocken. Will, ebenso bleich, ging auch wieder an die Arbeit. Und damit hätte es, was die auf Blawearie angeht, zu Ende sein können, doch am Abend hörten sie draußen ein Scheppern, da kam der Pastor auf seinem Fahrrad, und Mr Gibbon hochselbst stieg ab, er kam in die Küche und sagte: *Guten Abend Chris, guten Abend Mr Guthrie. Kann ich kurz Will sprechen?*

Chris wurde also geschickt, Will zu holen, der grade im Kuhstall Streu ausbrachte, er kam mit ihr zurück, ganz grau um den Mund, da saßen der Pastor und Vater, ernst wie zwei Eulen im Scheunengiebel, offenbar hatten sie miteinander die Sache besprochen. *Chris, geh auf dein Zimmer*, sagte Vater, und ihr blieb nichts anderes übrig, als zu gehen, und was dann passierte, erfuhr sie nie ganz genau, denn Will wollte es ihr nicht sagen, sie hörte die Stimmen der drei, die gleichzeitig sprachen, und Will brauste auf, und mit einem Mal knallte die Küchentür, und Will schritt hastig über den Hof zur Scheune, wo er sein Fahrrad abgestellt hatte. Die Stimme von Mr Gibbon tönte ihm hinterher, grollend dröhnte er: *Einen Moment mal, Will, wohin gehst du?*, und Will schaute zurück und sagte: *Ihr seid so im Brass, dass ich bei meiner Deern liegen und ihr ein Kind machen könnte, ich fahr jetzt und versuch es euch recht zu machen.* Damit schob er sein Rad an der Sügershecke vorbei und trat in die Pedale die Straße hinunter und kam erst um ein Uhr früh nach Blawearie zurück.

Chris hatte nicht einschlafen können, sie horchte auf ihn, und wie sie ihn die Treppe heraufkommen hörte, rief sie laut flüsternd nach ihm: *Will!* Er zögerte kurz vor ihrer Tür, dann hob er den Riegel, kam auf leisen Sohlen herein und setzte sich bei ihr auf den Bettrand. Chris stützte sich auf den Ellbogen und betrachtete ihn, im Zimmer war kaum Licht, kein Mond schien in der Nacht, obwohl der Himmel weiß von Sternen war, und Will hockte bloß wie ein Schatten da an ihrem Bett, sein Gesicht nichts als ein weißer Fleck im Dunkel. Chris flüsterte: *Will, ich hab gehört, was du gerufen hast, wie du weggegangen bist, aber das hast du nicht getan, oder?* Will stieß ein unterdrücktes Lachen aus, sie hatte ihn nicht vergrellt. *Wenns nach dem Gestichel der frommen Kacker von halb Kinraddie ginge, hätte ich es wohl tun sollen. Aber mach dir keine Bange, ich würde mir eher die eigene Kehle durchschneiden als – IHR was Schlechtes zufügen.*

Die Einmischung des Pastors hatte demnach keinen Schaden angerichtet, und wahrhaftig, er hatte es eher nötig, im eigenen Stall auszumisten, wenn die Geschichte mit der Gourdoner Dienstmagd stimmte, die der Cuddiestouner erzählte. Und nicht lange danach machte ein noch größerer Schandal die Runde, der ihn betraf, die Leute schüttelten die Köpfe und gaben sich arg empört, alle bis auf Rob von der Mühle, der wollte doch beim Herrgott schwören, das wär das Beste, was er gehört hatte, seit Nebukadnezar auf der Wiese geweidet hatte.

Es war nämlich so, dass Anfang November eine kleine Tochter im Pfarrhaus zur Welt kam, und der Pastor Gibbon war stolz wie Oskar, eine staatsche Predigt gab er am folgenden Sonntag unter dem Motto *Ein Kind ist uns geboren*, die ging einem so ans Gemüt, dass die alte Sinclairsche vom Netherhill sich nicht mehr fassen konnte und in ihr Taschentuch schluchzte darob, doch wie der Lange Rob von der Mühle das hörte, sagte er bloß, sie sollte besser keine Whiskybonbons mit in die Kirche nehmen. Alle anderen waren schwer beeindruckt, auch Leute, die seit Monaten nicht mehr so gut aufs Pfarrhaus zu sprechen gewesen waren, stimmten überein, dass er seine Fehler haben mochte, dieser Gibbonbursche, aber wer hatte die nicht? Und nicht viele gabs in den Mearns, die auf der Kanzel so gewichtig mit dem Haupt wackeln konnten. Doch zum Deiwel, am Tag drauf hatte er alles verdorben, ein Montag wars, und er machte sich grad auf zum Zug nach Aberdeen, der Gibbon, da rief die Amme ihm nach, er sollte doch einen kleinen Nachttopf für das Kindchen mitbringen, die im Pfarrhaus seien alle zu groß. Er wurde ein bisschen rot, der kruschkoppige Bulle, und sagte: *Ja, gut, Amme*, mit seiner Bullenstimme, und weg war er zum Bahnhof, dem in Fordoun, und da ließ er sein Fahrrad stehen und nahm den Zug.

Über das, was dann passiert ist, erzählten die einen dieses und die anderen jenes, und manche erzählten dieses und jenes. Gleichwie, es war wohl so, dass der Pastor Gibbon ziemlich früh am Tag schon in Aberdeen auf einige Freunde traf, und die bestanden darauf, dass man ein Gläschen heben sollte, um den schönen Anlass zu begehen. Also suchte die ganze Bande eine Wirtschaft auf, und da kippten sie ein Glas und bald noch ein zweites, damit das erste unten blieb, und dann noch zwei, drei, um den Wind abzuhalten, denn stürmisch wars an dem Tag auf der Kippe zum Winter. Ein paar Leute sagten, mitten im Gelage hätte Gibbon sich erhoben, um ein Gebet zu sprechen, und eine Deern hinter der Schanktheke hatte ihn ausgelacht, da jagte er sie aus dem Schankraum hinaus bis in ihre Kammer hinauf und brachte ihr das Beten bei. Doch soll einer ja nicht jede Lüge glauben, die er zu hören kriegt.

Irgendwann am späten Nachmittag fiel ihm ein, dass er zum Zug musste, der Pastor, er nahm sich einen Wagen, kaufte den Nachttopf und erwischte den Zug noch um ein Haar. Kaum hatte er sich im Waggon hingesetzt, arg erschöpft wird er eh gewesen sein, da war er schon fest eingeschlafen, und so verschnarchte er fröhlich und unbekümmert Meile um Meile, so recht wie tot war er der Welt.

Bis dahin war die Geschichte wohl glatt spekuliert, und obendrein noch gemein spekuliert, doch der Wärter am Bahnhof von Bridge of Dunn, gut zwanzig Meilen südlich von Fordoun, der hat den Rest regelrecht beschworen. Er wollte grade die Türen des Sieben-Uhr-dreißig-Zugs zuschlagen, da schob sich ein Gesicht aus einem Fenster, wie der Kopf von einem Stier aus dem Stroh, und dem Wärter, dem wurde ganz blümerant, wie er den flachen Hut sah, der darauf saß. *Ist das hier Fordoun?*, muhte der wuchtige Kopf, und der Wärter sagte: *Nee, Mann, das ist man verfluchtich weit weg von Fordoun.*

Dann machte er dem Pastor von Kinraddie die Tür auf, und Gibbon kam herausgestolpert und rieb sich die Augen, und der Wärter zeigte auf den Bahnsteig, wo er in den Bummelzug zurück nach Fordoun steigen konnte. Zum Bahnsteig führte eine kleine Brücke, und der Pastor machte sich daran, die Stufen hinaufzusteigen, die ersten Schritte kriegte er noch ganz gut hin, doch wie er beinah oben war, geriet er ins Schwanken und stolperte und ruderte mit den Armen. Und eh dass er sichs versah, erblickte der Wärter den Nachttopf, der aus dem Einwickelpapier gerutscht war und jetzt mit des Pastors Hut um die Wette die Stufen heruntergehüppelt kam, polternd gefolgt vom Pastor selbst.

Wie der Bahnwärter ihm dann aufgeholfen und ihn abgeklopft hatte, da brach der Pastor mirnichtsdirnichts in Tränen aus und schluchzte an der Brust des Bahnwärters, was für ein verdammichter Ort doch dieses Kinraddie sei! Und wie würde es ihm, dem Wärter, denn wohl gefallen, zwischen einem Rosenbusch und einem verrotteten Kohlgarten zu leben, im Schatten eines Hauses mit grünen Fensterläden? Dann heulte der Pastor noch weiteres von diesen Fensterläden und sagte, einer könnte sich ja in diesem Kinraddie keine Sekunde mit einer Deern hinlegen, ohne dass gleich so ein dösiger Mückel von Häusler mit Steinen nach einem zu werfen anfing, die hatten ja keine Achtung vor Gott noch vorm Pastor noch vor der Kirk, diese Rüpel da unten in Kinraddie. Da sagte der Wärter, ja, es stünde schlimm mit der Welt, er hatte vorgehabt, seine Stelle bei der Eisenbahn aufzugeben und sich ans Predigen zu machen, aber das würde er jetzt doch lieber lassen.

Kaum hatte er den Pastor in einen Zug nach Norden bugsiert, da ging der Bahnwärter heim zu seiner Frau und erzählte ihr die Geschichte, und sie erzählte sie ihrer Schwester aus Auchenblae, und die erzählte sie ihrem Mann, und der erzählte sie Mutch, und so kam die ganze Sache ans Licht.

Und wie er das nächste Mal an Peesie's Knapp vorbeigeradelt kam, der Pastor, da schoss ein Kopf aus der Hecke hinter ihm, das war der kleine Wee Strachan, und der schrie aus vollem Hals: *Heut keinen Nachttopf dabei?*

Dabei hatten sie wahrlich keine große Lippe zu riskieren in diesem Winter, die Strachans, die Leute sagten, es sei eh nicht schwer zu begreifen, dass Chae so arg für die Gleichheit von Arm und Reich war, er hätte das Teilen fei nötig, damit er nicht selbst ganz und gar bankerott ging. Vielleicht hielten der alte Sinclair oder seine Frau die Groschen knapp in diesem Jahr, jedenfalls hatte Chae schon im Dezember sein Korn verkaufen müssen, er war der erste, der sich in Kinraddie ans Dreschen machte. John Guthrie und Will brachen beim ersten Dämmerstreif auf, als sie den Rauch der Maschinen aufsteigen sahen, Chris kam eine Stunde später nach, um Chaes Frau beim Kochen zu helfen. Und wahrhaftig, bankerott mochte er sein, der Chae, doch gniedsch war er nimmer, und sowie die Leute zum Essen ins Haus getrapst kamen, wurden Suppe und Rindfleisch aufgetischt und Huhn und Haferkekse, die besten Haferkekse machten sie dort auf dem Knapp, und Brot gabs und Gelee, und Puffert mit Zucker und Milch, und wenn wer so dreist war, dass er noch mehr wollte, sagte Chae, dann konnte er sich draußen im Rübenfeld bedienen.

Die ersten drei Männer, die hereinkamen, nahm Chris kaum wahr, so sehr war sie damit beschäftigt, ihnen Suppe zu schöpfen. Wie sie dann die Teller hingestellt hatte, sah sie Alec Mutch, die mückeligen Flapsohren wie rote Lappen, die zum Trocknen aufgehängt sind, *Moin, Chris!*, rief er und haute rein, als hätte er seit zwei Wochen kein Essen gesehn. Neben ihm saß Munro vom Cuddiestoun und fraß wie ein losgelassener Kettenhund, Chaes Drescherei war ein

Fest für die beiden. Immer weiter ging das Stampfen und Kratzen von Sohlen an der Tür, zu zweien und dreien kamen sie hereingeschneit, Chris hatte alle Hände voll zu tun, sie achtete nicht auf die Gesichter, doch mancher achtete auf sie und grinste sich was, und der Cuddiestouner rief Vater zu: *Herrje, Mann, die wird ja ganz schön künnig, die Tochter. Die Küche steht ihr besser wie die Oberschule!*

Ein paar an den Tischen lachten darüber, die Affgunt grinste ihnen aus den Augen, und mit einem Mal hasste Chris sie allesamt, und die englische Chris war im Nu wieder in ihrer Haut, sie sah die ewigen Trottel und dumpfen Dösel in denen, die da saßen, so tumpicht und ungeschlacht. Alec Mutch griff die Worte vom Cuddiestouner auf und ging auf die Bildung los, und so lief das Gerede rund an den Tischen. Die meisten sagten, das Lernen, das sei doch was Übles, den Kindern würde ein Haufen verdammichter Tinnef beigebracht, weswegen sie sich für was Besseres hielten, und hastenichgesehen fingen sie an und wurden rappschnutich und glatt frech zu den Eltern. Doch Chae saß nun auch schon am Tisch, und er fuhr diesen Reden in die Parade. *Verdammich Mann, da hast du schwer Unrecht mit dem, was du redest. Bildung, das isses, was der arbeitende Mensch braucht, wenn er auf gleichem Fuß mit den Reichen stehen will.* Und der Lange Rob sagte dazu: *Ich hab immer gedacht, das Geld auf der Bank tät das besorgen.* Doch ausnahmsweise schien er mit Chae einer Meinung zu sein – *je mehr Bildung, desto mehr Verstand und desto weniger Kirken und Pastoren.* Der Cuddiestouner und Mutch waren ordentlich entrüstet darüber, und der Cuddiestouner rief laut: *Na, na, üble Rede von der Religion wollen wir hier nicht haben!*, als könnte er hier befehlen, wenn er nichts davon hören wollte. Doch der Lange Rob war kein Deut verlegen, der lange Lulatsch, er guckte den Cuddiestouner bloß schief an und sagte: *Na, na, Munro, wir kommen noch zu den geistig Leidenden im Allgemeinen, nicht nur im Besonderen. Wie gehts denn eurem Großknecht, dem Tony? Übt er noch fleißig die Stenographie?* Da machte ein Gniggern die Runde, und wie, da hielt der Cuddiestouner schnell den Mund, hier und da jacherte noch einer laut auf und sagte, ja den Langen Rob, den konnte einer so schnell nicht parieren. Und Chris fiel ein, wie sie eben alle für Dösel und Trottel angesehen hatte, und sie schämte sich, weil sie sah, dass es doch Chae und den Langen Rob hier gab, die ärmsten von ganz Kinraddie!

Um Viertel nach sechs ließ die Mühle langsam ab von ihrem Gesurr und Geschnurr, die Drescher kamen wieder zu den Tischen gestiefelt. Wieder gab es Puffert, jetzt zum Abendbrot in Scheiben geschnitten, und Brot und Butter und Wecken und Weißbrot vom Krämer, und Rharbarber- und Brombeergelee und Rübensirup für die, die es wollten, manchen war ja dieser Schiet aus Konservendosen lieber. Die meisten Drescher setzten sich hin und waren ganz guter Dinge, Grund genug hatten sie ja, und sie knöpften sich macklich die Westen auf. Will war einer der letzten, ein schlaksiger dunkler Junge folgte ihm auf den Fersen, Chris hatte ihn noch nie zuvor gesehen und er sie wohl auch nicht, mochtest du meinen, so wie er stierte. Die beiden standen herum wie verirrt und blickten suchend nach einem freien Platz im Gedränge der Küche, bis die Strachansche Chris zurief: *Deck ihnen doch drinnen in der Stube auf!*

Das tat sie, und dort drinnen brachte sie ihnen auch das Abendbrot, Will schaute auf und rief: *Na, Chris, wie isses gegangen?*, und Chris sagte: *Gut, und bei dir?* Will lachte. *Ich sag dir, mein Rücken tät sich verdammich besser anfühlen, wenn ich den Tag im Bett gelegen hätte, was Tavendale?* Und dann besann er sich auf seine Manieren: *Das ist Ewan Tavendale vom Upprumpel, Chris.*

Der war das also; Chris war komisch zumute, wie er den Kopf hob und ihr die Hand hinhielt, und sie fühlte, wie ihr das Blut ins Gesicht stieg, und sie sah, wie er auch tiefrot wurde. Er sah arg jung aus für so einen leipen Balagutten, wie die Leute sagten, dass er einer war, wie eine wilde Katze, stark und schnell, halb gefiel ihr sein Gesicht, halb stieß es sie ab, das konnte doch gewiss nicht derselbe sein, der DAS da oben im Lärchenwäldchen vom Upperhill getan hatte? Doch wenn einer jedem Kerl sein Wesen danach ansehen könnte, wie er sich die Nase schneuzte, sagte der Lange Rob von der Mühle, dann fände sich einer eh fein zurecht auf der Welt.

Sie schenkte ihm keine Beachtung mehr und war im nächsten Augenblick schon raus aus dem Knapp und rannte beinah den ganzen Weg hinauf nach Blawearie, um die Kühe zu melken. Es ging ein Wind, der Reif knirschte unter ihren Füßen, wie sie lief, der Hang stieg kalt und unheimlich an, die Scheunen und Ställe von Blawearie wie unstete Schatten dort oben im kalten Gedüster. Quick und kribblig war ihr vom Laufen, und sie dachte bei sich, wenn sie bloß die Zeit hätte, würde sie jeden Tag raus und über die Hügel laufen, im Frost unterm Abendstern, wenn er am Himmel aufging.

Doch als Blawearie an diesem Abend zu Bett gehen wollte, riss Will seine Zimmertür auf und schrie: *Vater! Chris! Seht mal, das Licht da unten am Knapp!*

Im Nu war Chris am Fenster, auf bloßen Füßen rannte sie und blickte hinaus, am Schatten der großen Buche vorbei. Ja, da schien ein Licht, ganz klar wars zu sehen, mehr als ein Licht, ein glühender Schein, der ins Gelbe und Rote flackerte und in dem Wind aufstieg, der mit der Nacht gekommen war. In wenigen Minuten würde Peesie's Knapp in Flammen aufgehen, das wusste Chris, dann kam Vater die Treppe heruntergerannt, schrie Will zu, er solle sich anziehn und mitkommen, Chris sollte bloß daheim bleiben, das merke sie sich nur, sie hörten, wie er die Haustür aufriss und hinausstürmte, dann rannte er flink wie je den nachtdunklen Hang von Blawearie hinab. *Warte auf mich, ich komm mit!*, rief Chris Will zu, und er rief zurück: *Ja, aber mach schnell, um Himmels willen!*

Sie konnte die Strümpfe nicht finden, zitterte am ganzen Körper wie von Sinnen, und als die Strümpfe gefunden waren, fehlte ihr Mieder, das war hinter den Kasten gerutscht, Will hämmerte an ihre Tür: *Los, komm schon*, und sie rief: *Komm rein und mach ein Streichholz an*, und Will kam herein, noch dabei, sich das Halstuch zu binden, und er strich ein Zündholz an und sah sie an in Schlüpfer und Hemd, wie sie nach dem Mieder langte, das sie jetzt fand: *Lass das olle Ding wo es ist, es ist gut so, du wärst besser nicht als Mädchen geboren*, sie hatte den Rock schon fast an. *Das wünschte ich auch*, versetzte sie, indem sie in die Schuhe stieg, sie halb schnürte, dann hinter Will die Treppe hinunterpolterte und am Absatz den Mantel überwarf. Im nächsten Moment waren sie schon draußen im Dunkel unterm Sternenlicht, alles war reifbedeckt, wie von Sinnen rannten sie den Hang hinab auf den Feuerschein zu, der schon beinah so hoch wie ein Leuchtfeuer gegen ganz Kinraddie aufstieg. *Guter Himmel, ich hoffe bloß, sie sind aufgewacht!*, keuchte Will, denn jedermann wusste, die Strachans gingen Schlag acht ins Bett. Im Laufen schon sahen sie nun, dass es die Scheune selbst war, die in Flammen stand, die Strohsolle schien bereits zu einem Haufen Asche verbrannt, und die Scheune hatte Feuer gefangen, und das Haus vielleicht auch. Und in ganz Kinraddie flammten Lichter auf, rennend schaute Chris sich um und sah Schimmer und Licht von Cuddiestoun hell durch das Dunkel.

Und fürwahr, es war höchste Zeit, als sie anlangten, Vater war es, der Chae Strachans Leute gerettet hatte. Er war der

Erste am lodernden Knapp, der John Guthrie, und er rannte um die Ställe und Schuppen und sah die Flammen schon an der Küchenseite des Hauses lecken und lodern, keine Menschenseele war da, ihnen Einhalt zu gebieten, obwohl der Lärm schon grauslich war, das Knistern und Krachen und Brennen, und die Winternacht war hell von brennendem Holz und funkenstiebendem Stroh im Flug. Er hämmerte an die Tür und schrie: *Verdammich noch mal, wollt ihr lebendig gebraten werden?*, und wie er keine Antwort bekam, schlug er das Fenster ein, da hörten sie ihn, und die Kinder kreischten, so fest wie die schlief kein zweiter, sagten die Leute, Chae Strachan hätte sich auf den Flammen seines eigenen Brennholzes aus dieser Welt in die Hölle geschnarcht, wenn John Guthrie sie nicht alle wachgeschrien hätte. Doch endlich kam er herausgestolpert, nur die Unterhosen hatte er an, und er glotzte John Guthrie an und sah dann das Feuer und schrie: *Kirsty, wir fahren alle zur Hölle!*, und stürzte in Richtung Kuhstall.

Doch wie er halb über den Hof war, da geriet die Scheune ins Schwanken und krachte und stürzte vor ihm zusammen, und er musste zurückrennen, jetzt war kein Herankommen mehr an die Scheune. Nun war der Lange Rob von der Mühle auch auf dem Plan, in Riesensätzen war er über die Felder gehastet, über die Steinwälle springend wie ein Hase, und seine Lungen ächzten wie ein Blasebalg, so sehr war er außer Atem. Er wars, der der Strachanschen mit den Kindern half und mit dem an Kleidern, was sie noch hinaus auf den Weg schaffen konnten, während Chae und John Guthrie versuchten, von der anderen Seite zum Kuhstall zu gelangen, doch auch das half nicht, die Solle stand in tosenden Flammen. Eine Zeitlang ließ sich nichts vernehmen als das Zischen des Feuers, das sich in die hölzernen Streben fraß, das Klackern der Schieferziegel, die durch die alten verkohlten Balken hinabstürzten, und dann, das Erste, was Chris und Will hörten, als sie keuchend über die Straße gerannt kamen, ein entsetzlicher Schrei, ein Schrei, bei dem sie meinten, einer von den Strachans stecke dort unter den Balken fest. Bei dem Schrei hielt Chae sich die Ohren zu und schrie: *Mein Gott, das ist die alte Clytie!* Clytie war seine kleine Stute, sein Kunterchen, und sie schrie und schrie, grauslich und immer grauslicher, Chris rannte zurück zum Haus, weg von diesen Lauten, die sie nicht hören wollte, hier konnte sie der armen Kirsty Strachan helfen, die Rotz und Wasser heulte, während die Blagen lachten und herumsprangen, als wären sie auf einem Picknick, und der Lange Rob von der Mühle seine Pfeife rauchte, so gelassen wie es nur ging, als wär nicht schon genug Qualm in der Luft. Doch samt Pfeife und allem tauchte er ins Haus hinein und wieder auf, rettete Stühle und Teller und Körbe mit Eiern, und die Strachansche schrie plötzlich: *Du lieber Himmel, meine Musterstickerei*, und Rob stürzte hinein und riss das Ding von einer flammenden Wand, so ein oller Stofffetzen in einem Glaskästchen, das hatte die Strachansche mal als Kind in der Schule gemacht.

Dann näherte sich das Klick-klack einer Kutsche, das war Ellison, der vom Gutshaus herunter gefahren kam, er mit zwei von seinen Leuten, du lieber Himmel, er mochte wohl wenig mehr sein als so ein windiger irischer Halunke, doch Verstand, den hatte er, den Wagen hatte er vollgepackt mit Seilen und Eimern, Ellison stellte die Leute auf und übernahm das Kommando, die Eimer liefen nun von Hand zu Hand über den Hof vom Brunnen bis zu dem, der dem Feuer am nächsten stand, und der bewarf das Feuer mit Wasser. Doch Nutzen brachte das anfangs gar keinen, und dann tönte es grausiglich aus dem Kuhstall, da brüllten die Kühe inmitten all dieser Flammen, und der Lange Rob von der Mühle rief: *Das halt ich nicht aus!*, und er packte eine

Spitzhacke und rannte hinten herum zur Strohsolle auf der Rückseite der Scheune, wo er sah, dass sie bloß noch ein schwarzer Haufen war, kaum noch brennend, das schrie er den anderen zu und setzte in großen Sprüngen durch den Rauch zur Rückwand des Kuhstalls und hackte drauf ein, so fest er nur konnte. Chae kam hinterher, und dann John Guthrie, und die drei schufteten da wie die Verrückten, Ellisons Leute indessen spritzten Wasser aufs Dach über ihnen, bis plötzlich die Wand vor ihnen nachgab und Chaes älteste Kuh den Kopf hinausstreckte und ihm mitten ins Gesicht *Muuh!* rief. Die drei schufteten sich in den Kuhstall hinein, das war ganz schön gefährlich, die Dachbalken splitterten schon und stürzten hier und dort in Brocken herab, und trotz der Flammen war es da drinnen fast dunkel. Doch sie kriegten noch eine Kuh frei und noch zwei Färsen, bevor das Feuer sie hinaustrieb, die anderen mussten sie zurücklassen, rasend vor Angst brüllten die Beester, und der Gestank, mit dem sie in Flammen aufgingen, ließ allen die Übelkeit in die Kehle steigen, es dauerte noch fast eine Viertelstunde, bis das Dach einstürzte und das Vieh erschlug. Der Lange Rob von der Mühle setzte sich an den Wegrand, ihm war plötzlich so kodderich, wie es schlimmer nicht ging, und er sagte: *Beim Himmel, nie wieder will ich gebratenes Rindfleisch riechen.*

Das war der Brand auf Peesie's Knapp, eine Menge Leute standen zum Schluss herum, die vom Netherhill und die vom Upperhill und die Cuddiestouner und Alec Mutch, dem die mückeligen Ohren im Feuer leuchteten, manche waren auf Fahrrädern gekommen, und andere waren durch halb Kinraddie herbeigerannt, und zwei hatten ihre Pferdewagen gebracht. Doch jetzt gab es nichts mehr zu tun als dazustehn und aufs Feuer zu starren und auf die Grausigkeit, die es angerichtet hatte, Ellison fuhr zum Gutshaus mit der Strachanschen und den Kindern, dort bekamen sie Obdach für die Nacht. Das Vieh, das er aus dem Stall gerettet hatte, trieb Chae nach Netherhill, die Leute schickten sich an, ihre Jacken wieder überzuziehen, es hatte wenig Sinn, jetzt noch herumzuwarten, sie gingen heim in ihre Betten.

Chris sah weder Vater noch Will in der Nähe, so machte sie sich allein in Richtung Blawearie auf. Abseits vom Glosen des brennenden Knapp war alles hart und eisig, sternenlos, doch klar, als gäb der stahlkalte Boden ein ganz schwaches Leuchten von sich, dahinter stieg die Nacht als schwarze Wand auf, still und undurchdringlich. Fast war Chris schon eingetaucht in dieses Dunkel, da prallte sie beinah gegen zwei Männer, die auf dem Weg zurück in ihre Richtung stapften. Kaum hatte sie die beiden wahrgenommen, als sie schon gegen sie stieß. *Verzeihung!*, rief sie aus, und einer der beiden gnickerte und sagte etwas zum andern, im nächsten Augenblick war sie bereits, eh dass sie wusste, wie ihr geschah, im Arm jenes andern, rau war er und stark, und einen Kuss gab er ihr, weich und stopplig war sein Gesicht, zum ersten Mal hatte ein Mann sie so geküsst, dunkel und bangmachend und grulig dort draußen auf dem winterlichen Weg. Der andere stand dabei, Chris war starr und hörte ihn hiemen und wusste, dass er lachte, und von fern stieg ein Knistern auf von der letzten Glut in den verbrannt glosenden Ställen. Dann aber besann sie sich und trat den Mann, der sie im Arm hielt, jung war er mit seiner weichen stoppligen Wange, sie trat ihn fest mit dem Knie und kratzte dann mit den Fingernägeln über sein Gesicht. *Du Luder!*, fluchte er und ließ sie los, da trat sie ihn wieder, diesmal mit dem Fuß, und er fluchte wieder, doch der andere sagte: *Schht!, da kommt wer!*, und die beiden rannten davon, das feige Gesindel, Vater und Will waren es, die da auf der Straße kamen.

Und als Chris Will erzählte, was passiert war, am nächsten Morgen erst redete sie davon, als Vater nicht in der Nähe war, da schaute Will sie mallich an, halb lachend, halb ernst, und tat so, als gäbe er nichts um das, was geschehen war, so waren die Knechte eben, wohl immer zum Juxen aufgelegt. Doch ihr war es nicht wie ein Jux vorgekommen, eher todernst, und wie sie in der Nacht zwischen ihren kalten Leintüchern lag, zusammengekrümmt, sodass sie die weißen Zehen aneinanderreiben konnte, um ein bisschen Wärme und Wohligkeit zu empfinden, da war es ihr in der Erinnerung, als hätte ein Tier sie gejagt und gebissen, aber noch schlimmer als das und mit noch etwas anderem dabei, als ob sie das Tier halb gewollt hätte und auch den Biss und den Geruch von diesem Ärmel um ihren Hals und dieses weiche bartstoppelige Gesicht an ihrem. Süßen Atem hatte er doch gehabt, dieser Lump, dachte sie und lachte in sich hinein, das war ein Trost. Und dann schlief sie ein und träumte von ihm, ein schlimmer Traum wars, von dem sie errötete, obwohl sie wusste, dass sie doch träumte, froh war sie, als der Morgen kam und sie bei Sinnen war und gelassen wieder sie selbst.

Doch dieser Traum suchte sie all wieder auf, während der Winter sich über Kinraddie breitete, ein Winter, der bis Silvester kaum Schnee brachte und dann so viel, dass der Himmel vom weißen Flockenfall verdunkelt war. Komisch, was für ein Dunkel dieses blinde Fallen und Wirbeln des Schnees bringen konnte, als würde ein Federkissen über den Hügeln ausgeschüttelt, und um drei am Nachmittag herrschte schon Nacht. Sie versorgten das Vieh früh an diesem Abend, Vater und Will, fütterten die Kühe ordentlich mit Rüben und warmem Sirup, aufs Stroh geträufelt, dann kamen sie herein zum Abendessen und saßen danach dicht beim Feuer, während Chris Puffert für den Neujahrstag machte. Lange sagte keiner von ihnen ein Wort, sie horchten auf das Sausen und Rappeln an den Fenstern und das Klack-klack-klack einer losen Schindel auf dem Dach, bis Vater sie ansah und flüsterte, und das Flüstern tat weher als ein Schrei: *Mein Gott, warum nur hat Jean uns verlassen?*

Chris begann zu weinen, lautlos weinte sie, schaute Will an und sah sein Gesicht rot vor Scham, alle drei dachten sie an Mutter, wie sie zum letzten Neujahr bei ihnen gewesen war, so sacht und lieb und quick, und jetzt lag sie so kalt und still und vergessen mit den toten Zwillingen da im Kirchhof von Kinraddie, pechschwarz im Gestöber des Schnees war es jetzt dort, unterm Rascheln und Schwanken und Ächzen der Eiben. Und Will starrte Vater an, sein Gesicht war blind vor Mitleid, einmal hob er an zu sprechen, aber kein Wort kam heraus, sie hatten einander so viel Hass gezeigt und würden sich schämen, auf einmal in Eintracht miteinander zu reden.

Vater nahm dann wieder die Zeitung zur Hand, und um zehn Uhr ging Chris hinaus, die Kühe zu melken, und Will kam mit ihr über den Hof und trug die Laterne, die Flamme hüpfte und flackerte und zuckte und duckte sich zaudernd im Wirbeln des Schnees. Wie ein Regen aus Pfeilen war dieses Licht, in dem sie den nahenden Sturm sahen, der an diesem Abend von den Senken der Grampians herabfegte, heftig und mächtig war er auf Blawearie, doch oben in den richtigen Hügeln, da schlug das blinde Gestöber aus daunigem Weiß gewiss in einer steilen erstickenden Wand gegen die einsamen Kotten der Schäfer und in die Gesichter verirrter Vagabunden, die durchs Gestöber stapfend nach Lichtern Ausschau hielten, die der Schnee längst erstickt hatte. Chris zitterte, aber nicht vor Kälte, und drinnen im Kuhstall lehnte sie sich an eine Bucht, und Will sagte: *Mein Gott, du siehst kodderich aus, was ist mit dir los?* Chris zuckte zusammen und sagte: *Nichts. Warum bist heute Abend nicht zu Mollie gegangen?*

Am nächsten Tag würde er gehen, sagte er, reichte das nicht, an einem Abend wie diesem wär er lang vor Drumlithie schon tot: *Horch doch mal, der Wind, der heult, dass uns bald das ganze Haus um die Ohren fliegt!* Und der Stall bebte auch, zwischen den Pausen schien er Atem holen zu wollen, um sich vom Hang in die Luft zu stoßen, so sehr war alles von Ächzen und Knarren erfüllt. Die Kälber und Färsen schenkten dem allerdings wenig Beachtung, ohne eine Sorge schliefen und schnarchten sie in ihren Buchten, es gab wohl Schlimmeres, als ein Tier zu sein.

Wieder im Haus, schien es Chris, als hätte sie kaum die Milch gesiebt, wie die Standuhr in der Stube schlug und Schlag um Schlag der Glockenton durchs Haus gellte. Will schaute Chris an, die beiden dann Vater, und John Guthrie hob den Blick von seiner Zeitung, doch ob er ihnen ein frohes neues Jahr wünschen wollte oder nicht, sollten sie nie erfahren, denn just in dem Augenblick ließ sich ein kurzes scharfes Klopfen an der Tür vernehmen, jemand hob den Riegel und stapfte den Schnee von den Schuhen und warf die Tür hinter sich zu.

Dann stand der Lange Rob von der Mühle da, in einen großen grauen Überzieher gehüllt und mit Strümpfen bis an die Knie, von Kopf bis Fuß mit Schnee bedeckt. *Frohes neues Jahr allerseits! Bin ich der Erste?*, rief er, und John Guthrie sprang auf: *Jawohl, Mann, so isses, runter mit dem Mantel!* Gemeinsam halfen sie ihm, den Mantel abzustreifen, und wahrhaftig, sein Schnauzbart war beinah steifgefroren, doch Rob sagte, das wär doch egal, und er lachte in Erwartung des heißen Grogs, den Vater im Glas brachte, und rief: *Auf dein Wohl!* Und kaum hatte er einen Schluck genommen, da klopfte es wieder, und zum Deiwel, da stand doch Chae Strachan, der schon mehr als einen Schluck intus hatte, und rief: *Frohes neues Jahr allerseits, ich bin doch der Erste, oder?* Er schickte sich an, Chris einen Kuss zu geben, sie hätte nichts dagegen gehabt und lachte, doch Chae rutschte aus und schlug der Länge nach hin, der Lange Rob lugte von oben auf ihn hinab und rief in gespieltem Entsetzen: *Aber Chae, da kannste nich schlafen!*

Chae wurde in einen Stuhl verfrachtet, nach einem Schluck Grog wurde es ihm wieder besser, und er fing an zu erzählen, was für eine Hölle das Leben auf Netherhill jetzt war, mit der Alten war es über die Jahre noch schlimmer geworden, sie kreischte sich bald das Maul schief, wenn die Strachankinder bloß mal laut heulten oder zankten – ohne Sinn und Verstand war das, welche Kinder zankten sich nicht wie die Kesselflicker? Ja, ja, sagte der Lange Rob von der Mühle, das sollte wohl wahr sein, es war wie in dem Kirchenlied *Lass den Hunden die Freude am Bellen und Beißen*, und wahrhaftig wars doch so, der Durchschnittsmensch konnte jeden Köter, der je geworfen wurde, mit seiner Hundsföttischkeit in den Schatten stellen. Da waren Pferde ja ganz anders, kaum ein Pferd fand sich, das von Natur aus streitlustig war, ein böses Pferd war ein Tier, das schlecht eingewöhnt worden war. Einmal hatte er ein Pferd gehabt – zu Martini würd es wohl drei, vier Jahre her sein, oder nein!, Mensch, zwei Jahre war das erst her! –, das hatte er auf dem Markt in Auchenblae gekauft, im Herbst, ein großer Fuchs, bös wie der Deiwel, hatten die Leute gesagt, der hatte einem alten Mann dort beinah das Gedärm aus dem Leib getreten. Also, Rob hatte sich einen Zügel geborgt und versucht, das Tier bis nach Hause zur Mühle zu reiten, und auf der ersten Meile schon hatte das Pferd ihn zweimal schnaubend und scheuend abgeworfen und war dann still dagestanden und hatte bloß gelacht, während Rob sich aus dem Dreck aufrappelte. Aber Rob, der hatte sich bloß gesagt: *Warte ab, mein Kerleken, wolln mal sehen, wer von uns beiden zuletzt lacht*, und wie er das Pferd zu Hause hatte, da hatte er es in seinem Verschlag angebunden und es so durchgeprügelt, beim Himmel, beinah hätte das Pferd den Stall in Stücke getreten. Eine Woche lang gab Rob ihm jeden Abend Galles, und verdammich noch mal, in kürzester Zeit war der Gaul ganz sachte geworden und ein richtig guter Arbeiter, beinah wie ein Mensch war er geworden, dieser Gaul, wenn es auf elf zuging und er an die Fahrwenne kam, dann wieherte und nickte er, die Zeit wusste er ganz genau. Jawohl, ein fei rüstiges Pferd war es geworden, ganz verwandelt, und nach einem Jahr hatte er es ordentlich mit Gewinn verkauft, und da sah einer doch mal, was einer ohne das rechte Händchen für Pferde anrichten konnte, denn Rob hatte gehört, dem neuen Besitzer war das Pferd ganz aus dem Griff geraten. Ordentlich Galles und eine Prise Freundlichkeit, das war das einzige Mittel, um ein böses Pferd zu kurieren.

Chae hickste und sagte: *Verdammich, Mann, jawohl, am Ende hast du recht. Das ist ein Jammer, dass der alte Sinclair sein Fischweib nie so behandelt hat, die würde mit ihrem Mäckeln und Nölen ein Stück Eisen in Wut bringen können, diese alte Tory-Töle.* Und der Lange Rob sagte, es gäb Schlimmere als die Tories, und Chae sagte, wenn es die gäbe, dann hielten sie sich aber gut versteckt, wenn er zu sagen hatte, dann würde er alle Tories in Fässer sperren, die innen mit Eisenspitzen beschlagen waren, und sie darin die Grampians runterrollen lassen, und der Lange Rob sagte, das würde dem Fasshandel einen prächigen Aufschwung geben, die meisten in Kinraddie müssten dann in die Fässer rein, und Chae sagte: *Und verdammich noch mal, dann wären wir diese Schietkerle fein los.*

Den beiden war jetzt der Grog zu Kopf gestiegen, und der machte ihnen die Stimmen ganz schön laut, doch Vater sagte ganz in Ruhe, er wär selbst ja ein Liberaler, und was hielten sie denn von der Neuwahl, die im Februar anstand? Chae sagte, das wär doch egal, wer gewählt würde, der eine Halsabschneider wär so gut wie der andere, ganz gleich ob Tory oder Liberaler, verfluchtich, er würd nicht begreifen, warum Blawearie an die Liberalen gehen sollte. *Warum kandidierst du dann nicht selbst als der Mann von den Sozialisten, Chae?,* sagte der Lange Rob und kniepte Chris dabei zu, doch Chae nahm es ganz für ernst und sagte, das würde er glatt machen, wenn bloß Peesie's Knapp erst wieder aufgebaut war. Und der Lange Rob von der Mühle sagte: *Was willst du so lange warten? Deine Ansichten fressen sich selbst auf vor Untätigkeit, so wie ein Pferd, das im Winter im Stall steht. Herrje, Mann, das sind vielleicht sonderliche Tiere, diese Pferde, ich sag dir. Zum Beispiel meine Ponystute, Kate …* Aber Chae sagte: *Ach, verdammich, Rob, zum Deiwel mit deinen Pferden, Wenn du ein freundliches Tier willst, verdammich, dann gibt es nichts Bessres wie ein Kamel …*, und womöglich hätte er angefangen, ihnen von Kamelen zu erzählen, wenn er nicht gerade da vom Stuhl gefallen wäre, beinah direkt ins Feuer, und John Guthrie griente unter seinem Bart, als würde er sich lieber die Kehle durchschneiden, als offen auch bloß zu smüstern. Und Will und Rob halfen dann Chae wieder auf die Füße, der Lange Rob lachte laut auf und sagte, es wär an der Zeit, dass sie zurücktrapsten und sich in ihre Betten legten, er würde Chae schon nach Netherhill bringen. Der Sturm hatte sich inzwischen etwas gelegt, die Sterne schienen hell, als Chris am Fenster ihres Schlafzimmers stand und den beiden Gestalten hinterherschaute, beide ein bisschen scheimelnd und dallerig, und unten lag Kinraddie unter einem Tuch aus Schnee, und weit hinten in der Nacht schwach und dunkel ein schummernder Fleck, das war der ausgebrannte Hof von Peesie's Knapp.

Und da blieb der Fleck und schummerte noch wochenlang, es wurde gut Februar, bis sie mit dem neuen Haus auf Peesie's Knapp anfingen. Und fürwahr, was wurden da allerwägens die Zungen in der Umgegend gewetzt, gleich nach dem Brand schon ging es los damit. Alle möglichen Leute kamen an und stocherten mit ihren Spazierstöcken in der Asche herum, die Polizei und der Tierschutz kamen von Stonehaven, und der Verwalter kam, den sah man selten, wenn nicht gerade Geld im Spiel war, und Versicherungsmenscher kamen von Aberdeen herangeschwärmt wie ein Trupp Flöhe, ihr Murren und Surren und Grummeln war in Kinraddie in aller Munde. Bald flackerte das Gerede auf und ab über den Howe, die einen erzählten, Chae selbst hätte das Feuer gelegt, ein Kerl von Drumlithie, der spät an jenem Abend am Knapp vorbeigeradelt war, der hatte Chae mit einer Schachtel Zündhölzer in der Hand gesehen, sicher kam er grade vom Anzünden der Strohsolle, denn kaum dass Chae des Burschen auf seinem Fahrrad ansichtig wurde, war er schon wieder in Deckung gesprungen. Andere sagten, die vom Netherhill hätten den Brand gelegt, das war ihre einzige Chance, all das Geld von Chae zurückzukriegen, das sie ihm geliehen hatten. Das war einfach glatt gelogen, dachte Chris da bei sich, Chae hätte nie so um seine kleine Stute im Feuer geflennt und geschrien, wenn er gewollt hätte, dass sie der Versicherung wegen verbrennt.

Doch Geschichten hin oder her, Chae konnten sie nicht kratzen, er kriegte seine Prämie und saß bis zum Hals im Geld, zwei-, dreihundert Pfund Gewinn hätte er bei dem Geschäft sicher gemacht, sagten die Leute, jetzt wär er wohl nicht mehr so scharf auf die Gleichheit. Doch wahrhaftig, er mochte auf krummem Weg zu krummer Münze gekommen sein, sich selbst hatte er dabei jedoch nicht zu grade gebogen. Kaum war mit dem Bau des neuen Knapp begonnen, da ging es los mit den Neuwahlen, der alte Parlamentsmann war in London am Suff gestorben, der arme Kerl, sagten die Leute, wie seine Leiche aufgeschnitten worden war, da war der Whisky nur so rausgespritzt, jawohl. Nun, jetzt war er weg, er samt seinem Whisky, und auch wenn er eh brav die Grafschaft vertreten haben mochte, außer bei Wahlen hatten die Leute in der Gegend arg wenig von ihm zu sehen bekommen. Jetzt trat ein junger Tory auf den Plan, Rose mit Namen, ein Herr und Engländer mit so einem komischen Quäken in der Stimme, wie ein Kind, das in die Hosen geschissen hat. Doch der Liberale, das war ein ältlicher Kerl von Glasgow, schwer reich sollte er sein, sagten die Leute, so viele Schiffe besaß er wie andere Leute Felder. Und ein rechter Radikaler war er, mit jedermanns Geld außer dem eigenen jedenfalls, und er sagte, er wäre für die Versicherung, und zum Teufel mit dem Oberhaus. *Stimmt für die schottische Distel statt für die englische Rose!*

Doch der Tory sagte, das Oberhaus hätte sich doch eh für das gemeine Volk eingesetzt, bloß sagte er nicht eh, sein Englisch, das brachte ihn arg ins Hintertreffen, und bei der Versammlung, wo er das sagte, da stand Chae Strachan auf und fragte, ob es denn wahr wär, dass sein eigener Onkel ein Lord wär? Und der Tory sagte: *Jawohl*, und Chae sagte, jener Herr wär dann ja sicher froh, wenn sein Neffe ins Parlament zu sitzen käme, doch gäb es noch einen größeren Herrn, der hörte, wenn die Tories den Namen des armen Volkes eitel im Munde führten. Das wär der Gott vom alten Schottland nämlich, Der eh seit den Zeiten des alten John Knox auf der Seite der armen Menschen kämpfte, und Er würde wohl noch den Tagen von Reichtum und Verschwendung in der Welt ein Ende setzen, Freiheit und Gleichheit und Brüderlichkeit würden kommen, auch wenn all die verfluchtichen Herrchen im Oberhaus ihre Krönchen verpfänden und ihre Huren wieder auf die Straßen jagen und private Heere aufstellen würden, um die armen Leute zu bekämpfen mit ihren Ersparnissen.

Doch da gingen die Saalwärter auf Chae los, und ein Hickhack und Hackehüh brach sich Bahn, denn auch wenn die meisten Leute Chae verhohnepiepelt hatten, das wollten sie nun doch nicht zugeben, dass Chae tätlich angegriffen wurde, dazu noch von einem englischen Halunken und diesen leipen Fischerkerlen aus Gourdon, die der als Wärter angeheuert hatte, damit er sichergehn konnte, dass keiner ihm Fragen stellte. Wie nun der erste Wärter die Hand gegen Chae erhob, da rief John Guthrie, der daneben saß: *He, Mann, was fällt dir denn ein?*, und der Fischer fluchte: *Du halt auch die Fresse!*, da erhob sich Vater und verpasste ihm einen Hieb ins Gesicht, dass die Nase des Fischers blutete und aussah wie der Don bei Hochwasser, und einer streckte das Bein aus, dass er stolperte, und dann wars aus mit der Wärterei. Und wie ihm ein anderer zu Hilfe kam, sagte der Lange Rob von der Mühle: *Zieh Leine, ab mit dir zu deinem stinkigen Fisch!*, und zerrte ihn am Ohr aus dem Saal und schickte ihn mit einem Tritt in den Steert aufs Gras vor der Tür.

Dann redeten alle gleichzeitig und durcheinander, Mr Gibbon war der Vorsitzer des Tory-Burschen und rief laut: *Hast du denn gar keinen Sinn für Fairness, Charles Strachan?* Doch Chaes Blut war in Wallung, so sehr er auch sonst irgendwie für die Kirk sein mochte, jetzt vergaß er ganz, mit wem er redete: *Komm doch mal butenvör, Kerleken, da kriegste man Faires!* Der Pastor war aber nicht so dumm, das zu tun, die Versammlung sei jetzt geschlossen, sagte er, das hätte keinen Sinn mehr, jetzt weiterzumachen, und Chae sagte, er sei ein Lügner. *Psst! Psst!*, riefen da die Leute schwichtig und schickten sich an, nach Hause zu gehen. Der Tory-Bursche kriegte schließlich einen mauen Dreck an Stimmen, Chae gab damit an, dass die guten alten Liberalen durch ihn wieder ins Amt gekommen wären, und weiß der Himmel, ob er das meinte, er war schnell zufrieden, und das Mensch sahen sie in Kinraddie nie wieder.

Doch das war das letzte Mal, dass Vater einen Menschen schlug, im kalten Jähzorn und mit kaltem Blut einen Schlag versetzte, wie es seine Art war. Der Bursche sei nicht geheuer, wenn einer ihn vergrellte, sagten die Leute, doch der nächste Ausbruch seiner Raserei tat ihm selbst Schaden an und keinem sonst. Im neuen Jahr gings eine Zeitlang gut und glatt auf Blawearie, bis zum April und zur Rübenzeit. Will sagte nicht mehr bei Tisch und im Feld als er musste, gab Vater nie ein Widerwort, sah ihn nicht mal richtig an, und Vater meinte vielleicht, er selbst wär jetzt wieder der Platzhirsch wie früher, als Will noch ein Kind war und sich duckte, sobald er die erhobene Stimme hörte, ein furchtsames, geschundenes Kind, dessen wunden gestriemten Körper Chris nächtelang im Arm hielt. Chris wusste nichts von seinen Plänen, doch sie ahnte ganz recht, dass es etwas Neues war, das Will Tag für Tag so sacht und sinnig sein ließ, doch wenn unvermittelt ihr Blick auf ihn fiel, sah sie ihn still vor sich hin smüstern, so lieb war sein Gesicht, wenn er lächelte, braungebrannt und offen, und sein Blick war freundlich und hell, und das Haar stand ihm in einem schmucken Schopf ums Haupt, Will kam nach Mutter mit diesem feurigen Schimmer aus rostrotem Gold, wie sie ihn gehabt hatte.

Ja nun, so blieb er weiter bei seinem Fleiten und dem stiekumen Lächeln, und jeden Abend, wenn ausgespannt und Abendbrot gehalten war, dann war er weg, auf seinem ollen Fahrrad machte er sich auf, und in der Abendstille hörtest du nichts als das Scheppern des alten Gefährts, auf dem er die Straße von Blawearie hinabsauste, und das Ki-witt ki-witt der Kiebitze, die dämmrig über Kinraddie flogen, dort im Dunkeln ihre Kreise und Schleifen zogen, dösige Geschöpfe, die den einen Tag ihre Nester in dieser oder jener Furche bauten und sie am nächsten Tag beraubt oder zertreten vorfanden. Seit Jahrhunderten machten sie es so, die Kiebitze, sagte der

Lange Rob von der Mühle, und immer noch hatten sie keine Vernunft dabei gelernt, und wenn einer das als Muster der göttlichen Intelligenz nehmen wollte, die jedem Lebewesen seinen Bedürfnissen entsprechend die rechte Menge Hirn verliehen hatte, dann konnte er nur zu dem Schluss kommen, dass das Göttliche einen ordentlichen Groll auf den Kiebitz hegte.

Das hörte Chris ihn eines Tages sagen, als sie an der Mühle vorbeischaute, um zu fragen, wann ein Sack mit Korn, den Will zum Quetschen gebracht hatte, fertig sein würde. Doch auf der Bank draußen vor der Mühle, im schattigen Schutz vor dem heißen Frühlingswetter saßen Rob und Chae und Mutch vom Bridge End, und alle nuckelten sie Bier aus langen Flaschen, und Rob war mehr daran gelegen, ihre Meinungen zu quetschen als das Korn von Blawearie. Dicht an dicht flogen die Kiebitze um die Mühle, Kiebitze und Krähen, die in den Fichten über der Mühle nisteten, und die Vögel waren es, an denen sich der Streit entzündet hatte. Chris wartete eine Weile ab, ganz froh um Schatten und Rast, und lauschte darauf, wie Rob Gott verhohnepiepelte. Doch Alec Mutch, der wackelte mit seinen Riestüten. *Nee, Mann, da liegst du schwer daneben. Und Rob, Mann, dafür wirst du in der Hölle schmoren, weißt du.* Chae war halb auf seiner Seite und halb doch nicht: *Zum Deiwel mit dem Bangmachen, das ist doch bloß Altweibergequassel, um die Blagen zu ängsten*, sagte er. *Aber Etwas IST doch da oben, Rob, da gibts kein Leugnen. Wenn ich glaubte, da wär nichts, dann würd ich sofort raus und mir die Gurgel durchschneiden.* Dann bemerkten sie mit einem Mal Chris, und Rob stand auf, der lange schlaksige Kerl mit dem funkelnden Blick, und rief: *Is es wegen dem Quetschkorn, Chris? Sag Will, ich machs heut Abend!*

Aber Will hatte schon ausgeschirrt und war weg nach Drumlithie wie üblich, als Chris nach Hause kam, und Vater war oben im Moor mit der Flinte, dann und wann schallte das Krachen der Schüsse herüber. Chris hatte an dem Abend ein großes Backen vor, Vater und Will konnten beide Haferkekse und Sodawecken essen, als würden sie dafür bezahlt, gekauftes Brot von den fahrenden Händlern wurde ihnen schnell über. Heiß wurde es bei der Arbeit, wenn ein großes Feuer aufgeschichtet war und das Eisen darunter glühte, dann wolltest du dich bei schönem Wetter wohl ausziehen, wenn du dich nicht halbtot schwitzen wolltest. Chris zog die Kleider aus, bis auf Hemd und Unterrock, sie war allein und konnte tun, wie sie wollte, ihr war wohl und frei, und sie machte sich mit Eifer ans Backen.

Sie hob den letzten Keks vom Eisen, braun und geraten und zweimal überkreuz geschnitten, da war ihr, dass jemand sie von der Küchentür ansah, und sie schaute auf, Ewan Tavendale war es, den hatte sie seit dem Dreschtag auf Peesie's Knapp nicht gesehen. Er stand an den Türpfosten gelehnt, lang und dunkel mit seinen glosigen Augen, doch als sie aufschaute, wurde er rot, halb so sehr wie sie selbst, sie spürte, wie warme Röte ihren ganzen Körper überlief, vom Kopf bis in die Zehen. *Der guckt ja vielleicht*, dachte sie, *richtig schade, dass ich überhaupt was anhab und er nicht sehn kann, bis wohin mir die Röte geht.*

Doch er sagte bloß: *Moin Abend, ist Will nich da?*, und Chris sagte: *Nein, er is in Drumlithie, glaub ich*, und so standen sie da und pierten wie zwei Dösel, Chris sah seine Augen, so eigen, so sanft und scheu, am Hals stand ihm das Hemd offen, darunter die Haut war weiß wie frisch gemolkene Milch, schaumig weiß, so sah sie aus, und ein Schweißtropfen stand da, wo das Braun von der Sonne und das Weiß seiner wahren Haut zusammenstießen. Und da wusste Chris plötzlich und errötete gleich wieder, ein glühendes Rot, so närrisch es ihr war, sie konnte es nicht einhalten, die Nacht mit dem Feuer auf Peesie's Knapp fiel ihr ein und der Mann, der sie auf der dunklen Straße am Heimweg geküsst hatte, Ewan Tavendale war das gewesen, kein anderer, so dreist und butt.

Er wurde jetzt auch wieder rot, und so schauten sie einander an, mall und blass vor Benommenheit, Chris fragte sich in einer Art Panik, ob er wusste, was sie jetzt endlich wusste, halb betete sie, dass er es bloß nicht sagte, da trat er zurück von der Tür, noch immer errötet, mit weichem Tritt, wie Vater, schmiedich und sacht wie eine Katze: *Na, ich hab bloß gehofft, ich krieg ihn noch zu sehen, falls er sich plötzlich davonmacht.*

Sie starrte ihn jetzt hellwach an, der Kuss auf dem Winterweg war glatt vergessen. *Davonmachen? Wer hat gesagt, dass Will sich davonmacht?*

Ach, ich hab bloß gehört, er sucht nach Arbeit in Aberdeen, vielleicht isses gelogen. Sag ihm, ich hätt nach ihm gefragt. Ade!

Ade, Ewan, rief sie ihm hinterher, als er über den Hof ging, er drehte sich halb um und lächelte, kurz und dunkel wieder wie ein Katze. *Ade, Chris.* Und sie stand da und schaute ihm lange hinterher, dachte nichts, lächelte vor sich hin, bis der Geruch von verbranntem Teig sie aufschreckte und hineinrennen ließ, wie einst dieses englische Mensch namens Alfred.

Am nächsten Morgen sagte sie nach dem Frühstück, beiläufig doch mit Herzklopfen bis zum Halse, zu Will: *Ewan Tavendale war gestern Abend hier, um dich zu treffen, er meinte, du gehst bald weg von Blawearie.* Will nahm es still und gelassen auf. *Wirklich? Guter Himmel, die schwätzen sogar einem Highlander die Hose vom Hintern, diese Rachfatten von Kinraddie. Mich wollte er treffen, der Tavendale? Er ist wohl eher gekommen, um dich mal ordentlich anzupieren, Chris. Pass auf dich auf, Mäken, der ist von den Highlands und ein Strunt.*

Im Juli kam die Zeit fürs Heumachen, und John Guthrie

sah Will an und sagte, dieses Jahr müsste er das Gras mit der Sense schneiden, nicht das Wenige, das sie hatten, mit dem Mäher vermiesen. Chris sah ganz klar, dass er Will damit vergrellen wollte, er rechnete darauf, dass Will fuchtich aufbrausen würde, er habe nicht vor, schwitzend und schuftend Fahr um Fahr die Schwaden aufzunehmen und die Garben aufzuschocken, wenn sie mit dem Mäher für alles Land von Blawearie einen Tag, höchstens zwei, brauchen würden. Doch Will sagte bloß: *Ja, gut*, und aß weiter an seiner Grütze und folgte dann dem Vater auf die Weide, eine Heugabel auf der Schulter, und pfiff dazu froh wie eine Lerche am Himmel, bis Vater sich umdrehte und ihn anschnodderte: *Hör auf mit der verdammichten Pieperei, du wirst deine Puste noch für die Schwaden brauchen.* Sogar darauf lachte Will bloß, wie ein Mann über ein queesiges Kind, sie waren sich ärger feind jetzt als das ganze vergangene Jahr. Doch die ganze Zeit über hatte Will seine Pläne geschmiedet, und am Morgen des letzten Samstags im August, Chris blieb er eh in Erinnerung, dieser Morgen mit seiner roten Sonne und dem Tönen der Nordsee über dem Howe, an dem Morgen sagte Will zu Vater: *Ich bin heut weg nach Aberdeen.*

Vater erwiderte kein Wort darauf, er aß weiter an seiner Grütze, bis er fertig war, als hätte er Will gar nicht gehört, er zündete sich die Pfeife an und trat aus dem Haus, eilig wie immer schritt er hinaus auf die Weide vor dem Haus und machte sich daran, das geschnittene Gras auf die Raufen zu bringen. Da konnte Will ihn sehen und sich seines müßigen Ausflugs schämen. Doch Will schämte sich nicht, er sah Vater mit einem verächtlichen Grinsen nach. *Der alte Dussel meint, er kann mich immer noch bang machen*, und dann sagte er noch etwas, das Chris nicht mitbekam, unvermittelt sah er sie an, mit feuchten Augen und zitternden Lippen: *Chris – herrje, ich wünschte, du kämst mit!*

Sie starrte ihn verdattert an, auch erfreut. *Was, mit nach Aberdeen? Das würd ich gern, aber ich kann nicht. Beeil dich und zieh dich an, sonst fährt dir der Zug davon.*

Er ging hinauf und kleidete sich an, arg drödelig, fand sie, wo er doch den ganzen Morgen und den Ausflug vor sich hatte.

Sie stand am Fuß der Treppe und rief hinauf, ob er noch ein Schläfchen hielt, bevor er aufbrach? Anstatt halb scherzend, halb barsch zu antworten wie sonst, lachte er unsicher und rief: *Schon gut, ich bin gleich unten.* Und wie er herunterkam, trug er seinen Sonntagsanzug, die neuen Schuhe glänzten, und einen neuen Hut hatte er auf, der stand ihm gut. *Na, seh ich halbwegs aus?*, fragte er, und Chris sagte: *Ganz prima siehst du aus!*, und Will sagte: *Tinnef*, und er nahm sein Regenzeug, *Ade dann, Chris*; und plötzlich drehte er sich zu ihr um, und sie sah sein Gesicht, rot und fremd, und er gab ihr einen Kuss, wie er es nicht mehr getan hatte, seit sie Kinder gewesen waren und in eisigen Nächten das Bett geteilt hatten. Sie wischte sich über den Mund, sie schämte sich und freute sich zugleich, sie stieß ihn von sich, er wollte etwas sagen und brachte es nicht fertig und sagte bloß: *Ach zum Deiwel!*, und wandte sich ab und rannte zur Tür hinaus, sie sah ihn den Weg von Blawearie hinuntergehen, so schnell er nur konnte, zu den Hügeln hinauf schaute er, auf die Sonne, die darauf lag, den trägen Nebel, der aus dem Howe stieg, er ruckte den Kopf in diese und jene Richtung, so schnell er auch ging, doch kein einziges Mal blickte er in Vaters Richtung, und Vater nicht nach ihm. Bald hörte sie ihn pfeifen, heiter und klar klang *Up in the Morning*, das war früher ihr Erkennungszeichen gewesen, wenn sie zusammen auf dem Schulweg waren, und unten an der Biegung zur Mautstraße drehte er sich um und blieb stehen und winkte, er wusste, dass sie ihm nachschaute. Ein sonderlicher Schmerz griff da nach ihrer Kehle, die Augen brannten ihr, sie sagte sich selbst, sie sei doch dumm, Will ging noch nur auf einen Tag weg, am Abend würde er wieder zurück sein.

Doch Will kam am Abend nicht zurück und auch nicht am nächsten Tag, er kam nie wieder zurück in John Guthries Kinraddie. Denn oben in Aberdeen wurde er mit seiner Mollie Douglas getraut, dafür hatte er seine Geburtsurkunde gefälscht, und danach wars, als hätte die Erde sich aufgetan und die beiden verschluckt, und es schien, dass keine Seele in Aberdeen die beiden hatte fortgehen sehn. Wie Vater sich also den beiden hinterher nach Aberdeen begab, da fand sich keine einzige Spur, er ging zur Polizei und wütete dort, doch die lachten bloß – hatte er vielleicht selbst bei der Deern gelegen, dass er so fuchtich hinter dem eigenen Sohn her war?

Vater kam also nach Hause, er platzte bald vor Zorn, doch das half ihm wenig. Zehn Tage gingen vorüber, bis sie von dem Paar hörten, und zwar in einem Brief, den Will an Chris auf Blawearie geschickt hatte, darin schrieb er, Mollies Mutter, die alte Douglassche, habe Will eine Arbeit in Argentinien besorgt, Viehhirte würde er dort werden auf einer großen Ranch mit Angusrindern, und er und Mollie würden am selben Tag, an dem er den Brief schrieb, ihre Reise von Southampton aus antreten, und ach, wie er wünschte, Chris hätte bei der Trauung dabei sein können, und sie sollte sie in gutem Andenken halten, sie würden wieder schreiben, und die Douglassche in Drumlithie würde ihr sicher immer wohlgesonnen sein.

So war Will also gegangen, eine Zeitlang war es das große Gerede in ganz Kinraddie, die Leute verhohnepiepelten Vater hinter seinem Rücken und sagten, das würde ihm den Stolz wohl ein bisschen stutzen; und sie fragten Chae Strachan, der ja in der Welt herumgekommen war, wo denn dieses Argentinien lag und ob es schön dort sei, was meinte er? Und Chae sagte, Naja, gewiss sei es gut dort, er selbst war sozusagen nie am Ort gewesen, doch ganz bestimmt ginge es dort fein zu, einen Haufen Silber gab es; und: *Verdammich, Mann, der junge Guthrie ist nicht dumm, dass er sich ein bisschen umtut in der weiten Welt, ich war genauso.* Doch die meisten sagten, eine Schmach wär es, dass Will einfach so weggegangen war und den Vater im Stich gelassen hatte, schwarz sollte er sich schämen, da sah man mal wieder, wie weit es gekommen war in der Welt, einer setzte Kinder in die Welt und zog sie auf und erhoffte sich Unterstützung von ihnen im Alter, und was kriegte er? Nix wie dreiste Rappschnütichkeit, das lag an all dieser Bildung, dem Schund. Da konnte man sich drauf verlassen, dieser üble junge Guthrie-Kerl, der würde es nie zu etwas bringen, die Strafe würde er bekommen, die wär ihm sicher, ihm und seiner Schlunze von Deern.

Strafe hin oder her, was Will betraf, es war kaum eine Woche um, als John Guthrie selbst von seiner eigenen Wütichkeit gefällt wurde. Er war gerade zum Aufschocken ins Getreidefeld gegangen, da hörte Chris, wie vom Hühnerstall ein ängstlich gellendes Gackern drang. Ein fremder Hund war vielleicht eingedrungen, dachte sie, ergriff einen Kochlöffel und stürzte hinaus auf den Hof, da sah sie Vater liegen, reglos im eigenen Blut, schwarz war das Blut auf seinem Gesicht, wo er gestürzt und gegen einen Stein geschlagen war. Angstvoll und erschrocken rief sie: *Vater!*, doch dann wurde sie gelassen und ruhig, lief um Wasser von der Quelle und tauchte ihr Taschentuch hinein und wusch sein Gesicht damit ab. Er schlug die Augen auf, wie benaut schien er, und sagte: *Ist schon gut, Jean, mein Mäken*, und versuchte aufzustehen, doch schaffte es nicht. Da überkam ihn wieder die Wut, und er streckte die Hand aus und gab Chris einen Stoß, dass sie beinah stürzte, er schuftete sich ab mit dem Aufstehn und konnte nicht, es war gräsig anzusehn. Er rutschte am Boden hin und her, als fessele ihn dort etwas, seine Beine und die eine Seite des Körpers, und die Adern standen ihm blau im Gesicht, er fluchte und sagte: *Ins Haus mit dir, du käsgesichtiges Gör!*, er konnte es nicht haben, dass sie ihn so sah. Sie ging hinter die Tür und beobachtete alles von dort, ihr war glatt kodderich davon, es sah aus, als hucke dort eine riesige Pogge im Dreck, und die Hühner scharten sich um sie und gackerten grell.

Schließlich war Vater wieder auf den Beinen und wankte zu einem Stein, und Chris schaute nicht mehr hin, sie tat ihre Arbeit so gut sie konnte, wenngleich ihr die Hände in einem fort zitterten. Doch wie er zum Abendbrot hereinkam, sah er so aus wie immer, er queeste über dies und jenes und aß sein Ei, als wollte es ihm etwas Böses tun, dann nahm er die Flinte und ging den Hang hinauf, flink wie eh. Er blieb lange dort oben, Chris ging ans Fenster und hielt Ausschau nach ihm, sah, wie sich der Spätsommerabend senkte, es war August, die Schafe vom Cuddiestouner blökten hoch oben im Moor, und ein Stängel vom Sügers, mit dem die Hecken von Blawearie den Sommer über prangten, schabte und pochte an der Fensterscheibe wie eine schwache puckernde Hand, und der Abend war still unterm Wehen des Abendwinds, und keine Spur von Vater, bis Chris bang wurde und sie sich schon anschickte, nach ihm zu suchen. Doch dann hörte sie seinen Tritt draußen im Gang, er kam herein und sah sie dort stehn und schrie: *Verdammich, ist das alles, was du zu tun hast, herumstehn wie eine Dame?* Da konntest du schwerlich denken, dass etwas mit ihm nicht stimmte, außer seiner eischen Art, davon hatte er reichlich, wie hättest du ahnen können, dass er am nächsten Morgen, als er aufstehen wollte, gelähmt liegen bleiben würde.

Das würde sie so bald nicht vergessen, den Anblick, wie er dort lag, noch wie sie den Hang von Blawearie hinunterrannte, bis das neue Knapp auftauchte, stattlich, mit Haus und Stallgebäuden. Da war endlich Chae Strachan, er war beim Riecheln und wollte gerade einen Zaunpfahl in den Boden schlagen, er rauchte, und der blaue Rauch seiner Pfeife stieg in die Luft auf, blau wie ein Bleistiftstrich, ein Hahn krähte von jenseits des Denburn, und erst nach einer Weile vernahm er ihr Rufen. Doch dann hörte er sie, und schnell kam er auf sie zugerannt: *Was is los, Chris, Mäken?* Sie sagte, was passiert war, er stürmte gleich los, bergab: *Geh zurück zu deinem Vater*, rief er über die Schulter, *ich hol selbst den Doktor und schick die Frau hoch nach Blawearie.*

Und sie kam auch herauf, dieses liesige dicke Mensch, sie konnte bloß dastehn und Vater anglotzen. *Allmächtiger, Guthrie, was machst du denn da, das is ja man ein schlimmer, schlimmer Anblick, was willst du nu machen, hä?* Und Vater stammelte und lallte sie vom Bett her an, als wollte er vor allem sie jetzt verdreschen, Lähmung hin oder her, den jähen Zorn hatte er immer noch im Überfluss. Denn wie der Doktor endlich von Bervie eintraf und in die Kammer gebösselt kam, das Gesicht scharf und quick unter schimmernder Glatze, und prüfte und probte und presste und auf seine brattsche Art blaffte: *Was ist los? Was fehlt euch denn jetzt, Blawearie?*, da brachte Vater einen Satz heraus: *Das solln Sie doch wohl wissen, wofür zum Deiwel werden Sie sonst bezahlt?*

Der Arzt griente sich eins hinter vorgehaltener Hand, *Eine von euch beiden Frauen muss mir helfen, ihn auszukleiden.* Er sah zwischen Kirsty und Chris hin und her und sagte dann: *Chris, du machst es, Mäken*, und sie gehorchte, während die Strachansche hinunter in die Küche ging und ihm Tee brühte und unterdessen herumstokelte wie eine gluckende Henne, herrjemine!, was mochte nicht alles auf Peesies Knapp passieren, wenn sie nicht daheim war? Chris riss schließlich der Geduldsfaden, selten genug geschah das, doch diesmal mit einem Knall: *Ich weiß auch nicht, was auf Peesie's Knapp alles passieren kann, aber wenn du so im Brass bist deshalb, dann geh doch heim und guck nach.* Die Strachansche wurde rot wie ein Puter und fing an zu blubbern, so redete doch eine Deern nicht zu einer erwachsenen Frau, die gut und gern ihre Mutter sein könnte, die sollte sich man schämen, dass sie hier fluchte und verwünschte, wo ihr Vater doch da dem Tod schon auf der Schippe lag. Chris sagte, sie habe doch gar nicht geflucht, doch sie war zu müde zum Streiten und wusste auch ganz genau, egal, was sie jetzt sagen würde, die Strachansche würde sich das Maul über sie zerreißen.

Und so sicher wie das Amen in der Kirche, das tat sie auch, und bald hatte es auf dem ganzen Howe die Runde gemacht, dass diese mallige Göre auf Blawearie vor der Strachanschen geflucht hatte, während der Vater im Zimmer über ihnen beinah im Sterben lag. Nur Chae selbst, der glaubte es nicht, und wie er am nächsten Tag nach Blawearie heraufkam, da fragte er: *Stimmt es, dass du gestern vor Kirsty geflucht hast?*, *Nein*, sagte Chris da, und er sagte, schade drum, es war nämlich höchste Zeit, dass einer es tat.

Da lag Vater also und stand nicht wieder auf, fünf Wochen lag er nun schon halb gelähmt da, eine Trillerpfeife neben dem Bett, um nach Hilfe zu rufen, wenn er sie brauchte, und das war wahrhaftig oft. Wenn Chris am Abend halbtot in ihr Bett kroch, dann kamen ihr Dinge in den Sinn, die sich hier draußen, im Sonnenschein und beim Summen der Bienen im Heidekraut und im Wogen des Heidedufts nicht ausdenken ließen, Herrgott!, könnte sie bloß einen Tag hier liegen, wie sie dann schlafen würde, nur schlafen! Ihre Seele zusammenfalten und ihr Herz und sie beiseitelegen mit all den Stunden von Sorgen und Bangen, es war alles gepflügt, jetzt war sie beim Eggen, und fürwahr, diese Arbeit war hart!

Sie schreckte auf und seufzte und nahm die Hände vom Gesicht und horchte wieder. Von weit unten auf Blawearie drang das Schrillen einer fuchtich geblasenen Pfeife herauf.

III
ZEIT DER SAAT

Rennend, stolpernd, bergan durchs Moor, die Wangen hitzig gerötet, bergan durchs Grün des Apriltags, durch Spinnweb, das wie Dunst um die Büsche schwebte, da dachte sie: *Nie geh ich mehr zurück, nie geh ich mehr zurück, ich geh ins Wasser im See und bringe mich um!* Dann blieb sie stehn, ihr Herz fühlte sich an, als wollte es zerspringen, und darunter bewegte sich etwas schrecklich, schwer und träge war es gewesen, als sie in Blawearie losrannte, jetzt war es, als bewegte es sich, als entrollte es sich. Langsam, grauslich langsam regte und wandelte es sich, wie die Schlange, die sie einmal hier oben auf dem Hügel gesehen hatte, und Schweiß trat ihr auf die Stirn. War ihm etwas zugestoßen? Herrgott, es konnte doch nichts passiert sein? Wenn sie bloß nicht so gerannt wäre, ruhig geblieben wäre, nicht geschlagen, wie sie es getan hatte, so vergrellt und fuchtich und außer sich, wie sie gewesen war.

Schluchzend verfiel sie in langsameren Gang und ließ die Hand sinken, trat durchs Gatter und ging mit langsamen Schritten auf die Heide hinaus, die Röte brannte ihr noch auf der Wange, fühlte sich an wie ein Brandmal. Tränen stiegen ihr jetzt in die Augen, doch die wollte sie nicht zulassen, sie schüttelte sie ab, wollte nicht nachdenken; und – *ssirrruuu!* – ein Fasan flatterte mit klatschendem, schwirrendem Flügelschlag vor ihren Füßen auf, als sie an den Rand des Sees kam. Sie beugte sich zwischen die Schilfhalme, hob die Hände zum Haar, das sich gelöst hatte, teilte es über der Stirn und sah ihr Gesicht im Wasser an. Der Wasserspiegel warf kurz kleine Wellen, braun von Rückständen, zuerst sah sie nichts von sich selbst bis auf etwas zitternd Unförmiges im Schatten der Schilfhalme, dann klärte sich das Wasser, sie erkannte die Rötung unterhalb des Wangenknochens, ihr eigenes Gesicht, fremd seit einem Monat und jetzt noch fremder. Unten in Kinraddie rumpelten Karren auf jedem Feldweg, brachten Mist zum Rübenpflanzen aus, irgendwo war eine Egge im Gang, vielleicht am Upperhill, ohrenbetäubend das Scheppern. Neun Uhr am Morgen, und sie war hier oben auf dem Hügel und wusste nicht wohin und woher.

Da standen die Aufrechten Steine, wie selten hatte sie die in den vergangenen neun Monaten gesehen. Von Spinnweb bedeckt standen sie wartend, sie ging und lehnte die Wange an den Mückigen, das Ungeheuer, das dort stand und übers Wasser und die blauen Fernen zu blicken schien, die sich zu den Grampians hinaufzogen. Sie lehnte sich an, lehnte die wunde Wange daran, das war seltsam und tröstend – seltsamer noch, wenn du bedachtest, dass der alte Steinkreis mit ihren Jahren in Kinraddie mehr und mehr zum einzigen Ort geworden war, an den du kommen konntest, um ein wenig Rückzug zu finden von den lärmenden Wirren der Tage. Ihr kam es jetzt vor, als hätte sie kaum einen Augenblick Zeit gehabt, still zu stehn und nachzudenken, nicht mehr seit dem Tag im letzten September, den sie hier oben verbracht hatte, so sehr war sie ins Mühlrad der Tage gespannt und geklemmt und gebunden gewesen, seit Vater gestorben war.

Doch zugleich war es auch etwas Heiteres und Helles gewesen, es hatte sie nicht geschert, dass die Leute sie für herzlos und gottlos ansahen – das war ihr ganz recht, ein Stoßgebet war erhört, er war endlich tot mit seinem düsteren Dräuen und Stieren, seinem Pfeifengeschrill und Gewisper. *Chris, mach dies* und *Chris, mach das*, so war es gegangen vom Morgen bis zum Abend, bis sie sich kaum noch an den Fuß der Treppe schleppen konnte, um nach ihm zu horchen.

Doch Schlimmeres kam, als dieser träge September seinem Ende zuschlich, etwas, das sie nie einer Menschenseele verraten würde, schwärend lag die Erinnerung in einem zugesperrten Fach ihres Gedächtnisses, eines Tages würde es ersterben, alles starb doch, Liebe wie Hass, schwächer und schwächer war es übers Jahr geworden, bis sie fast meinte, es wären Einbildungen gewesen, diese Abendgespinste, wenn Vater dalag, Röte im Gesicht und seine Augen auf ihr, ihr zuflüsternd und all wieder flüsternd, das war die Ernte in seinem Blut, so flüsterte er ihr zu, sich zu ihm zu legen, wie sie es zu Zeiten des Alten Testaments getan hatten, so flüsterte er: *Chris, du bist mein eigen Fleisch und Blut, ich kann mit dir machen, was ich will, komm her Chris, hörst du!*

Ja, sie hörte ihn und starrte ihn an, sie flüsterte auch: *Nein, das tu ich nicht*, sie redeten nur noch flüsternd an diesen Abenden. Und dann schlüpfte sie aus der Kammer, so bang, so bang stand sie bebend unten, während ihr Einbildungen durch den Sinn rasten und sie zuckte bei jedem Knarren und Knacken, das durch die Erntestille im Haus auf Blawearie lief, sah vor sich, wie Vater sich irgendwie aus dem Bett strampelte, wie eine große, strampelnde Pogge, die über den Boden rutschte, dumpf die Stufen herunterrumpelte, sich auf sie warf, während sie schlief, mit diesem Wüten und dieser Zuneigung in seinem Blick.

Sie gewöhnte sich daran, die Tür abzuschließen wegen dieser rasenden Angst. Am Morgen des Tages, an dem sie ihn in der Frühe tot vorfand, lehnte sie sich aus dem Fenster der Schlafkammer und hörte den Langen Rob von der Mühle, weit hinter den Feldern von Peesie's Knapp, so zeitig war er schon draußen und schuftete sich ab mit dem Pflügen und

Singen, *Ladies of Spain* sang er aus einer Kehle so jung und hell, er klang wie ein Knabe. Sie hatte in der Nacht kaum geschlafen vor lauter Angst und vor Erschöpfung, doch dieses Singen war lieblich anzuhören, lieblich und herzzerreißend, als sänge die Welt draußen vor Blawearie ihr zu, sänge ihr zu, dass diese Dinge in dem dunklen stillen Haus nicht so weitergehn konnten, ein Zufall war es, ein Unfall bloß auf dieser Menschenwelt, die der Wind so liebte.

Dann hatte sie sich die Kleider übergestreift, schon klarer im Kopf, und war in die Küche geeilt, hatte den Kessel aufgesetzt und die Kühe gemolken und Frühstück gemacht. Draußen vor den Fenstern standen die Felder abgeerntet und gemäht, säuberlich und schier mit Hocken besteckt, Ellison und Chae und der Lange Rob hatten das gemacht, wenn er eines hatte, der John Guthrie, dann waren es gute Nachbarn. Nichts rührte sich in Vaters Zimmer, er schlief lang, und wie sie das Tablett mit Haferbrei und Milch richtete, hoffte sie, er würde nichts zu sagen haben, bloß stieren und essen, dann könnte sie hinausschlüpfen.

So ging sie die Treppe hinauf und in seine Kammer, sie klopfte nicht an, er hasste Klopfen und andere Feine-Leute-Gewohnheiten dergleichen, sie setzte das Tablett ab und sah, dass er tot war. Einen Augenblick lang sah sie ihn an, dann drehte sie sich zum Fenster und zog die Vorhänge beiseite, sie nahm das Tablett wieder auf, es wär ja sinnlos gewesen, es dort zu lassen, dann ging sie hinunter und frühstückte gut, langsam und mit Genuss aß sie, und ihr war gelassen und froh zumute, obwohl sie dann im Stuhl fest einschlief, und als sie aufwachte, sah sie, dass es schon neun war. Sie lehnte sich zurück und betrachtete ihre ausgestreckten Arme, braungebrannt, mit Grübchen und weicher Haut, darunter zeichneten sich die Muskeln ab. Schlafen? Sie konnte jetzt schlafen, wann immer sie wollte, oft und lange.

Sie machte Ordnung in der Küche, dann nahm sie ein altes Leintuch, das breitete sie über die Hecke am Weg, das Signal, das sie mit Chae verabredet hatte, falls sie seine Hilfe brauchte. Gut eine halbe Stunde später sah er es von seinem Feld aus und kam herauf nach Blawearie gerannt, auf halbem Wege rief er schon: *Chris, Mäken, was is los?* Erst da fiel ihr ein, dass sie an dem Tag noch zu keinem Menschen ein Wort gesprochen hatte, sie wusste nicht, ob ihr die Stimme versagen und brechen würde, doch das tat sie nicht, klar wie eine Glocke und hell klang sie Chae entgegen: *Mein Vater ist tot.*

Das gab viel Gerede in Kinraddie, diese Kälte von ihr, das wusste sie wohl, doch sie scherte sich nicht darum, sie war endlich frei. Und die Munrosche, die zum Leichenwaschen gekommen war, reckte ihr Frettchengesicht vor und sagte: *Wenn man dich ansieht, würde man schwerlich meinen, dass dir grad der Vater gestorben ist.* Chris schaute das finstere, leipe Mensch an und sah sie so deutlich wie nie zuvor, sie hatte nie die Zeit gehabt, eine Menschenseele mit eigenen Augen zu sehen, Chris, komm hierher, Chris, mach das, war es immer gewesen. Keinen Fitzel Ärger fühlte sie, sie lächelte bloß und sagte: *Wirklich nicht, Mistress Munro?*, und sie sah ihr zu bei der Arbeit und sah sie gehen und gab keinen Pfifferling darum, was sie dachte und tat. Dann raffte sie sich auf, richtig frei konnte sie doch erst in ein paar Tagen sein, und sie richtete die Stube für Tante Janet und ihren Mann her, wo sie mitsamt den Medaillen schlafen sollten, wenn sie zur Beerdigung kamen.

Den nächsten Tag kamen sie schon, die Tante so quick, der Onkel so dick wie eh und je, eine neue Medaille hatte er auch an die Kette gehängt, und wie die beiden sahen, dass sie nicht schniefte oder flennte, da legten sie die langen leidigen Anstandsmienen ab, die sie ihretwegen aufgesetzt hatten, und erzählten ihr, wie gut es Dod und Alec jetzt ging, sie ließen auch grüßen. Und die Tante sagte, sie müssten jetzt bloß fix alles von Blawearie verkaufen, und dann sollte Chris zu ihnen rauf nach Norden kommen und bei ihnen wohnen, sicher würde sich bald ein wackerer Bauer finden, der sie zur Frau nehmen wollte.

Chris sagte weder Jaja noch Nee, sie lächelte sie bloß an und wartete ab, wartete, bis sie wusste, ob Vater ein Testament hinterlassen hatte. Chae Strachan und der alte Sinclair vom Netherhill besorgten das Begräbnis, der alte Sinclair kam so langsam den Berg heraufgeklaspert, du meintest beinah, er wollte stehenbleiben und Wurzeln schlagen, es war glatt eine Qual, ihm dabei zuzuschauen, und sein Gesicht war so runzlig und alt, Vater war dagegen jung gewesen. Und Pastor Gibbon machte ihr seinen Besuch, er hatte in der letzten Zeit arg viel getrunken, sagten die Leute, vielleicht war das der Grund, dass er laut vor sich hinsang, als er im Schemern quer über die Höchte kam. Die Tante hörte ihn singen und rannte hinaus und stellte sich hinter einen Heuhaufen, um zu lustern, was er da sang, doch da verstummte er, und das fuchste sie doch arg, hinterher sagte sie, sie hätte schwören können, dass es ein Lied war, wie sie es in den Hüsselhusen sangen, von einem Burschen und einer Deern, die beieinander liegen.

Doch Chris kümmerte auch das keinen Deut, sie hielt sich an ihren heimlichen Vorsatz, warm und rein und ungetrübt im Herzen zu bleiben und nur wenn sie allein war ihn hervorzunehmen und zu betrachten, diesen alten Traum, den sie hatte. Sie hatte sich nie so oft und so genau angeschaut wie jetzt, sie merkte diesen heimlichen Glanz tief in ihren Augen, sie sah, dass ihr Gesicht dünner und zarter war denn je, kein Dorftrampel war sie, so wollte es ihr scheinen. Deshalb kümmerten Pastor Gibbon und sein Gesinge sie nicht, dieser olle Mückel mit seinem krausen Haar und seinem Atem, der so übel roch, er ging mit ihr hinauf in die Kammer, wo Vater in seinem Sarg lag, ein feines weißes Hemd hatte er an und eine Krawatte dazu, sein Bart war gekämmt und säuberlich und stand vor, man mochte meinen, im nächsten Augenblick würde er diese toten Augenlider aufklappen und zu flüstern anfangen. Auf die Knie begab sich der Pastor, der große kruschkoppige Bulle, und fing an zu beten. Chris zögerte einen Augenblick und schaute zu Boden, und dann, ganz verstohlen, als er sie nicht sah, wischte sie über ein Stück Fußboden und kniete sich hin. Doch sie bekam kein Wort mit von dem, was er sagte, Sügersduft wehte mit dem Abendwind herein, weit weg droben am Hang bellte der Hund eines wildernden Ackerknechts und bellte und bellte sich in eine rechte Rage, dem kurz aufblitzenden Weiß eines Kaninchens hinterher, im sinkenden Dunkel sah sie über den Kamm des Hügels hinweg das rote Licht von Kinraddie House wie einen stillen Stern leuchten. Und der kruschkoppige Bulle neben ihr dröhnte und betete, dafür wurde er bezahlt, sie hörte nicht zu, und es war ihr gleichgültig.

So kam der Begräbnistag, früh in der Dämmerung, als sie aufwachten, regnete es, ein dünnes Drieseln, das fort und fort aus dem Himmel sickerte, so weich und dünn, du hättest es für Schnee ohne Weiße halten können, anfangs war gar keine Sonne, aber schließlich stieg sie auf, ein roter Ball, der da hing, bis Schlag zehn die ersten Trauergäste kamen, Chae und sein Schwiegervater, dann Ellison und Maitland im Pferdewagen, den sie an der Tenne ausspannten, den Kunter ließen sie frei auf die Weide. Und Ellison rief, gedämpft jedoch und mit Anstand: *Ich lass ihn hier, meine Liebe, das ist doch wohl recht so, gell?*, und Chris sagte: *Ja, das ist gut so, Mr Ellison*, und lächelte, und er rollte die Augen, irisch wie eh und je, der Erbert Ellison, der ließ sich nicht ändern, nicht mal zum

Schlechten, sagten die Leute. Dann kam eine ganze Herde Leute an, der Verwalter, der Pastor, der Cuddiestouner mit seinem blattrigen Gesicht wie ein gubbeliger Kartoffelacker bei Schietwetter, doch einen feinen weißen Hemdlatz hatte er an, frisch gestärkt, der sein Arbeitshemd verdeckte, und Manschetten, die seine mückigen roten Hände arg scheuerten, richtig anständig, und feine gelbe Stiefel hatte er an den Patten. Rob von der Mühle und Alec Mutch waren die nächsten, ihre Stimmen hörte man schon von ganz unten am Fuß des Blawearie-Hangs, die Leute waren entrüstet und gingen hinaus und schrien ihnen *Pssst! Pssst!* entgegen, und Rob rief: *Was is?*, wahrhaftig, sie hätten die beiden lieber einfach in Ruhe gelassen, bei all dem Psssten und Wispern, das dann anhob.

Doch sie waren arg anständig, Rob hatte eine Flasche Whisky mitgebracht, einen Glenlivet sogar, und Alec eine halbe Flasche, die schmuggelten sie rasch zu Onkel Tam, als keiner hinsah, oder wenigstens taten alle so, als schauten sie in eine andere Richtung, und redeten, ganz figelinsch, vom Wetter. In der Küche herschte ein rechtes Gedränge, in der Stube ebenso, wie am Dreschtag, die Leute saßen herum, und jeder bekam sein Söffken, Pastor Gibbon sagte: *Spirituosen? Ja, danke sehr, ich nehme einen Tropfen*, ohne Rob und Alec wär kaum genug für alle da gewesen Dann hörte sie einen weiteren Wagen den Hügel heraufkommen, Gordon vom Upperhill war das, er und sein Großknecht. Onkel Tam kniepte in Richtung Whisky: *Ein Gläschen für dich, Upperhill, und für den Knecht?*, doch Mr Gordon sagte ganz mäckelich: *Ich glaube kaum, dass das respektvoll ist, und Ewan hier ist auch Abstinenzler.*

Der Lange Rob von der Mühle saß neben der Tür, er kniepte Chris zu und dann Ewan Tavendale, Ewan wurde arg rot und sagte nichts. Er trank also nichts, er hätte sicher gern einen Schluck gehabt, dachte Chris bei sich, und fühlte sich gemein und froh und schüchtern zugleich, dann gab sie sich innerlich einen Ruck, was ging sie das denn an? Der Pastor sah auf die Uhr, der Bestatter kam achterlangs, und dann, ganz zum Schluss, stand Pooty vor der Tür, der arme alte Kerl, mit dem hatte niemand gerechnet, einen sauberen Kragen hatte er um, trug Hemd und Hut, alt und grün der Hut, aber fein gebürstet, und wie der Onkel raunte, ob er ein Söffken wollte, sagte er: *Och, jaja, is ja so begäng, nich?*, und kippte zwei.

Der Bestatter war indessen hinaufgegangen und der Onkel mit ihm, einer nach dem anderen folgten die Leute ihnen und kamen wieder herunter, dann winkte die Tante Chris ins Eck bei der Treppe und sagte: *Willst du ihn noch mal sehen, bevor er zugeschraubt wird?*

Onkel Tam und der Lange Rob von der Mühle waren drinnen, und als Chris in den Raum kam, sagte der Lange Rob: *Nu, dann ade, Blawearie*, und er schüttelte Vaters Hand, seine Augen sahen ganz mall aus, wie er sich umwandte: *Ein guter Nachbar ist er gewesen*, sagte er und ging hinaus, zog die Tür hinter sich zu. Chris stand da und betrachtete ihren Vater, sah ihn so deutlich wie noch nie im Leben, dafür war er viel zu rastlos gewesen, und gleich hätte er jeden angeschnoddert, der ihm so ins Angesicht gepiert hätte. Jetzt war er ganz still, auf immer reglos dort im Sarg, er war schon anders geworden, seit er gestorben war, das Gesicht war eingesunken, es war nicht mehr John Guthrie und war es doch. Der Onkel flüsterte hinter ihr, er und der Bestatter, und dann stand die Tante neben ihr: *Sie schrauben jetzt zu, gib deinem Vater noch einen Kuss, Chris.* Doch sie schüttelte den Kopf, das brachte sie nicht fertig, es war ganz still im Raum, alle sahen sie an, einen Augenblick lang wurde ihr fast wieder kodderich wie in diesen Abendstunden, wenn *das da* im Sarg im Bett gelegen und ihr zugeflüstert hatte, sie solle sich zu ihm betten. Sie sagte dann nur: *Ade, Vater*, und wandte sich ab und ging hinunter in ihr Zimmer und zog sich den Mantel an und setzte den Hut auf, es gehörte sich nicht für eine Deern, zum Begräbnis zu gehen, sagten die Leute, doch beim Mann von Blawearie waren weder Sohn noch Bruder da, um ihn zum Kirchhof zu geleiten.

Chae und der Lange Rob und Ellison und Gordon trugen den Sarg zum Fuß der Treppe hinunter und nahmen ihn dann auf ihre Schultern und gingen langsam damit durch die Vordertür hinaus; und der Regen blieb kurz aus, doch der Wind blies ihnen ins Gesicht, während sie den Hügel hinabschritten. Hinter ihnen drein kam Pastor Gibbon, barhäuptig, alle waren barhäuptig außer Chris. Der Lange Rob und Chae setzten die Schritte leichtfüßig und geschickt, Ellison ebenso, doch der Gordon stokelte an seinem Sargende, ihm wär ein Gläschen gut bekommen, für die Standfestigkeit. Doch Chris ging frei und unbekümmert einher, sobald das Begräbnis vorüber war, würde sie so frei sein, wie sie es noch nie im Leben gewesen war, sie hob das Gesicht in den nassen Septemberwind und der Welt entgegen, die ihr jetzt offenstand. Und da sah sie Ewan Tavendale, der neben ihr her ging, just in diesem Moment senkte er den Blick, und geradeheraus und offen schaute sie ihm direkt in die Augen, von dem Blick kam sie fast ins Stolpern bei dem langsamen Schritt. Da kamen sie an die Mautstraße, Ewan übernahm die Ecke von Gordon und Alec Mutch die von Ellison, und die beiden blieben hinter dem Pastor zurück, doch Chae und der Lange Rob schüttelten den Kopf, als andere anboten, sie abzulösen, sie konnten noch gut. Der Regen blieb immer noch aus, und bald legte sich auch der Wind, der seufzend über den Howe gekommen war, ein kleiner Flecken Sonne zeigte sich, nicht vom Denburn her sondern von hoch oben zwischen den Hügelkuppen dem rauen herrenlosen Land, wo kaum je ein Mensch wohnte oder des Weges kam, außer ab und zu ein Schäfer oder Wildhüter, in ganz weiter Ferne konntest du sie sehen, allein und einsam dort, an stillen klaren Tagen. Vielleicht gingen die Toten so umher in einem stillen, klaren, leeren Land, dem gräsichten Land des Todes, wo nur ein zufälliger Wanderer sich blicken ließ, dachte Chris, und die toten Kiebitze kreisten und riefen dort eine andere Sonne an. Dann ließ sie ab von dem Gedanken, augenblicklich aus der Ruhe geschreckt, die sie seit dem Tod des Vaters überkommen hatte – dösig war es, an solche Dinge zu denken, wo sie so viele Pläne hatte. Schritt für Schritt, sicher und geschickt gingen der Lange Rob und Chae, Chae wurde schon kahl und gilblich auf dem Kopf, doch Robs weizenhelles Haar stand noch in einem dicken Schopf, und die Enden des großen Schnurrbarts baumelten ihm von den Wangen, als sie in die Straße einbogen, die hinauf zum Kirchhof führte.

Dann ging die Sonne wieder fort, es mochte inzwischen elf Uhr sein, und Chris hob den Blick und sah durch die Bäume die blinden Fenster des Gutshauses, die Vorhänge waren alle zugezogen, aus Anstand und Respekt vor dem Begräbnis, und sie spürte ein seltsames, wehes Stechen gleich unter ihrer linken Brust, nicht krank oder kodderich, bloß wie ein Stoßen des Blutes dort, als hätte sie sich zu lang auf diese Stelle gelehnt, sodass sie taub wurde. Dunkel wars unter den Eiben, es tropfte von den Zweigen auf den Sarg und auf den Langen Rob, dann trommelten die Tropfen nieder, als sie sich langsam darunter her bewegten, Chris sah, wie die länglich ovalen Nadeln plötzlich erbebten, es war, als ob eine Hand sie schüttelte, und zwischen den Zweigen stand der Himmel, ganz schwarz war er geworden, und der Regen kam in Tüchern den Hang heruntergewallt, von den Kämmen der Grampians her. Er kam und schlug ihr den nassen Rock um die Beine, sie sah den Langen Rob und Chae schwanken und dann gegen den Regen gestemmt stehen und dann weitergehen, kein Mensch setzte den Hut auf, am Abend würde mancher arg verkühlt sein und üble Worte würde man verlieren über dieses Begräbnis.

Es gehörte sich nicht, jetzt so was zu denken, aber was kümmerte sie das? Sie wünschte sich zurück auf Blawearie und hoffte, der Pastor würde nicht zu langatmig sein, wenn er das Seine sagte. Da war der Totengräber, ein Mann vom Gutshaus, ein großer hagerer Kerl, der in Unfrieden mit seiner Frau lebte, wie die Leute sagten, er hatte den Mantelkragen hochgeschlagen und trat unter dem Vordach der Kirk hervor und bedeutete ihnen, einem Pfad zu folgen. Und da gingen sie entlang, dann sah Chris das Grab, rotlehmig und hell war es, nicht so, wie sie sein Grab erwartet hatte, er wurde nicht in Mutters Grab beerdigt. Denn dort war das Land zu dicht belegt, sagten die Leute, jedes Mal, wenn der Totengräber dort seinen Spaten in die Erde steckte, wurde ein Knochen von Toten früherer Zeiten ausgespien, und das ließ dich ordentlich schuddern. Doch dieser Teil des Kirchhofs hier war auch arg alt, gleich gegenüber ragte der Grabstein mit den gekreuzten Knochen auf, vielleicht waren all die toten Körper hier längst zu rotem Lehm zerfallen, waren selbst zu Lehm geworden, und die Leute waren froh, dass der Boden für Neuankömmlinge frei war.

Der Onkel war jetzt an ihre Seite gekommen und stand neben ihr, die anderen traten zurück, es war so mall und still, bis auf das leise Trommeln des Regens auf die Eiben, und Pastor Gibbon schirmte seine Bibel gegen die heranwehende Nässe ab und begann zu lesen. Und den Kopf gegen das Flüstern des Regens gesenkt, horchte Chris auf die Worte, die Auferstehung und Leben durch Jesus Christus unseren Herrn versprachen, der vor langer Zeit in Palästina gestorben und am dritten Tag auferstanden war und der von diesem Ding, das vormals der lebendige John Guthrie gewesen und jetzt der tote John Guthrie war, das Leben genommen hatte und ihm eine neue Wohnstatt geben würde. Und Chris dachte an ihren Traum beim Blick auf das raue Gelände der Hügel und an diese Vorstellung vom Land des Todes, war es dort, wo sie den Vater wiedersehen würde? Grulig und fremd war der Gedanke, wie sie hier im Regen stand und auf diese Stimme horchte, dass Vater selbst dort in der dunklen Kiste war mit den kleinen Blumen, die Leute geschickt hatten, Vater, den sie hier lassen sollten, eingepappt in roten Lehm, allein in Dunkelheit und Erde, wenn die Nacht sich senkte. Bestimmt wartete er oben auf Blawearie auf sie, seine scharfe, ärgerliche Stimme würde sie hören und sehen, wie er flink aus dem Haus kam, den roten Bart wie eh und je der Welt entgegengereckt, mit der er so verbissen und karsch gerungen hatte –

Jemand streifte ihre Hand, es war der Totengräber, er war sacht und seltsam freundlich, und sie schaute hinab und konnte nichts sehen, denn jetzt weinte sie, sie hatte nie gedacht, dass sie um Vater je würde weinen können, doch sie hatte es nicht gewusst, sie hatte das nicht gewusst, was ihm jetzt widerfuhr! Sie merkte, wie sie betete, blind hinter Tränen im Regen, so ließ sie das Seil gleiten, des Totengräbers Hand über der ihren, hell trommelte der Regen in dünnen Spieren auf den Sarg. *Vater, Vater, das hab ich nicht gewusst! Ach, Vater, ich habs nicht GEWUSST!* Sie hatte es nicht gewusst, sie war benommen und beduselt gewesen vor lauter Plänen, ihre Tage würden nichts mehr sein ohne Vater, und in einem wilden langen Aufblitzen von Erinnerungssplittern strömten all die guten Dinge an ihm wieder in ihr Gedächtnis zurück, die die Jahre hatten in Vergessenheit geraten lassen, sein Behändigkeit und seine Gerechtigkeit und der unermüdliche Kampf den er mit dem Land und seinen Herren ausgetragen hatte, sie alle zu kleiden, zu ernähren und achtbar zu halten, nie hatte er geruht von Arbeit und Schuften für sie, allein Gott hatte ihn am Ende bezwungen. Und sie erinnerte sich der langen Wege, die er mit ihr zur Kirche zurückgelegt hatte, als sie klein war, wie er ihr zugelächelt und sie mein Mäken genannt hatte, damals, bevor der Kampf mit der Welt und der Kampf seines eigenen Fleisches allzu bitter wurden und seine Liebe vergifteten, dass sie zu Hass wurde. *Ach Vater, ich habs nicht gewusst!*, betete sie wieder, und dann war es vorüber, sie stand im Strömen des Regens, hart und tränenlos, der Totengräber zeigte auf den Boden, und sie nahm eine Handvoll weicher, nasser Erde und hörte die Stimme von Pastor Gibbon dröhnen: *Erde zu Erde und Staub zu Staub*, und beugte sich über das Grab und ließ die nasse Erde hineinfallen; und dann warf der Totengräber die Erdklumpen hinein, der Sarg klang wie hohl, und sie starrte darauf, bis der Onkel sie beim Ellbogen fasste und zu ihr sprach, und auch Pastor Gibbon, doch zuerst konnte sie gar nicht hören, und später, da würden die Leute sagen, sie musste ihren Vater doch wohl sehr lieb gehabt haben, sie war schließlich doch noch das Beste an dieser schroffen Sippschaft.

Und dann ging sie zurück durch den Kirchhof, und die Leute am Tor blieben stehn, um ihr die Hand zu schütteln, der Lange Rob und Chae, um zu sagen, sie würden ihr eh immer helfen, und Ellison, freundlich und ernst und irisch, und der alte Sinclair, der vor Regen troff, er hätte an so einem Tag gar nicht draußen sein dürfen. Der letzte war Ewan Tavendale: *Moin, Chris*, sagte er, und seine Hand war nass wie ihre, als er sie ergriff, und er hob auch die linke Hand und hielt ihre beiden Hände einen Augenblick lang, und er sah gar nicht mehr verschämt und scheu aus, nur so voller Mitleid, als wollte er ihr auf jede Weise helfen, nicht nur so, wie er es konnte.

Das war der Schluss, das Ende von Vaters Begräbnis. Zurück auf Blawearie ließ Tante Janet sie die nassen Kleider ausziehen und schickte sie ins Bett: *Gott steh mir bei, du bist die nächste, die in die Grube geht!*, rief sie. Und Chris schlief den ganzen restlichen Tag durch, traumlos schlief sie, bis sie tief in der Nacht aufwachte, Blawearie horchte und lauschte rings um sie herum. Und dann wurde ihr bange, schrecklich bange, im Bett sitzend horchte sie auf dieses Etwas, das mit scharfen raschen Schritten durchs Haus ging, so behänd die Treppe hinaufeilte, ungeduldig und rastlos, ein Schatten mit Schattenschritten, und durch die Nacht bis in den Dämmer trieb es sich durchs Haus von Blawearie, bis die Hähne krähten und Onkel und Tante sich regten, und da hatte Chris gar keine Angst mehr, lag bloß da und weinte leise um den Vater, dem sie nie beigestanden und den zu lieben sie vergessen hatte.

Und am nächsten Vormittag kam der Advokat von Stonehaven herauf, der Peter Semple war das, die Leute nannten ihn Simpel, wollten aber schwören, dass er ein Schummler war. Vater jedoch hatte ihm getraut, und fürwahr, da musste einer sich schon als sehr aufrecht beweisen, eh dass John Guthrie ihm traute. Nicht dass er Rat angenommen hätte, das tat Vater nicht, er wies an, dass ein Testament aufzusetzen war und was in dem Testament stehen sollte, und als Mr Semple gesagt hatte, er wär doch arg schroff mit manchem in der Familie, da hatte Vater ihm gesagt, er solle sich um seine eigenen Angelegenheiten kümmern und das wären die eines Schreibers. Also setzte Mr Semple das Testament auf, das war gleich nachdem Will nach Argentinien abgereist war, und Vater hatte es unterzeichnet, und jetzt setzten sich alle auf Blawearie in der Stube nieder, mit Whisky und Keksen für

Mr Semple, und warteten darauf, dass es vorgelesen würde. Es war so kurz und klar, wie es nur ging. Chris sah das Gesicht des Onkels beim Vorlesen und sah, wie er weiß um den Mund wurde, er hatte etwas sehr anderes erwartet. Das Testament besagte, dass John Guthrie seinen ganzen Besitz an Geld und an Besitztümern seiner Tochter Christine vermachte, die ohne Einschränkung und Bedingung darüber verfügen konnte, Mr Semple solle ihr in rechtlichen Fragen falls vonnöten der Vormund sein, doch Chris selbst sollte über das Hab und Gut verfügen, wie es ihr gefalle. Und sobald Kinraddie von dem Testament hörte, und fürwahr, das Papier hatte noch nicht ganz den Umschlag verlassen, da schien der ganze Ort bereits Bescheid zu wissen, arg übel sei das Testament, der alte Guthrie sei harsch darin mit seinen Söhnen verfahren, vielleicht würde Will Einspruch gegen das Erbe seiner Schwester einlegen.

An Geld waren über dreihundert Pfund auf der Bank, es war kaum zu glauben, dass Vater das alles gespart hatte. Doch das hatte er, und Chris saß da und starrte den Advokaten an und hörte, wie er erklärte und noch dieses und jenes und ein Drittes erklärte, wie es Art der Advokaten ist, sie halten einen für dösig und nehmen gleich die doppelte Gebühr. Und jetzt konnte sie machen, was sie vorgehabt hatte, sie konnte wieder aufs College gehen und ihre Prüfung machen und dann nach Aberdeen auf die Uni und studieren, als Lehrerin abschließen und einen Strich ziehn unter Kwoss und Fron des Bauernlebens. Sie würde Hausstand und Geräte von Blawearie verkaufen, die Pacht war erloschen, sobald Vater gestorben war, ach!, sie war frei, frei zu tun, was ihr gefiel, und zu träumen, wie es ihr gefiel, endlich!

Und es war ein Jammer dass sie jetzt, wo sie alles hatte, was sie sich gewünscht hatte, nichts mehr von dem schönen Kitzel empfand, den sie beim Schmieden ihrer heimlichen

Pläne gespürt hatte. Es war, als wäre ihr dieser unten auf dem Kirchhof von Kinraddie abhanden gekommen, und sie saß da und starrte den Advokaten so stumm und blutleer an, dass der seine Tasche mit einem Klicken zuschnappen ließ. *Bedenk es dir gut, Christine*, sagte er, und sie erhob sich und sagte: *Ja, das werd ich gewiss*, und weg war er, Onkel Tam holte lange und tief Luft, als wär er beinah erstickt gewesen, und sagte: *Kein Wort von seinen zwei armen, mutterlosen Jungen!*

Als hätte er damit gerechnet, dass Alec und Dod ihren Anteil bekommen würden, vielleicht waren sie deshalb im letzten Jahr so scharf darauf gewesen, sie zu adoptieren. Aber die Tante rief: *Schäm dich, Tam, wie können sie mutterlos sein, wo ich sie doch jetzt hab! Und du wirst doch kommen und bei uns wohnen, wenn du alles Gerät von Blawearie verkauft hast, Chris?* Ihre Stimme war warm dabei, doch ihr Blick war scharf, Chris sah sie fest an: *Ja, mal sehen*, und stand auf und schlüpfte aus dem Zimmer: *Ich geh die Kühe heimholen.*

Und draußen war sie, obwohl es noch lange nicht Zeit für die Kühe war, sie wanderte über die Felder, es war ein kalter, dräulicher Tag, das Rauschen der See drang deutlich heran, wie aus einer Muschel, Kinraddie wurde ganz welk unter der Gräue. Im Brachfeld stand der alte Bob mit dem Schweif im Wind, das Fell vom Wind gezaust, den Kopf vom Wehen des Winds abgewandt. Er hörte ihren Schritt und wieherte leise, doch versuchte nicht ihr zu folgen, der arme Kerl würde bald fürs Arbeiten zu alt sei. Der gubbelige Boden quatschte unter ihren Schuhen, der Geruch nach dem roten Lehm quoll unter den triefnassen Gräsern hervor, und oben in den Hügeln sah sie die Streifen, die der Nebel zog, große segelnde Umrisse, die auf dem Wind nach Süden Richtung Forfar trieben, an Laurencekirk vorbei würden sie ziehen, über den breiten Howe mit seinen geschützten Tälern und seinen späten verregneten Ernten, an Brechin vorbei, das qualmend vor seinem Hügel stand, mit seinem alten Turm, den die Pikten errichtet hatten, aus den Mearns segelten die Nebel herbei und zogen weiter, ihr fielen griechische Wörter ein aus längst vergangenen Schulstunden: Ραητα τλεί: Nichts bleibt, wie es ist. Und dann kam es sie so sonderbar an dort in den schlammichten Feldern, dieser Gedanke, dass gar nichts blieb, wie es war, nichts außer dem Land, über das sie ging, um- und umgepflügt und -gegraben von den Händen der Häusler, seit die ersten von ihnen die Aufrechten Steine am See von Blawearie errichtet hatten und an ihren heiligen Tagen dort hinaufgeklaspert waren und auf ihre Felderterrassen blickten, die so wacker Wind und Sonne trotzten. Meer und Himmel und das Volk, das schrieb und kämpfte und gelehrt war, lehrend und sprechend und betend blieben sie nur einen Atemzug lang, ein Nebelschwaden in den Hügeln, doch das Land war für immer da, es wandelte und änderte sich unter dir, du warst ihm nah und es war dir nah, nicht auf kalten Abstand hielt es dich, und es tat dir weh. Und das alles hatte sie verlassen wollen!

Weinend ging sie weiter, beklommen und bang in diesem Wissen, das über sie gekommen war, nie würde sie es aufgeben können, dieses Leben der täglichen Mühsal und der Tiere mit ihren Nöten und des Rauchs von Holzfeuern und der Luft, die so scharf in die Kehle traf im Herbst und im Frühjahr, sie war gefesselt und gebunden, als ob dies alles sie hier gefangen hielt. Und ihre feinen, herrlichen Baldowereien! – die waren nichts gewesen als die Träume eines Kindes von Spielzeug, Spielzeug, an dem es jetzt haperte, doch das nie genügen würde gegen das Tosen des Sturms oder das Blöken der Schafe auf dem Moor, oder gegen den prickelnden Duft eines frischgepflügten Feldes unter der Pflugschar. Sie taugte zum Unterrichten in der Schule so wenig wie zum Fliegen, Tag und Nacht würde sie lengen und janken danach, zurückgehn zu können, ganz gleich, wie viele schöne Kleider und Gerät sie bekommen und haben mochte, samt Büchern und Licht und Lernen.

Die Kühe sah sie jetzt, sie standen im Windschutz der Feldsteinmauer, die längs dem Saum des langen Brachfelds stieg und fiel, sie drängten sich dicht daran zum Schutz vor den Windstößen, achteten ihrer gar nicht, als sie zwischen sie trat, der Geruch ihrer Leiber stieg ihr dumpf in die Nase – dumpf und vertraut und ausdauernd wie das Land selbst. Ach, wie hasste und liebte sie es – beides zugleich, in einem Atemzug! Selbst ihre Liebe mochte kaum währen, doch neben der Liebe war der Hass nichts als das Wimmern und Bangen eines Kindchens, das sich vor dem Wind in den Schutz der mütterlichen Röcke drängt.

Und in der folgenden Nacht schlief sie wieder kaum, sie grübelte und grübelte, bis ihr der Kopf davon wehtat, das Haus ganz still nun, ohne Geistertritt auf der Treppe, ihr war ruhig und gelassen zumute, wenn sie nur hätte schlafen können. Doch am Morgen wusste sie, sie konnte es nicht ertragen mit Onkel und Tante um sich herum, die erdrückten sie ganz mit ihrer Ältlichkeit und ihrem figelinschen Spekulieren. Gleich nach dem Frühstück kleidete sie sich an und ging hinunter, und mit ganz greller Stimme rief die Tante aus: *Herr, steh uns bei, Chris, wohin gehst du denn?*, als gehörte ihr Blawearie mit Niet und Nagel und Haut und Haar. Chris sah sie ganz gelassen an: *Ich fahr nach Stonehaven, um Mr Semple aufzusuchen, kann ich euch was mitbringen?* Onkel Tam erhob sich vom Tisch, dass die Medaillen klirrten, und die Augen fielen ihm bald aus dem Kopf. *Nach Stonhevn? Wozu denn so'n Ausfluch? Ich seh schon nach deinen Gescheeften.* Der beiden Gesichter wurden fuchtich rot, sie sah ganz deutlich, wie nah sie war, die Abhängigkeit von ihnen, und sie fühlte, wie sie ganz bleich wurde, als sie den beiden in die Augen sah. *Ich kann all selbst nach meinen Sachen sehn*, sagte sie kalt und rief: *Moin!* von der Tür aus. Es kam keine Antwort, da machte sie sich stracks auf, den Weg von Blawearie hinunter, und sie rannte über die Felder zum Bahnhof und erwischte den frühen Zug, mit dem die Oberschüler zum Kolleg in Stonehaven fuhren.

Der Waggon, in den sie stieg, war ordentlich voll, auch drei, vier Schüler saßen darin, die sie nicht kannte. Sie lernten französische Verben. Und zu solchen Albernheiten hatte sie zurückkehren wollen!

Da hatten sie schon Drumlithie und Carmont hinter sich, der Geruch des Walds von Dunnottar lag all in der Luft, vom Fenster aus war er zu sehen, ein Gürtel aus Bäumen, der Stonehaven bis unten in die Bucht umgab, die leuchtend und hell dalag, die Sonne schien auf den Wald, und wie ein Wiesel glitt der Zug durch den feuchten Dunst des Walds. Und dann kam Stonehaven selbst, Heimat der Armutsschnösel, wie die Leute sagten, da konnte man in Sünde leben, wie es einem beliebte, doch wehe, man hatte kein weißes Hemd, dann konnte man zum Deiwel gehn. Das hatte sie Chae Strachan sagen hören, doch stimmte das nicht ganz, es gab wohl auch arme Leute in Stonehaven ebenso wie karäsige Emporkömmlinge, und brave Leute, die weder arm waren noch karsch und nie ein Wort zu sagen hatten, wenn Stonehaven damit perschte, wie wacker es war. Und das kam bannig oft vor in der Hauptstadt der Mearns, arg stolz waren sie auf ihre weißen Hemden, und kein bisschen auf die elenden Hütten, und ganz fein kam sich die Stadt vor, und eine schöne Promenade hatten sie, da kamen sogar die Engländer im Sommer hin zu Besuch, schön blöd, wie immer, sagten die Leute, hatten die etwa kein Meer bei sich in England?

Es war früh am Tag und die Kanzlei des Advokaten noch geschlossen, deshalb verweilte Chris auf der Straße, bummelte hinter den eilenden Schülern her, diese Kinder, nichts als Beine und hohe Schuhe, komisch, wie sie alle versuchten, Englisch miteinander zu reden, und beim lauten Rufen der Wörter rechts und links schauten, um zu sehen, ob die Leute sie für vornehm hielten. Waren sie und Marget auch so dämlich gewesen?

Doch jetzt schien die Sonne auf die langen Stonehavener Straßen, und Chris ging am Kolleg vorbei zum Marktplatz hinunter, um diese Zeit trieb sich noch hier und da eine Katze herum und schnüffelte, vornehm und feinpinkelig, diese Stonehavener Katzen. Unten am Ende einer Gasse erhaschte sie einen Blick auf die Nordsee, oder war es bloß das Licht der Sonne gegen den Himmel, jedenfalls schlug der Geruch nach See herauf. Immer noch hatte sie mehr als genug Zeit.

Sie ging zum Strand hinunter, es war Ebbe, fern dröhnte das Meer zwischen den Felsen, keine Menschenseele war am Strand, nur sie allein, die Möwen schweiften und kreischten, die Sonne war warm und stark. Sie setzte sich auf eine Bank im Sonnenlicht und schloss die Augen und war froh. Unter den Füßen bebte und dröhnte der Boden vom Echo jenes fernen Krachens, mit dem die See die Felsen anging, dort hinten, an der Spitze der Bucht, wie seltsam, das zu spüren und Teil davon zu sein, womöglich gab es Leute, die für die See das fühlten, was sie am Abend zuvor in den regengetränkten Feldern von Kinraddie gefühlt hatte. Doch ihr erschien die See rastlos, ohne Harren, ohne Bleiben, nicht schön wie die Tobel, die sich ins raue Land schmiegten und ins raue Land hinauf lauschten, oder die Felder, sonnenschwer vom Klee, die am Abend zu ihren Füßen lagen.

Dann schlief sie ein, gut zwei Stunden schlief sie da in der Sonne und erwachte ausgeruht, zum ersten Mal seit Vaters

Begräbnis. Und so hungrig, sie konnte nicht abwarten, bis sie erledigt hatte, weshalb sie gekommen war, sie ging in eine Teestube am Marktplatz, zwei Frauen bedienten dort, alte Frauenzimmer, die langsam und gichtig im Raum hin und her schlieggerten. Die eine glich den Katzen, die sie am Morgen am Platz gesehen hatte, geschniegelt und geputzt, die andere war dünn wie ein Hippen, die Teestube wirkte sauber und geschrubbt, der Tee schmeckte entsprechend. Sie waren spiddrig und vornehm und geschniegelt, und da dachte Chris zum ersten Mal in ihrem Leben, wie schlimm es sein musste, alt zu werden wie die da, alte Jungfern ohne Männer, ohne je bei einem Mann gelegen zu haben, ohne je einen Mann, der dich küsste, dich umarmte und hielt, mit dem du Kinder hattest, ohne den Arm eines Mannes, wenn du ihn brauchtest, traut und stützend und stark. Wenn sie nach ihrem Plan lebte und Lehrerin würde, dann stünde ihr ein Leben bevor, wie diese beiden es führten.

Sie könnte immer noch werden wie die beiden!, dachte sie, und wie dösig wurde sie auf einmal bang, sie zahlte rasch ihren Tee und trat wieder hinaus auf den Platz, sah sich selbst als alte Jungfer, den Gedanken konnte sie nicht ertragen. Sie eilte zur Kanzlei vom Simpel, und ein Schreiberlein fragte sie nach ihrem Anliegen, arg forsch, und sie sah ihn kühl an und sagte, das gehe nur Mr Semple an. Aber dann fielen ihr die alten Jungfern ein, war sie selbst schon von Natur aus so eine? Kalter Schrecken griff nach ihr bei dem Gedanken, und sie lächelte den Schreiber an, beinah verzweifelt, mit Mund und Augen, das war gut so, der Junge lächelte auch und errötete und taute auf und sagte: *Setzen Sie sich hierher, das ist fei bequem*, und damit zog er einen gepolsterten Stuhl hervor, und sie setzte sich nieder, und es war ihr wieder leicht ums Herz. Dann kam der Schreiber zurück und führte sie durch einen Gang in Semples Kabinett, dort sah er arg wichtig aus, mit einem Telefon neben sich und Stapeln Papier, und reihenweise kleinen schwarzen Kästen auf den Regalen. Er erhob sich und reichte ihr die Hand. *Sieh an, sieh an, da ist die Miss Guthrie gekommen, sicher hat sie über das Testament nachgedacht, nicht wahr?*

Jawohl, genau so ist es, sagte sie zu ihm, und dass sie noch eine Zeitlang in Blawearie bleiben wollte, nicht alles Gerät gleich unter den Hammer bringen. Könnte er das mit dem Verwalter regeln?

Er starrte sie an, der Mund stand ihm offen. *Aber sie kann doch nicht allein dort leben!*

Das wollte sie auch nicht, sagte sie ihm, konnte er nicht eine Frau finden, die bei ihr wohnen könnte, irgendeine arme Alte, die froh wär, ein Zuhause zu haben?

Du lieber Himmel, davon gibt's genug!, sagte er und begann an seinem Schnauzbart zu kauen.

Vielleicht würde es bloß für einen Monat sein oder so, sagte sie ihm. Bloß so lange, bis sie sich entschieden hatte.

Bloß?, sagte er abwesenden Sinns: *Zum Deiwel, ein Fraumensch und ihre Vorstellungen – bloß!* Doch dann riss er sich mit einem Mal zusammen und saß ganz gerade, wie sie ihn so kühl und fest ansah. Er brachte ein paar Einwände vor, doch Chris hörte kaum zu, Vater hatte in seinem Testament gesagt, sie könne tun, wie sie beliebte.

Semple gab nach, als er sah, dass sie keinen Pfifferling um seine Worte gab, er werde das mit dem Verwalter regeln, sagte er, und er kenne da so eine alte Witwe namens Melon, die würde er am nächsten Morgen nach Blawearie schicken.

Danke und auf Wiedersehen, sagte Chris dann und verließ die Kanzlei, so gelassen ging sie, wie sie gekommen war, die Sonne brannte jetzt richtig, und auf den Straßen drängten sich die Schafe dicht an dicht, große Herden, die zum Wochenmarkt getrieben wurden. Schäferhunde rannten hin und her, leise, die Ohren so spitz aufgestellt, wie man es sich nur wünschen konnte, achteten auf nichts als Schäfer und Schafe. Treiber wie Tiere glüüsterten Chris ordentlich an, wie sie da in ihren schwarzen Kleidern stand und sie betrachtete, und gerade als sie entscheiden wollte, was sie als nächstes tun würde – hinunter ans Meer gehn und dort auf einer Bank sitzen, bis es in den Gasthäusern Mittagszeit war, oder hinauf zum Bahnhof und den Elfuhrzug nehmen –, da fuhr ein Pferdewagen an ihr vorbei, verlangsamte unvermittelt die Fahrt, ein Mann sprang ab und rief dem Kutscher etwas zu.

Der Großknecht vom Upperhill war es, der abgesprungen war, Ewan Tavendale, und der auf dem Kutschbock war kein anderer als der alte Gordon selbst, der ganz fuchtich aussah. *Vergiss bloß nich die Zeit!*, rief er dann, warf Chris einen füünschen Blick zu und fuhr unter Peitschenhieben davon.

Und dann hatte Ewan schon die Straße überquert und stand vor ihr, er lüpfte die Kappe und sagte ganz schüchtern: *Moin!*, und sie schauten einander an, er wurde rot, ihr fiel das letzte Mal ein, er gefiel ihr jetzt nicht halb so gut wie beim Begräbnis. *Bist du den ganzen Tag hier?*, sagte er, und sie sagte im Spaß, ohne zu wissen warum, es gehörte sich nicht, wo Vater doch kaum begraben war: *Ja, genau so isses.* Er wurde noch röter, ihr war ganz gelassen und gleichzeitig auch wie düselig zumute, wie sie diesen Narren von einem Burschen betrachtete, die Leute hatten geglupt, wie sie später beide erfuhren, nicht bloß der Gordon, auch der Ellison, und die zwei fuhren heim nach Kinraddie und erzählten allwägens, es wär doch ein Jammer, dass keiner da war, der die kleine Guthrie vor den Händen von diesem schroffen Bagalutten Ewan Tavendale schützte.

Doch davon wussten die beiden nichts, und es wäre ihnen womöglich auch gleichgültig gewesen, Chris hatte plötzlich wieder Hunger, und froh war sie auch, ihr war nicht so sehr an Ewan selbst gelegen, doch dass er sie stehen lassen und zum Viehmarkt gehen sollte, das wollte sie auch nicht. *Ich geh ins Gasthaus zum Essen*, sagte sie, und er pierte sie immerzu an, immer noch schüchtern, doch mit einer Art Glühen in dieser Schüchternheit, in den Augen hatte er eine Glut wie ein verlodernder Ginsterbusch. *Vielleicht können wir zusammen essen?* Und als er neben sie trat, sagte sie: *Hm, ja, vielleicht. Aber was wird Mr Gordon dann machen?* Und Ewan sagte, seinetwegen sollte er gern vor schierer Fuchtichkeit einen Plattler auf dem Dach von der Markthalle tanzen.

So kehrten sie ein bei Mother White, von der Alten selbst war zwar keine Spur, doch da war eine hübsche Stube mit weißen Tischtüchern gedeckt und ein Kanari, der über ihren Köpfen sang, die Fenster waren fest gegen Schmutz und Staub geschlossen. Sie aßen Bouillon, die schmeckte gut, und die Haferkekse noch besser, und dann gekochtes Rindfleisch und Kartoffeln und Rüben, und dann Milchreis mit Pflaumen, und dann tranken sie Tee, beim Tee fand Ewan die Sprache wieder und sagte, heute sei sein freier Tag, denn er hatte den ganzen letzten Sonntag beim Verschneiden von Lämmern geholfen. Und bevor sie noch nachdenken konnte, sagte Chris schon: *Dann hast dus nicht eilig nach Haus?* Und Ewan lehnte sich über den Tisch, die Glut loderte jetzt beinah: *Nur wenn dus eilig hast. Welchen Zug nimmst du heim nach Kinraddie?*

Und wie es dann alles kam, ihr Plan, den Tag zusammen zu verbringen, und dann ihr Spaziergang bis nach Dunnottar, das konnte Chris nie sagen, und Ewan vielleicht auch nicht. Eine halbe Stunde später jedenfalls lag Stonehaven als weißes Schimmern hinter ihnen und Dunnottar vor ihnen, und sie kraxelten den Pfad hinunter, der zur Insel führte. Die Luft war verhangen vom Gischten der steigenden Flut, über ihnen der Fels erhob sich ebenso steil wie der Pfad sich steil abwärts wand, und hoch oben, den Felsen krönend, standen die Überreste der Burgmauern, vom Licht der Sonne betupft und mit dem Dreck der Seevögel besprenkelt. Möwen waren überall, Chris wurden die Ohren taub vom Gekreisch der Vögel, doch drinnen in der Burg zeigte sich alles ganz still, außer ihnen schien an diesem Tag keine Menschenseele den Ort zu besuchen.

Sie zahlten ihre Groschen, und der alte Aufpasser kam mit ihnen vom einen Raum zum nächsten, zur Abschreckung für Ewan, dachte sich Chris, denn seine Augen wanderten ermüdet von den einzelnen Mauerresten immer wieder zu ihr zurück. In einigen Mauern taten sich hohe schmale Schlitze auf, durch diese hatten in alter Zeit die Soldaten ihre Pfeile auf die Belagerer geschossen, und unten, in den Verliesen, waren die modernden Spalten, wo die Hände der gefolterten Gefangenen festgenagelt wurden. Dort hatten die Covenanters sterbend geschrien, während die Adligen in Schutz und Wärme ihrer Säle speisten und feierten; Chris starrte auf die Stellen im Gemäuer, voll Ekel, Zorn und Trauer um diese Menschen, denen sie nicht mehr helfen konnte, der Hass, John Guthries Hass, auf Herrscher und Adel brannte in ihrem Herzen. Ihre Leute ebenso wie die seinen waren es gewesen, deren Namen hier zum Zeichen der Tragödie eingemeißelt standen:

HIER : LIGT : IOHN : STOT : IAMES : ATCHISON : IAMES RUSSELL : & WILLIAM : BROUN : UND : EINER : DESSEN : NAMEN : WIIR : NICHT : WISSEN : UND : ZWEI : FRAUEN : DEREN : NAMEN : WIIR : AUCH : NICHT : WISSEN : UND : ZWEI : WELCHE : UMKAMEN : BEIM : ABGANG : UEBER : DEN : FELS : EINER : DESSEN : NAME : WAR : IAMES : WATSON : DER : ANDERE : IST : NICHT : BEKANNT : DIE : ALLE : GESTORBEN : ALS : GEFANGENE : IN : DUNNOTTAR : CASTLE : ANNO : 1685 : UM : IHRER : TREUE : ZU : GOTTES : WORT :

WEGEN : UND : DEM : WERK : DER : REFORMATION :
IN : SCHOTTLAND : REV : XI.12

Doch Ewan flüsterte schuddernd: *Hu, lass uns weg von hier*, obwohl er selbst es gewesen war, der das mit Dunnottar vorgeschlagen hatte. Und draußen in der Sonne, unter dem Eingangsbogen, da standen sie ein Zeitlang im Schreien der Möwen, und dann sagte Ewan: *Komm mit runter ans Meer, ich kenn da einen Winkel.*

Und sie kletterten abwärts und dann wieder aufwärts, immer am Rand der Felsen entlang, da wurde es dir ja ganz schwindlig beim Hinunterschauen auf die heranbrandende Gischt, und manchmal ertönte tief unter ihren Füßen ein lautes *Wumm!*, als würde ein Schuss abgefeuert. Ewan sagte, die Felsen seien an manchen Stellen hohl, und das Wasser ströme bis weit unter die Felder, und deshalb pflügten die Pflüger dort gleich über der See, und bei stürmischem Wetter sahen sie manchmal die Furchen beben von diesem Sturm, der unter ihren Füßen toste. Sie gelangten zu einem bröckelnden Pfad, der schien steil in die Tiefe zu gehen, eine Möwe kam emporgestoßen, ihnen entgegen, und Ewan, dessen Füße schon nicht mehr sichtbar waren, wandte sich um und fragte: *Wird dir auch nich düselig?*, und Chris schüttelte den Kopf und folgte ihm, zwischen Himmel und See, wie ihr schien, immer weiter hinunter, und dann griff Ewan nach ihrem Knöchel, einen Augenblick lang baumelte sie fast in der Luft, blickte hinunter in sein Gesicht, weiß war es und angespannt, dann fanden Fuß und Hand wieder Halt, jetzt sei es nicht mehr weit, rief Ewan, und dann waren sie unten und setzten sich auf eine Sandbank und schauten einander an.

Sonnenlicht strömte herein, die Flut zischte und spritzte und warf ihre Hände aus nach ihnen auf dem Sand, doch das Wasser stieg nicht mehr höher. Chris merkte, dass die Bucht ganz eingeschlossen war, kein Stück von der Küste war zu sehen außer den überhängenden Felsen, und nur ein Ausschnitt von der See selbst, eine gute Meile weit draußen wendete ein Segelschiff, es schlug mit den Flügeln wie eine trudelnde Möwe, und Ewan saß neben ihr und schälte eine Apfelsine.

Sie aßen beide, Chris nahm den Hut ab, ihr war warm und sie fühlte sich plump in den düsteren schwarzen Kleidern. Plötzlich und ohne Grund fiel ihr ein, wie sie einmal an einem schönen sommerlichen Maitag beim Kaddern für Mutter Decken im Wasser gestampft hatte, und wie sie die Kleider ausgezogen hatte und ihre Mutter herausgekommen war und lachend zu ihr gesagt hatte: *Du gäbst einen hübschen Jungen ab!*, ihr war, als hörte sie Mutters Stimme reden, sie schaute auf und sah sich um, wie dösig und benommen, doch keine Menschenseele war in der Nähe außer Ewan Tavendale, auf einen Ellbogen gestützt lag er halb und schaute hinaus auf die See, jung und glatt mit seinen glosenden Augen, die Sonne schien ihm ins Gesicht. Und sie merkte, dass er ihr nicht mehr missfiel, sie empfand etwas Sonderliches, Fremdes für ihn, ohne Bangigkeit, doch mit einer Erwartung, als sollte er jeden Augenblick etwas sagen, auf das sie keine Antwort würde geben können, das wusste sie. Und dann sagte er es, errötend, doch seine glosigen Augen blieben ganz ruhig dabei: *Chris, magst du mich ein bisschen?*

Ich kann dich glatt nich verknusen, deshalb sind wir auch hier und leilönseln zusammen.

Doch eine Unruhe überkam sie, nicht dass sie ihn fürchtete, sie hatte von Anfang an gewusst, dass sie bei Ewan so sicher war wie Mollie bei Will in jenen lang vergangenen Tagen, als er ihr in Drumlithie den Hof machte. Es war bloß so, als strömte ihr Blut so klar und mit einem so schönen, lieblichen Lied in den Adern, dass sie den Atem anhalten und darauf lauschen musste, und zum ersten Mal wurde ihr klar, was für ein sonderbares Ding ihre Hand war, die gerade Sand hindurchrinnen ließ, ihr war, als säße ihr ganzer Körper ein wenig abseits von ihr selbst und sie betrachtete ihn ganz erstaunt. Da wusste sie, dass sie ihn mochte, ihn lieb hatte, wie es in den kitschigen englischen Büchern stand, in Schottland genierte man sich, so was zu sagen, und machte sich zum Narren mit solchen Worten. Ewan Tavendale – ausgerechnet er! Und dann fiel ihr etwas ein, es war gar nicht wichtig, doch sie wollte es trotzdem wissen. *Ewan, stimmt das, was sie gesagt haben, mit dir und der ollen Sarah Sinclair?*

Das war, als hätte sie ihm mit dem Riemen ins Gesicht geschlagen. Er wurde ganz weiß, so komisch weiß, weil Sonnenbräune in den kleinen Fältchen blieb, die das raue Wetter auf dem Feld in seine Haut geritzt hatte, und er richtete sich zornig auf und starrte sie böse an, die große schwarze Katze, so schmiedich und fuchtich und rasch. Und das Gefühl, das sie gehabt hatte, diese Schwindligkeit, die Erde und See und ihr Herz so leicht gemacht hatte, das war wie weggeblasen. *Ach, ich wills gar nicht wissen*, sagte sie und begann vor sich hin zu summen, und da streckte Ewan die Hand aus und griff nach ihrem Arm, dass es wehtat. *Nu hör verdammich auch zu, wo du mich all gefragt hast.* Und es war schrecklich, schrecklich und furchtbar, sie wollte ihm nicht zuhören und schlug die Hände vors Gesicht, er redete weiter und weiter und dann war er fertig. *Jetzt bist du bang, bang, dass eine Frau so fühlen kann, vielleicht wird es dir eines Tages selbst so ergehn.*

Da sprang sie auf, so wütend wie er, und vergaß ganz, sich zu genieren. *Ja, vielleicht stimmt das, doch wenn es so ist, dann such ich mir einen Besseren als dich zum Diener.* Und bevor er noch Antwort geben konnte, hatte sie ihren Hut gepackt und stieg den Pfad durch die Klippen hinauf und wusste selbst nicht wie, ihre Finger und Füße waren flink und behänd, sie hörte Ewan dort unten rufen, und es scherte sie nicht. Er hatte kaum die Hälfte des Anstiegs zurückgelegt, da war sie schon oben angelangt und blickte nach unten, und da verließ die Wut sie auf einmal, stattdessen beugte sie sich über den Felsenrand und streckte ihm die Hand entgegen, und er ergriff sie und lächelte, und sie standen da, außer Atem, und lächelten einander an, wieder so närrisch wie auf dem Marktplatz von Stonehaven.

Doch dann riss Ewan plötzlich die Uhr hervor. *Himmel, es muss all arg spät sein*, und während er das sagte, verschwand die Sonne. Chris hob den Blick und sah, warum, sie hatten dort unten im letzten Licht gesessen, über dem Land lag schon das Glusen und Schemern des Abends, und der Lärm der Möwen stieg auf durch den Dunst. Ewan nahm ihre Hand, und sie rannten am Rand der Felsen und der schummerstillen Felder entlang, die großen gescheckten Kühe hielten im Weiden inne und schauten, und vor ihnen, düster und unheimlich, sahen sie Dunnottar hoch auf den Felsen. Und dann gelangten sie an die Hauptstraße und verlangsamten den Schritt, doch ihre Hand ließ sie in Ewans.

Und in Stonehaven schafften sie es so gerade noch auf den Sechsuhrzug, der Markt war lang vorüber, alle Leute waren schon weg. Im Waggon waren sie nur zu zweit bis nach Kinraddie. Ewan saß ihr gegenüber, das gefiel ihr, dass er dort saß, es gefiel ihr, dass er nicht ihre Hand halten wollte, sie hätte jetzt jede Berührung gehasst. Und sie sagten kein Wort bis fast in Kinraddie, und dann sagte er: *Chrissie! Müde?*, und sie sagte: *Ach was, nein, und ich heiße Chris, Ewan.* Da sah sie im Flackern des Gaslichts, wie er wieder errötete, und seltsam und zärtlich wallte Mitleid in ihr auf, sie beugte sich vor und tätschelte sein Knie, er war doch bloß ein Junge, trotz seiner Sarah Sinclair.

Und dennoch dachte sie an Sarah in dieser Nacht, als sie im Bett lag und darauf lauschte, wie der Regen näherkam, ein nasser Winter auf dem Howe kündigte sich an. So waren Frauen also, wenn sie die Männer nicht kriegten, die sie wollten? – Manche mochten so sein, und sie mochten es sogar vor sich selbst heimlich halten, bis ein Sommer voller Hitze die eine oder andere zu etwas treiben konnte, wie es Kinraddie entrüstet hatte. Doch sie fühlte sich nicht entrüstet, vielleicht lag es daran, dass sie noch so arg jung war oder so arg viele Bücher gelesen hatte, dass sie die Englische Chris gewesen war neben der, die wach lag und an Ewan dachte; und die alten Arten und Weisen, Sünder und Sieger zu bestimmen, sich eigene Wonne zu gönnen und entrüstet zu sein, wenn andere es ebenso taten, das alles schien ihr oft arg blöd. Sarah Sinclair hätte ihr wohl den Gefallen tun können, an jenem Augustabend einen anderen zu treffen als Ewan; doch wie sollte sie auch wissen, dass Chris Guthrie je im Bett liegen und an ihn denken würde, während sie dem Prasseln des Regens an die Fensterscheiben lauschte und dem Rauschen der großen Bäume auf Blawearie.

Und da, in einer Flaute des Rauschens hörte sie das Donnerkrachen, mit dem ein Gewitter losbrach, wie es der Howe seit Jahren nicht mehr gesehen hatte. Hoch oben wars und weit weg, dachte sie, und doch so nah, ihr war, als flöge ihr gleich das Mauerwerk von Blawearie um die Ohren, und halb richtete sie sich im Bett auf. Draußen durch die Nacht grellten die Blitze, wieder und wieder und wieder, sie sah Kinraddie umleuchtet und drohlich, dann wieder duster, doch nicht still. Im Himmel draußen kroch und knurrte und scharrte ein riesiges Tier, und dann öffnete es plötzlich wieder das Maul, und wieder kam das Brüllen und Blitzen der Klauen, die an der Erde rissen, es war, als sollte nicht Hütte noch Haus bestehen. Der Regen schwieg – lusternd, ganz stumm in der nächsten Flaute, und da hörte Chris ihre Tante rufen: *Chrissie, is alles gut bei dir?*, und sie rief zurück:

Ja, alles sei gut. Komisch dass Onkel Tam kein Wort verlauten ließ, vielleicht war er noch beim Pruhlen, das über ihn gekommen war, sobald er hörte, dass Semple eine alte Frau schicken würde, die Chris mit dem Haushalt auf Blawearie helfen sollte. Am Morgen wollten sie nach Auchterless abfahren, und ach!, was würde sie froh sein, sie abfahren zu sehen, sie hatte genug zu tun und zu tüfteln und brauchte nicht noch den Zank mit Verwandtschaft.

Der Donner tobte wieder, und mit einem Mal saß sie aufrecht im Bett, fröstelnd und bebend, ihr war etwas eingefallen: Clyde und der alte Gaul Bob und Bess – alle drei waren draußen im Brachfeld, sie wurden erst spät im Jahr in den Stall gebracht. Rings um das Brachfeld war Stacheldraht gezogen, fast neu, Vater hatte ihn im Frühjahr angebracht, die Leute sagten, der ziehe ganz schlimm den Blitz an, vielleicht war es schon passiert.

Mit dem nächsten Blitz war sie aus dem Bett, der Blitz suchte Einschlag und schien zischelnd draußen vor dem Fenster zu warten, während sie Strümpfe und Hemd und Schlüpfer anzog, dann rannte sie zur Tür und rief: *Onkel Tam, Onkel Tam, wir müssen die Pferde reinholen!*, er hörte sie nicht, sie wartete, das Haus erbebte und stöhnte unter einem weiteren schweren Blitz, dann rief die Tante etwas, Chris stand da und konnte ihren Ohren nicht trauen. Onkel Tam hatte Angst vor den Blitzen, er würde nicht rausgehn, sie sollte selbst besser wieder ins Bett und den Morgen abwarten.

Chris brauchte nichts weiter zu hören, sie lief in die Küche und tastete nach der Schachtel mit Schwefelhölzern und zündete die kleine Lampe an, die mit dem Glasschirm, und dann nahm sie die kleinste Laterne und zündete die an, obwohl ihr die Finger zitterten und sie den Trichter fast hätte fallen lassen. Sie suchte sich alte Schuhe und einen Regenmantel, der war Vaters gewesen und reichte ihr bis an die

Knöchel, so nahm sie die Laterne und öffnete die Küchentür und schloss sie schnell hinter sich, während der Himmel wieder krachte und ein grelles Blitzen die Hügel hinabgerollt kam und schäumte wie die Flut bei Dunnottar. Das Gleißen erlosch, sie blieb noch geblendet, die Augen taten ihr weh, und fast ließ sie die Laterne wieder fallen.

Im Stall muhten die Milchkühe so laut, als wollten sie das Dach aus den Angeln heben, sogar die Färsen waren auf und stampften in ihren Buchten. Doch die waren in Sicherheit, solange kein Blitz in die Ställe schlug, die Pferde waren es, um die sie sich kümmern musste. Quer über ihr Blickfeld leuchteten die Heuraufen auf wie große spitze Pyramiden, einen einzigen blendend grellen Augenblick lang, verschwanden, als tiefste Finsternis wieder über sie schwappte, wie eine Bohrspitze suchte das Laternenlicht ins Dunkel vorzudringen. Der Regen blieb weiter aus, während sie über die aufgeweichten Felder stolperte und rief. Dann sah sie, dass der Stacheldraht unter Strom stand, der Blitz lief glühend daran entlang, etwas Lebendiges, eine zitternde, wache Schlange, die spie und glühte, mal den Kopf verbarg, dann wieder ins Blickfeld zuckte. Wenn die Pferde auch nur halbwegs nah am Zaun standen, war es aus mit ihnen, sie rief wieder nach ihnen und hielt inne und lauschte, Totenstille erfüllte zwischen den Donnerschlägen die Nacht, es war so still, sie hörte, wie das Gras, das sie beim Gehen mit den Sohlen zu Boden gedrückt hatte, sich hinter ihrem Schritt mit feuchtem Krackeln aufrichtete. Wie der Donner dann fortzog – als ob er den Hügel zur Rechten zerbräche und brüllte, über Pfarrhaus und Gutshaus von Kinraddie hinweg –, stieß sie gegen etwas, sie fiel, und die Laternenflamme schoss empor und schien fast zu verschwinden, doch es gelang ihr, sie wieder zu richten, so flau ihr auch war von dem Nassen, Warmen, auf dem ihr Gesicht und Körper gelandet waren.

Es war der alte Bob, tot lag er, die Zunge hing ihm aus dem Maul, die Beine schief unter dem Körper geknickt, das arme Tier, eine Weile ruckte sie an seinem Halfter, bis sie begriff, dass es sinnlos war, und Bess und Clyde waren ja noch da, um die sie sich kümmern musste. Da hörte sie ihren dröhnenden Hufschlag übers Gras näherkommen, plötzlich traten die dunklen Schatten in den Lichtkegel der Lampe, rannten sie fast über den Haufen, kamen neben ihr zum Stehen und wieherten, bang und bebend, und ihre Hand auf Bess' Nacken vibrierte von ihrem Beben wie am Boden der Dreschmaschine. Dann zuckte der Blitz wieder nieder, arg nah, obwohl der Donner fortzuziehen schien, ein großes Zickzack beschrieb der Blitz übers Feld, wo sie mit den Pferden stand, die sich so eng an sie drängten, dass sie beinah zwischen ihnen zerquetscht wurde, und schließlich drückte es ihr die Laterne aus der Hand, die fiel und zerbrach mit dem Scheppern und Klirren von splitterndem Glas. Sie nahm Bess' Halfter mit der einen Hand und den von Clyde mit der anderen, und das Blitzen verzog sich, und so setzten sie sich im Dunkel in Gang, hoffentlich in die richtige Richtung, dachte sie, doch sie konnte nicht sicher sein. Im nächsten Blitz wurde ein Feld sichtbar, das ihr unvertraut war, und nahbei ein hoher abgestützter Steinwall, und da wusste sie, dass sie den falschen Weg gegangen war, das war der Steinwall zur Mautstraße.

Der Donner grollte satt, und Clyde wieherte immerzu, sie sah den Grund dafür, gleich voraus wurde eine Laterne geschwenkt, das musste der Onkel sein, der zu guter Letzt doch herausgekommen war, um nach ihr zu sehen. *Hier bin ich!*, rief sie, und eine Stimme schrie: *Wo?* Chris rief wieder, und die Laterne bewegte sich auf sie zu, zwei Männer erklommen den Steinwall. Die Pferde setzten sich wiehernd in Trab und zogen sie vorwärts, dann sah sie sich Chae Strachan und

Ewan gegenüber, die beiden hatten die eigenen Pferde auf Upperhill und dem Knapp versorgt und sich dabei getroffen, nun wollten sie sich gemeinsam um die Pferde von Blawearie kümmern und waren heraufgekommen, um nach ihnen zu suchen. Kaum hatten sie einander erkannt, da flammte wieder ein Blitz auf, ein letzter zischelnder Schein, und dann kam der Regen zurück, sie hörten ihn von hoch oben auf der Heide herunterwogen, er pfiff und heulte und fegte dann in rauschendem Schwall heran. Chae drückte Ewan die Laterne in die Hand: *Verdammich, Mann, nimm das hier und die Deern und renn bloß zum Haus! Ich kümmer mich um die Pferde!*

Ewan nahm Chris fest unterm Arm, schwenkte die Laterne in der anderen Hand, so rannten sie zum Gatter, das auf die Mautstraße führte, die Pferde im Galopp hinter ihnen her, Chae riss an ihren Halftern und fluchte auf sie; und der Regen holte sie ein, sobald sie die Straße erreicht hatten, mit nasser Hand drosch er auf sie ein, und im Nu war Chris bis auf die Haut durchnässt.

Doch im nächsten Augenblick waren sie schon an den neuen Stallungen von Peesie's Knapp, in der Küche brannte Licht, Ewan riss die Tür auf und schob Chris hinein: *Warte hier, ich geh und helf Chae!* Er tauchte in die Schwärze draußen, die Tür fiel hinter ihm zu, Chris trat über die Schwelle in die Küche, auf die Glut im Bausen zu. Ihr war ganz düselig und wie taub zumute in der plötzlichen Stille und weg vom Regen, in der Lautlosigkeit der neuen Küche mit der großen Uhr, die an der Wand ihr Pendel schwang, und mit den Kalendern und Bildern schön über die Wände verteilt sah alles so ruhig und gut aus. Dann merkte sie, wie durch und durch nass sie war, und zog den Regenmantel aus, eine Pfütze sammelte sich auf dem Boden. Nur Hemd und Schlüpfer hatte sie an, das hatte sie nicht bedacht!

Draußen im Hof hörte sie Trampeln und Stapfen, die

Männer liefen zum Haus, und Chris zog sich wieder den Mantel über, prünte gerade an den Knöpfen herum, als die beiden hereinkamen. *Dammich, Chris, zieh den Mantel aus!*, rief Chae, *du musst doch klatschnass sein! Komm, ich schür das Feuer, die Frau ist im Bett, die würde auch hundert Gewitter verschlafen.*

Er beugte sich über den Herd und stocherte in der Glut, Chris spürte Ewan neben sich stehen, schwarz vom Regen das Haar, eine große Katze, er wollte ihr aus dem Mantel helfen. *Ich kann nicht, Ewan, ich hab nichts drunter an!*, flüsterte sie, und er wurde selbst rot wie eine Juffer und ließ die Hände sinken und sah aus wie ein dummer Junge, da verlor sie gleich ihre Schüchterheit und sagte es auch Chae. Er drehte sich um und lachte sie an mit seinen zwinkernden Augen. *Was, gar nichts? – Naja, nicht viel, Chae. – Dann komm rein, ich geb dir ein Überkleid von der Olschen, das kannst du dir anziehen.*

Der Regen hämmerte aufs Dach, wie sie ihm in die neue Stube der Strachanschen folgte, laut wars, dass es die Toten hätte aufwecken können, bloß Kirsty nicht, die geborene Sinclair. Chae öffnete den Kleiderschrank und nahm ein feines Überkleid heraus, das beste Sonntagskleid der Strachanschen, gefüttert und mit einem Geruch nach Mottenkugeln, und dann noch ein Paar Hausschuhe von ihr. *Zieh dein nasses Zeug aus, Mädchen, und brings zum Trocknen. Ich mach dir und Ewan was Heißes zu trinken.*

Allein mit der Kerze im Zimmer, wünschte Chris, sie hätte um ein Handtuch gebeten. Chae war nett, aber so ein Mann hatte keinen Verstand. Es ging dann auch ohne Handtuch, sie streifte sich Hemd und Schlüpfer ab, die klebten so nass an ihr, es fühlte sich an, als streife sie eine Schicht Haut ab. Dann zog sie Überkleid und Pantoffeln an, raffte das nasse Unterzeug zusammen und ging in die Küche hinüber, da stand Chae am einen Ende des Ofens, eine Flasche Whisky neben sich, und bereitete Grog, und Ewan, ohne Mantel jetzt, stand am anderen Ende und blickte zur Tür, durch die sie trat. Keiner der beiden musterte sie allzu genau, Chae zog einen Stuhl heran, damit sie sich setzen konnte, und noch einen, auf dem sie ihre Sachen zum Trocknen auslegen konnte, und als sie die Wäsche ausgebreitet hatte, hielt Chae im Zubereiten des Grogs inne und sagte: *Verdammich, Chris, das war ALLES, was du angehabt hast?* Sie nickte. *Du wirst dir noch den Tod holen*, sagte Chae. *Komm näher ans Feuer.*

Das tat gut, da neben Ewan zu sitzen, nah am knisternden Schein der mächtigen Lärchenscheite, die er aufgelegt hatte, ganz prallvoll mit Harz waren sie. Bald hatte Chae den Grog fertig, erst reichte er Ewan ein Glas, das gehörte sich so unter Männern, und dann gab er Chris das ihre, mit drei Löffeln Zucker darin, die Strachansche hätte sicher beim Anblick von solchem Aasen allerhand zu mäckeln gehabt. Doch sie lag fest schlafend in Chaes Bett und wusste nichts von alledem bis zum Morgen, als sie das Versäumte fei wettmachte, die Leute sagten, sie hätte sowohl Chae als auch Ewan bezichtigt, die ganze Nacht mit der Guthrie-Deern gebandelt und geschäkert zu haben.

So gings also zu in dieser Nacht der Blitze, und nicht allein dort, denn die Blitze – vielleicht wars der große gewesen, den Chris am Hang, auf dem Weg zu den Pferden, gesehen hatte –, einer jedenfalls hatte ein großes Loch ins Gästezimmer im Pfarrhaus geschlagen, und es hatte hereingeregnet, und jetzt war alles schier verhunzt. Die Leute sagten, wie Pastor Gibbon den Blitz hatte einschlagen hören, da wär er schon wachgelegen und hätte auf das Gewittern gehört, und dann wäre er wie ein Kaninchen unter der Decke verschwunden und hätte gerufen: *Oh, Christus, lass es an mir vorübergehen!* Das war nicht grade das Benehmen, wie man es von einem Seelenhirten erwartete, doch gabs wohl eine ordentliche Herde seiner Schäfchen in dieser Nacht, die vor dem Blitzen bang waren, Jock Gordon auf Upperhill war in die Schlafkammer seiner Mutter gerannt und hatte in die Überdecke geheult wie ein Gör. Und Alec Mutch vom Bridge End, der ging gegen Mitternacht, um nach seinen Schafen zu sehn, doch er war halb betrunken, wie er ging, und wurde mit jeder Minute betrunkener, die er da herumtapste, ohne etwas zu sehen. Zuletzt kam er an eine große Heuraufe draußen im Kornfeld und verkroch sich hinein, ganz nah an der Mautstraße stand die Heuraufe, und keiner sah mehr etwas von ihm bis am nächsten Tag, als der Postbote vorbeikam und die Sonne hell schien und sich Alecs Gesicht und seine Riestüten auf einmal aus dem Heu schoben, wobei dem Postboten so kodderich wurde, dass er beinah an Ort und Stelle gekotzt hätte.

Doch von alledem hatte Chris keinen Schimmer, sie war vollauf mit ihren eigenen Baldowereien beschäftigt. Als der Regen versiegte und ihr Unterzeug trocken war, ging sie in die Stube und zog sich wieder um und schlüpfte wieder in Vaters Regenmantel, und Chae zündete eine Laterne an, er gähnte ordentlich dabei vor Müdigkeit, der Chae, und Ewan sollte Chris und die Pferde zurück nach Blawearie geleiten. Also gings wieder hinaus in die Nacht, der Regen hatte alles frisch und sauber gemacht, ein Wind kam von der See und wehte Sterne herbei und Wolken, die trieben wie Schleier von großen Frauen und Fischweibern über das traurige Antlitz der schroffen hohen Berge. Dann schnaubten und malmten die Pferde im Hof, Ewan hielt die Halfter, Chris stand neben ihm und schwenkte die Laternen in der Hand, *Ade!*, riefen sie Chae zu, der stand da und gähnte, dass man ihm fast bis in den Rachen gucken konnte, so müde war er, und er schrie Chris noch was hinterher, vom alten Bob, der vom Blitz erschlagen lag, am Morgen würde Chae kommen und nach ihm schauen, sie könnten ihn noch an den Schinder in

Brechin verkaufen. Doch dann machte ein Gähnen allem, was er noch hatten sagen mögen, ein Ende, es war auch egal, es wurde ja schon Morgen, unten bei Bervie erschien bereits ein Streifen Grau, der sich über den Horizont zog, als striche dort ein müßiger Finger über eine Fensterscheibe.

Klack-klack, mit kurzem Wiehern dann und wann und langem Schnauben durch die breiten Nüstern schritten die Pferde, froh, dass es bergauf nach Blawearie ging, Ewan war groß neben Chris, sie hatte vorher gar nicht bemerkt, wie groß er war. Er sagte kaum was, bloß einmal, ganz scheu: *Ist dir auch warm genug?*, und sie lachte und sagte: *Ja, ganz warm*, bei Ewan Tavendale würde sie nie wieder schämig sein. Und auch da schon war ihr, dass ihr das lang in Erinnerung bleiben würde, dieser Gang durch die Nacht, die kaum noch Nacht war, eine Stunde, die auf der Kippe zum Morgen balancierte wie ein Penny auf der Kante, mit den Windstößen im Gesicht und dem nassen Land rings um sie herum, ein Geruch nach Frühling und nicht nach einem Morgen im Vorwinter. Dann musste sie gähnen und blieb stehen, es war noch ein gutes Stück bis zum Haus, sie überlegte, ob Onkel und Tante wohl wussten, dass sie hinaus zu den Pferden war im Gewitter. Doch sie hätte sich da keine Sorgen machen brauchen, keine Ahnung hatten sie davon bis es Morgen wurde; Blawearie lag schwarz da wie das Innere von einem Zylinderhut, als sie den Hang hinaufstiegen, die Kühe waren ruhig geworden, es war ihr kaum wie ein Zuhause, in das sie zurückkehrte, ein fremder Ort war es ihr, wie sie da neben Ewan ging. Sie öffnete das Stalltor, er führte die Pferde hinein, frischte die Streu auf und kam wieder heraus, schloss und verriegelte das Tor, sie leuchtete ihm dazu mit der Laterne. Und dann drehte er sich um, sie standen da im Hof, seine Arme legten sich um sie, um ihre Hüften, und sie sagte: *Ach, nein!*, und wandte das Gesicht ab, und er machte nichts, da drehte sie ihm das Gesicht wieder zu, um zu sehn, was er tun würde.

Dunkel war es noch, doch sie sah seine Zähne, wie er sie anlachte, und sie stellte die Laterne auf den Boden und der Widerstand fiel irgendwie von ihr ab, sie hatte ja gar nicht widerstehen wollen, er drückte sie an sich und küsste sie, ihre Wangen und die Nasenspitze, weil er im Dunkeln nicht so gut sehen konnte. Dann zögerte er einen Augenblick, und ihre Lippen trafen aufeinander, beide zitterten sie, und Chris wollte lachen und weinen zugleich, und sie wünschte sich, er möchte sie immer so halten, dort auf dem Hof, mit seinen zitternden Lippen auf ihren, so süß und schrecklich zugleich. Der Sügers hatte solche Macht in diesem Jahr, der Geruch durchtränkte die Luft auf dem ganzen Hof bei nassem, stillem Wetter, der Duft erfüllte die Nacht und den Kuss, sie würde beides nie vergessen und wenn sie den Rest ihres Lebens verbringen sollte, ohne je wieder geküsst zu werden. Und dann wusste sie, dass sie beide gleich noch weiter gehen würden, Ewan und sie, Ewan atmete schneller als ihr gefiel, er fuhr jetzt mit den Lippen drängend über ihren Hals und die Brust, sie ließ es zu und zog den Mantel beiseite für ihn und stand ganz still, es war so warm und süß, sie gehörte ihm und er ihr, für alles und immer, nie würde sie sich mehr wünschen als das.

Und dann, in diesem Augenblick der Letztlichkeit, hörte Chris ganz nah den Blauen Wyandotte sich schon so gockelig auf seiner Stange regen, er gab ein kurzes Quäken von sich und schüttelte sich dann und lugte hinaus nach dem Tag, den er mit solcher Lust einkrähen würde. Diese Laute brachten Chris zur Besinnung, sie hatte keine Angst, doch Weiteres konnte warten bis zu einer anderen Nacht, es war so lieblich und wonnevoll, und sie wollte, dass es lebendig blieb und anhielt und nicht blind und dumm in Hast ergrabscht verging. Sie fasste Ewans Hand und küsste ihn, er hielt inne bei dem Kuss auf seine Wange, so braun und weich erschien sie Chris, und sie flüsterte: *Ewan, warte noch ab!*

Er ließ sie gleich los, beschämt über sich selbst, so wenig Grund er auch dazu hatte, sie sah ihn bekümmert und unsicher im dämmrigen Licht und umarmte ihn wieder und küsste ihn und flüsterte: *Komm morgen Abend her zu mir*, und er sagte: *Chris, wann heiratest du mich?*, und ein Zittern überlief sie, so sonderbar und wonnevoll, wie er das sagte und sie wieder, ganz sacht, in den Arm nahm. Und dann passierte etwas und zwar ein Gähnen, sie gähnte, dass ihr beinah der Kopf davon abfiel, sie konnte einfach nicht aufhören, und mittendrin musste sie lachen, und das machte es nur noch schlimmer. Und Ewan ließ sie los, anfangs mochte er sogar richtig füünsch geworden sein, und dann musste er selbst gähnen, und so standen sie da wie zwei dösige Gänse und gähnten, und dann lachten sie beide zusammen, hielten sich bei den Händen und lachten, nicht zu laut, damit niemand sie hörte. Und fünf Minuten darauf war Ewan schon unterwegs zu seiner Kammer auf Upperhill, und Chris lag im Bett, eben hatte sie sich hingelegt, voll mit Gedanken an Ewan und dem Vorsatz, ganz lang an ihn zu denken, verging kaum ein Augenblick, und sie war schon eingeschlafen.

Ihr kam es vor, als wär dieser Augenblick noch nicht vorbei, als sie Onkel Tam an der Tür pochen hörte, ordentlich grallig: *Komm jetzt endlich, komm runter, der Ofen muss angemacht werden, und deine Tante will ihren Tee.* Sie setzte sich im Bett auf, noch ganz liesig und verschlafen: *Schon gut, Onkel Tam!* Sie gähnte und konnte sich einen Augenblick lang nicht rühren, als ihr all das einfiel, was in der Nacht geschehen war und was sie im Schlaf vergessen hatte. Dann warf sie die Decke zurück und stieg aus dem Bett und reckte und streckte sich, bis jeder Muskel angespannt vibrierte, sie fühlte sich leicht und frei und moi, gar nicht wie die Chris Guthrie mit dem ernsten dunklen Gesicht und dem schweren Haar, leicht und frei war sie wie eine Feder, und splitternackt vollführte sie einen kleinen Tanz am Fenster in dem Flecken Morgensonne, die hereinfiel – was hätte man da in Kinraddie zu tratschmaulen gehabt, wenn einer sie gesehen hätte! Sie sang vor sich hin, während sie sich ankleidete und hinuntereilte, Onkel Tam kniete vor dem Herdfeuer wie eine Kuh mit Kolik und mit saurer Bramme. *Du bist ja guter Dinge heut Morgen!*, grollte er sie an, und sie sagte: *Jawohl, Onkel, so isses, gib mir man den Buschken*, und schon hatte sie es ihm aus der Hand genommen, und im nächsten Augenblick züngelte schon das Feuer daran.

Der Onkel ging hinaus in den Hof, um draußen auf den Feldern nach den Pferden Ausschau zu halten, und kam gleich wieder hereingestokelt, seine kleinen Kirmesmedaillen schaukelten scheppernd auf der mächtigen Plauze: *Herrje, Chris, keine Spur von den Pferden!* Sie drehte sich nicht mal um, sagte bloß: *Im Stall hast du ja wohl nicht nachgeguckt*, sie hörte, wie er innehielt und dann tief Luft holte und wieder hinausging. Kein Wort sagte er mehr beim Frühstück, er stieg in die Kammer hinauf, um zu packen, aber die Tante fragte, wie die Pferde denn in den Stall gekommen waren, und bekam zu hören, dass Chris es selbst gemacht hatte, mit der Hilfe von Chae Strachan und Ewan. Da war sie recht beschämt, die Tante Janet, wie sie das hörte, aber auch ganz schön fuchtich, sie fegte durchs Haus wie eine Wespe: *Ha, da sieht man, dass dir die Verwandten hier bloß im Wege sind, ich kann nur beten, dass du nicht auf die schiefe Bahn gerätst.* Und Chris sagte darauf: *Das ist arg brav von dir, Tante*, und das vergrellte die Tante noch mehr, doch Chris wars egal, ganz egal wars ihr, und selbst wenn alle Welt, ganz Kinraddie und der Howe vor Fuchtichkeit rasen und sich an den Schuhbändern aufhängen würden vor Brass über das, was zwischen ihr und Ewan passiert war.

Fuchtich waren sie nicht in Kinraddie, doch helle Aufregung über den erwitterten Skandal machte sich breit, kaum dass der Postbote seine Runde gemacht hatte. Jede Einzelheit von dem Tag, den sie mit diesem schroffen Rüpel Ewan Tavendale in Stonehaven verbracht hatte, machte die Runde, man hatte sie zusammen hinaus zur Ruine von Dunnottar wandern sehen, und sie hatten sich in einer Höhle am Meer versteckt, warum hatten sie das wohl gemacht, wenn sie nichts zu verstecken hatten. Der Postbote erzählte das der Tante, während Chris die Hühner fütterte, die Tante war schwer verbast und bossich und vergaß ganz auf ihre Wut, dem Weinen nah war sie, als sie Chris zur Rede stellte. Wie komisch die Leute doch waren!, dachte Chris, wie sie da vor diesem bebenden Gesicht stand. Du kanntest sie, durchschautest sie, stecktest sie in kleine Fächer im Kopf, auf denen RÜPEL stand oder ZIGAHN oder BRAV, und da kamen sie beim ersten Schütteln aus den Fächern gepurzelt, durcheinander und durchgerüttelt und in ein großes Kuddelmuddel gemischt, sie hatte noch keine Menschenseele erlebt, die fein und glatt in ihrem Fach geblieben wäre. Denn da stand ihre Tante und rang mit den Tränen, weil sie meinte, ihrer Nichte habe Ewan Tavendale des Nachts Gewalt angetan, schämte sich für sie und hatte Mitleid mit ihr und war nicht wenig erpicht darauf, sie nach Aberdeen zu bringen und ihre Schande zu bemänteln. Doch Chris sagte: *Noch gibts keinen Grund zum Weinen, Tante Janet, Ewan und ich sind nicht beieinander gelegen. Damit warten wir bis nach der Hochzeit*, und damit lachte sie der Tante ins Gesicht, das komisch und jämmerlich zugleich war. Und die Tante sagte: *Dann wird er dich also heiraten?*, und Chris sagte, das hoffte sie sehr, aber wissen könnte man es ja nie, und das stürzte die Tante wieder in Ängsten und Bangen, es war nicht nett, sie so zu piesacken, doch danach stand Chris an diesem Morgen nun mal der Sinn.

Dann kam Chae Strachan vom Knapp herauf und sah sich den alten Bob an, der tot in seinem Feld lag. Er schüttelte den Kopf bei dem Anblick, er bezweifelte, dass der Schinder mehr als ein Pfund geben würde, die Schinder waren doch die geizigsten Luder in ganz Schottland, und das wollte wohl wahrlich was heißen. Dann versprach er, die Tante und ihren Mann zum Bahnhof zu fahren und ging zum Knapp zurück, um den Wagen zu holen, und hastenichgesehn war er schon wieder da und stand wartend bereit. Chris half den Verwandten in den Pferdewagen und trug ihnen liebe Grüße an die Brüder auf, und hüa! rollte der Wagen beim Peitschenknall los, und sie guckten sich um und sahen, wie sie da stand und lachte, keinen Pfifferling gab die Deern um sie, so ein leipes, kaltes Ding war sie.

Und wahrlich, es war eine Erleichterung, die beiden loszusein, das Haus all wieder für sich zu haben, und als sie zusah, wie der Wagen um die Kurve auf die Mautstraße bog, da wurde ihr klar, dass es nicht *wieder* war, sondern überhaupt das erste Mal! Blawearie war ihres jetzt, keine Menschenseele war im Haus außer ihr, und keiner hatte das Recht, in die Nähe zu kommen, außer wenn sie es erlaubte. Der Sügers duftete betäubend süß in der Sonne, noch nass vom Regen, und sie stand daneben und senkte ihr Gesicht hinein und lachte hinein und errötete hinein, wenn sie an sich selbst in der vergangenen Nacht dachte. Und Ewan würde bald heraufkommen zu ihr, zu ihr auf Besuch … und an mehr würde sie jetzt nicht denken, sie hatte tausenderlei zu tun!

Als es Mittag wurde, hatte sie das Essen bereit für die alte Frau, die ihr aus Stonehaven geschickt wurde. Da hörte sie auch schon Chaes Wagen herauf nach Blawearie rumpeln, und dann war Chae da und mit ihm die alte Person, arg tatterig schien sie, wie sie aus dem Wagen stieg, mit einer schwarzen Haube auf dem Kopf und einem geschnürten Bündel in der Hand. Doch wie sie Boden unter den Füßen hatte, war sie gar nicht mehr so tatterig, Höhe machte ihr die Beine bang, sagte sie, und dann musterte sie Chris von oben bis unten, als wollte sie sich gewiss sein, ob sie tot war oder lebendig, und dann sagte sie: *Wo soll ich meinen Koffer hintun, Mem?* Chris wurde ganz rot vor Beschämung, dass eine alte Person sie *Mem* nennen sollte. *Vielleicht trägt Chae ihn für uns nach oben?* Und Chae sagte: *Na, aber klar*, und hievte das alte Blechding auf die Schulter, schwankte damit ins Haus, die Melonsche folgte ihm hinein und Chris wandte sich dem Wagen zu.

Als Chae die Treppe hinunterkam, hatte sie das Pferd schon fast ausgeschirrt, *Verdammich, Chris, was soll das?*, rief Chae, und Chris sagte: *Mittag gibts, und du bleibst zum Essen.* Das freute Chae ordentlich, auch wenn er noch ein bisschen brummte und grummelte, er müsse gleich wieder zurück aufs Knapp. Doch sie lächelte ihn an, so wie den Jungen in Semples Kanzlei, und Chae pierte sie an und zwirbelte an seinem gewachsten Schnauzer und kniepte ihr zu, dann klopfte er ihr auf die Schulter: *Du lieber Himmel, Chris, die Burschen sind bald alle hinter dir her, wenn du solche Augen machst!* Und er tat einen kleinen Seufzer, als ob er zu andern Zeiten und bei anderem Begäng selbst mit bei den Burschen wäre.

Also kam er mit in die Küche und setzte sich hin zur alten Melonschen, und Chris tischte das Kaninchenragout auf, und sie aßen ein herrliches Mittagsmahl, die Melonsche war ein lustiges altes Frauenzimmer, sowie sie sah, dass keiner Allüren im Sinn hatte. Ihr Gesicht war groß und rot, als hätte sie sich gerade erst nach einem ordentlichen Backtag aufgerichtet, und ihre Augen waren hellblau wie der Himmel im Sommer, und ihr ausgebleichtes Haar war einmal braun gewesen, und Chris merkte schnell, dass sie wohl gut und gern das größte Klatschmaul war, das je seinen Weg nach Kinraddie gefunden hatte, und fürwahr, das wollte was heißen, denn die Konkurrenz der Meister war groß. Doch in ihren Geschichten von Stonehaven tönten Lachen und Schalk, die beste war die vom Bürgermeister, dem bei der Ansprache auf einer Abstinenzlerversammlung der Kragenknopf ins Whiskyglas fiel. Und Chae sagte, das wär eine feine Geschichte. *Dammich, gute Frau, wie ich in Afrika war …*, fing er dann an und erzählte die Geschichte von einem Mann, den er gekannt hatte, ein Schwarzer war er, arg tapfer und brav, und der fand einen Diamanten auf dem eigenen Land, doch sobald die Briten davon hörten, schickten sie nach ihm und nahmen ihn in Arrest. Und was hat der schwarze Bursche gemacht? Er hat das verdammichte Ding verschluckt, und die Briten kriegten nichts aus ihm raus, und festnehmen konnten sie ihn auch nicht, und der Schwarze hatte ein, zwei Tage später auf natürlichem Wege den Diamanten wieder, die hatten alle schlimme Verstopfung, diese Schwarzen.

Während er so erzählte, hatte Chae ordentlich reingehauen und Kaninchen und Haferbrot gefuttert, und kaum hatte er den Teller leer, warf er schon wieder einen Blick in den Topf und rief aus: *Herrje, das hat gut geschmeckt, Chris, Mäken, gibts noch mehr davon?* Das gefiel Chris, es tat gut, jemanden bei sich zu haben, der Hunger hatte und dem schmeckte, was auf dem Teller war, und der keine Zeit darauf vergeudete, fein oder höflich zu sein, Chae hatte weniger Höflichkeit an sich als eine Kartoffelforke. Die Melonsche griff auch herzhaft zu, und bald erzählte Chae ihnen die nächste Geschichte, von einem Löwen, den er und der schwarzhäutige Bursche gejagt hatten, sie waren rechte Kumpel gewesen …

Was, du und der Löwe?, fragte die Melonsche da und kniepte Chris zu, doch Chae war kein bisschen verlegen: *Dammich, nein, gute Frau, ich und das Schwarzhaupt*, und fuhr fort mit der Geschichte, es war offensichtlich, dass die Melonsche meinte, er hätt es nicht so mit der Wahrheit, bis Chae sich auf einmal ganz mirnichtsdirnichts das Hemd aufknöpfte und sagte: *Und das ist das Andenken, was mir das verfluchtichte Biest hinterlassen hat.* Und sie sahen die Spuren auf seiner Brust, die Narben von großen reißenden Klauen waren da, und ganz schön tief hatten sie hineingerissen, sodass Chaes schwarzes Brusthaar an diesen Stellen nicht mehr wuchs. Da war die Melonsche ganz schön verbaselt und sagte das auch zu Chris, wie Chae weg war.

Gleich nach Mittag machten Chris und die Melonsche ab, wie sie sich die Arbeit aufteilen würden, die Melonsche sollte kochen und saubermachen, Chris arbeitete lieber draußen, sie würde melken und die Kühe versorgen, und sie würden prächtig miteinander auskommen, das war sicher. Die Melonsche konnte arg schuften, trotz ihrem Tratschmaul, sie hatte den Mittagstisch abgeräumt und Abwasch gemacht und alles wieder an seinen Platz gestellt, bevor Chris noch ganz draußen war. Dann ging sie auf die Knie und machte sich daran, den Boden zu schrubben. Chris wars zufrieden, sie bei diesen Arbeiten zu sehen, sie hasste das Schrubben. Wär sie bloß als Junge geboren, dann hätte sie sich nie mit solcher Art Hass aufhalten müssen, sie hätte Felder gepflügt und Gräben gezogen, sie hätte gelebt, nur gelebt, wäre als Schäfer hinauf in die Berge gezogen und hätte sich nie mit dem Bettenmachen oder dem Scheuern von Töpfen abmarachen müssen. Doch dann hätte auch Ewan sie nicht in der vergangenen Nacht so im Arm gehalten.

Da wurde sie rot und fuhr schweigend fort, den Kuhstall auszumisten, sie dachte daran, dass er kommen würde und was sie zu ihm sagen würde und was sie miteinander absprechen würden. Ehe sie sichs versah, hatte der neue Plan schon in ihrem Kopf fein Gestalt angenommen, fix und glatt und recht, und wie sie hinausschaute und das Ohmdrauten sah und dann über den Hof und die Felder hinabging, um die Kühe zu holen, da hatte sie sich alles zuechtgelegt, und sie gab keinen Pfifferling um das, was die Leute reden mochten.

Wie Ewan dann endlich kam, erwartete sie ihn in der Stube, das Feuer brannte hell, und die beiden Ledersessel hatte sie nah zueinander gerückt. Die Melonsche führte ihn herein, ihr großes rotes Gesicht bebte vor backschietiger Spannung auf das, was sich da anbahnte. Doch Chris sagte bloß: *Danke, Frau Melon*, wies Ewan zu seinem Sessel, nahm seine Mütze und hieß ihn sich setzen und machte die Tür dann der Alten vor der Nase zu. Es war hell und warm in der Stube, sie wandte sich um und sah ihren Burschen da sitzen, und als sie den Kopf hob, sah sie sich selbst im langen alten Spiegel an der Stubenwand und dachte, wie sie sich verändert hatte, es kam dich so an und du merktest es gar nicht, auf manche Weise warst du noch so jung wie das Mäken mit langen Zöpfen, das neben Marget herrannte, um den Oberschülerzug zu erwischen. Doch nun sah sie sich selbst in dem langen grünen Rock, der bis weit unters Knie ging, und das Haar in dicken hellen Zöpfen um den Kopf gelegt, und die hohen Wangenknochen, auf die das Licht fiel, und ihr Mund, der ganz hübsch geformt war, die Figur war noch besser, und einen kurzen flüchtigen Augenblick lang wusste sie, selbst ein wenig bang und auch bedauernd, dass sie eine Frau sein würde, sie würde nicht mehr träumen von den Dingen, sie würde sie leben, die Tage des Träumens waren vorüber, vielleicht waren es die schönsten gewesen, und da war Ewan, der auf sie wartete, die große leise Katze, errötend und das Gesicht ihr jetzt zugewandt, mit den großen glosenden Augen.

Da ging sie zu ihm und legte ihm die Hand auf die Schulter, und unversehens waren sie nah beieinander und blieben lange so, auch nach dem Küssen, ganz still im Schein des Feuers, er hatte die Arme um sie gelegt, sie den Kopf an seiner Schulter, und so schauten sie auf das Feuer. Und wie sie schließlich zu reden anfingen, legte sie ihm die Hand auf den Mund und riet ihm flüsternd auch zu flüstern, wegen der Melonschen, die lauschen mochte. Vielleicht lauschte sie gar nicht, doch ganz kurz darauf hörten die beiden sie in der Küche stapfen und laut ein Kirchenlied singen, und das war allemal ein bisschen komisch.

Doch bald gaben sie gar nicht mehr acht auf sie, sie hatten hundert Dinge zu planen und zu besprechen dort beim Feuerschein, sie zündeten die Lampe nicht an, und Chris hörte mit gesenktem Kopf zu, während er erklärte, er sei noch nicht so weit, dass er heiraten könne, er hatte gerade mal hundert Pfund gespart und sie müssten warten. Da sagte sie ihm, *sie* hätte doch dreihundert Pfund, das sei nicht ihr Verdienst, nur das Ersparte ihres Vaters, doch wenn sie recht bald heirateten, würde er die Pacht von Blawearie übernehmen können, sie könnten hier bleiben, wo sie waren: *Und das wär grad gut, du bräuchtest nie wieder über die Felder zurück nach Upperhill gehen.* Er küsste sie wieder, als sie ausgeredet hatte, sodass die Lippen ihr wehtaten, aber das machte ihr nichts, sollten sie doch wehtun, doch sie würde den Kuss nicht erwidern, bis er nicht seinen Highlanderstolz in die Tasche gestopft und gemurmelt hatte: *Na gut.*

Sie planten die Hochzeit für Dezember, und wie es geplant war, so ging es sich aus, ohne ein einziges Hindernis. Im November fand Ewan einen Großknecht, der an seiner Stelle auf Upperhill in Dienst treten konnte, einen stillen Burschen, James Leslie mit Namen, und auch wenn der alte

Gordon nicht sehr erbaut war, er konnte es sich nicht leisten, mit einem so nahen Nachbarn wie dem neuen Blawearier in Unfrieden zu geraten. Chris fuhr noch einmal mit Ewan nach Stonehaven und suchte den Semple auf, er war anfangs ganz argwöhnisch, doch das redete sie ihm gleich aus, er ließ die Pacht auf Ewans Namen überschreiben und brachte mit der Gebühr wohl auch seine Schäfchen fein ins Trockne.

Die Neuigkeit selbst war dann gar keine Neuigkeit mehr, Kinraddie wusste schon Bescheid, und wie sie am Abend vom Bahnhof kamen, da trafen sie Ellison, der vom Gutshaus heruntergekommen war, um sie abzupassen, und keine Widerrede zuließ, sie mussten mit ihm hinauf ins Haus kommen und auf ihr eigenes Wohl anstoßen. Die Ellisonsche war propperich und freundlich, mehr propperich als freundlich, das arme Ding, sie war immer noch nicht viel mehr als eine Dienstmagd und arg geziert und neckisch legte sie es drauf an, dass die beiden erröteten, bei Ewan gelang es ihr. Doch Chris blieb kalt wie Eis und beinah so freundlich, sie sah nicht ein, dass ein Witz weniger zotig war, wenn ein Nachbar ihn aussprach. Sie und Ewan zankten ordentlich darüber, als sie vom Gutshaus nach Hause gingen, es war ihr erster Zank, und sie schob ihn zurück, als er sie anfassen wollte. *Wenn dir zotige Geschichten gefallen, bitte sehr, mir passen sie nicht*, sagte sie, und er stupste sie an. *Komm, sei doch kein Dösel, Chris*, sagte er, und sie versetzte: *Ach, einen Dösel brauchst du nicht zu heiraten.* Und da ging sein Highlander-Temperament mit ihm durch, und er entbrannte so rasch und jäh wie der Broam vom Zündholz. *Keine Bange, das hab ich auch nicht vor!* Und er stapfte davon, bergauf über die abendlichen Felder. Chris ging ihres Wegs, karsch, kalt und rasch, die Sonne war schon am Untergehen, sie wandte den Kopf, sie konnte nicht anders, um zu sehen, ob er sich umschaute, das tat er nicht, und das war zu viel für sie, sie blieb stehen und rief: *Ewan!*, und wie der Blitz machte er kehrt und rannte zu ihr, jetzt weinte sie wirklich, und sie heulte in seine Jacke, während er sie hielt und sich atemlos selbst verwünschte: *Ach Chris, ich wollte dich doch nicht kränken!*, und sie schniefte: *Das hast du auch nicht, ich war es schuld!*, und so waren sie wieder versöhnt.

Dennoch war sie bedrückt auf dem Heimweg an diesem Abend, es würde nicht immer einfach sein, sie waren jäh und fuchtich, alle beide, das war schlimm. Dann sah sie das Licht von Blawearie, das so beständig von jenseits der Felder schien, und in ihrem Herzen glomm bei dem Anblick eine seltsame ruhige Wärme auf.

Sie hatten die Hochzeit auf den Silvestertag gelegt, die meisten Leute würden an dem Tag Zeit haben. Drei Abende lang saßen sie in der Stube in Blawearie und schrieben Einladungen an Leute, die sie kannten, und manche, die sie nicht kannten, beinah jede Menschenseele in Kinraddie war eingeladen, sie konnten nicht gut einen auslassen. Und an Tante und Onkel und Alec und Dod schrieben sie auch, und an Ewans Freund McIvor, einen Highlander von Ross. Nähere Verwandte hatte er nicht, der Ewan, und fürwahr, sie fehlten auch nicht.

Chris wusste, dass manch einer es ihr arg verübeln würde, dass sie so kurz nach dem Tod ihres Vaters heiraten wollte, und dazu noch mit all dem Staat, den sie planten. Doch Ewan sagte: *Verdammich, in der Regel heiratet man nur einmal, und das wird dem Alten im Kirchhof von Kinraddie nicht wehtun.* Und als der Onkel aus Auchterless schrieb, es wär ihm eine kohlschwarze brennende Schande, einer solchen Hochzeit beizuwohnen, sagte Ewan, er könnte seinetwegen gern verkohlen und verbrennen, bis er mehr wie ein Aschenhaufen aussähe als wie ein Mann, ihrer beider Sorge sollte es nicht sein.

Chris bedauerte, dass sie ihre Brüder auch nicht kommen ließen, doch ändern konnte sie nichts daran, weinen würde sie nicht drum. Sie planten also eine Hochzeit, die ihnen bis ins Alter in Erinnerung bleiben sollte, bestellten Essen genug, um die Franzosen sattzumachen, wie das Sprichwort hieß, die Melonsche blähte die Wangen auf, dass sie bald platzten, so verdattert war sie, was alles geliefert wurde, und im ganzen Howe trug sie ihre Erzählung von Chris' Sasichkeit herum, das Geld vom alten Guthrie würde sie bald durchgebracht haben. Die Leute schüttelten den Kopf, wenn sie davon hörten, das lag auf der Hand, dass die Deern so nicht lange Haushalt führen würde.

Wie Ewan ging, um das Aufgebot zu bestellen, versuchte der Pastor Gibbon, ihm einen Vortrag zu halten, dass sich so ein Staat so kurz nach John Guthries Tod nicht gehörte. Doch er hielt bald den Mund, als Ewan fauchte wie ein Katze und sagte, er sei gekommen, um eine Hochzeit zu bestellen, keine Predigt.

Bald wurde klar, dass sie sich nicht so oft sehen konnten, Ewan musste bis zur Hochzeit den ganzen Tag auf Upperhill bleiben. Chris gab ihm am Abend einen Kuss und bat ihn, auf sich achtzugeben, besorgt war sie um ihn, weil sie wusste, was für üble Streiche sie sich im Hüsselhus für ihn ausdenken mochten. Und sie versuchten es wohl, doch Ewan setzte einen von ihnen in den Messhucken und schmiss den jungen Gordon in den Pferdetrog, als der Strunt sich dasselbe für Ewan ausgedacht hatte, deshalb ließen sie ihn in Ruh, hartgesottene Deiwel waren sie, diese Highlander.

Und auf Blawearie, da hätte Chris amangs vor Kochen und Schrubben und Versorgen der Tiere und dazu noch der Sorge mit der Scheune, die zum Tanz kaum hergerichtet war, wohl gut die Räson verlieren können, wenn nicht Chae und der Lange Rob von der Mühle am Nachmittag den Hügel heraufgestapft gekommen wären, ganz schüchtern die beiden, mit ihren Geschenken. Rob brachte ein schönes Geschenk, zwei große Kekstrommeln in Eiche und Silber, und Chae brachte ein Geschenk von Kirsty und ihm, Laken und Kissen, nett war das von der Strachanschen, wenn man bedachte, wie du mit ihr bei Vaters Krankheit aneinandergerasselt warst. Und wie die beiden vom Herrichten der Scheune hörten, da zogen sie sofort die Mäntel aus: *Lass uns man machen, Chris, Deern, sag nur, wie du es haben willst*, und schon gingen sie ans Werk mit Leitern und Werg und feinen Verzierungen, und sie scharnigelten herum, bis es fast schummerte, und machten die Scheune fein, sie sah hübsch aus wie ein Märchenpalast im Bilderbuch, als sie fertig waren. *Und wen habt ihr für die Musik?*, fragte Chae noch, und da schlug Chris vor Schreck fast hin, sie und Ewan hatten die Musik glatt vergessen! Doch Chae sagte, dass machte doch nichts, er würde sein Akkordeon mitbringen und der Lange Rob seine Fiedel, und wahrhaftig, wenn damit die Leute nicht zufrieden wären, dann wollten sie keine Hochzeitsmusik sondern einen Kirchenumzug der Gordons.

Dann wünschten sie Chris eine gute Nacht und lachten ihr zu, ganz traut und brav, und sagten: *Morgen um diese Zeit, Chris, da bist du eine verheiratete Frau, keine Deern mehr. Schlaf gut diese Nacht!* Chris lachte auch und sagte: *Ja, das werd ich wohl*, doch sie wurde rot, wie Rob sie mit seinen grauen Augen anfunkelte. Er würde bald selbst ans Heiraten denken müssen, sagte er, das müsse doch schön sein bei einem so schlanken Ding wie ihr zu liegen, in diesen raukalten Winternächten. Und Chae sagte da: *Jetzt aber Schluss, Rob, viel Schlaf würdest du ihr nicht lassen!*

Dann riefen sie ihr noch mal eine gute Nacht zu und gingen davon und ließen Chris zurück mit einer Empfindung von Einsamkeit, wie sie sie selten verspürt hatte, alles war getan, was zu tun war, sie wollte schlafen, doch konnte nicht schlafen, und sie wanderte von einem Zimmer zum anderen, bis die Melonsche ganz krischelig wurde und rief: *Um Himmels willen, nu ab ins Bett mit dir, Mäken, wenn du dich jetzt nicht hinlegst, siehst du am Morgen mehr wie ein Rind vor dem Schlachter aus als wie eine Braut vor der Hochzeit.* Und Chris lachte, so sonderbar und wie von fern hörte sie ihr eigenes Lachen, und sagte, ja, das glaube sie glatt, und ging auf ihre Kammer, aber nicht zu Bett. Sie setzte sich ans Fenster, die Nacht war bereift mit funkelnden Sternen, Reif am Himmel und Reif auf der Erde, die Milchstraße schien scharf und hell, und die schwarzen Bäume von Blawearie schwankten mit ihren unbelaubten Zweigen vor den Fenstern hin und her, weiß von Raureif glitzerten sie, und weithin übers Land beobachtete sie stundenlang das Zittern der Paraffinlichter in den Bauernhäusern, bis sie verflackerten und erloschen, und sie blieb zurück in einer Welt, die tot hätte sein können, und nur sie lebte darin. Fremd und unheimlich war es, wie sie da saß, sie konnte sich nicht von dem eisigen Gedankenstrom lösen, der sie erfasste, dösiges Zeug, an das sie am Vorabend ihrer Hochzeit nicht denken brauchte … dass diese Ehe, die sie schloss, nichts war und vergehen würde, in Zeiten versinken, in denen sie vergessen, ganz vergessen sein würden, ihr Leben und Ewans, und wie sie beide auch vergehen würden, und wie das Gesicht des Landes sich im Kommen und Gehen der Jahreszeiten und Jahre und Jahrhunderte all wieder und wieder wandeln würde, bis das letzte Licht aus ihm schwinden und die See den Howe überfluten würde, all ihre Liebe und ihre Tränen für Ewan waren kaum ein kleines Wellenkräuseln auf dieser Flut in der fernen Zukunft. Und dann merkte sie, dass sie kalt war wie ein Eiszapfen, und sie stand auf und fing endlich auch an, ihre Kleider abzulegen – wie seltsam der Gedanke, dass morgen und alle Morgen danach Ewan Kammer und Bett mit ihr teilen würde.

Das dachte sie kühl und ohne Wärme, noch ganz im Griff des fremden weißen Träumens, dem sie nachgehangen hatte, sie schaute an sich herab, nackt wie sie war, als schaute sie eine andere an, nicht sich selbst, ein Standbild wie die der Völker alter Zeiten, die in den Kunstmuseen stehen. Und sie sah das Licht weiß auf dem Schimmer ihrer glatten Haut und die langen weichen Linien von der Taille bis zum Schenkel, vom Schenkel zum Knie, und war froh, dass die Linie vom Knie bis zum Knöchel lang war, Beine wirkten immer stolprig und stümpflich, wenn diese Linie kurz war. Und immer noch wie fremd beugte sie sich vor, um zu sehen, ob sich das Grübchen noch immer unter ihrer linken Brust verbarg, ja, es war da, so tief wie eh und je. Dann richtete sie sich auf und löste ihr Haar und bürstete es und blieb so stehn, es war dusselig, so ohne Nachthemd dazustehn, doch das war die Stimmung, in der sie jetzt war, irgendwie kam es ihr vor, dass sie nie wieder sie selbst sein, diesen Körper nie mehr zu eigen haben würde, diese schönen Linien, die sich vom Schenkel zum Knie zogen und ihre waren, dieses Grübchen, das sie so gern gehabt hatte, als sie Kind war – ach, wie viele Jahre wars her!

Und dann begann eine Glocke zu schlagen, sie schlug zwei, und plötzlich war sie in panischer Eile, ins Bett zu kommen, warm eingehüllt und wieder sie selbst, und im nächsten Moment war sie schon unter der Decke und kuschelte sich warm und zählte die Stunden, die noch bis zum Morgen blieben, und, ach, es war noch so lange hin!

Mit Schnee kam der Morgen, sie schaute aus dem Fenster und sah, wie er quer übers Land strich, ganz still, doch die dummen Kiebitze ziepten und trudelten vor den Hügeln, suchten nach den Nestern, die sie zur Erntezeit verloren hatten und nicht vergessen konnten. Unter dem schnellen schneidenden Fall der großen breiten Flocken standen zitternd die kahlen Bäume, doch unten im Haus war die Melonsche schon bei der Arbeit, Chris hörte das Klappern des Frühstücksgeschirrs, es war an der Zeit, dass sie selbst in die Kleider kam, es gab noch hunderterlei zu tun.

Dann nahm sie ihr Unterzeug aus der Kommode, sie brauchte sich später nicht noch einmal ganz umkleiden, und sie betrachtete die Sachen: das Seidenhemd, sündhaft teuer wars gewesen, und Schlüpfer und Unterrock, alle im selben Farbton: blau, mit weißem Band, und sie rochen so gut, sie drückte ihr Gesicht hinein, so hübsch waren sie, doch sie machten ihr so ein ganz malliges Gefühl. Dann überlegte sie es sich doch anders, sie würde jetzt nichts nehmen, was sie zur Hochzeit tragen würde, sie zog die alten Sachen an und den alten Rock und ging die Treppe hinunter, da stand die Melonsche und lächelte ihr entgegen: *Wie gehts dir, Chris, an deinem Hochzeitsmorgen?*

Gut, sagte Chris, und die Melonsche sagte, das wäre ja ein Glück, sie hätte schon Mädchen erlebt, die schier hysterisch geworden wären, andere, die vor Angst zitterten, und noch andere, die so schmutzig redeten, da wusste man gleich, dass *die* im Bett eines Mannes nicht fremdeln würden. Sie hoffte, Chris würde ganz schrecklich glücklich sein, und kein bisschen bang davor, und recht bald würde sie zwei, drei Bambuselken haben, die würden sie auf Trab halten. *Kann man nie wissen*, sagte Chris, und sie aß ihre Hafergrütze und die Melonsche die ihre, und sie räumten den Tisch ab und schrubbten die Küche, und dann ging Chris hinaus und versorgte die Tiere, die Pferde selbst wussten anscheinend, dass etwas Seltsames, Neues im Schwange war, Bess schmiegte das Maul gegen ihre Schulter, und als Chris kurz einen Blick in die Scheune warf, saßen da zwei große Ratten mitten auf der Tenne, aufrecht saßen sie auf ihren Schwänzen und beschnupperten einander um die Mäuler, vielleicht war das ihr Küssen, und das war so lustig, sie versuchte, nicht zu lachen, stieß aber ein unterdrücktes Prusten aus, und husch, waren die Ratten in ihre Löcher verschwunden.

Auf der Tenne drängten sich die Hühner um sie, ganz verdreht vor Hunger, sie gab ihnen das Futter heiß aus dem Topf und dann eine Schütte voll Korn, das gefiel ihnen gut. Doch zuerst stieg die kleine Portion von Wyandotte auf den Karrengriff und stieß ein Gekräh aus, das man wohl noch in Upperhill hören konnte, und dann sah der Hahn sie scheel und schäkerich an, erst aus dem einen, dann aus dem anderen Auge, und Chris musste wieder lachen.

Danach hatte sie gar keine Eile mehr, der Postbote kam, ganz durstig, sie gaben ihm ein Söffken, und er leckte sich die Lippen: *Auf dein Wohl, Chris!*, sagte er, ebenso wacker bereit, auf ihr Wohl zu trinken wie ihr Übles nachzusagen. Er brachte ihr zwei Päckchen, das eine war eine hübsche Tagesdecke von der Gibbonschen im Pfarrhaus, freundlich war das von dem fiepsigen englischen Ding, und das andere von den Gordons vom Upperhill, eine Besteckdose, so voll mit Messern und Gabeln und anderem Zeugs, dass man die ganze Woche dran putzen konnte, ohne fertig zu werden, sagte die Melonsche.

Dann kam die Frau vom Totengräber herauf, vom Garthmore, der den Vater beerdigt hatte. Gebeutelt wie sie war, die Arme, baten sie sie mehr aus Mitleid als sonstwas herein, dass sie ihnen zur Hand ging, und als die drei sich zum Mittagessen setzten, sagte sie: *Ach je! Schön isses, jung zu sein und Hochzeit zu halten, und vielleicht ist er ja gut zu dir, aber meiner, mein erster Mann, der wo jetzt tot ist, herrje! Das war ein Bulle von einem Kerl, und nicht bloß in der ersten Nacht. Er war immer dran, der hätte mich noch ins Grab georgelt, das hätt er, wenn er nicht vom Straßenrand in einen Steinbruch gestürzt wär, wie er von der Dienstbörse kam, neun, zehn Jahre wirds her sein am kommenden Martinstag.* Doch die Melonsche sagte schnell: *Unsinn, willst du die Deern bange machen? Ihr wird es gut ergehn, ihr Bursche ist sacht und brav zugleich.* Und Chris schloss sie ins Herz wegen dieser Worte, sie hatte die Melonsche vorher wohl nie recht gesehen und gekannt, hatte in ihr nur das alte Frauenzimmer gesehen, das arg marachte und noch ärger tratschte, jetzt sah sie, wie etwas Liebes aus ihr leuchtete, ihr Tratschen war kaum mehr als die Träume, die sie träumte und anderen weitererzählen musste. Und da rief die Melonsche: *Nu aber man flink Chris, zieh dein Kleid an, bevor die Leute eintreffen!*

Es hatte aufgehört zu schneien, wie Chris beim Umkleiden aus dem Fenster sah, ein Tag ohne Sonne war es, in großen Placken stand das Gewölk am Himmel, das Licht drunter hell und scharf, wie der Schnee es warf, und der Rauch stieg gerade in die Luft auf. Weit drüben über den Hügeln, wo Ewan jetzt seine Kleider anlegte – falls er das nicht schon längst am Morgen getan hatte –, da blökten die Schafe in ihren Unterständen des Winters. Dann zog Chris ihre Sachen aus und stand wieder ganz weiß da, und sie kleidete sich in ihr Hochzeitszeug, das hätte Mutter so gerne gesehen, Mutter, die jetzt tot und vergessen im Kinraddier Kirchhof lag, mit den Zwillingen neben sich. Chris merkte die Tränen kommen, langsam, innig weinte sie, einen Augenblick lang verloren und ohne Trost an ihrem Hochzeitstag ohne Mutter. Und dann schüttelte sie den Kopf. *Ach was, sei doch kein Narr, willst du vor Ewan und den anderen denn aussehn wie ein gruliges Gespenst?*

Sie musterte ihr Gesicht im Spiegel, ja, es war gut!, ihre Augen glänzten, das Weinen hatte ihnen gut getan. Hübsch war sie auf ihre Art, nicht bloß schmuck, so sah sie sich selbst, die harschen Wangenknochen noch sanft jetzt, umrahmt von der kühlen Bronze ihres Haars.

Sie kämmte ihr Haar aus, es reichte bis gut unter die Taille, dicht und weich und duftend und rostrot und mattgold. Zuletzt kam ihr Kleid, auch das in Blau, doch dunkler als ihr Unterzeug, weil es so kurz erst her war, seit ihr Vater gestorben war, um den Halsausschnitt hatte sie ein schmales schwarzes Band gefädelt, doch um den Hals selbst trug sie nichts, ihre Haut war der Schmuck.

Jetzt war sie bereit, und sie drehte sich einen Augenblick lang im Kreis und hob die Röcke über die Knöchel hoch, die waren wohlgeformt und rund, ihre Figur ließ sich sehen, die Füße lang und biegsam in den schwarzen Seidenstrümpfen und Schuhen. Sie nahm ein Taschentuch, tröpfelte ein wenig Parfum darauf, nur ganz wenig, und verbarg es an der Brust, dann ging sie die Treppe hinunter, sobald sie den ersten Wagen vorfahren hörte.

Das waren die Strachans von Peesie's Knapp, die Strachansche zog erst eine arge Bramme, aber Chae taute sie mit einem Söffken schnell auf, er würde sich um die Getränke kümmern, hatte er Chris gleich zugeraunt, und die Melonsche sagte, es wär ja wahrhaftig besser, wenn man bei dem Trubel einen Mann an der Stelle hatte. Und ehe sie noch viel reden konnten, kam schon ein rechter Strom von Gefährten von der Mautstraße herauf; ganz Kinraddie schien unterwegs nach Blawearie, außer den alten Leuten vom Netherhill, und die schickten gute Wünsche und zwei Legehennen für Chris' Nest. Die Hennen brachen das Eis sozusagen, denn sie befreiten sich aus dem Wagen der Netherhiller und veranstalteten ein wildes Geflatter und Gegacker allenthalben, bloß weg von Blawearie. Der Lange Rob von der Mühle kam da gerade den Weg herauf, und er stieß auf die erste

Henne und hörte die Gesellschaft ihr hinterherkreischen, und so herrschte er das Huhn an: *Schschsch, du Luder!* Die Henne entwischte in den Graben, doch Rob war hinter ihr her und packte sie, sie gackerte gellend, wie er sie zum Haus hinauf trug, sein feiner Sonntagsüberzieher war ganz mit Schnee bestäubt; und er sagte, für Chae wär das sicher bloß ein Klacks gewesen, der hatte doch die ollen Straußenvögel durch den Transvaal gejagt, aber er selbst hatte da weniger Übung. Dann nahm er das Glas, das Chae ihm all eingeschenkt hatte, und rief: *Auf die schönste Deern, wies so bald in Kinraddie keine zweite geben wird!*

Das war brav von ihm, Chris war bislang gelassen und still geblieben, doch nun errötete sie, als sie Rob wie einen Wikinger aus dem Bilderbuch dort stehen sah, mit dem eisengrauen Funken im Blick. Die Munrosche aber war gleich wieder affguntig, sie reckte die Nase in die Luft und sagte, nicht mal leise: *Der alte Dussel könnte mit dem Redenschwingen wohl doch bis zum Abendessen warten.* Vielleicht grollte sie, weil nie jemand sie schön genannt hatte, doch wenn das je einer gesagt hätte, dann hätte es ein großer Lügner sein müssen.

Dann trafen die vom Bridge End ein, dann Ellison mit seiner Frau und seiner Tochter, und dann die Gordons, und dann der Pastor, auf seinem Fahrrad kam er angestrampelt und sah aus, als hätte er ein paar Stürze hinter sich, und er war auch nicht bei feinster Laune und wollte nicht mal ein Söffken. *Nein danke, Chae*, sagte er, arg steif und propper. Und wie Rob ihn schief anguckte und sagte: *Sie haben mit Mutter Erde kommuniziert, wie ich sehe, Mr Gibbon*, da drehte er ihm bloß den Rücken zu und tat so, als hätte er nichts gehört, und die Leute guckten alle etwas betreten, bis auf den Langen Rob selbst und Chae, sie kniepten einander und dann auch Chris zu.

Der Pastor war ein nöliger Narr, fand sie und ging zur

Tür, um zu sehen, wer noch kam, und da – wer hätte das gedacht –, da kam auch der arme alte Pooty herauf, er marachte sich durch die Schneewehen, ein großes Paket trug er unter dem Kapott, sein altes Angesicht war weiß von Schnee, und er hiemte und schudderte, wie er eintrat und unter seinen schweren alten Augenbrauen nach Chris Ausschau hielt. *Wo iss-senn d-die Dddeeern?*, rief er, und dann erblickte er sie und legte ihr das Paket in die Hände, und sie öffnete es, wie es damals so begäng war, und darin lag ein feines Paar Schuhe, das er für sie geschustert hatte, Schuhe aus glänzendem Leder mit fröhlichen grünen Sohlen, und ein paar Pampuschen, ganz weich mit Wolle gefüttert, ein herrlicheres Paar Pampuschen gabs gewiss in ganz Kinraddie nicht. Und Chris sagte: *Oh, vielen Dank!*, und wusste, dass das nicht reichte, er stand da und pierte sie an, so wie eine alte Henne stiert, und sie wusste selbst nicht warum, doch sie umarmte ihn und gab ihm einen Kuss, die Leute lachten darüber, allesamt, nur sie beide nicht, Pooty flackerte mit den Augen und stotterte sich was, bis der Lange Rob die Hand ausstreckte, ihn auf einen Stuhl zog und ihm ein Glas in die Hand drückte: *Schmier dir man lieber die Gurgel, Pooty, in einer Minute geht die Hochzeit los!*

Und recht hatte er, denn da kamen die letzten beiden den Weg heraufgegangen, Ewan und sein Trauzeuge, der Highlander McIvor, beinah zwei Meter groß, mit rotem Haar und rotem Gesicht, ein roter Highlander, der sich so tief zu Chris hinabbeugte, dass sie sich ganz blöde vorkam, und sein Geschenk darbot, das war ein Widderhorn, mit Silber beschlagen, so recht schön anzusehen und rau wie alles von den Highlands. Doch Ewan schaute Chris gar nicht an, sie taten so, als sähen sie einander nicht, und die Melonsche flüsterte ihr zu, sie solle gehen und sich das Haar richten. Als sie wieder hinunterging, war es ganz still unten, kaum ein Murmeln ließ sich vernehmen. Am Fuß der Treppe hielt sie inne, ihr Herz schlug so heftig unter der Haut, dass ihr war, als sollte es die Brust sprengen, und da wartete Chae Strachan, er bot ihr den Arm und tätschelte ihr die Hand, die sie auf seinen Arm legte, und flüsternd fragte er: *Bist du soweit, Chris?*

Dann öffnete er die Tür zur Stube, ein arges Gedränge herrschte da drinnen, alle Stühle waren besetzt, wie in der Kirche kams ihr vor, und drüben am Fenster stand der Pastor Gibbon, sehr brattsch sah er aus und mehr nach einem kruschkoppigen Bullen denn je, und vor ihm warteten Ewan und sein Trauzeuge, McIvor. Als Brautjungfern hatte Chris die Tochter der Ellisons und Maggie Jean Gordon, die traten an ihre Seite, einen Augenblick lang konnte sie nicht klar sehen, oder vielleicht zu klar, es war, als sähe sie gar nicht mit eigenen Augen. Und dann löste Chae seine Hand von ihrem Arm, und sie und Ewan standen nebeneinander, er trug einen neuen Anzug, der war aus Tweed und roch so fein, sein dunkles Angesicht war feierlich und bang und blass, er stand ganz dicht neben ihr, und sie wusste, wie er jetzt banger war als sie selbst. Etwas von ihrer eigenen Bangigkeit löste sich dabei, sie horchte auf den Pastor Gibbon und die Worte, die er las, Worte, die sie nie zuvor gehört hatte, das war die erste Hochzeit, die sie erlebte.

Und dann hörte sie Chae hinter sich flüstern, und sie horchte noch aufmerksamer und hörte, wie Ewan sagte: *Ja*, mit beinah verzweifelter Stimme, und dann sagte sie es selbst, ihre Stimme war heiter und hell, wie es sich nur hätte wünschen lassen, sie lächelte zu Ewan auf, die Blässe wich aus seinem Gesicht, dafür kam die Röte mit Macht. Der fuchsige Highlander hinter ihm steckte ihm etwas zu, sie sah den Ring, und Ewan schob ihn auf ihren Finger, seine Finger waren heiß und zittrig dabei, und Mr Gibbon schloss die Augen und sagte: *Lasset uns beten.*

Und Chris hielt Ewans Hand fest und senkte den Kopf und lauschte auf den Pastor, und er bat Gott, ihre Verbindung zu segnen und ihnen Mut und Kraft zu geben für Not und Beschwernisse, die zukünftige Jahre bringen mochten, ihre Ehe mit Kindern zu segnen und ihre Liebe in der Erfüllung so rein und unwankend sein zu lassen wie in ihrem Anfang. Das waren feine Worte, Worte wie das Schwanken einer bronzeroten Buche auf den Lippen des Sommerhimmels. Das dachte Chris bei sich, wie sie da stand, den Kopf gesenkt, die Hand in Ewans geschoben, dann verlor sie den Faden, auf dem die Wörter aufgereiht waren, wegen der Hand von Ewan, die sich um ihre schloss, sie krümmte ihren kleinen Finger in seine Handfläche, wo es rau und schwielig war, und verstohlen kitzelte sie seine Haut dort, seine Hand zuckte, und sie lugte ganz vorsichtig aus dem Augenwinkel zu ihm auf. Da war sein Lächeln, wie eine aufgeschicherte Katze huschte es über sein Gesicht, und dann schloss sich seine Hand fest und warm und sicher um ihre, und ihre lag ruhig in der seinen, und der Pastor war fertig und schüttelte ihnen jetzt die Hände.

Er zögerte einen Augenblick, dann beugte er sich zu Chris und gab ihr einen Kuss, aus solcher Nähe sah sie, wie viel älter sein Gesicht jetzt war als damals, wie er nach Kinraddie gekommen war, unter seinen Augen waren Säcke, und in seinen Augen ein bräsiger Blick, und seinen Kuss mochte sie nicht. Ewans Kuss war nur ein kurzes Streifen, doch Chaes war gut, herzlich und freundlich, obwohl er nach dem schrecklichen Knaster stank, den er rauchte, und dann der Lange Rob, sein Kuss war rein und fein und trocken, wie ein Hauch aus der Mühle selbst, und dann gab ihr, wies schien, jede Menschenseele von Kinraddie einen Kuss, außer Tony dem Döskopp, den hatten sie zu Hause gelassen. Alle redeten und lachten durcheinander und klopften Ewan auf den Rücken und kamen zu ihr, um ihr einen Kuss zu geben, jeder, der sie gut kannte, und manche, die sie nicht so gut kannten. Und zum Schluss kam die Melonsche, ihre Augen ein bisschen arg glänzend, doch noch sachte, sie erdrückte Chris beinah, und dann flüsterte sie: *Hinauf in die Kammer und mach dich zurecht, die haben dir das Haar ganz durcheinandergebracht!*

Sie machte sich davon, die Leute stapften in die Küche, wo das Feuer im Kamin prasselte. Chae reichte wieder Gläser herum, Port für die Frauen, die mochten, Himbeerbrause für die Kinder. Kaum war die Stube leer, da hatten die Melonsche und die Garthmoresche schon die Stühle aus dem Weg geräumt, die Tische in die Mitte gerückt und die Tischtücher ausgebreitet, unter lautem Klirren und Klappern wurde zum Essen aufgedeckt, obwohl gerade erst drei vorbei war. Doch Chris wusste wohl gut, dass an diesem Tag daheim kaum einer richtig zu Mittag gegessen haben würde, vor einer Hochzeit hätte das wenig Sinn gehabt, und je rascher sie etwas Rechtes im Bauch hatten, auf das sie ihr Söffken kippen konnten, umso besser. In ihrer Kammer, die nun nicht mehr die ihre sein würde, bürstete Chris sich ihr Haar und richtete sich das Kleid und betrachtete ihr erhitztes Gesicht, prütt und glatt, beinah genauso wie vorher, kaum zu glauben, wenn man es bedachte. Und dann fühlte sich etwas so sonderbar an, der Ring an ihrer Hand wars, sie stand da und starrte ihn an, bis ein sanftes sachtes Wispern sie den Blick zum Fenster heben ließ, der Schneefall hatte wieder eingesetzt, ein Wirbeln und blendendes Treiben von den Hügeln herab, und unten im Haus, da riefen sie durcheinander: *Die Braut, die Braut, wo ist sie hin?*

Sie ging hinunter, inzwischen waren alle zurück in der Stube und nahmen Platz an den Tischen, der Pastor am Ende des einen, der Lange Rob am anderen, in der Mitte vom einen Tisch stand der Hochzeitskuchen hoch auf der Platte mit dem Highlandermesser daneben, das Ewan von McIvor zum Schneiden des Kuchens bekommen hatte. Draußen hatte sich jetzt der Wind zum Sturm erhoben, als Chris dastand, um den Kuchen anzuschneiden, in ihrem blauen Kleid mit den langen weiten Ärmeln, ein Wummern drang durch den Kamin, und ein paar blickten aus dem Fenster und sagten, die Verwehungen mochten bis zum Morgen wohl gut einen Meter hoch sein. Und dann war der Kuchen geschnitten, und Chris setzte sich hin, Ewan saß neben ihr, und sie stellte fest, dass sie gar keinen Hunger hatte, sicher die einzige Menschenseele in der Stube, die nicht hungrig war, denn alle griffen tüchtig zu.

Der Pastor war inzwischen aufgetaut, er lachte sogar moi mit seiner stierig dröhnenden Stimme, erzählte von anderen Hochzeiten, an denen er seinerzeit mitgewirkt hatte, lauter komische und irgendwie verdrehte Hochzeiten waren das gewesen, etwas, über das man lachte, nicht schön wie diese hier. Und Chris lauschte und glühte vor Stolz, dass bei ihrer Hochzeit alles grade genau recht war, doch dann überkam sie all wieder dieser quälende Zweifel, der sich wie ein Keil zwischen sie und diese braven Menschen von den Höfen schob – brav, ja, gewiss, und doch so bereit, von andern das Übelste zu glauben, was ihnen zu Ohren kam, und dennoch nie bereit zu glauben, dass andere ebenso über sie denken könnten. Vielleicht hatte der Pastor sie auch bloß begöschen wollen, sie sah ihn mit diesem dunklen kalten Zweifel in den Augen an, doch vergaß ihn schon im nächsten Augenblick, als sie sich mit warmem Glühen, das alles andere überstrahlte, besann: Sie war mit Ewan verheiratet!

Neben ihr flüsterte er: *Ach, iss doch etwas, Chris, du wirst noch hungern*, und sie kostete von dem Schinken und ein wenig von dem Puffert, zuckersüß und weich, den die Melonsche gemacht hatte. Und jeder lobte das Essen nach Kräften und rief um Nachschlag und mehr Tee, und es gab Wecken und Pfannkuchen und Sodabrötchen und Honigkuchen, die jedermann aß, und der kleine Wat Strachan hörte auf einmal auf zu essen und rief: *Mutter, mir is so mall im Bauch!*, alle lachten, außer Kirsty, die sprang auf und schicherte ihn hinaus, und als sie zurückkamen, sah sein Gesicht ganz flau und bang aus. Doch fürwahr, das hatte dem Kind den Appetit nicht verdorben, Wat haute wieder rein, hungrig wie eh und je, und Chae rief: *Nun, nun, soll er nur, soll er nur, vielleicht hat es beim Hochkommen grad so gut geschmeckt wie beim Runterschlucken!*

Ein paar lachten darüber, andere wurden rot und taten recht angewidert, Chris selbst kümmerte es nicht. Der Cuddiestouner und seine Frau saßen ihr gegenüber, es war, als sähe man einem schweren Collie und einem Marder beim Fressen zu, er schlang alles herunter, was des Weges kam, und noch einiges dazu, nach dem er langte, und das schäbige Angesicht von dem armen Mückel, das glänzte und gleißte so recht von der Anstrengung. Doch die Munrosche, die schnappte auf ihren Teller hinab mit scharfen schnellen Zähnen, ihre Hand stand keinen Augenblick still, gerade so wie ein Marder, der einen Hund in der Nähe weiß. Sie redeten kaum ein Wort, so geschäftig waren sie bei der Sache, doch dafür hatte Ellison neben ihnen umso mehr zu sagen, er hatte schon ein paar Söffken zu viel intus und rief Chris über den Tisch allerhand zu, Tavendalesche, nannte er sie, sooft es ging, und er sagte, sie und die Ellisonsche, sie müssten besser bekannt werden. Vielleicht würde es ihm am Morgen leid tun, wenn man ihn beim Wort nehmen würde, doch das war nicht wahrscheinlich. Neben ihm saß Kirsty mit den Blagen, und daneben war der Pastorentisch mit Alec Mutch und seinen Leuten und dem jungen Gordon; ein rechter

Pastorenfreund war Alec, schrecklich dicke waren die beiden miteinander, doch die Mutchsche saß faul da wie immer, ab und zu warf sie einen Blick auf Chris mit ihren faulen, schiefen Augen, vielleicht hatte sie was Malliges im Blick, das nichts mit dem Schielen zu tun hatte.

Am Kopfende von Robs Tisch erhob sich ein Streit. Chris hoffte bloß, dass es nicht um Religion ging, sie sah, wie Mr Gordon sein kleines Gesicht spitz vorgereckt hatte, um Rob zu widersprechen. Doch Rob sagte nur, was für eine Schande es war, dass sie sich heutzutage schämen sollten, Scotch zu sprechen – oder Scots, wie die es nannten, diese doppelzüngigen Sauerpötte! Jede verdammichte kleinarschige Ratte, die einem über den Weg lief, machte heutzutage ganz auf Englisch, um Eindruck zu schinden – als wäre Scotch heute nicht gut genug, dabei hatte es Wörter, an die dieses dünne Gefiepse des Englischen nicht dranreichen konnte. Und Rob sagte: *Kannst du mir erklären, Mann, was man denn auf Englisch sagt für soorig, oder Grepe, oder marachen, oder Ohmdraut, oder gniedsch oder für Ielk und für moi? Und wer sagt, Ohmdraut wär dasselbe wie Sonnenuntergang, der ist wahrhaftig ein Lügner, und das bist du ja nicht, Gordon.*

Doch Gordon, der war glatt anständig und hatte Räson. *Du kannst nichts dran ändern, Rob. Wenn die Leute heute weiterkommen wollen in der Welt, weg von den Pflugscharen und raus aus der Plackerei, dann müssen sie Englisch reden, so fies es auch ist.*

Und Chris rief aus, das stimme genau, und herrje, wem konnte man es denn vorwerfen? Und das machte ordentlich viel Wind, man hätte meinen können, jeder rede gleichzeitig in der Stube, und wie eh und je, wenn sie davon redeten, dann waren sie sich einig, dass das Leben am Land hart und harsch war, bei fast jeder andern Arbeit gings einem besser, die Leute, die die Burschen in Lehre schicken konnten, wo sie ein Gewerbe lernten, die waren fei klug, da gabs nichts zu zweifeln, am Land hatte man nichts als Plackerei, Plackerei, Plackerei, und malochen, malochen, malochen hieß es vom ersten Dämmer bis zum Einbruch der Dunkelheit, kein Dank von all dem Dreck und Mess, und leben konnte man kaum davon.

Dann sagte der Cuddiestouner, er habe von einem Burschen drüben bei Laurencekirk gehört, der Sohn von einem Bankier in der Stadt war er, und der hatte sich dran gemacht, auf wissenschaftliche Art das Land zu bestellen. Das hatte er jedenfalls zuerst gesagt, der Bursche, doch amangs konnte man kaum noch einen Fuß bei ihm auf den Hof setzen vor lauter Hackehüh von Maschinen, *der* würde auf dem Land nicht alt! Doch da widersprach Chae: *Verdammich*, fluchte er, *der Mensch hat keinen bessern Freund wie die Maschinen, oder so wärs jedenfalls in einem sozialistischen Land. Das wird kommen, und dann hat das Malochen ein Ende, das wirst du sehn, die Maschine macht dann all die Drecksarbeit!* Und der Lange Rob rief, die verdammichte Maschine würd er wohl gerne sehen, die ihm den Schweinestall ausmisten würde, und wenn sie allesamt morgen Sozialisten wären. Und da mussten sie alle lachen, Chris und Ewan waren eine Zeitlang glatt vergessen, sie schauten einander an und lächelten, Ewan streckte seinen Arm unterm Tisch aus und drückte ihre Hand, und Chris wünschte, außer ihnen wäre keine Menschenseele im Umkreis von hundert Meilen um Blawearie.

Doch dann rief Chae: *Schenkt die Gläser voll, Leute, der Trauzeuge hat einen Trinkspruch!*, und McIvor, der rote Highlander, stellte sich hin und neigte seinen rothaarigen Kopf Chris zu und begann zu reden, er redete schön, doch auch komisch mit diesem Highland-Singsang, er sagte, er hätte nie eine seutere Deern gesehn als die Braut und nie einen besseren Freund gekannt als den Bräutigam; und er wünschte ihnen lange, schöne Jahre, eine Winterehe hatte es immer am besten. Denn stand so nicht der Frühling bevor und das Aufgehn der Saat ihrer Liebe und die lieblichen Sommertage mit der Blüte und dann der Herbst mit der Ernte ihrer Jahre? Und wenn sie zusammen hinübergingen in jenen andern Winter, dann würden sie wissen, dass es nicht das Ende war, es war bloß ein Schlaf, der in einem anderen Leben wieder aus einer anderen Erde sprießen würde. Er konnte es sich nicht anders denken, als dass zwei, die so jung und schön anzusehn waren wie sein Freund und dessen Frau, dann, wenn sie eins im Fleische geworden waren, auch eins im Geiste sein würden, und ihre Tage würden aus Glück errichtet sein und ihre Nächte aus der Musik der Sterne. Und er hob sein Glas und rief aus: *Auf die Braut!*, und sah Chris an mit seinen komischen glitzelnden Augen, dieser wilde olle Highland-Dichter, sie waren doch alle gleich, diese roten Highlander. Und jeder rief: *Auf ihr Glück!*, und sie leerten die Gläser, und Chris fühlte, wie sie von Kopf bis Fuß errötete unter all den blauen Kleidern, die sie trug.

Und dann hielt der Lange Rob von der Mühle eine Rede, so anders wie es nur ging als die vom McIvor. Er sagte, er habe selbst nie geheiratet, weil er übermäßig viel Respekt vor den Fraumenschern gehabt habe, diesem plietschen Volk, doch wär er zehn Jahre jünger, dann hätte verdammich kein Respekt auf der Welt ihn davon abgehalten, um Chris Guthrie zu freien und den Highlanderburschen Ewan in seinem eigenen figelinschen Spiel zu schlagen. Ewan hatte mehr Glück als Verstand gehabt, das meinte er, und Chris war doch glatt verschwendet an ihren Ehemann, so wie sies an jeden Mann gewesen wäre außer an ihn selbst. Nun, sie würde ihn sich wohl gut erziehen, und er wollte jetzt bei dem bisschen, das er von Ehe verstand, den Rat geben, seiner Frau nie zu widersprechen, nicht dass er meinte, sie würde nicht aufs Wackerste ihren Mann stehn können, sondern weil Ewan sich ordentlich durch den Häcksler gedreht finden könnte, auch wenn er sich selbst für den Sieger hielt. Die Ehe, so kam es ihm vor, die war, als spanne man zwei Zweijährige unters Joch, sie waren wendig und behänd bei der ersten Fahr – außer sie hatten sich in der Wolle, kaum dass sie zusammen eingespannt waren, und traten gleich sich selbst und ihr Geschirr beinah zuschanden –, doch die zweite Fahr, das war die Probe, dann sah man, ob einer zog und der andere zurückhielt, der, welcher nix wie Leues – und das war ein Wort für den Gordon, das sollte er mal ins Englische tun! – in den Knochen hatte, und der, welcher ein kräftiges Stück Herz hatte und einen wackern Darm. Nun, er würde jetzt nichts mehr von Pferden sagen, obwohl, fürwahr!, das war ein packendes Thema, aber er wollte jetzt all wieder auf die Ehe zu reden kommen und er wünschte Chris das Beste, so schmuck und seut wie sie war, auch dem Ewan, dem Highland-Balagutten, und ein langes Leben sollten sie haben mit Gesundheit, Wohlstand und Zufriedenheit.

Dann leerten sie alle wieder die Gläser, und weiß der Himmel, wer sonst noch eine Rede geschwungen hätte, wenn Chae nicht aufgestanden wär und gerufen hätte: *Bald wird es Nacht. Wem is der Sinn nach einem Tanz, solang es noch hell is an Chris' Hochzeitstag?*

Also zogen sie alle in die Küche hinaus, es war ordentlich frisch dort nach der Hitze der Stube, doch nichts gegen die raukalte Luft der Scheune, als die ersten über den Hofgang getreten waren und dort im Tor standen. Doch die Melonsche hatte ein Becken mit Kohle zum Glühen gebracht, es knisterte schön, recht weit weg vom Stroh, Rob stimmte seine Fiedel, Chae quäkelte auf seinem Akkordeon, es fühlte sich frisch und sogar angenehm an, wie man so stand und sich beinah das Hemd abbibberte. Chris stand da bei den Männern, und die Kinder und die Gordonsche und die Mutchsche und die

Strachansche waren da, die Munrosche war drinnen geblieben, um beim Abräumen zu helfen, hatte sie gesagt, und ein paar tuschelten gnickernd, sie würde wohl in die eigene Kehle abräumen, guter Himmel, man mochte meinen, die hätte seit Lichtmess keinen Brocken mehr zu essen gekriegt.

Doch dann rief Chris: *Strip the Willow*, und alle stellten sich in einer Reihe auf, und das Akkordeon spielte munter auf zwischen Chaes Händen, und der Fiedelbogen vom Langen Rob, der flitzte und blitzte, und nach zwei Minuten Wirbeln und Stampfen zu *Strip the Willow* gabs keine Seele mehr in der Scheune von Blawearie, die frostig war, und auch keine kalte Fußsohle gabs. Und kaum hatten sie aufgehört zu spielen, war die Melonsche schon da mit einem großen Krug heißen Grog, den stellte sie auf die Bank zwischen Chae und den Langen Rob. Und wer etwas trinken wollte, der brauchte bloß dorthin zu gehen, auch genierte sich dabei kaum einer, und dann fing der nächste Tanz an, das war ein Schottischer, und Chris fand sich im Arm des Pastors wieder, der konnte tanzen wie ein wilder junger Bursche, und wie er sie um und um wirbelte, da machte er den Mund auf und rief: *Huuuua!*, und das machte auch der rote Highlander McIvor: *Huuuua!*, wie er mit der dicken Kirsty Strachan vorbeijagte, richtig bang sah sie aus, so fest um die Taille gefasst.

Chae und der Lange Rob ließen die Gesellschaft kaum zu Atem kommen, jetzt ging es Tanz auf Tanz, und jedes Mal, wenn alle eine atemlose Sekunde lang stehenblieben, tauchte Chae die Kelle in den Krug und zwinkerte Rob zu und rief: *Auf dein Wohl, Mann!*, und Rob fuhr wie feierlich auch hinein, und sagte: *Und auf das deine!*, und los sangen sie wieder, die Fiedel und das Akkordeon, schneller als je zuvor. Ewan tanzte den Schottischen mit der prüden Gordonschen, doch zum Walzer fand er sich eine Deern vom Gutshaus, ein dösiges Frauenzimmer, sie kreischte vor Erregung, und alle lachten, Chris lachte auch. Ein paar glupten zu ihr, um zu sehen, ob sie lachte, das wusste sie, und sie hörte ein Flüstern, sie würde alle Hände voll zu tun haben, ihn im Zaum zu halten, den Ewan Tavendale, ein Draufgänger war der bei den Deerns. Doch sie kümmerte das nicht, sie wusste, es war gelogen, Ewan war der ihre und nur der ihre, trotzdem wünschte sie, er würde auch mal mit ihr tanzen. Und das tat er dann bei der Petronella, und er hatte nichts getrunken, da wogten sie auf und ab auf der Tenne, und unterm Lärm des Tanzes flüsterte er ihr zu: *Und, Chris, wie isses?*, und sie erwiderte flüsternd: *Moi*, und er sagte: *Du bist das Schönste, das Kinraddie je gesehn hat, da hat er ganz recht, der Lange Rob.* Und sie sagte, da sei sie man froh, dass er das so finde, und er zog sie weg von den Tänzern ins Dunkel und küsste sie heftig und langsam zugleich, sie hatte es auch nicht eilig, es war heiter und wohlig, dort zu stehen und zu küssen, sie beide gespannt horchend, wann man sie entdecken würde.

Und dann war es so weit, dass Chae rief: *Wo sind die Braut und der Bräutigam? Verdammich, sie sind verschwunden!*, und sie mussten hervorkommen. Chae rief in die Runde, ob ein anderer das Akkordeon spielen könnte, und der junge Jock Gordon rief zurück: *Meinswegen gern*, und er scheimelte über den Tanzboden herüber und pflanzte sich neben den Grogkrug und spielte laut und schön und klar. Dann schnappte Chae sich Chris, zu Ewan sagte er: *Weg mit dir, du happiger Raubatz, wart noch ein Weilchen, dann ist sie dein auf immer und basta*, und er tanzte ganz ordentlich, das hattest du nicht erwartet, und seine grauen Augen blickten auf dich hinab. Und beim Tanzen sagte er plötzlich ganz ernst irgendwie: *Zweifle nie an deinem Ewan, Chris, oder wenn, dann lass es ihn nie wissen. Das macht eine Ehe zur Hölle. Lob ihn nur hoch und sag ihm, wie brav er ist und dass auf dem Howe keine Seele ist, die ihm das Wasser reichen kann, und dann wird er dich kosen wollen bis an den letzten Tag seines Lebens, und er wird noch in fünfzig Jahren genauso erröten, wenn er dich sieht, wie ers heute tut.* Chris sagte: *Ich wills versuchen*, und: *Danke, Chae*, und er sagte: *Ah, das muss wohl der Whisky sein, der da redet*, und überließ sie Ellison und nahm das Akkordeon wieder vom Gordon entgegen, doch er scheimelte und tapste rückwärts in den Sack, der gegen den kalten Zug hinter dem Musikantenplatz hing. Der Sack riss ab, und da lag der Pastor im Heu mit der Magd vom Gutshaus, die so laut gekreischt hatte, die Arme hatte sie um ihn geschlungen, und der schwere kruschkoppige Bulle besabberte sie mit Küssen als wär er ein Hund, der seinen Brei aufschlappt.

Chris blieb das Herz fast stehen, doch Chae packte den Sack, hängte ihn wieder an die Haken, und keiner hatte das Schauspiel gesehen außer ihm und Chris und vielleicht noch dem Langen Rob. Doch bei Rob konnte man nicht sicher sein, er blickte so feierlich ernst wie fünf Eulen auf einmal und spielte, als ob er, wie Chae sagte, im Akkord bezahlt würde und nicht nach der Zeit.

Zwischen acht und neun kam die Melonsche in die Scheune und rief sie zum Nachtmahl, der Sturm hatte sich gelegt, nur ab und zu linschten noch einzelne Flocken wie segelnde Möwen im Lichtschein, der aus dem Scheunentor fiel. Am Boden knirschte der Schnee unter ihren Sohlen, Frost hatte eingesetzt, die Leute standen da im Freien und atmeten die frische Luft ein und riefen einander zu: *Mensch, ich werd morgen ein Pien in den Bunken haben!* Die Frauen waren die Ersten, die ins Haus rannten, um sich das Haar zu richten, Ewan ließ einen nach dem anderen eintreten, bloß der Munro von Cuddiestoun war nirgends zu sehen.

Dann hörte Ewan einen so quaat atmen, wie er am Stall vorbeikam, und er hielt an und machte die Tür auf und strich ein Zündholz an, und da lag Munro in seiner Sonntagskluft neben dem Gaul Clyde in seiner Bucht, die Arme hatte er um den Hals des Tieres geschlungen, und fürwahr, das Pferd machte Miene, als wärs ihm recht widerlich. Ewan schüttelte den Mann und rief: *Munro, hier kannste nich schlafen!*, doch Munro blinzelte ihm bloß ins Gesicht, ganz verbaselt und benaut, und brummte: *Warum nich?* Dann kam Alec Mutch vom Haus zurück, um zu sehen, was da los war, und er und Ewan mühten sich zusammen mit dem liegenden Munro ab, doch verdammich, keinen Finger rührte er. *Zum Deiwel, soll er da liegen bei dem Gaul, ist ihm vielleicht ein verfluchtich lieberer Bettgenosse, als dieses Marder von einem Weibsbild je gewesen ist*, rief Alec schließlich aus.

Also machten sie die Stalltür zu und gingen hinein zum Abendbrot, jedermann langte mindestens so wacker zu wie beim Mittagessen, ganz ausgehungert waren sie nach dem Trinken und Tanzen. Chris hatte gemeint, sie sei müde, doch dann war sie ganz dafür, als der Lange Rob, der zweimal so nüchtern aussah wie die anderen Männer, obwohl er zweimal so viel getrunken hatte wie beliebige drei Männer zusammen, rief: *Wer will weiter tanzen?* Die Melonsche hatte den Grogkrug frisch aufgefüllt, den sie hinübertrugen, jetzt kamen alle mit auf die Tenne, außer der Munroschen, die partout wieder abräumen wollte.

Und die kleine Elsie Ellison, die sich fragte, warum das Weibsbild bloß im Haus bleiben wollte, blieb selbst drinnen und spingste sachte durch den Türspalt und sah die Munrosche mit einer Papiertüte in der Hand, wie sie Wecken und Kekse und Kuchen hineinstopfte und dabei den Kopf in alle Richtungen ruckte wie ein Marder. Da kriegte Elsie einen richtigen Schrecken, rannte in die Scheune hinüber und zerrte ihren Vater an den Jackenschößen: *Die Cuddiestounerin macht sich mit dem ganzen Essen davon!*, und Ellison, den der Whisky schon ganz schön auf Touren gebracht hatte, der schrie: *Soll sie zur Hölle gehn und verdammt sein!*

Dann fing er an zu erzählen, wie sie ihn mal beleidigt hatte, das üble schottische Luder. Doch der Lange Rob und Chae spielten zum nächsten Tanz auf, und Chris hörte nichts mehr von Ellison und seiner Geschichte, weil sie mit Jock Gordon einen Walzer tanzte, das war wie Fliegen, und das Gesicht des jungen Jock war weiß vor Erregung. Beim vierten Tanz fing Alec Mutch an, hin und her zu scheimeln, richtig lästig war er damit, bis er am Langen Rob vorbeikam, und der rief: *Holla, Alec, Mann, deine Patten laufen falschrum!*, und er schob seinen Fuß vor und brachte Alec zu Fall, und Chae schaffte ihn mit einem Fuß und einer Hand beiseite ins Stroh und spielte unterdessen weiter mit der anderen Hand und dem Fuß oder mit dem Fuß und den Zähnen, ganz schön dallig war er, der Chae.

Die Mutchsche sagte nichts dazu, stand bloß da und lachte und paffte an ihrer Zigarette. Es waren mehr Männer als Frauen auf der Tenne, sogar wenn ein Mann mit einem kleinen Mäken vorlieb nahm, trotzdem fand sich Chris bald darauf beim Tanz mit der Mutchschen, dieser schweren bräsigen Schlampampe, so langsam und liesig redete sie, als wär sie gerade erst aus dem Schlaf erwacht. Chris konnte nicht feststellen, wohin sie mit ihrem scheelen Auge schaute, doch sie redete auch dabei, und zwar sagte sie das: *Gehs ruhig an im Eheleben, Chris, aber nich zu ruhig, das hat mich zugrunde gemacht. Obwohl, weiß der Himmel, in hundert Jahren kräht kein Hahn mehr danach und wir sind alle tot. Lass den Ewan dir keinen Stall voll Kinder andrehn, Chris, das bringt dich um und zehrt dir am Herzen, und dann noch all der Brass und der Dreck dazu. Gibs nich zu, Chris, die sind alle gleich, die Männer, das erste und das zweite wirst du nich auslassen können. Aber du gehörst dir selbst, vergiss das nich.*

Chris wurde heiß und kalt und sie wollte die Mutchsche was fragen und schaute sie an, aber merkte, sie brachte es nicht fertig, sie musste selbst dahinterkommen. Der Lange Rob war der nächste, der seinen Tanz mit ihr bekam, er hatte dem alten Gordon die Fiedel überlassen und fragte Chris, was die dicke Schlampampe ihr denn erzählt hatte? Und Chris sagte: *Ach, bloß so'n Quatsch*, und Rob sagte: *Lass dich bloß von diesen Weibern nich bang machen, Chris, das ist der Fluch der Menschheit, diese Ratschläge, die man befolgt.* Und Chris sagte: *Aber deinen Ratschlag hör ich mir doch jetzt auch an, Rob, oder nicht?* Er nickte ihr zu, ganz ernst, und sagte: *Ach, dir sitzt der Kopp schon richtig, Chris, du kommst all zurecht. Doch denk dran, wenn du einen Freund brauchst und nicht willst, dass es in ganz Kinraddie die Runde macht, komm nur zur Mühle, ich bin eh für dich da.* Das fand Chris wohl einen dusseligen Ratschlag, und dann noch vom Rob, er meinte es sicher gut, aber sie hatte doch Ewan, wen sonst sollte sie brauchen?

Dann ermüdete das Vergnügen, es war warm in der Scheune, die Leute saßen und lagen auf den Bänken und im Stroh, Chris schaute sich um und konnte den Pastor nirgends entdecken, vielleicht war er weg. Sie flüsterte Chae leise zu, was sie dachte, doch er sagte bloß: *Zum Deiwel mit den Sorgen, er ist draußen und reihert, hörst du das nicht, klingt wie eine Katze, der eine Gräte quer in der Gurgel steckt!* Und sie hörten ihn wohl, doch Chris behielt recht, er kam nicht zurück. Vielleicht genierte er sich, vielleicht hatte er sich einfach verirrt, denn am nächsten Morgen gabs Leute, die wollten beschwören, sie hätten die Stapfen von ganz großen Patten gesehen, die da herumgebiestert waren, immer rund und rund, über die Felder von Blawearie bis zum Pfarrhaus, und wenn das nicht die Fußstapfen vom Pastor waren, dann konnten es nur die vom Deiwel sein, da konnte man sich aussuchen, was einem lieber war.

Kaum hatten alle vom Tanzen abgelassen, da wurde nach Liedern gerufen: *Rob, wie wärs jetzt mit nem Lied?*, tönte es, und Rob sagte: *Nu ja, das mach ich wohl gern*, und schon hatte er den Mantel abgelegt und lockerte sich den Kragen und sang sein *Ladies of Spain*, und dann drehte er sich zu Chris um, die neben ihrem Ewan stand, und sang *Die Deern, die mir das Bett gericht'*:

Wie von reinem Gold ihr Haar,
Zähne schimmern perlend licht,
die Wangen Lilien und Rosen zart,
die Deern, die mir das Bett gericht'.

Ihr Busen wie der Schnee so weich,
in zwei Hügeln wonniglich,
Die Glieder glattem Marmor gleich,
die Deern, die mir das Bett gericht'.

Ich küsste sie wohl tausendmal,
dass jedes Wort ihr schwand,
ich hielt sie mir am Herzen nah,
der Deern war die Nacht nicht lang.

Die Leute glupten nach Chris und nickten, während Rob sang, und erst machte Ewan Miene, als ob er Rob den Dassel einschlagen wollte, doch dann wurde er rot; Chris indessen lauschte nur und gab nichts drum, sie fand das Lied schön und die Deern lieblich und hoffte, sie selbst würde so lieblich sein diese Nacht – was nach all dem Tanzen und Singen noch von der Nacht übrig blieb. Sie klatschte Rob Beifall, dann war Ellison an der Reihe, er stand auf, seine große Plauze wackelte, und er sang ein Lied, das sie nicht kannten:

Wie Lilien und Rosen scheinen ihre Wangen,
doch ihr Mund ist süßer als diese zusammen,
kose sie, küsse sie,
in ihrer Küsse Wonnen
lass uns vergehen in zärtlich Verlangen.

Und dann noch eins, ein englisches Lied, das schrecklich traurig war, über einen jungen Burschen namens Villikins und eine Deern namens Dinah,

Und ein Kelch kalten Gifts lag am Boden dort
* * * * * * * * *
laidila, laidila laidilalalala

Chae rief aus, das sei doch wohl kaum die Sorte Lied, die sie wollten, so leidig und betrübt, und sie sollten auch besser Chris in Ruh lassen mit ihren Rosen und Lilien und Gliedmaßen, die hatte sie alle wohl unter Verschluss und wüsste sicher selbst gut genug, was sie damit zu tun hatte, und wie wärs denn mit einem Lied für die Jahreszeit? Und er legte los, und alle stimmten ein, und zur Jahreszeit passte es allemal, denn trotz des Frostes hatte es wieder zu schneien begonnen:

Auf am Morgen, das ist nichts für mich,
Auf im ersten Taglicht,
wenn alle Hügel liegen verschneit,
das ist der Winter wahrlich!

Dann sang die Mutchsche, damit hatte keiner gerechnet, und die Leute gnickerten erst, doch ihre Stimme war nicht schlechter als die von vielen und besser als die von manchen, sie sang *The Bonnie House o'Airlie*, und dann das Lied vom *Auld Robin Gray*, das Chris manches Mal beinah zum Weinen gebracht hatte und das auch jetzt wieder tat, und nicht bloß sie, zum Klang von Robs Fiedel, die dazu leise tönte und das Traurige und Betrübte daran nahebrachte, auch wenn es lang, lang her war:

Sind die Schaf' unter Dach und die Küh' wohl daheim
und die müde Welt schläft ruhig ein,
vergieß ich in Strömen Tränen des Kummers
und Auld Robin Gray liegt friedlich im Schlummer.

Und den ganzen Rest der Geschichte vom jungen Jamie, der zur See fuhr und in einem schrecklichen Sturm verschollen war, da heiratete seine Deern den alten Robin Gray, und dann kam Jamie doch heim und konnte sein Mädchen nicht wieder zurückgewinnen, so sehr ihr das Herz auch brach.

Ich geh umher wie ein Geist, rühr das Spinnrad
nicht an,
wag nicht, an Jamie zu denken, das wär Sünde getan,
Ich will nach Kräften eine brave Ehefrau sein,
denn Auld Robin Gray ist mir gut allezeit.

Der alte Pooty hatte in einer Ecke geschlafen, jetzt wachte er auf und wollte gleich sein Lieblingsgedicht rezitieren, doch sie betteten ihn wieder flach und riefen nach einem Lied von der Braut selbst. Und ihr fiel nichts anderes ein als das Lied von der Frau im Süden des Landes, die des Nachts neben ihrem Mann lag und weinte, wenn die ganze Welt in grauen Schlaf gehüllt war, und sie flüsterte Rob zu, welches Lied sie meinte, und er stimmte die Fiedel, und sie stellte sich vor alle hin und sah Ewan und seinen feierlichen Blick, voller Stolz, während sie sang, so jung und ernst, *Die Blumen des Waldes*:

Ich hörte sie singen beim Melken und klingen,
Die Mädel, sie sangen im Morgengraun
Doch nun stehn sie weinend dort auf grünen Weiden
Die Blumen des Waldes, sie liegen zerhau'n.

Leid und Weh, die Order zwang die Burschen
zu Border!
Und die Englischen siegten mit List über sie,
die Blumen des Waldes, der Stolz unsres Landes,
so tapfer sie fochten, tot liegen sie hier.

Chae sprang auf, als sie zu Ende war. *Verdammich, Leute*, rief er aus, *uns allen wirds noch grulig zumute, wenn wir weiter so leidige Lieder hören! Hat denn keiner was Fröhliches parat?* Die Leute in der Scheune lachten ihn aus und schüttelten die Köpfe, und es kam Chris so wahr an, diese Traurigkeit von Schottlands Gesängen, wie gemacht für die Traurigkeit des Landes und des Himmels an dunklen Herbstabenden, das Weinen der Männer und Frauen des Landes, die über die Jahre Leben und Lieben hatten vergehen sehen, Dinge, die bei den Schafhürden beweint wurden, derer man des Nachts und in der Dämmerstunde gedachte. Alles Heitere und Sachte war vergangen, verlebt und vergessen, das Schottland aus Nebel, Regen und klagender See war es, das diese Lieder machte.

Und Chae rief: *Kommt, dann wollen wir noch einen Tanz, es ist ein Viertel vor Mitternacht, und wenns Mitternacht schlägt, müssen wir alle weg sein.*

Und alles, woran sie jetzt dachten, war, was die Mitternacht bringen mochte, und Chae und Rob hatten Fiedel und Akkordeon wieder zur Hand und stimmten einen Rundtanz an, jeder schnappte sich einen Partner, ganz egal wen, McIvor bekam Chris und hielt sie beim Tanz, als wollte er sie zerquetschen, dabei tanzte er leicht wie Distelflaum, der rote Highlander-Mückel, und kaum war der Tanz vorbei, da waren Rob und Chae schon beim nächsten, und sie spielten wie verrückt, und die Paare drehten sich im Kreis, dass die Lampen hüpften und schaukelten, und die Musik klang hinaus in die Nacht voller Schnee, und dann zog Chae seine große silberne Taschenuhr hervor und legte sie neben sich, während er weiterspielte.

Und auf einmal war das neue Jahr da, mit dem Tanzen wars vorbei, alle schüttelten einander die Hand und kamen zu Chris und Ewan, um ihnen die Hand zu geben, und Rob stimmte den süßlichen Sog von *Auld Lang Syne* an, und alle reichten einander die Hände und standen im Kreis und sangen mit, und Chris dachte an Will, so weit weg jenseits des Meers in Argentinien, dort in der heißen Nacht. Dann wars mit dem Singen vorbei, sie alle merkten, wie müde sie waren, jemand nahm die Lampen in der Scheune ab, dann gabs eine halbe Stunde lang großes Durcheinander, bis sich alle in ihre Mäntel gewuselt und die verfrorenen Ponys aus dem Kuhstall geholt hatten. Dann bekamen Chris und Ewan wieder die Hände geschüttelt, Chris tat der Arm schon weh, und dann tönte das letzte Schnarzen der Räder im dicken Schneeteppich auf dem Blawearieweg, und die Stille im Dunkel senkte sich recht unheimlich nach all den Stunden mit Licht und Lärm und Heiterkeit. Und da stand die Melonsche in der Küchentür und gähnte so breit, als wollte sie ein Pferd verschlucken, und sie flüsterte Chris zu: *Ich nehm jetzt deine Kammer, vergiss das nicht!*, und dann rief sie: *Gute Nacht und festen Schlaf euch beiden!*, und verschwand die Treppe hinauf und ließ sie allein.

Er schien auch da nicht mal müde, der Ewan, wie er herumstrich und die Türen verriegelte wie eine große schleichende Katze, bis Chris ihm leise zurief: *Komm doch und setz dich zu mir!* Da kam er zu dem Stuhl, auf dem sie saß, und hob sie hoch, so stark war er, und setzte sich selbst nieder, sie noch im Arm. Sie schauten lange ins Feuer, und dann sank Chris' Kopf herab, sie wusste gar nicht, dass sie eingeschlafen war, bis Ewan sie schüttelte: *Chris, Chris, du bist ganz fertig, komm jetzt ins Bett.* Das Feuer war im Ersterben und das Petroleum in der Lampe fast verbraucht, die Flamme flackerte unstet und ging mit einem Plopp aus, als Ewan darauf blies, und dann waren sie im Dunkeln und stiegen zusammen die Treppe hinauf, vorbei an der Kammer, die Chris' gewesen war und wo jetzt die Melonsche die letzte Nacht schlief, bevor sie zurück nach Stonehaven fuhr.

Und wie Chris die Stufen hinaufstieg, die Hand in der ihres Liebsten, da kam ihr die Erinnerung an einen mit grauslichen Augen und hervorstehendem Bart, der in der Kammer gelegen hatte, zu der sie jetzt kamen, der da lag und flüsterte und sie verfluchte. Doch sie schob die Erinnerung beiseite, es war nie geschehen, leidig und dösig zugleich war es, sich daran zu erinnern, sie war müde. Dann, als sie die Hand auf der Klinke hatte, küsste Ewan sie da im Dunkeln, süß und wild war sein Kuss, sie hatte nicht gedacht, dass er sie so würde küssen können, nicht wie ein Mann, der sie jetzt und hier begehrte, sondern eher so, als dächte er an das Lied, das sie gesungen hatte. Sie bot ihr Gesicht dem Kuss, vergaß alle Müdigkeit, plötzlich war sie so wach, wie sie noch nie gewesen war, der Schlaf war ganz aus ihrem Kopf und Körper verschwunden und das Frösteln auch, Ewans Hand legte sich auf ihre und öffnete die Tür.

Im Kamin brannte ein helles Feuer, sie hatten erwartet, die Kammer dunkel und kalt vorzufinden, aber die Melonsche hatte vorgesorgt. Und da war das Bett für die Brautnacht gerichtet, von der Wand abgerückt, ganz in Weiß bedeckt, Laken und Decke zurückgeschlagen, die Vorhänge waren zugezogen, und sobald sie still standen, noch vom Erklimmen der Stufen schnell atmend, hörte Chris das Wispern des Schnees, der ans Fenster strich, mit leisen, weichen Fingern, als schriebe er etwas darauf.

Dann vergaß sie es, als sie am Feuer stand und ihre blauen Sachen ablegte, ein Kleidungsstück nach dem anderen. Es gefiel ihr, dieses Ausziehen, ganz langsam, und wie Ewan sie dann küsste, als ihn nichts mehr zurückhielt, und wie sie bei ihm lag, das Licht war gelöscht und das Kaminfeuer warf seinen Schein auf Wände und Decke. Und schließlich wandte sie sich zu ihm, flüsternd und zärtlich: *Wir sind doch dösig, wir werden uns noch verkühlen, so ganz ohne Kleider!*, und sie sah sein Gesicht so nah an ihrem, ernst und fremdlich, und doch auch wieder gar nicht fremd. Er schob die linke Hand unter ihren Nacken und hielt sie ganz dicht, und sie wurden wie eines, eines und zusammen, und gegen Morgen wachte sie auf und ihr war überhaupt nicht kalt, wenn er sie so hielt, und dann hörte sie die Hand des Winters wieder am Fenster schreiben und lauschte einen Augenblick lang, glücklich, glücklich, und schlief fest ein, bis der Morgen kam und mit ihm die Melonsche und zwei große Tassen Tee, damit sie und Ewan wach wurden.

So war ihr Verheiratetsein, Heiraten war nicht wie das Aufwachen aus einem Traum, sondern eher so, als trete man in einen Traum, sie war sich tagelang nicht sicher, was sie geträumt und was sie wirklich getan hatte – sie und dieser Bauer auf Blawearie, der sich morgens beim Schrillen der Uhr regte und gleich aus dem Bett kroch, die große Katze, und die Treppe hinunterschlich, um das Feuer in Gang zu bringen und den Wasserkessel aufzustellen. Sie war nie viel später dran als er, sie liebte sogar das Bittere dieser eisigen Morgen, und ein bitterer Winter war es in der Tat, jeder Ritzen und Balken des alten Hauses ließ einen kalten Windhauch ein, der durch die Zimmer wirbelte. Er war schon bei den Kühen und Pferden, wenn sie herunterkam und das Hafermehl hervorholte und zum Kochen brachte, Blawearies eigener Hafer, schöne rundliche Flocken, wie Ewan sie so gern mochte. Sie ließ den Haferbrei auf dem Feuer köcheln und holte die Eimer aus der Milchküche und öffnete die Küchentür zum Hof und dann verschlugs ihr den Atem im scharfen kalten Wind, eine graue Welt sah sie da liegen, auf der Kippe zum Morgen, die bloßen Stoppeln der Wiese standen bis dicht an den Hof, deutlich zwischen den Umrissen der Raufen zu sehen, das Licht der Laternen schien im Kuh- und im Pferdestall und in der Scheune, wo Ewan fütterte und ausmistete und Pferde und Kühe versorgte.

Und schwer hing der Atemdunst der Kühe im Kuhstall, sie hatten ihre Rüben schon gefressen, wenn sie kam, und Ewan schwankte hinter ihr her mit einem großen Arm voll Stroh, das er vor den Kühen ausbreitete, er kitzelte sie am Nacken, wenn sie zum Melken auf dem Schemel saß, und sie schrie auf: *Deine Hand ist eisig!*, und er sagte: *Wach auf, Frau, du schläfst wohl noch! Früh aus den Federn, das ist das Richtige!*, und pfeifend ging er zu den Pferden hinüber, Clyde und Bess stampften schon mit den Hufen, sie waren ordentlich hafersatt und hibbelig wild, sie brauchten dringend Auslauf. Meistens brachte sie die Milch allein ins Haus und machte Frühstück, doch manchmal kam Ewan auch mit, so jung und verrückt waren sie, jeder hätte gelacht, der sie sah, wie sie zusammen Frühstück machten und dann ganz nah beieinander saßen, wenn sie aßen. Wenn er fertig war, zündete Ewan sich die Pfeife an und saß da und rauchte, während sie langsam die Grütze löffelte, dann sagte er, er würde die Hühner jetzt füttern, und sie sagte, das brauchte er nicht, sie würde es selbst machen, und er zänkelte und flunschte vielleicht, bis sie kam und ihn küsste, dass er wieder Vernunft annahm. Lachend sprang er dann auf und nahm sich John Guthries Flinte und verschwand hinauf ins Moor bis um elf, manchmal brachte er eine Tasche voll mit zurück, und Chris verkaufte die Kaninchen, die zu viel waren, an den Händler, der donnerstags vorbeikam.

Viel gab es bei solchem Wetter auf Blawearie nicht zu tun. Ewan räumte die Scheune auf, in der sie getanzt hatten, dieser Abend schien Jahre her zu sein, und er machte den Pflug mit Messer- und Scheibensech bereit für wenn das Wetter umschwang. Und dann stellte er fest, dass das gequetschte Korn in dem großen Kasten zur Neige ging, und das war sein erster Weggang vom Hof seit der Hochzeit, Chris sah ihm zu, wie er aufbrach, er saß vor dem Kastenwagen, Clyde im Geschirr, der Kastenwagen war schwer beladen mit Korn für die Mühle, und Ewan drehte sich um und winkte, als er am Fuß vom Blawearier Hang angelangt war. Und den ganzen Nachmittag, den er weg war, ging sie bang von einer Kammer in die andere, ach, sie war doch eine Närrin, ihm konnte doch nichts zugestoßen sein! Und wie er schließlich zurückkam, da lief sie hinaus, ihm entgegen, und er kriegte einen Schrecken, weil sie so kodderich aussah, er meinte, sie sei krank, und als sie rief, sie hätte ihn so vermisst, da wurde er erst bleich und dann rot, wie ein Junge, und er ließ Clyde in der Kälte stehn und vergaß das Ausschirren, weil er Chris küssen musste. Fürwahr, für zwei Bauernkinder hatten sie nicht viel Verstand.

Doch kam es ihr an diesem Abend in den Sinn, und auch wieder am Morgen und den Tagen danach, wie Ewans Fahrt zur Mühle auf eine Weise ihrer Närrischkeit ein Ende gesetzt hatte, von Kinraddie und der ganzen Welt hatten sie sich abgeschottet, nur sie beide, mit all ihrem Glück, das nur ihnen beiden gehörte und ihren Küssen, nach denen Ewan immer am meisten verlangte, und mit seinen Küssen, die jeden Tag begannen und beschlossen und ihr beinah das Leben selbst wurden. Nun kam Kinraddie wieder näher, etwas von ihrer eigenen gelassenen Selbstsicherheit kehrte zurück, der Winter ging zur Neige, und Mitte Februar kam die Sonne und mit ihr ein Wetter, das wohl in den Mai gepasst hätte. Wenn Chris morgens aus dem Fenster blickte, was sie immer noch täglich als erstes tat, dann sah sie den dampfenden Dunst, der vom Land unterhalb des Hauses aufstieg, als hätte die Erde die Gefilde von Kinraddie der Sonne ins Maul, in diesen großen Glutofen hinein geschwenkt und sie dort zum Trocken ausgehängt. Die Hügel streckten ihre großen Dunstfahnen jedem Sonnenaufgang entgegen, und durch das Wispern und Erwachen und die Schleier des Morgens kam gleich das Nebelhorn am Todhead, ein gruliges Röhren, wie ein krankes Kalb, so hielt es an, bis sich der Nebel schon lange gelichtet hatte, er stieg auf und verblasste in dem Sonnenglitzern oben, während Möwen in großen Wolken von der See herbeigezogen kamen. Sie wussten, was sie auf dem Kinraddier Land erwartete, Chris hörte sie kreischen, wenn sie bei ihrer täglichen Arbeit war, und sie ließ den Blick über die Felder mit der Wintersaat schweifen, da war Ewan mit den Pferden und pflügte die erste Fahr, über die Pflugschäfte gebeugt, einen Fuß in der Spur, einen neben der Fahr, während die Pflugschar, scharf und roh und neu, den rotschwarzen Lehm spaltete. Die Erde spulte sich auf wie ein Band und wölbte sich und blieb liegen, und die Möwenwolke gurrte und kreischte und pickte an der Fahr und blieb Ewan auf den Fersen.

In ganz Kinraddie waren die Pferdegespanne draußen, aber keiner war so zeitig wie Ewan gewesen, die Leute waren sich unsicher, was das Wetter anging, sie hatten anderes zu tun, wie sie sagten, als bloß darauf zu warten, dass sie angeben konnten wie dieser junge Spunt von Blawearie. Doch als der

Tag fortschritt und Chris um neun für den Kleinmittag eine Kanne mit Tee neben die Wecken mit Butter und Marmelade in einen Korb stellte und diesen zu Ewan hinaustrug, der gerade mit einem *Hüüüüst!* die Fahr hinaufkam, da ging Chae Strachan weit weg dort unten über den Pflug gebeugt hinter seinem Gespann, und Upperhill hatte zwei Paar Pferde auf dem großen Feld, das sich hinauf zum Lärchenwald zog, und auch der Cuddiestouner hatte ein Gespann draußen, man ahnte ihn und die Pferde nur, sie kamen nie ganz in Sicht, die Köpfe und Kruppen streiften nur über den Rand von Hügel und Wald.

Der Frühling war da und sang und schwatzte allüber den Feldern, man lauschte und hörte ihn, es war, als lausche man auf das Land, das erwachte, das Bersten und Strömen von einem Dutzend kleiner Bäche in den einzelnen Gräben, und wenn man das Vieh hinausbrachte zum ersten Birsen, fürchtend, dass ihnen die Beine versagen könnten, sah man sie stattdessen beinah vom Boden abheben, so dösig waren sie vor Wonne, sie rannten und tollten und schlidderten, Chris hatte schon Angst, die Kühe würden sich die Beine brechen. Sie versuchte, sie auf das alte Heufeld zu treiben, doch die Jungstiere brachen aus und stürmten den Weg hinunter, als Ewan sie sah, ließ er den Pflug stehen und jagte ihnen über die Felder hinterher, schrie Zeter und Mordio dabei, und wahrhaftig, wär da nicht der Postbote gewesen, der sie am Ende des Wegs abfing und umdrehte, sie würden vielleicht immer noch rennen.

Chris fielen unzählige Dinge ein, die sie in diesem hellen Leuchten des Wetters machen wollte, am Haus war alles verkehrt, es war schetterig und schmuddelig, wenn Ewan zum Mittag die Pferde ausspannte, fand er kaum einen Platz in der Küche, weil das Zeug und Gerät aus werweißwelcher Kammer aufgetürmt stand, Chris sah, wie ihre langen schmalen

Hände rot und rissig wurden von all ihrem Schrubben auf den alten backsigen Wänden. Ewan sagte, sie sei ja dusselig, das Haus sei doch gut, was wollte sie mehr? *Weniger Kniest*, sagte sie dann, vielleicht hatte er ja was übrig für Kniest, sie aber nicht, und er lachte und sagte: *Ja, kann schon sein, ich hab ja viel übrig für dich!*, und er legte den Arm um ihre Schultern, und so standen sie da und küssten sich mitten im Durcheinander der kreuz und quer vollgestellten Küche – schrecklich, wie sie sich benahmen, sagte Chris, sie konnten wirklich nicht bei Verstand sein.

Im März verdarb das Wetter ganz, der Regen fiel, es platschte und plästerte, man sah kaum eine Handbreit vor sich, wenn man über den Hof rannte. Ewan saß in der Scheune, worfelte Korn oder knotete Seile oder rauchte bloß und fluchte auf den Regen draußen. Am zweiten Tag kam Chae Strachan zum Schwatzen herauf, ganz in Ölzeug gehüllt kam er an und saß mit Ewan in der Scheune und sagte, so hätte ers in Alaska regnen sehen, und wie die Berge sich dann bewegten, wenn die Schneeschmelze kam. Und Ewan sagte, Alaska sei ihm verdammich egal, seinetwegen könnte es am nächsten Tag im Meer verschwinden, doch wann würde es wieder licht auf Blawearie? Als nächster kam Munro, dann der Mutch vom Bridge End, sie hatten nichts zu tun, als dem Regen zuzugucken und die Köpfe zu schütteln und zu schwören, das würde sie alle an den Bettelstab bringen.

Doch schließlich ging er vorbei, dieser endlose Zweiwochenregen ging vorüber, und am Morgen wachten sie auf und sahen, dass gutes Wetter war, Ewan ließ den Blick aus dem Fenster der Schlafkammer übers Land schweifen und legte sich glatt wieder ins Bett. *Verdammich, lassen wir Blawearie Blawearie sein, mit allem, was dazugehört, und heute einen Ferientag machen, Chris.* Sie sagte: *Das geht nicht, ich muss die*

Dachkammer aufräumen, da wurde Ewan fuchtich, sie hatte ihn noch nie so fuchtich gesehen, so fremd und highlanderisch fauchte er wie eine Katze. *Willst du dein ganzes Leben damit zubringen, verdammichte Kammern aufzuräumen? Du wirst alt und verhutzelt und wie die Munrosche aussehn, bevor du noch zwanzig bist! Heute machen wir einen Tag Ferien!*

Insgeheim froh legte sie sich zurück in die Kissen, und faul, die Hände hinterm Kopf verschränkt, sah sie ihn an und dachte dabei, wie anders er war als der Bursche, mit dem sie nach Dunnottar getrapst war, so gut kannte sie ihn jetzt, seine Gedanken und die Dinge, die er gern mochte, und seine traute Freundlichkeit und seinen Langmut, bevor er gekränkt war, doch eine bittere Kränkung, wie lang schwelte sie in ihm, wenn sie sich einmal festgesetzt hatte! Es war so und doch wieder nicht so wie das, was sie sich in den Tagen vor ihrer Ehe gedacht und gewünscht hatte. So nah sie sich auch gekommen waren, Ewan konnte immer noch bei einem Blick oder einer Berührung von ihr erröten, sie berührte ihn jetzt, um zu sehen, ob sie recht hatte, und ja, das hatte sie. *Lass das! Du bist ein schamloses Luder, das is man sicher, und noch nich mal neunzehn Jahre bist du alt! Komm, stehn wir auf und fahren raus!*

Flink und fix taten sie all die Arbeiten, die der Morgen brachte, und um neun waren sie schon unten am Peesie's Knapp und borgten Chaes Wagen mit dem Kunter, und Chae versprach, dass er ihre Kühe melken und sie auf Blawearie in den Stall führen würde. Dann fuhren sie los und schwenkten links durch Kinraddie auf die Laurencekirker Straße, die Sonne schien und die Kiebitze riefen, Schnepfen standen um ein Brack, an dem sie vorüberfuhren. Die Nordsee lag ferndüster bei Bervie, und der Kunter trabte indessen nach Süden. Von der Höchte sah man die Felder, die sich zum Wald und Kirchturm von Drumlithie senkten, dahinter die Hügel von

Barras, da lag das Ödland in seiner Senke inmitten von Lärchenwäldern. Im Westen davon erhob sich Arbuthnott, ein rechtes Auf und Ab von Hängen und Hügeln, dann schob sich Fordoun vor ihnen über den Horizont, und bald darauf fuhren sie durch den Ort. Ewan sagte, wenn sie in Fordoun lebten, dann würde er den Kopf auf die Schienen legen und den Flying Scotsman einladen, drüber zu fahren, so satt würde er es dort, an einem Ort zu wohnen, der aussah wie eine Scheune, die ein Mann mit zehn linken Daumen und zwei scheelen Augen angestrichen hätte.

Doch Chris gefiel der kleine Ort, sie war noch nie dort gewesen und hatte die Höfe, die ringsum lagen, noch nie gesehen, schönen schwarzen Lössboden hatten sie, anders als der Lehm des blachen Blawearie. *Zum Deiwel mit ihnen und ihrem schönen Land, die sind ja gar keine Bauern, bloß faule Labammen, die herumsitzen und an ihren Häuslern reich werden*, und er sagte, er würde lieber in einer Stadt leben und eine verdammichte Schürze bei der Arbeit tragen, als hier auf dem Land zu marachen. Und dann waren sie in Laurencekirk, das gute Wetter hielt sich noch brav, und Laurencekirk sah schön aus in der Geschäftigkeit des frühen Nachmittags, mit dem Viehmarkt und der Druckerei, wo sie jede Woche den *Kincardineshire Observer* druckten, den die Leute kurz und knapp den *Quieker* nannten. Laurencekirk hatte einen ordentlichen Hass auf Stonehaven, und manche sagten, es gäbe eine bessere Hauptstadt der Grafschaft ab, doch andere sagten, herrje, von wegen Hauptstadt, und sie sagten einen Vers auf, den Thomas the Rhymour mal gemacht hatte und der davon handelte, wie in Rom, bevor man es

zur großen Kaiserstadt ernannte,
die Schurken hausten, wie man noch heute hört:
Piraten, Räuber, ganze Diebesbanden;

und Tammas sprach: In diesem Lande
reicht Rom das Wasser einzig Laurencekirk.

Und wenn die Laurencekirker das hörten, dann lachten sie und waren nicht so bitterlich betrübt wie die in Drumlithie, die gleich heulten, wenn man ihren Kirchturm verspottete, und sie lächelten auch nicht so sauer-süßlich wie die Stonehavener, wenn man von den Armutsschnöseln sprach. Ewan sagte, das sei eine Stadt, die ihm gefiel, er mochte Laurencekirk, hier würden sie Halt machen und einkehren.

Und das taten sie, es war schön, etwas zu essen, das jemand anders gekocht hatte. Dann schauten sie zum Himmel und sahen, wie der Tag schnell verging, und sie nahmen sich vor, zur Burg von Edzell zu fahren. *Da ist nichts zu sehen als ein Haufen Steine*, sagte Ewan, *aber dir gefällt es bestimmt gut, da bin ich mir sicher.*

Und sie taten, wie sie es sich vorgenommen hatten, der Nachmittag verging im Fluge, so gold und grün. Am Fuß von Drumtochty Hill fuhren sie entlang, Ewan erzählte, dass Drumtochty Hill sich im Sommer von der blühenden Heide tiefer lila verfärbte als jeder andere Hügel in Schottland, doch jetzt, während die beiden vorübertrabten, hing der Berg dunkel und schläfrig wie eine große Wolke, die über die Erde schrapst.

Keine Menschenseele außer ihnen war an der Burg, sie stiegen und klasperten in den Trümmern herum, Stein um Stein traten sie los, kleine dunkle Kammern befanden sich in den Winkeln der Mauern, wo vor langer Zeit die Bogenschützen ihre Unterstände hatten. Ewan sagte, diese Bogenschützen müssten ja wohl dussliges Volk gewesen sein, dass sie in solchen Löchern hausten, und Chris lachte und sah ihn an, belustigt und betrübt, ahnte kurz die Ferne, in die die Bücher sie von ihm rückten.

Sie war froh, als sie wieder draußen in der Sonne waren, obwohl sich Wolken von Norden rasch heranschoben und Ewan sagte, sie brauchten hier nicht lang zu lungern. Im Garten der Burg gingen sie von Mauer zu Mauer und betrachteten die zerfallenden Bilder darauf, Bälle und Rosen und Zirkel und wilde Wappentiere ohne Zahl, Ewan sagte, er sei froh, dass die alle längst getötet waren. Aber Chris lachte ihn nicht aus, sie wusste sehr wohl, dass es diese Tiere nie gegeben hatte, doch ihr war so schummrig an dem Tag, sogar hier draußen kam sie eine Kälte an, wo das hohe Gras in der Sonne stand, der tote Garten sie umschloss mit seinem toten Steingetier aus unlittiger Phantasie. Leute, die reich und tapfer waren, heiter und jung wie sie beide, waren hier einst gewandelt und hatten sich unterhalten und vergnügt, und nun war ihr Spiel vorüber und mit ihnen wars vorbei, sie hatten weder Namen noch Gedenkstatt, selbst im Land der Toten mochten sie vergessen sein, denn vielleicht starben die Toten wieder und all wieder und gingen dann weiter. Wie dösig versuchte sie Ewan den Schudder, der sie überlief, zu erklären, und er starrte sie bloß an und schob sich die Kappe aus der Stirn und blickte verbaselt und sagte halbherzig: *Ah ja,* er wusste nicht, was sie da quasselte. Da lachte sie und wandte sich ab, vergrellt auf sich selbst und ihre Dusseligkeit, doch vor einiger Zeit noch hatte sie gedacht, es gäbe nichts, das sie nicht miteinander und zusammen verstehen könnten …

Und der Regen, der den ganzen Tag lang ausgeblieben war, kam schließlich an und erwischte sie auf dem Heimweg, überholte sie bei Laurencekirk in einem alles verwaschenden Schwall, den sie rauschend über die Felder kommen sahen, der Kunter hielt den Kopf gegen den Sturm gesenkt und trabte tapfer weiter, mit einem Schlag wurde es dunkel, und Ewan stellte fest, dass Chaes kleiner Karren mit keiner einzigen Lampe versehen war. Er verwünschte Chae und fuhr schweigend weiter, und Wind kam auf, wie sie die lange kahle Straße bei Fordoun entlang kamen, und hob den Kunter beinah vom Boden hoch, und tief im Dunkel hörten sie das Nebelhorn vom Todheader Leuchtturm blöken. Wie ein Paar triefender Ratten kamen sie bei Chae auf Peesie's Knapp mit dem Wagen vorgefahren, Chae wollte sie hereinholen, damit sie sich trockneten, doch das mochten sie nicht tun, sie rannten den ganzen Weg nach Blawearie hinauf, und die nassen Bäume ächzten im Wind, als sie ihre Tür erreichten.

Das aber war der letzte nasse Tag des Frühlings gewesen, und Chris war es nun so, als glitten die Wochen vorüber wie Masten, deren fliehenden Anblick man an einem Sommertag aus dem Fenster des eilenden Zugs erhascht – Licht und Schatten und gefurchtes Holz, Licht und Schatten und das Dröhnen des Zugs, das Leben selbst schien genauso den Frühling hinaufzufliegen, Ewan hatte die Getreidefelder beinah so früh wie die vom Gutshaus schon fertig gepflügt und das Korn gesät. Nur auf das Feld mit dem Sommergetreide ging Chris auch hinaus und trug das Korn für Ewan.

Und das hatte sie gern getan, es war kein Schuften und Placken, keine mühselige Qual, wie es bei Vater gewesen war, Ewan war heiter und fix, das düstere Glosen war aus seinem Blick verschwunden, seine Augen hatten jetzt einen hellen, steten Glanz angenommen, so kam es Chris vor, nun, da er sein eigenes Zuhause und seine Frau hatte. Wie es ans Eggen ging, führte Chris die Egge, während er Dünger auf den Rübenacker karrte, sie war froh, dass das nicht ihre Aufgabe war, froh, hinter den Pferden herzustiefeln, den Rock geschürzt und die Zügel in der Hand, während die Pferde stetig vorwärts stapften, sie war ihnen vertraut und sie verwöhnte sie mit Brocken Marmeladenbrot, weshalb

Ewan, wenn er sie übernahm, füünsch rief: *Lass den Kopf aus meiner Tasche, Clyde, was zum Deiwel schnüffelst du dauernd darin herum?*

Dann fuhr er nach Stonehaven und kaufte eine neue Säschar und säte die Rüben; und am Abend, als er fertig war und ausgeschirrt hatte und zurück ins Haus zum Abendessen kam, da konnte er Chris nicht finden, so sehr er auch rief und rief. Sie hörte ihn rufen und gab keine Antwort, sie lag im Garten unter den Buchen, so hübsch und grün und voll Geraschel in ihrem frischen Frühlingslaub, das flüsterte und wisperte über ihrem Kopf, den sie tief im Gras vergraben hatte, während sie dalag und nachdachte. Ein kleines Insekt krabbelte über ihre Hand, das mochte sie sonst überhaupt nicht, doch jetzt in diesem Moment konnte es sie nicht im Geringsten stören, nichts vermochte das, sie lag so gewiss und still dort, weil dieses Etwas sie aufgesucht hatte. Sie fühlte weder Freude noch Schmerz, nur Benommenheit, als wär sie beim Laufen durch die Felder mit Ewan gegen einen großen Stein geprallt, mit Körper und Beinen und Armen, und läge jetzt niedergestreckt und versehrt, das Laufen und das dünne Sirren der Brise noch die süße Luft um sie herum erfüllend, Ewan noch im Lauf, frei und ohne Sorge, weil er nicht wusste oder es ihn nicht kümmerte, was ihr zugestoßen war. Die Tage des Liebkosens und der Mußezeit und der Närrischkeit des Küssens – für ihn blieben sie noch, doch für sie würden sie nie wieder dieselben sein, Träume erfüllten sich, und sie verbrachten die Tage, die Hügel erhoben sich immer noch gegen den Sonnenuntergang, doch ihr Herz mochte ihnen nie wieder in die Höhe folgen und nach dem nächsten Tag verlangen, während die Nacht noch ihr eigen war. Keine Nacht würde sie mehr sich selbst gehören, die Saat der Wonne, die sie mit Ewan gesät hatte, die keimte und wuchs in ihrem Körper, in der Wärme unter ihrem Herzen. Und Chris Guthrie schlich sich davon, fort von der Stelle unter den Buchen, wo Chris Tavendale lag, und Chris Guthrie ging fort ins stille Warten des Nachmittags, Chris Tavendale hörte sie gehen, sie würde nie wieder nach Blawearie zurückkommen.

Doch sie sagte Ewan nichts davon, nicht an dem Abend, nicht in der folgenden Woche noch in den Wochen danach, sie beobachtete ihren eigenen Körper stiekum und bekümmert und mit huschenden Blicken und suchte nach den Anzeichen und Brandmarkungen von diesem Etwas, das sie aufgesucht hatte. Sie sah, wie sich ihre Brustwarzen veränderten, wie sie hart wurden und dann wieder weicher, diese Brüste, die Ewan geküsst und für Gottes Wunderwerk gehalten hatte, Mädchenbrüste, die jetzt nicht mehr die eines Mädchens waren, sich wandelnd im langsamen zweckbedingten Rhythmus mit Maß und Schwingung jeder Note in dem Takt, ihr Bauch wurde voller und runder unterhalb des Nabels, sie schaute in den Spiegel und sah, wie auch ihre Augen verändert waren, tiefer, fremder, mit Rötungen und Adern darin. Und in den Stillen der Nacht, wenn das Käuzchen bei der Scheune schwieg, da bewegte sich einmal etwas dort unter dem Herzen, es regte und drehte sich träge, ein Schläfer in tiefen Träumen, und sie atmete in kurzen hastigen Stößen und weinte, und dann lag sie still, weckte Ewan nicht, denn das war ihr Feld und ihre Fahr, sie hatte ihm das ungesäte Feld gebracht, und das Bestellen und Ernten war jetzt an ihr, so wie es mit ihr gewesen war, als sie im Bauch ihrer Mutter lag. Daran dachte sie nun, und es erschien ihr so sonderbar, wie wenig klar sie früher daran gedacht hatte, ein wenig verschämt war sie auch, denn es war ungehörig und grob, wenn ein Mädchen an so etwas dachte – dass ihre Mutter sie auch einmal als Samen getragen hatte und als Frucht und als ein dunkles Sich-Regen von Fleisch im Verborgenen in ihrem Innern.

Bei dem Gedanken wurde sie ganz wach, während Ewan neben ihr weiterschlief, sie drehte sich von ihm weg, dachte an Mutter, nicht als die Mutter, die sie ihr gewesen war, sondern an die Jean Murdoch, auch eine Frau, die dieser furchtsamen Beklommenheit nächtens ins Auge gesehen hatte. Schlaflos lagen sie in den langen dunklen Stunden, der Frucht der Liebe wegen, deren Sämann jedoch dessen ganz uneingedenk fest schlief, sie waren die Pflanzen, die dunkel und still in der Nacht standen, reglos und unbeweglich, die Biene summte mal hier und mal da, von ihrer Schatzbeute müde, und am Morgen ging ein weiterer Tag zum Jagen auf. So lagen die Dinge also, das war die Mauer, der Kerker, den du nicht niederreißen konntest, nichts ließ sich machen – gar nichts, auch wenn sich das Herz aus seiner Bräsigkeit regte und plötzlich die Froststarre schmolz, und trotzdem kam kein Schlaf … Doch jetzt kam der Schlaf nicht wegen dieses Geraunes im Kopf, wegen der Worte, die immer im Kreis gingen, tonlos und bang vor deinen Lippen, ein Geraune von Stunden in den Hügeln und vom Umherstreifen an Seen und der Herrlichkeit von Büchern und vom festen Schlaf – Geraune von einer Welt, die draußen vor den Kerkermauern noch ihren Gang ging und rief, lieblich und unaussprechlich in ihrer Schönheit noch immer draußen vor den Türen des Hauses auf Blawearie, von ihrem Geisterschatten verhöhnt, weinte diese Welt um Dinge, die verloren waren und verbracht und zu Ende.

Dann kam Ruhe, der Morgen pochte ans Fenster, sie drehte sich um und schlief, schlief erschöpft, stand auf mit bleichem Gesicht und bleiernem Gang, und die Verrichtungen in der Küche dauerten lange. Und Ewan kam hereingehastet, in Eile an diesem Morgen, die ersten Rüben schoben die dünnen zarten Blattschäfte durch die Erde, er wollte hinaus und nach ihnen sehen. *Verdammich, Chris, schläfst du noch?*, rief er, halb lachend, halb vergretzt, und Chris sagte nichts, ging zurück in die Milchküche. Ewan fuhr auf und machte einen Schritt, verdattert folgte er ihr auf zögernden Sohlen. *Was ist passiert? Was ist los?*

Während Chris sich nach ihm umdrehte, um ihm ins Gesicht zu schauen, wusste sie plötzlich, dass sie ihn hasste, wie er da stand, die Gesundheit selbst war ihm auf die Stirn geschrieben, die Augen hell und klar – mit jedem Tag hier wurden sie heller und klarer, auf den Feldern, die er liebte und bedachte am Morgen und in der Nacht, da war das Land, und das Versorgen der Tiere, das Pflegen der Pferde, und sie selbst, die ihm bei Nacht Wärme gab und am Tag das Essen vorsetzte. *Was schulerst du so?*, fragte er, und endlich sagte sie etwas, leise und ruhig: *Beim Himmel, vergrell mich nicht. Musst du mir wie ein altes Weib hinterherschlieggern, egal wo ich bin?*

Er zuckte zusammen wie ein Pferd unterm Peitschenhieb, in seinen Augen flackerte die düstere Glut auf, doch er drehte sich auf dem Absatz um und von ihr weg. *Du bist wohl mit dem falschen Fuß aufgestanden?*, sagte er und war schon draußen. Da tat es ihr leid, sie wollte ihm etwas nachrufen, ließ die Eimer fallen, um hinter ihm herzulaufen, doch dann verdarb er alles, indem er laut mitten vom Hof schrie: *Und ich hätt gern mein Frühstück, bevor es Abend ist!*

Es war, als wäre sie trockener Broam und seine Worte ein flammender Buschken, der darangehalten wurde, sie rannte hinter ihm her, überholte ihn auf dem Hof, packte seine Schulter und drehte ihn mit solcher Kraft um, dass er beinah hinfiel. *So redest du mit mir?*, rief sie. *Meinst du, ich bin deine Magd? Du bist mein Diener, merk dir das, lebst von meinem Korn und Käs, du Highland-Pracher!…* Sie sagte noch mehr als das, das wusste sie, auch wenn ihr keine Erinnerung an die Worte mehr geblieben war, es war ein Nebel des Zorns, aus dem sie auftauchte, als Ewan sie an den Schultern packte und sie schüttelte. *Du verdammichte Töle, das sagst du zu mir? Zu mir?…* Sein Blick war ganz starr, wie bei einem wilden Tier, dann schien er plötzlich zu schrumpfen, ganz klein wurde er, seine Hände sanken herab und baumelten zu beiden Seiten. *Ach, du bist krank, du solltest im Bett liegen!*

Er ließ sie im Hof stehen, stapfte zur Scheune, sie stand da wie eine Närrin, wie blind war sie von Tränen der Reue und Wut. Sie ging zurück in die Küche, und als sie mit den Eimern hinauskam, stiefelte Ewan schon über die Felder davon, die Hacke über der Schulter, es tagte noch kaum, er ging aufs Feld ohne Frühstück. Sie melkte die Kühe in Eile, ihr Zorn erstarb, sie wollte schnell fertig werden und das Frühstück bereiten, er würde bestimmt bald zurückkommen.

Damit hatte sie gerechnet, doch Ewan kam nicht zurück. Die Hafergrütze blubberte zu einem dicken, zähen Kloß, hinter zurückgelegten Laden brach der Tag mit einem schweren, üblen Rot an, heiß, als würde Dampf über die Hügel gegossen, doch der Tee erkaltete. Selbst halb verzweifelt vor Hunger wartete sie, konnte nicht sitzenbleiben, wanderte vom Herd zur Tür, von der Tür zum Tisch, und dann fiel ihr Blick auf die Anrichte, wo die Trillerpfeife lag, die Vater bei sich gehabt hatte, als er gelähmt im Bett lag, und sie riss sie an sich, und im nächsten Augenblick war sie schon über den Hof auf der anderen Seite der Raufen.

Sie beschattete die Augen mit der Hand und sah Ewan, unten im Rübenacker, wie er ausholte und die Hacke hinuntersausen ließ, keiner in Kinraddie jätete mit solchem Schwung und so gut wie er. Dann pfiff sie laut und scharf durch den Morgen, halb Kinraddie musste das scharfe Gellen gehört haben, aber er nahm keine Notiz davon. Dann überkam sie Verzweiflung, sie hörte auf zu pfeifen, *Ewan, Ewan!,* schrie sie nach ihm, und beim ersten Schrei schaute er auf und ließ die Hacke fallen – er hatte sehr wohl ihr Pfeifen gehört, dieses sture Mistvieh! Sie schrie noch einmal, jetzt kam er übers Feld zum Hof gerannt, wie er noch kaum zehn Meter entfernt war, schrie sie ein drittes Mal, die Kehle tat ihr weh, doch sie tat es mit Bedacht, Zorn kochte in ihr, und doch war sie auch kalt.

Und Ewan rief: *Himmel, Chris, bist du ganz ausgereckt? Was schreist du so, was willst du?* Er stand groß vor ihr, fuchtich und verdattert zugleich, und da wusste sie es gewiss, sie nahm alle Kraft in ihrer Stimme und in ihrem Körper für die Antwort zusammen und für das, was danach kam: *Das!*, sagte sie und schlug ihm mit voller Wucht quer übers Gesicht, ihre Finger schrien auf vor Schmerz und wurden dann taub, auf Ewans Gesicht zeigte sich ein großer roter Fleck, das Klatschen des Schlags hallte von allen Mauern auf Blawearie wider.

Das sah und hörte sie, nur einen Augenblick lang, im nächsten Moment ging er auf sie los wie eine Katze, im Kopf dröhnte und gellte es, als er sie zweimal schlug, sie versuchte auf den Beinen zu bleiben, verlor das Gleichgewicht und fiel gegen die Raufe, klammerte sich daran und starrte voll Furcht Ewan an, das Rasen in seinem Gesicht, die Fäuste, die wieder auf sie zu kamen. *Steh auf!, steh auf!*, schrie er. *Verdammt, steh auf!*, sie wusste, er würde sie wieder schlagen, und im Aufstehn verdeckte sie ihr Gesicht mit dem Arm, versuchte das Schluchzen in der Kehle zu unterdrücken, doch dafür war es zu spät. Im Schwindel sah sie, wie er vor ihr schwankte und sich bewegte, sie konnte ihn nicht sehen, doch sie rief: *Nein! nein!*, dann wandte sie sich um und rannte stolpernd über den Hof und den Hang hinauf zum Moor. Zweimal rief er, als sie rannte, beim zweiten Mal wär sie fast stehengeblieben, *Chris! Chris!, komm zurück*, seine Stimme brach beinah so wie ihre eigene zuvor. Doch sie konnte nicht stehenbleiben, nicht aufhören zu laufen, ein Hase, den die

Schlinge gepeitscht hat. *Nie wieder, nie wieder, ins Wasser, ins Wasser!*, schluchzte sie rennend und keuchend, die Aufrechten Steine erhoben sich aus dem Ginster, um ihr aus stillen Antlitzen ins Gesicht zu blicken.

*

Eine Viertelstunde, eine halbe Stunde, wie lange hatte sie da dämmernd und benommen gelegen? Der Morgen hing noch in der Luft, sie war ganz nass vom Tau. Sie wandte sich zur Seite und richtete sich halb auf, hörte das hohe Schrillen im Ginster und ließ sich wieder auf den Boden sinken.

Ewan war am Gatter zum Moor, er war stehengeblieben und starrte auf das Wasser, dachte, was sie gedacht hatte, er hatte sie noch nicht entdeckt. Sie seufzte. Sie war müde, als hätte sie einen langen Tag im Schweiße der Landschaft Angesicht geschuftet, doch Ewan würde sie versorgen, Ewan würde sich kümmern.

Sie hob die Stimme und rief nach ihm, und er kam zu ihr.

IV
ERNTE

Ihr kam es vor, als wäre sie gerade erst fortgegangen von diesem Ort, an jenem Maimorgen vor mehr als sechs Jahren, als Ewan durch das rote dräuliche Wetter gekommen war, um nach ihr zu suchen. Sie schloss die Augen und legte die Hand an den größten der Aufrechten Steine, die raue Oberfläche des Steins sprang ihr kalt in die Hand, ein schudderiger Wind wehte von den Hügeln herab. Dann ließ etwas anderes sie zusammenfahren, sie öffnete die Augen und sah sich um, da stand er doch in stiller Sicherheit und schaute sie an. *Bleib bei mir, Ewan!*, rief sie, und er kam zu ihr gelaufen, und sie griff nach seiner Hand und schloss wieder die Augen, betete in brennendem, barmendem Mitleid für jenen Ewan, dessen Hand weit fort von ihrer lag.

Sechs Jahre! Frühlingsregen und Saat, Ernten und Winter und immer wieder ein Frühling seit jenem Tag, an dem Ewan auf der Suche nach ihr hierhergekommen war, sein Gesicht so bleich und kalt, doch es erglühte gleich in Wärme und Freude, als sie ihn endlich rief. Sie hatte in seinen Armen geweint, so müde, so müde, während er sie den Hügel hinuntertrug, und aller Zorn hatte ihn ganz verlassen, er trug sie ins Haus und hinauf in ihr Bett und streichelte ihre Hand und sagte: *Bleib nur ganz ruhig!*, dann machte er sich auf, im Laufschritt den Hügel hinab.

Das erfuhr sie später, wie er gerannt war, und zwar nach Peesie's Knapp, doch das wusste sie damals nicht, sie versank in tiefem, immer tieferem Schlaf und erwachte viel später erst wieder, als Ewan mit einem anderen Mann in die Kammer gekommen war, der andere war Meldrum, der Doktor aus Bervie. Er streifte die Handschuhe von seinen langen weißen Händenm und wie ein Huhn mit seinem schiefen scharfen Auge musterte er sie. *Was hast du denn da angerichtet, Chris Guthrie?*

Er wartete die Antwort nicht ab, ergriff ihre Hand und ihr Handgelenk und horchte, immer noch wie ein Huhn, den Kopf zur Seite gelegt, während Ewan ihn bleich und düster anstarrte. Dann sagte der Doktor: *Schön, schön, das ist in Ordnung, lass sie mal ein bisschen mehr von sich sehen, die junge Frau Tavendale.*

Während er mit diesen komischen Dingern am Ohr durch das andere Ende auf ihrer Brust in sie hinein horchte, schloss sie halb die Augen, nicht mehr krank fühlte sie sich, nur noch so müde, und sie lugte zur Seite und lächelte Ewan zu. Dann bewegte der Doktor das Stethoskop weiter nach unten, es kitzelte ihre bloße Haut da, und sie wusste, dass er es wusste, und er richtete sich auf. *Und du willst mir erzählen, du hättest nicht gewusst, was mit dir los ist, Chris Tavendale?*

Oh ja, doch, sagte sie. *Aber Ewan nicht?*, sagte er, und sie schüttelte den Kopf und die beiden lachten über Ewan, der da stand und den Blick zwischen ihnen hin und her gehen ließ, das schwarze Haar stand ungebürstet kreuz und quer, sie hatte ihn an dem Morgen fast umgebracht. Dann griff Doktor Meldrum nach seinem Arm und schüttelte ihn, *Vater wirst du, Blawearie, was hältst du davon? Los, runter und mach mir eine Tasse Tee, während Chris und ich noch ein paar intimere Einzelheiten bereden – du brauchst nicht dabei sein, sie ist in Sicherheit bei einem alten Mann, so schmuck sie auch sein mag.*

Das sagte er alles so beiläufig, als bestelle er eine Kanne Milch, Ewan schnappte nach Luft und wollte was sagen und brachte nichts heraus, doch sein Gesicht strahlte, wie er sich umdrehte, um die Treppe hinunterzurennen. Unten hörten sie ihn singen, und der alte Meldrum legte den Kopf schief und horchte: *Der hat verdammich gut singen, was Chris? Aber du wirst auch singen, wenn dein Kind auf der Welt ist, Chris. Komm, wir wollen mal nachsehen, ob alles in Ordnung ist.*

Das war es. Er legte ihr die Hand auf die Schulter, als er fertig war, und rüttelte sie sanft. *Ein Körper so gesund und natürlich und schmuck wie eine Kuh oder eine Rose, Chris Guthrie. Du wirst keine Schwierigkeiten haben und brauchst nicht bange sein. Doch geb auf dich acht, iss gut Gemüse und sei so brav zu Ewan wie du kannst in der Schwere dieser Monate. Das tut ihm wohl und dir auch.* Dazu nickte sie, sie hatte ihn verstanden, er gab ihr noch einen Klaps auf die Schulter und ging hinunter zu Ewan und trank den bereiteten Tee, wenn es überhaupt Tee war, beim Geruch der Tassen mochte einer daran zweifeln.

Ewan wusste es, Meldrum wusste es, ihr war, als sei ein Ufer versunken, hinter dem sie einen wilden Strom geträumt hatte und einen Sturm, der losbrechen und sie umnachten und überwältigen würde. Doch jetzt war da nichts als das Korn, das wuchs, und die Kiebitze, die riefen, der Sommer kam, erhob sich jeden Morgen mit offenem Haar, der Tau stieg auf in wallenden Nebeln von dem drängenden Korn, das Ewans schiere Felder bedeckte. Nichts zu fürchten und viel zu tun, vor allem Ewan beizubringen, dass er sich nicht ängsten solle, sie war keine Puppe, sie war so sicher wie eine Kuh, auch wenn sie zu Gott hoffte, dass sie nicht wie eine solche aussah. Und Ewan sagte: *Du siehst schön aus, schmucker denn je,* ganz ernst, und er meinte es, und sie war froh, lugte sich selbst in dem langen Spiegel an, wenn sie allein war, sah das sanfte Runden von Bauch und Hüften unter dem Kleid – was für ein Glück, dass sie nichts von dieser Hässlichkeit hatte, an der manche armen Menschen tragen, schlimm war es für die. Sie hatte Freude daran, sie selbst zu sein, so wie früher zu sein, nichts anders zu tun, nur kochen und backen und morgens hinaus aufs Feld laufen mit dem Kleinmittag für Ewan, *Renn nicht!*, rief er, und sie rief zurück: *Quatsch nicht!*, und kam zu ihm und ließ sich neben ihm zu Boden sinken, mitten in die langen Kartoffelfahren, die er jätete, niedrig und breit und schön verzweigt die Triebe, es war ein gutes Jahr für Kartoffeln. Und während er aß, rollte sie sich seinen Mantel zu einem Kissen und lehnte sich dagegen, breitete die Hände aus und saß in der Sonne, das war ihre Ruhepause, indem sie Ewan zuhörte, der von der Saat erzählte und dem Wetter, das so gut war, die Leute meinten, es könnte sich so nicht halten, bald müsste es einen Knacks in dem schönen Wirken der letzten beiden Monate geben.

Es war Ende Juni, als er das sagte, und der ganze granzige Howe hatte düster den Himmel im Blick, ganz bestimmt lauerte *da oben* ein böser Streich. Denn der nötige Regen fiel in der Nacht, gerade genug und nicht mehr, wie künnig aus der Kanne gewässert, und tagsüber war es sonnig und schön, man hätte sich nichts Besseres wünschen können, doch es lag nicht in der Natur der Dinge, dass das von Dauer war. Und Chris sagte wie verträumt: *Vielleicht wird jetzt alles besser im Ganzen*, und Ewan sagte: *Verdammichte Sorgen!*, den Blick ganz fern und dunkel und angestrengt, die Ernte und die Erde hatte er in Bunken und Blut, und Chris schaute ihm ins Gesicht und sah Zufriedenheit, nicht Eifersucht, Neugier oder Fürsorge, wiewohl sie selbst in seinen Augen einen Platz hatte, neben Ernte und Land.

Dann schloss sie die Augen im Sonnengeflimmer und im Geruch der sprossenden Kartoffeltriebe, grün, scharf, stark und gut, und manchmal döste sie ein und erwachte sonnenmüde, Ewan machte sich ein Stück weit entfernt zu schaffen, mit leiser Jäthacke, damit sie nicht aufwachte.

Sie entschied, dass sie das Kind in der Kammer zur Welt bringen wollte, die früher ihre gewesen war. Sie schrubbte und putzte die Kammer, bis alles glänzte, und schaffte die Matratze hinaus, um sie im Garten zu lüften, zwischen den Buchen, an denen das Laub jetzt ganz dicht stand. Man sah kaum den Himmel über der wispernden malachitenen Kuppel, und wie sie da stand und emporblickte, kam der Lange Rob von der Mühle vorbei, um mit Ewan die Rechnung zu begleichen. Als er Chris sah, kam er näher und lehnte sich über die Hecke, barhäuptig, schlaksig wie eh und je mit seinem großen Schnauzbart und den stahlblauen Augen.

Er brach einen Stängel vom Sügers und kaute darauf. *Das ist wohl für den Sohn, Chris, hm? Und wann bringst du ihn zur Welt?*, fragte er. *Ende September oder Anfang Oktober, glaub ich*, sagte sie, und Rob schüttelte den Kopf, das war nicht die beste Jahreszeit für Geburten, doch bei ihr gab es nichts, vor dem man bang sein musste. Er lachte auf, wie er da lehnte, ihm war etwas eingefallen, und er erzählte Chris von seiner eigenen Mutter, Frau eines Häuslers war sie gewesen, unten im Ödland. Sie hatte zwölf Kinder geboren in sechzehn Jahren, neun waren gestorben, Rob war der älteste und bloß ein Junge, als er gesehn hatte, wie der jüngste Bruder geboren wurde. *Gesehn – was sag ich! Ich hab geholfen, denk dir das bloß, Chris!* Und sie dachte es sich, und ein Schauer überlief sie, und Rob sagte: *Das war dusselig von mir, das zu erzählen. Aber bei dir ist doch alles fein in Ordnung, Chris, oder?*

Und auf dem Heimweg wird er wohl die Neuigkeiten von Blawearie herumerzählt haben, bald jedenfalls wusste Kinraddie besser Bescheid als Chris selbst. Nach und nach kamen Leute vorbei, abends, wenn es ruhig war, aus glatter

Neesgierigkeit, nichts sonst, und sie schulten nach Chris, während sie mit Ewan redeten, dann gingen sie heim und erzählten, ja, es stimmte. *Jawohl, bald sind sie eine Familie oben auf Blawearie, muss gleich beim ersten Mal angeschlagen sein bei der Chris.* Aber andere wussten es besser, Mutch und Munro, und das Gerede machte die Runde, dass es schon gut vor der Ehe angeschlagen hatte, Ewan hatte die Deern bloß geheiratet, als sie mit dem Gesetz gedroht hatte. Das ließ sich Kinraddie man schmecken, das war ein leckerer Brocken, und irgendwann gelangte das Gerede auch nach Blawearie, Chris wusste gar nicht, wie und von wem, doch sie kriegte es zu hören und Ewan kriegte es zu hören und er schwor, er würde hingehen und Mutch und Munro in die Steerte treten, bis sie vom Sitzen nur noch träumen konnten. Und im Brass und Rasch des Augenblicks wäre er glatt losgerannt, doch Chris erwischte ihn noch und hielt ihn zurück, das wäre doch dösig, sagte sie, die Leute würden ihn so erst recht für wahr halten, den Schandal, und wenns ihnen guttat, ihren Schiet zu denken, dann sollten sie doch nur.

Und dann war es Chris, als schlösse sich ihre Welt auf Blawearie immer dichter um sie und das Leben, das sie in sich trug, das sich jetzt immer öfter regte, anfangs nur langsam, so drehte es sich ihr unterm Herzen, doch dann mit plötzlichem Rucken, immer wieder, manchmal alle paar Augenblicke, und sie saß da und schnappte nach Luft mit geschlossenen Augen. Immer enger schienen die Tage im Kreis um sie und das Haus zu schlieggern, Will in Argentinien drüben begegnete ihr im Traum, Aberdeenshire war weit weg, kein Leben und Regen außerhalb des Kreises aus Hügeln und Wäldern rings um den Hof auf Blawearie sah sie, bis auf Schatten im Sonnenlicht und in der Nacht. Dann kamen ihr Einbildungen und vergingen wieder, mall und fremd und lastend, solange sie anhielten, sie konnte den Bann selbst nicht brechen, die Bilder mussten sich in ihrem eigenen Schritt und Takt verbrauchen und verblassen.

Eines Abends kam es, dass sie die Kühe nicht anrühren konnte, Ewan musste selbst melken, er war ganz verbaselt und padderig dabei, doch sie konnte nichts dafür, am nächsten Morgen schon lachte sie über sich selbst, was war am Melken der Kühe zu fürchten? Dann kam der Tag, an dem sie Chae Strachans Schafe in die Hürden trieben, und die Lämmer wurden verschnitten, bis es sie beinah um den Verstand brachte, das dünne Blöken der Lämmlein, das in einer einzigen großen Wolke des Klagens aufstieg, und die Leute dabei mit ihren Pfeifen und Messern und mit all dem Blut, das im Sonnenschein rann. All das stieg als Bild in ihr auf zum Klang dieses Blökens, bis sie sich in der Milchküche verkroch, dem einzigen Ort, an den diese Laute nicht drangen.

Doch eine andere Eigenheit, und die blieb am längsten, das war die Angst, alle Laute könnten verstummen, die Angst vor der Nacht, wenn es beinah wie lautlos sein konnte, Ewan schlief, den Kopf in die Armbeuge geschoben, wie er es manchmal tat, ganz lautlos schlief er, bis sie meinte, er sei tot, und ihn in schlaftrunkenes Halbwachen rüttelte, *Was ist los?*, fragte er dann, *hab ich dir die Decken weggezogen? Ja*, sagte sie dann, weil sie sich schämte, ihm von dieser Angst zu reden.

Doch die Tage waren ihnen dann heiter und hell, das Gackern und Scharren der Hühner im Hof, der Ton des Mähers, mit dem Ewan die Schwaden beim Heumachen schnitt, das Muhen der Kälber, die sich der Fliegen erwehrten, Clydes Wiehern, wenn ein Hengst des Weges kam.

Nur die Nacht war die Zeit der Ängste, wenn sie in diese Stille erwachte, doch auch in der stillsten Nacht konnte sie, wenn sie ganz genau horchte, das wispernde Lispeln des Buchenlaubs nahe am Fenster hören, das war ihr Beruhigung und Trost, sie wusste nie, warum, als wär der Saft, der durch Äste und Zweige rann, eins mit dem, was in dem neuen Leben unter ihrem Nabel rann, und der zukünftige Tag in einigen Monaten etwas, das sie mit dem Wisperer da draußen im Dunkel teilte.

Doch ach, es war noch lange hin! Sie hätte sich beinah gewünscht, sie hätte ohne Segen bei Ewan gelegen, wie Mutch es herumtratschte, dann wäre das Kindchen jetzt schon da und sie müsste nicht warten, bis Ernte und Garbenbinden und Aufschocken vorbei war. Doch es lag in ihr, warm und behütet, und sah mit ihr zusammen die Wintersaat wachsen und reifen, gelb und hoch, und die Austmonde, die in diesem Jahr so früh kamen, rote Monde sahen sie beim Zubettgehen schief und schräg auf der Krümmung der Erde stehn, man fühlte, wie dort im stillen Himmel ein anderes Land und eine andere Welt hingen.

Eines Tages, Mitte August wars, da saßen sie beim Essen, als die Tür aufflog, und Chae Strachan hereinplatzte, ordentlich aufgeregt, eine Zeitung in der Hand. Chris hörte halb hin, und halb auch nicht, Krieg gab es, das britische Königreich würde gegen Deutschland in den Krieg ziehen. Doch Chris kümmerte das nicht und Ewan auch nicht, er dachte an seine Heuraufen, die das Wetter verderben konnte, und Chae machte sich also all wieder davon mit seiner Zeitung, und danach schenkte Chris dem Krieg keine Beachtung, bis auf den gelegentlichen Gedanken daran, es gab immer irgendwelche dämlichen Deiwel, die sich um irgendetwas die Köpfe einschlugen, wie Ewan sagte, und, herrje, sollten sie kämpfen, bis sie schwarz waren, ihn kümmerte das nicht, wenn bloß das Wintergetreide ein bisschen schneller käme, es war fast so weit, dass man schneiden konnte, doch das Stroh so kurz, es war ein Jammer. Und er ging im Abendlicht hinaus, hinunter zum Sommergetreide, und polkte herum, von einer Gewanne zur nächsten, als wollte er die Spieren hervorkitzeln, dass sie über Nacht wachsen sollten, so hoch, dass es ihm am Morgen zur Freude gereichen würde. Ein Kind mit einem Spielzeug, dachte Chris und lachte, wenn sie ihm dabei zusah, und dann regte es sich in ihrem Körper, während ihr Blick noch auf ihm lag – eine Mutter war er mit ihrem Kind, das Korn war sein Kind, so wie das Leben, das in ihr wuchs, ihres war und seiner Ernte entgegenreifte.

Das Korn war zuerst dran. Die Gewannen auf und ab fuhr Ewan auf seinem feinen neuen Mähbinder, Clyde und Bess zu beiden Seiten des Baums, und das Korn wurde niedergebogen und auf die Flügelfläche geschlagen und auf den Gabelzähnen gesammelt und gedreht und gebunden und ausgestoßen. Auf und ab gingen die kreisenden Arme, und gutes Erntewetter kam über Kinraddie, obwohl es in Dee regnete, wie die Leute sagten, und auch unten in Forfar war es ein nasses Jahr. Gewanne um Gewanne befuhr Ewan mit seinem Binder, Chris konnte ihm noch den Kleinmittag bringen, wenn er bei der Arbeit war, doch sie ging jetzt mühsam, behutsam und sachte, und er sprang von dem Mähbinder und kam ihr entgegengelaufen und ließ sie im Schutz einer Hocke niedersitzen, während er im Stehen aß, den Blick wie stets auf Felder und Himmel gerichtet, er hatte die Ernte noch zu Ende zu bringen.

Doch dann war sie eingebracht, Ende September wars, und am nächsten Tag kam der Regen gepladdert, Chris sah den Regen heraufziehen, und der helle Sommer ging dahin, hinterließ die Hocken voll und schwer beladen auf den Feldern. Und dann merkte Chris, wie ihr schlecht wurde, ein schwerer Schmerz kam und ergriff ihre Brust und ihr Becken, *Ewan!*, schrie sie und stürzte beinah, er kam gelaufen.

Sie starrten einander an und hörten den Regen, und dann kam der Schmerz wieder und bohrte sich in Chris hinein wie ein heißes Messer, sie biss die Zähne zusammen und schüttelte Ewan ab, sie wusste, was jetzt zu tun war. *Vielleicht geht es noch lange so, aber schick doch Chae nach dem Arzt und der Schwester. Chae wird die Schwester aus Bervie holen.*

Ewan stand da und starrte, in seinem Gesicht arbeitete es, sie lächelte ihn an, obwohl der Messerschmerz jetzt wie eine Kleinigkeit schien, inzwischen rissen Eisenhaken in ihrem Innern, rostig und stumpf zerrten sie. Sie hob ihr Gesicht ihm entgegen für einen Kuss und sagte durch zusammengepresste Zähne: *Mir gehts gut, aber mach schnell!*, und gleich darauf schaute sie ihm hinterher, wie er den Weg hinunter zum Knapp rannte. Bleich, vom Schmerz benommen, begann sie dann in der Küche auf und ab zu gehen, sie wusste, dass das nötig war, um die Geburt schnell zuwege zu bringen, alles andere war bereit und wartete in der Kammer oben. Nach einer Weile wurde der Schmerz schwächer und schwand, doch sie wusste, dass er bald wiederkommen würde. Sie füllte sich eine Wärmflasche und rannte fast die Treppe hinauf, um sie ins Bett zu stecken, dass bloß nicht der Schmerz auf halbem Wege wiederkam und sie überraschte. Doch er blieb noch aus, sie glättete die Laken, zog die Gummiunterlage hervor, die sie eigens gekauft hatte, und zurrte sie über dem Laken fest, dann stellte sie den Zuber auf den Teppich am Fenster und überlegte, was jetzt als nächstes zu tun war. Da fiel ihr Blick auf das eigene Gesicht im Spiegel, es war gerötet und heiß, die Augen brannten, und plötzlich kam ihr der Gedanke, wie seltsam es wäre, wenn sie sterben würde, wie so viele Frauen, die im Kindbett starben, sie fühlte sich gesund und stark, die Frauen hatten sich sicher genauso gefühlt, seltsam war der Gedanke, ihr Gesicht könnte am nächsten Tag still und tot sein, dieses Gesicht, das sie gerade anschaute, das konnte nicht ihrs sein, es war immer noch das Gesicht einer Deern.

Aus dem Fenster sah sie Ewan im Laufschritt zurückkommen, und als sie unten an der Treppe angekommen war, um ihm entgegenzugehn, überfiel der Schmerz sie aufs Neue, sie musste sich hinsetzen. Doch das war dumm, so würde er nur länger anhalten, sie rappelte sich auf die Füße und begann wieder, in der Küche auf und ab zu gehen, Ewan stand in der Tür, sein Gesicht ein verschwommener weißer Fleck, sonst nichts, außer wenn sie ganz angestrengt darauf starrte. *Chris, geh und leg dich hin!*, sagte er ein übers andere Mal, und sie öffnete den Mund und stöhnte kurz und wollte ihm sagen, alles wär gut, doch stattdessen hörte sie sich selbst fluchen, fluchen, Wörter ausstoßen, von denen sie nicht mal gewusst hatte, dass sie sie kannte, sie rangen sich von ihren Lippen, während sie hin und her stokerte, besser war das als schreien, andere Frauen schrien, aber das wollte sie nicht.

Und dann kam wieder Erleichterung, die Küche richtete sich wieder gerade, sie setzte sich hin, Ewan trat aus dem verschwommenen Flecken und machte Tee für sie. Eine Sorge ließ sie nicht los – was sollte er zu essen bekommen? *Koch dir ein Ei, Ewan*, ächzte sie, und er verstand nicht, er meinte, sie wollte etwas: *Was kochen?*, da packte sie ein rasender Ärger: *Ach, koch deinen Kopf wenn du willst!*, sie rappelte sich auf, die Uhr auf dem Kaminsims schrumpfte und dehnte sich, das Zifferblatt scharf und verschwommen im Wechsel dabei. Und dann war sie sicher und rief: *Ewan, hilf mir in die Kammer!*, sie wusste, jetzt war es so weit.

Was dann passierte, verschwamm alles für sie, in einem kurzen klaren Moment sah sie sich nackt, nur einen Strumpf hatte sie an, der wollte sich nicht abstreifen lassen, sie saß auf der Bettkante und mühte sich damit, Ewan mühte sich, es war so komisch, dass sie trotz ihrer Schmerzen hilflos gniggern musste. Und dann sah sie Ewans Gesicht, zu einem Greisengesicht war es geworden, sie musste sich hinlegen und ihn aus der Kammer loswerden. *Sieh nach dem Feuer, Ewan, das Holz ist alle, lauf und hack welches*, rief sie, und als er draußen war, konnte sie sich endlich sich selbst und ihrem Kampf überlassen, sie biss in die Laken, sie krümmte sich zu einem Ball, der Schmerz schien augenblickslang abzuflauen, vielleicht hatte sie das Baby erdrückt, es war ihr egal, sie hielt es nicht mehr aus, nicht so lange, Stunden um Stunden und Tage um Tage, seit Wochen ging es jetzt schon, dass die Kammer sie mal heller, mal dunkler umschloss, und der Abend kam, und Ewan und ihr Vater quälten ihren Körper, und Will war tot, den hatten sie zuerst gequält.

Will!, schrie sie und schlug die Augen auf, eine Stunde hatte sie geschlafen. Der Doktor stand in der Kammer und die Schwester aus Bervie auch, er trat ans Bett, der alte Meldrum. *Na, Chris, Mäken, wie gehts dir? Da schickst du in solchem Aufruhr nach uns, und wir kommen angesaust, und du liegst da und schläfst wie ein Lämmchen! Das ist Frau Ogilvie hier, die kennst du doch vom Hörensagen.*

Chris versuchte etwas zu sagen und schaffte es auch, ihr Körper war ein Glutofen, doch sie brachte ein paar Worte hervor, ein undeutliches Gebrabbel bloß, sie versuchte es nochmal. Die Ogilvie tätschelte sie und sagte: *Müh dich jetzt nicht damit. Wie fühlst du dich, geht es gut voran?*

Doktor Meldrum kam wieder. *Dann wollen wir mal sehen*, sagte er, und Chris balancierte auf der Kante einer schimmernden Schale voll Schmerz, während die beiden etwas fremdes Weißes betrachteten, betasteten, streckten, das war ihr eigener Körper, fiel ihr ein. *Schön, schön, sollte nicht lange dauern, ich warte mal unten*, sagte Doktor Meldrum und ging hinaus und schloss die Tür hinter sich, er hasste Niederkünfte. Frau Ogilvie setzte sich ans Bett, doch im nächsten

Augenblick war sie all wieder auf den Beinen: *Nicht so, Frau Tavendale, nicht verkrampfen! Locker, locker, dann ist es leicht, wünsch es herbei, ja, so ist es brav!*

Chris versuchte es, es war eine Folter, das Tier zog sich zurück von ihrer Brust, kratzte und riss und kam wieder, nein, es war kein Tier, rotglutige Zangen rissen sie entzwei. Sie biss sich auf die Lippen, dass sie barsten und spleißten, sie hatte Blut auf der Zunge, konnte nicht mehr beißen, hörte sich schreien, zweimal. Und dann tönten Schritte auf der Treppe, die Kammer hob und senkte sich, Hände waren an ihrem ganzen Körper, hielten sie, quälten sie, sie schrie wieder, gellend und tief, ein Schrei, der zum Stöhnen wurde, mit diesem Schrei und Stöhnen kam der kleine Ewan Tavendale zur Welt im Hof auf Blawearie.

So schnell wars gegangen, Glück hatte sie, sagten die Leute, bis zum Mittag hatte sie die Geburt hinter sich, es war Schlag zwölf, wie Ewan geboren wurde. Manche Frauen, sagte die Ogilvie, die kreißten vom Morgen- bis zum Abenddämmer und durch die Nacht bis in den nächsten Tag, und Chris lag da und nickte und sagte: *Ja, ich weiß*, und schlief fest ein, ohne einen einzigen Traum. Als sie erwachte, war sie gewaschen und in ein frisches Nachthemd gesteckt, und Frau Ogilvie saß neben dem Bett und strickte, weiter nichts, ach, sie konnte doch nicht geträumt und es vergessen haben! Furchtsam flüsterte sie: *Mein Kind?*, und Frau Ogilvie flüsterte: *Neben dir, drücks nicht kaputt!*, und Chris wandte den Kopf und sah neben sich ein Gesichtchen, beinah so klein wie aus einem Apfel geschnitzt, klein und vollkommen, mit einem Flaum schwarzer Haare und einem blauen Schatten auf langen Lidern, und einem Mund wie von Ewan und einer Nase wie der ihren und sie hätte laut ausrufen mögen: *Oh, mein Bambuselken!*

Da lag sie und überlegte und weinte beinahe wieder, und streckte die Hand aus, die war stark und wendig, nur schwer, und ihre Finger strichen hin und her unter dem Wickeltuch, ein Körperchen, so warm und klein wie von einer Katze, ein Herz, das regelmäßig und ruhig schlug. Und das Kindchen machte die Augen auf, und die Lider flackerten, während sie es ansah, und als es gähnte, sah sie die Zunge wie einen kleinen roten Fisch in dem kleinen roten Mund, und die blauschattigen Lider schlossen sich wieder, und der kleine Ewan Tavendale schlief.

Eine Wonne war es, neben ihm zu liegen, während die Stunden vergingen, sie selbst schlief ab und zu ein und wachte wieder auf, um ihn zu betrachten, nicht hässlich war er, wie sie es erwartet hatte, sondern hübsch und vollkommen. und dann regte er sich und wimmerte, fand keine Ruhe, und Frau Ogilvies Hände hoben ihn hoch und er flackerte ihr mit den Lidern zu, sah Chris, und dann öffnete er den Mund und fiepselte wie ein Kätzchen. *Jetzt hat er Hunger*, sagte Frau Ogilvie, und endlich hielt Chris ihn in den Armen und drückte ihn an sich, nur einmal, und gab ihm die Brust. Das blinde Mündchen kam mit spitzen Lippen und suchender Zunge heran, es heulte seine Enttäuschung heraus, während die kleinen Hände sich an sie krallten. Dann fanden die kleinen Lippen die Brustwarze, es tat weh und auch wieder nicht, es war, als zöge er Leben aus ihrem Körper, nichts Schöneres gab es, als so zu sterben, er war ihr so nah, viel näher als selbst sein Vater gewesen war, näher als je wieder ein Kind würde sein können. Und sie saß staunend über ihm und küsste das schwarze Haar, das noch feucht war von den Mühen der Geburt, und blickte in die Augen, die so unblinzelnd starrten, während die hungrigen Lippen an ihrer Brust hingen. Schließlich war er fertig, als Ewan heraufkam, er war schon einmal gekommen, während sie schlief, jetzt beugte er sich über sie und küsste sie, und sie rief: *Pass auf, das Kindchen!*, und er sagte: *Herrje, wie sollte ich das vergessen?* Und er wischte sich über die Stirn, armer Ewan.

Nach einer Woche war Frau Ogilvie wieder weg, und Chris ging es so gut, dass sie aufstand und herumging, es war doch blöd, so liesig und linkisch im Bett zu liegen, wenn es ihr gut ging. Also kam sie hinunter in die Küche und ins Licht der warmen Oktobersonne, sie mit ihrem Baby, ins Geraune und Gemurmel vom Krieg, der Chae Strachan in solchen Brass gebracht hatte.

Denn der Krieg war im Gange, nicht bloß ein Gerücht war er, wer auch immer nach Blawearie kam, um sich den kleinen Ewan anzusehen, brachte früher oder später die Rede darauf. Chae kam und betrachtete den kleinen Ewan und kitzelte ihn an den Zehen und sagte: *Ja, sowas!*

Und er sagte ihnen, dass sie beide zusammen ein prächtiges Kind in die Welt gesetzt hatten, vielleicht würde noch jeder Mann für Kind und Frau kämpfen müssen, bis dieser Krieg vorüber war; und er sagte, dass die Deutschen außer Rand und Band waren, rechte Deiwel waren sie, in ganz Belgien taten sie Frauen Gewalt an und schlugen Kindern die Köpfe ein, die Hölle war los. Und Ewan fragte: *Und wer wird siegen?* Chae sagte, wenn die Deutschen siegten, dann wär es das Ende von Frieden und Fortschritt für alle Zeit, und es würde keine Sicherheit auf der Welt mehr geben, bis nicht die Preußen – die waren so eine Art Deutsche, mit hohen Pickelhauben, gruslige Grobiane waren sie, von der allerschlimmsten Art – zurück in die Hölle gejagt würden, aus der sie kamen. Doch Ewan gähnte bloß und sagte: *Ach, zum Deiwel mit ihnen und ihrer Hölle zusammen, Chae! Fährst du in der Früh auf den Markt?*

Denn ihn kümmerte das nicht, den Ewan, doch auf dem

Markt wars noch schlimmer, niemand redete von anderem als dem Krieg, Munro vom Cuddiestoun war da, und Mutch, die hatten schon ordentlich gepöselt, die beiden, und schworen, wenn sie bloß jünger wären, würden sie sich freiwillig bei den Soldaten melden, so wahr ihnen Gott helfe. Das war bestimmt bloß das Gesöffel, das aus ihnen sprach, doch am nächsten Tag fuhr der Upperhiller Großknecht James Leslie, das war der, der Ewans Stelle übernommen hatte, nach Aberdeen und meldete sich bei den Gordons, er war der erste Mann von Kinraddie, der ging, und er fiel schon ganz bald. Doch die Leuten meinten, der hätte eh einen Rappel, wollte sich großtun und wär bloß auf einen Urlaub aus, genau, das hatte doch gar keinen Sinn, so ein Aufhebens zu machen, wo der Krieg doch bald vorbei sein würde. Denn alle Zeitungen schrieben das doch, ganz in Rage gerieten sie dabei: *Mann, ein paar von diesen Reportern sind arge Wüteriche. Der Himmel steh den Deutschen bei, die denen in die Hände fallen!* Und die Leute schüttelten die Köpfe und stimmten überein, dass man sich mit diesen Zeitungskerlen lieber nicht anlegte.

Doch die Deutschen kümmerte das nicht – vielleicht lasen sie keine Zeitung, sagte der Lange Rob von der Mühle, sie machten einfach weiter mit dem Vergewaltigen von Frauen und dem Aufschlitzen von Kindern, bis Chae Strachan eines Abends mit der Zeitung in der Hand und brennendem Blick in den Augen nach Blawearie kam und rief, was ihn anginge, er würde sich jetzt bei den Soldaten melden, der alte Sinclair könnte aufs Knapp und zu Kirsty ziehen. Ewan rief ihm hinterher: *Ach, du quasselst doch bloß, Mann, das is nich dein Ernst!*, doch Chae rief zurück: *Verdammich – und ob es mein Ernst is!* Und todsicher meinte er es ernst, denn am nächsten Tag zog er los, und am Samstag kam ein Brief auf Peesie's Knapp an, dass er im Regiment der North Highlanders aufgenommen und nach Perth geschickt worden war.

Jetzt gab es Brass und Getratsch, wie Kinraddie es lange nicht mehr erlebt hatte, der Zuckerpreis stieg ganz übel an, und Chris holte so viel sie nur konnte vom Krämer und lagerte den Zucker in der Scheune. Dann hörte Ewan malliges Zeug über die Predigt, die der Pastor Gibbon am letzten Sonntag gehalten hatte, und obwohl er keine Kirk austehn konnte, wurde er seiner Gewohnheit untreu und zog seinen besten Anzug an und ging am nächsten Heiligen Sonntag in den Gottesdienst. Proppenvoll war die Kirche, mehr als bei der letzten Sonntagspredigt, wie Ewan gehört hatte, und alle brannten sie darauf zu hören, was der Pastor Gibbon predigen würde. Er sah mückiger und klotziger und mehr wie ein Bulle aus denn je, fand Ewan, wie er ihn auf die Kanzel steigen sah, und an den Liedern, die er ansagte, und an den Gebeten war nichts Besonderes. Doch dann nahm er einen Spruch, Ewan wuste nicht, was für einen, über die Verworfenheit von Babylon, da hatten sie arg üble Sitten gehabt. Und er sagte, Gott schicke die Deutschen als Fluch und als Plage in die Welt wegen ihrer Sünden, die Welt war lasterhaft und gottlos geworden, Gottes Zorn war entbrannt wie zu Attilas Tagen. Wie lange der Krieg wüten würde, zu welchem äußersten Schmerz die Strafe gehen würde, das wussten allein Gott und sein Zorn. Doch aus der Züchtigung mit Blut und Feuer mochten die Völker sich erneuert erheben, nicht zuletzt auch Schottland in seiner alten Stärke und Demut, um aufs Neue den Pfad der Gnade zu beschreiten.

Und kaum hatte er den Satz gesagt, da erhob sich der alte Sinclair vom Netherhill, und die ganze Gemeinde sah zu, wie er sich den Hut aufsetzte und sich umdrehte und langsam, ganz langsam den Gang hinunterstokelte, der wollte nicht länger zuhören, wie dieser Schietkerl die deutschen Halunken und irgendeinen Strunt namens Attila verteidigte. Kaum war er aufgestanden, da erhob sich auch Mutch, dann der Cuddiestouner, und die setzten auch ihre Hüte auf, und Ellison war schon halb aufgestanden, doch seine Frau zog ihn wieder runter, und dabei sah er so dösig aus wie ein halb abgemurkster Truthahn, Ella White würde nicht zulassen, dass er sich wegen irgendeines verdammichten Krieges irgendwo zum Narren machte. Doch der Pastor wurde erst rot und dann bleich, wie er sah, dass Leute gingen, und seine Predigt schlug leisere Töne an, er hörte auf, bevor sie zu Ende war, und rasselte den Segen herunter, als wär es ein Fluch. Draußen auf dem Kirchhof hatten sich ein paar junge Burschen zusammengetan, die ihm eins auf den Dassel geben wollten, wenn er aus der Kirk kam, aber die Gemeinderäte waren all da und schicherten sie davon, und der Gibbon wieselte durch die Menge wie ein Frettchen mit Jungen und hastete zum Pfarrhaus und legte am Gartentor das Vorhängeschloss vor.

Doch Ewan kümmerte das alles wenig, wie er Chris erzählte. Der Pastor mochte Recht haben oder auch nicht mit seinem Babylon und seinen Huren, und sollte er sich seinetwegen jeden Abend an diesem Attila absabbern, Blawearie hatte die Ernte eingebracht, und das war alles, was zählte. Und Chris sagte: *Ja, wirklich, das ewige Gequetere von diesem Krieg, was soll das bloß, Ewan?*, und dabei kitzelte sie den kleinen Ewan, der auf ihrem Schoß lag. Und der lachte und strampelte, und sein Vater setzte sich nieder und schaute ihn an, ganz ernst, und sagte, sie hätten es doch wirklich so wunderbar. *Hast du gesehn, wie er mich angeschaut hat, Chris?*

So waren sie froh und selig und sicher auf Blawearie, obwohl Kinraddie so fremd war, jetzt, wo Chae Strachan weg war. Kirsty kam auf Besuch herauf und weinte, wie sie in der Küche neben dem Kinderbettchen saß, Chris machte ihr Tee, aber sie ließ sich nicht trösten. Sie wisse genau, dass Chae nicht zurückkommen würde, sagte sie, er war so fuchtich gegen die Deutschen, er würde auf seiner Fahr der Front einfach vorpreschen und metzeln und metzeln, bis er selbst nicht mehr da war. *Vielleicht sind sie doch nicht all so arg wie die Zeitungen schreiben*, sagte Chris, da sprang Kirsty auf: *Ha, du bist also auch so eine verdammichte Deutschenfreundin, was? Von deiner Sorte gibts genug in Kinraddie!* Chris starrte sie völlig verbaselt an, doch Kirsty Strachan rannte hinaus, immer noch heulend, und sie sahen sie wochenlang nicht wieder, vielleicht genierte sie sich für ihren Ausbruch.

Ob sie sich genierte oder nicht, beim Pastor Gibbon war es keine Frage. Am nächsten Tag des Herrn hatte sich wieder ein große Menge in der Kirk eingefunden, um ihn predigen zu hören, und da bekamen sie soviel Patriotismus aufgetischt, wie sie sich bloß wünschen konnten, der Pastor sagte, der Kaiser wär der Antichrist, und solange nicht dieses gottlose Übel von Gottes Erdboden entfernt sei, könnte es weder Frieden noch Fortschritt geben. Und das Lied, das er singen ließ, war *Onward Christian Soldiers*, und seine tiefe Bullenstimme gab wummernd den Ton an, er war ein rechter Patriot geworden, und offensichtlich fand er die Deutschen jetzt durch und durch von Übel. Doch wie der Lange Rob von der Mühle die Geschichte hörte, sagte er, es wär wohl ein gut Stück wahrscheinlicher, dass der Pastor meinte, der Verlust seiner Kirk und seiner Einkünfte wäre ihm doch verdammich ein gut Stück schlimmer als jeder Deutsche, der je geschlüpft war.

Der Lange Rob von der Mühle nämlich, man konnte es schwerlich glauben und es war ein rechter Schandal auf dem ganzen Howe, der Lange Rob von der Mühle also war gegen den Krieg. Er sagte, das sei alles ein verdammichter Unsinn, alle, die kämpfen wollten, die Parlamentarier, und die Bankiers und die Zeitungsleute und andere Raffhälse, die sollten alle im Dreck auf einem Feld eingesperrt werden, wo sie sich gegenseitig mit Mistforken aufspießen könnten, das wär kein Verlust für die Welt, und für die anständigen Leute wär es ein ordentlicher Jux, dabei zuzugucken. Doch dass Leute an diesem ganzen Gesabber und Geseire von König und Vaterland teilnehmen sollten, das war nichts als Hysterie. Und was die Invasion von Belgien anging, die hatten gekriegt, was sie verdienten, was war denn etwa mit dem Kongo und den Belgiern dort? Nicht dass die Deutschen besser wären, sie waren alle von der gleichen üblen Sorte.

Doch auch wenn die Leute nicht so dösige Patrioten waren wie Chae Strachan, der nicht hinguckte, wenn man ihn auslachte, dann wussten sie doch wohl, dass der Lange Rob so nicht daherreden konnte, der lange schlaksige Kerl, wenn der kein Deutschenfreund war, wie die Zeitungen es nannten. Denn in den Zeitungen wimmelte es damals von Deutschenfreunden, britischen Leuten, die meinten, diese deutschen Halunken wären im Recht, und in England gingen die Leute hin und warfen ihnen die Fensterscheiben ein, so groß war die Wut auf diese üblen Deutschenfreunde. Es gab keine große Gefahr, dass sie Robs Fensterscheiben einwerfen würden, kaum einer würde sich die Mühe machen, den Burschen ranzunehmen, außer Chae Strachan, der jetzt in Perth seine Ausbildung zum Soldaten bekam. So wäre der ganze Aufruhr sicher verweht, Rob war ein allseits beliebter Kerl, und auf seine Grabben brauchte man nicht hören, wenn sich der Pastor Gibbon nicht eingemischt hätte und eine Predigt über Halunken und Verräter gehalten hätte, und ganz besonders predigte er von einem Fraumensch namens Yael, viel Pech hatte sie gehabt, aber ordentlich fromm und heilig war sie dabei, und sie hatte einen Burschen umgebracht namens Sisera, den konnte sie nicht ab, weil er so ein Lump zu den Juden war. Und der Pastor Gibbon tönte davon, wie wacker sie war, eine Patriotin, und eine Leuchte

Israels war sie gewesen, und nach ihrem Vorbild müssten wir ebenso handeln, auch hier in unserer Mitte waren Verräter, die auf Seiten des Antichrist stünden, eine Schande seis für Kinraddie, dass das so war!

Die Leute lauschten der Predigt und entrüsteten sich ordentlich, und nach dem Mittagessen zog an diesem Tag des Herrn eine ganze Horde Kerle los, manche, nicht die meisten, aus Kinraddie, der neue Großknecht vom Upperhill aber war dabei, ein schrecklich patriotischer Kerl, wie Gordon selbst, und die Horde zog zur Mühle hinunter, und da saß der Lange Rob an der Tür und schmauchte seine Pfeife und las in seinem Buch, so butten Kram über Gott und weiß der Himmel was sonst noch. Und der Upperhiller Großknecht, der bölkte los: *Da ist der Kaiserfreund, los, gebts dem Kacker auf den Sack!* Der ganze Haufen stürmte auf Rob los, um ihn zu packen, Rob hielt es für einen Witz und lachte darüber und legte sein Buch beiseite. Doch bald begriff er, dass sie es arg ernst meinten, sie waren richtig fuchtich in Fahrt von der Predigt und der Freundschaft von Rob zum Antichristen, und so fingen sie an, Rob zum Mühlbach zu schleifen, wo das Wasser von weit oben in den Bergen schimmernd kam und sprudelte.

Da wusste Rob endlich, dass sie meinten, was sie sagten, die Leute erzählten, er habe einen lauten Schrei ausgestoßen, kein Fluch und kein Rufen, eher beides zusammen, und wie sie ihn zerrten und schleiften, da hob er den einen Fuß, richtig fies, und er trat dem Upperhiller Großknecht in die Weichteile, und der Upperhiller Großknecht schrie wie ein abgemurkstes Schwein, und weiß der Himmel, die Leute lachten sich schief, wie sie das hörten. Als nächstes hatte Rob eine Hand frei, und damit packte er einen Burschen neben ihm, so einen Mückel vom Gutshaus, und mit einem Hieb an die Ohren hatte er ihn flachgelegt, und damit kam Rob frei und rannte zum Haus, die ganze Meute auf den Fersen. Doch er konnte prächtig rennen, der Rob, und hängte die Rotte bald ab, und mit einem Satz war er drinnen und schob den Riegel vor.

Dann schmissen sie ein paar Steine und rammten mit den Schultern in die Tür, halb schon beschämt wegen des Krakeels, das sie da machten, sie mochten wohl ahnen, dass sie sich am Montag arg dämlich vorkommen würden, und vielleicht wären sie im nächsten Moment allesamt heimgegangen, hätte sich da nicht der Mückel vom Gutshaus aufgerappelt, den Rob mit einem Hieb aufs Ohr plattgestreckt hatte, und einen großen Stein aufgehoben, und krach!, ging der Stein durchs Küchenfenster, und drinnen gabs Scheppern und Klirren.

Im nächsten Moment flog die Tür auf, da stand der Lange Rob, in der Hand eine Flinte, das Gesicht grau vor Zorn. Ein paar Männer riefen: *Sachte sachte, Mann, leg deine Flinte ab!*, doch trotzdem wichen sie zurück. Und Rob schrie: *Meine Fenster wollt ihr kaputtdeppern, ihr Takelpack, ja?*, und er schwenkte die Flinte und zielte auf den nächstbesten Kerl und ließ es krachen, die Schrotkugeln pfiffen dem Kerl um die Ohren, und der hatte genug vom Krieg, er machte kehrt und rannte davon wie ein Kaninchen, und die anderen stieben auch in alle Richtungen und machten sich davon, und der Lange Rob rannte hinter ihnen her, und knall! machte seine Flinte und wieder knall!, und in ganz Kinraddie hallte es wider. Die Leute rannten an die Türen, sie meinten, die Deutschen wären gelandet und plünderten jetzt die Mearns; Oben auf Blawearie kam Chris über die Tenne gelaufen und legte die Hand an die Stirn und blickte übers Land hinaus, und da sah sie die kleinen Gestalten rennen, wie Käfer in der Ferne, von der Mühle aus schwärmten sie in alle Richtungen. Und hinter ihnen her rannte einer, der immer wieder kurz anhielt, und eine kleine Rauchwolke stieg bei jedem Halt auf, und dann kam der Knall aus der Flinte. Nebel wallte heran und ließ das Schlachtfeld versinken, und die angreifende Armee stieb in entsetzter Flucht durch die Schwaden, Chris sah sie im Herangewalle verschwinden und Rob, immer noch ballernd, hinter ihnen herjagen.

Das also war das Ergebnis der Predigt vom Pastor Gibbon, Kinraddie brodelte ordentlich am Tag drauf von der Kunde, allwägens ging das Gerede vom Angriff auf die Mühle und wie der Rob die Burschen gejagt hatte, die ihn hatten angreifen wollen, manche konnten sich noch eine Woche lang kaum hinsetzen, so viele Schrotkugeln hatte er ihnen auf die Hintern geballert. Und manche sagten, der Lange Rob sei doch ein leiper halunkiger Lump, wenn er bei seiner Mühle so zum Kampf aufgelegt war, dann war ers, der nach Frankreich gehen sollte und kämpfen, doch andere wiederum, zwar in der Minderzahl, doch Chris und Ewan waren dabei, die hatten den Langen Rob gern und hielten zu ihm und sagten, das sei doch eine arge Jämmerlichkeit für Schottland, wenn seine Patrioten so feige Fersengeld gäben wie bei der Mühle. Das war am Sonntag gewesen, doch am Mittwoch, da passierte wieder was, und weiß der Himmel, was daraus geworden wäre, hätte sich nicht der dösige Tony, der vom Cuddiestoun, eingemischt.

Er stokelte grade die Denburner Straße entlang, der Tony, und wie er um die Kurve kam, da war der Pastor Gibbon auf der Straße vor der Mühle, sein Fahrrad lag im Dreck, und der Lange Rob hatte ihn am Kragen gepackt, und wenn der Schein nicht ganz übel trog, dann wollte der Lange Rob dem Pastor gerade eins in die Visage hauen. Der Lange Rob hatte den Pastor nämlich schon von weitem kommen sehen und hatte den schwarzen Überzieher erkannt, und er hatte die Mühle angehalten und war runter zur Straße gerannt um den Pastor zu fragen, was zum Deiwel er sich gedacht hatte, als er gepredigt hatte, er, Rob, wär freund mit dem Antichrist. Und der Pastor Gibbon war vor Zorn rot angelaufen und hatte gerufen: *Aus dem Weg da, Rob!*, und Rob hatte gerufen: *Erst mal bleibst du stehn, mein Männeken, wir haben ein Hühnsken zu rupfen!*, und als der Pastor versuchte, ihn einfach über den Haufen zu fahren, hatte Rob die Lenkstange gepackt und sie ordentlich verdreht, und der Pastor fiel wie ein Maltersack Rob direkt in die Hände.

Und Rob schüttelte ihn man gut durch und fragte: *Wer ist hier Deutschenfreund?*, und der Pastor fluchte, bis er blau im Gesicht war, und erhob die Hand gegen Rob, und Rob schlotterte ihn hin und her wie ein Frettchen ein Kaninchen, und dann trat er einen Schritt zurück und sah sich genau das Gesicht an und beschloss, jetzt auf der Stelle dem Pastor die Nase einzuhauen, er hatte schon mehr als einmal gesehen, wie das einem schmucken Kerl ordentlich die Visage verhunzte, man brauchte einfach bloß draufhauen, bis der Knochen einknickte. Rob war also gerade dabei, den Pastor zu verhäckseln, als der dösige Tony mit einem mallig pfeifigen Kreischen um die Kurve kam, er gickerte wie ein Huhn, dem ein Knochen im Schlund steckt, und rannte los und fiel Rob in den Arm. *Der ist doch bloß ein halbgedroschener Pastor, Rob, mach dir an dem nicht die Hände dreckig!*, rief er, und sowohl Rob als auch der Pastor waren so baff, dass sie vom Scharmützeln abließen, und sie starrten das Mensch an, diese Unverschämtheit von dem Rüpel mit seinem kleinen roten Bärtchen, und wo er doch bloß ein Döskopp war. Doch Tony nickte dem Pastor zu: *Mach dich aus dem Staub jetzt, solang du mit heiler Haut davonkommst!*, sagte er, und ob mans glaubt oder nicht, der Pastor höppte stumm aufs Rad und radelte davon, und der Lange Rob drehte sich um und fragte den Döskopp, wo er denn die ganze Zeit seine

Räson versteckt gehalten hatte, doch Tony stand still wie eine Vogelscheuche und hatte wieder diesen dösigen Blick im Gesicht. Und als Rob etwas zu ihm sagte, grinste er bloß ganz verrätscht und zockelte durch den Straßendreck davon.

Ein paar Leute sagten, wenn alles wahr wäre, dann wärs keine Lüge, doch Rob schwor Stein und Bein drauf, er wollte sich nicht mit der Dresche dicktun, die er dem Pastor verpasst hatte, er war bloß so baff über Tony und wollte den Leuten erzählen, welche Rolle der da gespielt hatte. Der Cuddiestouner schwor, es sei vom ersten bis zum letzten Wort gelogen, genau das, was sich von einem verdammichten Deutschenfreund erwarten ließ, aber das sagte er dem Langen Rob nicht ins Gesicht, der alte Munro hatte schlimme Füße und konnte nicht so schnell rennen wie die Burschen, denen Rob eingeheizt hatte. Doch er gab dem Langen Rob kein Geschäft mehr und karrte sein Getreide zum Mahlen und Quetschen bis zur Mühle von Mondynes, und der Mutch vom Bridge End tat das dann auch. Sollten sie nur, wenn sie wollten, die Leute waren in der Regel nicht so dumm, dass sie den besten Müller im Umkreis ausließen, bloß weil er gesagt hatte, es wären nicht alle Deutschen Halunken. Wer weiß, am Ende steckte ein Körnchen Wahrheit darin, auch wenn die meisten Deutschen üble Deiwel waren.

Doch Chris kümmerte es nicht, sie saß auf Blawearie mit dem kleinen Ewan an der Brust, ihren Liebsten hatte sie neben sich, Blawearie war ihr eigen und das Getreide hoch im Preis, zudem ließen sich auch die jungen Rinder noch gut handeln. Es mochte Krieg herrschen mit viel Blutvergießen und das war schrecklich, doch es war auch weit weg, man hörte es, wie man am Morgen manchmal die See seufzen und heulen hörte, ein Heulen und Donnern, das kein Ende nahm, während die Wochen vergingen, ein Teil des Lebens und seines Verlaufs, so säumte es den Horizont der Tage mit seinem Ansturm und Aufruhr. So begann das neue Jahr, und Chris sah den kleinen Ewan an ihrer Brust wachsen und sich wandeln, er war jäh und rasch wie sein Vater und sacht wie seine Mutter, sagte sie Ewan, und Ewan lachte: *Mein Gott, vielleicht hast du recht! Wie könntest du auch unrecht haben, wo du so ein Kind in die Welt gesetzt hast!* Lachend versetzte sie: *Na, ein bisschen hast du auch geholfen!*, und er wurde rot wie stets, sie schienen immer noch so duselig in ihrer Verliebtheit wie eh und je. Immer noch war es so fremd und so schön, bei ihm zu liegen, mit ihm zu leben, den Schweiß auf seiner Stirn zu sehen, wenn er nach Hause kam und einen Tag lang hinter den Pferden her durch die Felder gestapft war; immer noch war es ein Wunder, wenn sie im Dunkel der Nacht sein lautloses Atmen neben sich hörte, wenn sie ihre Wonne gehabt hatten, nach der er so schnell einschlief. Doch sie selbst schlief nicht so bald in diesen Nächten vom Winter bis März, bis zum Frühling, sie lag und lauschte auf sein leises Atmen zu ihrer einen Seite und des kleinen Jungen raschere Atemzüge in der Wiege neben dem Bett, zufrieden, so zufrieden, was mehr konnte sie haben oder sich wünschen als diese beiden, mit Fleisch und Blut und Atem? Am Morgen stand sie auf, um den kleinen Ewan zu versorgen, um Frühstück zu bereiten und Kuh- und Pferdestall auszumisten, dabei sang sie, nie fühlte sie sich bei der Arbeit ermüden, und der Lange Rob von der Mühle kam eines Morgens vorbei, als sie gerade den Stall ausmistete, und er rief: *Der Frühling des Lebens, mein Mäken, hm? Sing nur und freu dich dran, das kommt nie wieder!*

Er sah nicht mehr aus wie der alte Rob, fand sie, doch das kam ihr nur so nebenbei in den Sinn, ohne Sorge, sie hatte es eilig zum kleinen Ewan, der drinnen war. Doch sie hielt kurz inne und sah Rob hinterher, wie er die Drift entlang zu

Ewan schlenderte, der neben den Pferden ging. Ewan hielt mit den Pferden auf der Hangseite, und ihr Atem stieg wie Dampfwolken auf. *Moi Rob, guter Mann!*, hörte sie Ewan rufen, und Rob rief zurück: *Moi, Ewan, guter Mann!*, und sie riefen die Wahrheit, die beiden sahen nach guten Männern aus dort vor dem Horizont des Frühlings, die Füße tief in den nassen Lehmboden, den braunen, guten gestemmt, die Füße auf dem Erdboden und dahinter der Himmel, der sich wartend wölbte. Und Chris starrte ganz lange zu ihnen hin, sie zerflossen zu Flimmern vor ihren Augen, als wären sie nicht mehr da, Erscheinungen bloß von Männern, die ein Land sich erträumten in seiner Verlassenheit unter dem wechselnden Himmel. Und die Chris, die ihre beiden Ichs so viele Monate jetzt im Griff hatte, zufrieden und fraglos, schüttelte den Kopf und nannte sich selbst dösig.

Die Ernte dieses Jahres fiel ganz schlecht aus, doch der Preis für Getreide machte es wett, andere Preise mochten steigen, doch den Bauern ging es gut. So gings in den Winter und auch ins nächste Jahr, Ewan brachte eine Herde Irländer Ochsen heim, die das üppige Gras des Sommers neunzehnsechzehn fraßen. In kürzester Zeit wurden sie rund und fett, Chris erfüllte der Anblick mit Stolz, so viel Vieh hatten sie auf Blawearie. Man mochte kaum glauben, wie ihr Vater für ihren Lebensunterhalt geschuftet und sich abgerackert hatte, doch das war vor dem Krieg gewesen.

Der nämlich ging weiter und grollte sein Grollen wie der Sommerdonner hinter den Bergen. Doch niemand wusste mehr, wann er zu Ende gehen würde, nicht mal Chae Strachan auf Urlaub, ein Soldat daheim von der Front, wie sie es nannten, in der ollen Khakimontur kam er an, zwei Streifen hatten sie ihm auf den Ärmel genäht, er sagte, er sei jetzt Unteroffizier. Am Abend seiner Heimkehr kam er nach Blawearie herauf, kratzte die Sohlen auf dem Abstreifer draußen ab und kam mit leichtem Schritt in die Küche wie eh und je, ohne zu klopfen, nur mit den Worten: *Moi, Leute, seid ihr daheim?*

Und da stand Chae nun, Chris verschlug es den Atem vor Erstaunen, Chae in Person, so verändert, man mochte es kaum glauben, Chae in Person, dünn, seine hellen Augen so verbaselt und verschattet irgendwie. Selbst sein Lachen war anders, so herzhaft es auch klang, und er rief: *Du liebe Güte, Chris, ich bin doch noch kein Geist!*, und im nächsten Moment schüttelten Chris und Ewan seine Hände und nötigten ihn auf einen Stuhl und setzten ihm ein Gläschen vor und gleich darauf noch eins. Und der kleine Ewan kam gelaufen und rief: *Soldat!*, und Chae nahm ihn und hob ihn hoch: *Das Kind von Chris, das ist doch nicht möglich, ich weiß noch, wie er geboren wurde, mir ist, als wärs gestern gewesen!*

Der kleine Ewan mied Fremde, er war nicht bang, aber ging auf Distanz, doch von Chae strebte er nicht fort, er saß auf seinen Knien, als Chris das Abendessen aufdeckte, und Chae redete freiweg über den Krieg, es war nicht so übel, wenn bloß die Läuse nicht wären. Die waren schrecklich, sagte er, aber Chris brauchte nicht bang sein, Kirsty hatte ihn draußen im Hof alles Zeug ausziehn lassen, um es in einen Zuber zu werfen, und er selbst musste flottekes in einen zweiten Zuber steigen. Er war ordentlich blankgeschrubbt und, herrje!, das war ein anderes Leben, wenn man sich nicht dauernd an die Schulter fassen musste, um einen von diesen Deiweln zu erwischen, die einem glatt das Leben unter der Haut aussaugen wollten.

Und er lachte laut dabei, wie er das erzählte, so fremdlich verstümmelt tönte sein altes Lachen. Und Ewan fragte, was er von den Deutschen hielt, waren die wirklich so schlimm? Und Chae sagte, verdammich, das wisse er nicht mal, er hätte kaum einen am Leben gesehn, ab und zu sah man einen

Toten, ganz grün und – *pfui! wir sind ja beim Essen!* Also, da drüben gabs kaum was zu kämpfen, man lag bloß in diesen verdammichten Schützengräben und konnte sich fein ansehn, wie die Erde dort beschaffen war. Mensch, das war ein komisches Land, Lehmboden und so eine Art schwarzer Mergel, doch die Franzosen waren überhaupt nicht gut im Ackerbau und Landbestellen, die marachten und pütscherten auf so kleinen Feldern herum, kaum so groß wie ein Schnupftuch, um sich den Zinken zu wischen. Chae konnte die Franzosen überhaupt nicht leiden, ein verdammich armes Pack wars, für das sie da kämpfen mussten, ärmer als Erde und nicht halb so lieblich. Und Ewan hörte ihm zu und sagte: *Meinst du denn nicht, ich sollte mich melden, Chae?*, da starrte Chris ihn an, Chae starrte, der kleine Ewan starrte, und alle drei starrten sie ihn an, bis Chae schnaubte: *Da sind schon genug Dussel, die kämpfen.* Chris fühlte, wie ihr etwas an die Kehle ging, sie musste husten und wieder husten und wollte was sagen und kriegte nichts heraus, und Ewan sah sie an wie beschämt und wurde rot und sagte: *Naja, wollte bloß fragen.*

Chae machte in ganz Kinraddie die Runde auf diesem Heimaturlaub und er fand allerhand Veränderungen, die ihm die Augen öffneten, vielleicht war er die Front ordentlich satt, meinten die Leute, da war nichts los als bloß knojen und kämpfen. Die erste Veränderung sah er gleich am ersten Morgen, der Chae, wie er im Bett lag aus reinem Vergnügen und Kirsty ihm unten das Frühstück bereitete. Da richtete Chae sich im Bett auf, um nach der Pfeife zu langen, und sein Blick fiel aus dem Fenster, und bölkend war er mit einem Satz aus dem Bett, im Nachthemd noch, und Kirsty kam angerannt und rief: *Was ist los, haste dir was getan?* Doch da stand Chae am Fenster und fluchte, dass er blau war im Gesicht, und fragte, seit wann *das da* im Gang war? Die Strachansche schaute aus dem Fenster in die Richtung, die er meinte, und sah, dass es bloß um den Waldstreifen ging, der längs dem Knapp verlief, das hatte ihn so vergrellt, beinah ganz weg war der Streifen jetzt. Wahrhaftig, den Ausblick hatte es arg verhunzt, doch für Kinraddie waren die Holzfäller ein Segen gewesen, sie hatten am Knapp Unterkunft gehabt und hatten für Bett und Brot gut gezahlt. Doch Chae schrie: *Zum Deiwel mit Bett und Brot, diese Halunken, die machen mir mein Land kaputt, hörst du!* Er zog sich Hosen und Stiefel über und wär wohl gleich übers Feld gestürmt, um sich auf sie zu stürzen, doch Kirsty packte ihn am Nachthemd und rief: *Biste vom Deutschentöten nu ganz verrappelt?*

Hatte sie denn keine Augen im Kopf, fragte er, sie Döskopp, warum hatte sie ihm nicht vorher gesagt, dass die Bäume gefällt waren? Jetzt wär das ganze Knapp offen für den Nordostwind, damit wars aus mit der Wirtschaft hier. Und die Strachansche versetzte, sie sei kein Döskopp, und ging es ihnen etwa schlechter als den andern? Aller Wald in Kinraddie würde gefällt. *Welche andern?*, schrie Chae, und stapfte hinaus, um sich alles aus der Nähe anzusehn, doch wie er zurückkam, da war ihm das Schreien vergangen, er sagte, wie oft ihm das drüben aufgefallen sei, dort in Frankreich, diese Wälder, so herrlich und dicht und wacker, ein lieblicher Schutz und Schatten fürs Vieh. Mehr sagte er nicht, Kirsty meinte schon, er hätte sich beruhigt, und er war auch eigen und leise den ganzen Heimurlaub über, das war doch dösig, dass ein bisschen Wald ihn so füünsch machen konnte.

Doch am letzten Abend seines Urlaubs stieg er hinauf nach Blawearie und erzählte, dass er nichts andres mehr sehen könne als die Wälder und ihr Schicksal. Drüben am Gutshaus war er auf die Holzfäller gestoßen, etliche Mannschaften, die dort an dem langen Waldstreifen schufteten, der sich den hohen Hügel hinauf zog, nichts blieb von ihnen verschont, bis auf die Eiben am Pfarrhaus. Und oben, oberhalb vom Upperhill, da hatten sie die Lärchen gefällt und auch den Wald, der hinter dem Kotten vom alten Pooty stand. Die Treuhänder hatten es gut verkauft, erzählten die Leute, die hatten einen ordentlichen Batzen Geld bekommen, die Treuhänder, jawohl, das werde für Flugzeuge und dergleichen gebraucht. Und drüben am Kontor hatte er den Verwalter getroffen, das Mensch hatte Chae durch seine Hornbrille angeglupt und gesagt, die Regierung würde alles wieder aufforsten, wenn der Krieg gewonnen war. Da hatte Chae gesagt, das wär ihm ein verdammichter Trost, bestimmt, wenn er noch zweihundert Jahre zu leben hätte, um zuzusehen, wie die Bäume zum Schutz für Mensch und Tier heranwüchsen, doch er hätte große Zweifel, dass er so lange durchhalten würde. Da sagte der Verwalter, sie müssten ja alle ihren Teil vom Opfer bringen, und Chae fragte: *Was is denn dein Opfer gewesen, sag an, du schietiger Spillerkerl?*

Mag sein, dass das gegenüber dem Verwalter nicht anständig war, der war ein rechtschaffener Kerl, der fürs Kämpfen nicht taugte, doch Chae war so wütend, er wusste kaum, was er sagte, und es scherte ihn auch nicht. Deshalb ging es kaum besser, als er auf den alten Ellison stieß. Denn Ellison, der war ganz schön aufgestiegen, was Sinnesart und Geldbeutel betraf, die Leute sagten, ihm sprieße das Silber wie der Sauerampfer am Misthaufen, und er hatte sich ein Automobil gekauft und ein neues Klavier, und er sagte: *Ach, du bist es, Charles, mein Junge! Bist du lang auf Urlaub?* Und dann sagte er: *Ich will doch wetten, es eilt dich, zurück an die Front zu kommen, was?* Und Chae sagte, da wette er aber daneben, wahrhaftig! *Hast du schonmal von einem Fraumensch gehört, das ihr neues Balg wieder in den Bauch gesteckt haben wollte?*, und Ellison glupte und sagte: *Nein.* Und Chae darauf: *Ich auch nicht, du glupschäugiger Dösel!* Und das war ja wohl keine besonders nette Bemerkung.

Doch es schien überall gleich, egal wo er hinging in Kinraddie, außer bei der Mühle und bei seinem Schwiegervater: jedermann machte Geld und scherte sich keinen Deut darum, ob der Krieg ihr Leben überdauern würde; sie scherten sich nicht darum, dass sämtlicher Wald von ihrem Land abrasiert würde und die ganze Gegend bald nur noch offenes Ödland sein würde, wo der Wind ungehindert über Moor und Heide blies, kein Feld würde mehr übrig sein, wo einst grün das Korn gesprossen war. Auf Cuddiestoun stieß er auf die beiden Munros, sie zogen in diesem Jahr Hunderte Hühner auf und verkauften sie um viel Geld an die Spitäler in Aberdeen. Sie waren so mit ihren Brutkästen beschäftigt, sie hatten kaum Zeit, von ihm Notiz zu nehmen, die Munrosche schnippte ihn bissig an, immer noch das alte Marder, das Fraumensch zog brammig die lange dünne Nase kraus: *Tja, wir müssen wieder ans Placken. Du hast es gut, Chae, bist Soldat und kriegst Urlaub und so. Doch arme Leute, die müssen immer noch schuften.* Der Munro selbst sah dabei aus, als ob er sich schämte, und sein schäbiges Gesicht lief ganz rot an, der arme Kerl, aber er hatte kaum Zeit, Chae ein Söffken anzubieten, so bang war er mit einer neuen Brut Hühner zugange. Chae machte sich deshalb schnell wieder davon, die Umgebung schlug ihm auf den Magen, und wie er quer über die Felder ging, da fand er sich auf einmal vor Tony, der mitten im Rübenacker stand. Und er starrte gebannt auf den Boden, und, herrje, so wie der aussah, mochte er schon seit Tagen so dastehn. Chae rief ihm zu: *Moi Tony!*, und rechnete nicht mit einer Antwort, doch Tony hob den Kopf und lurte zur Seite: *Moi Chae, die Mühlen Gottes mahlen also noch?*

Im Weitergehn sann Chae darüber nach, im ersten Moment kam es ihm als arg dösiger Spruch vor, doch wie er weiter den Hang hinaufstieg und an Upprumpel vorbeikam, da kratzte er sich am Kopf: war er wirklich so dösig? Er blieb stehen und schaute sich um, und weit unten stand Tony noch immer, wie festgeklebt am Boden, der Bursche. Und Chae überlief es irgendwie kalt, dann ging er weiter.

Chae machte also die Runde in Kinraddie, ein fremdlicher Ort wars und so öde unterm Krachen der Bäume und wegen all der Gesichter, die fehlten. Aber das wars nicht allein, denn die Leute schienen anders, in ihre Knochen hatte sich der Krieg gefressen, sie waren verrückt nach Geld oder verrückt vor Kummer um einen, der gefallen war oder verwundet, so auch die Gordonsche auf Upperhill, ihr ganzer Stolz war dahin mit dem Jock, den sie immer John gerufen hatte. Doch Jock nannte sie ihn jetzt, wie Chae mit ihr in der feinen Stube saß und sie ihm erzählte, dass ihr Sohn erblindet in einem Krankenhaus in England lag. Er würde nie wieder sehen können, es war nicht bloß eine Nervenstörung oder etwas dergleichen, er hatte den Verband abgezogen, als sie auf Besuch bei ihm war, und die großen roten Löcher in seinem Kopf hatte er ihr gezeigt, und dann hatte er gelacht wie von Sinnen und geschrien: *Was hältste jetzt von deinem Sohn, Alte? Der Sohn, der dir mit seiner Tapferkeit in Kinraddie Ruhm bescheren sollte? Sei stolz, sei stolz, ich werd bald daheim sein, um in den Feldern herumzutapsen, und ich zeig diese Löcher jeder Töle in den Mearns, die nach einem Helden sucht.* Er hatte das richtig krakeelt, während seine Mutter dasaß, bis eine Krankenschwester kam und ihn besänftigte, er wisse nicht, was er sage, hatte die Schwester gesagt, doch die Gordonsche hatte nicht den geringsten Zweifel, dass er es genau wusste. Und sie erzählte Chae davon und weinte offen, ihre Tapferkeit und ihre Englischkeit waren ihr recht verflogen, und als der Gordon hereinkam, sah auch er anders aus, ganz verschrumpelt, er hatte angefangen zu trinken, sagten die Leute.

Chae machte sich wieder auf über die Felder in Richtung Bridge End, und halb wünschte er, er hätte die Upperhiller ausgelassen. Doch wie er über das unterste Feld ging, gleich unterhalb des Lärchenwalds, da traf er Maggie Jean, der dieser halbgedroschene Andy seinerzeit beinah ein Leids angetan hätte, jetzt war sie eine schmucke Deern, und er hätte sie beinah nicht erkannt. Doch sie erkannte ihn wohl und lächelte ihm offen und heiter zu. *Chae Strachan, du bists! Machst dich gut als Soldat, Chae! Und krieg ich bitte einen Knopf?* Er schnitt ihr einen Knopf von seiner Uniformjacke, und sie lächelten einander an, und ihm war leichter ums Herz, als er weiter über die Felder ging, sie war seut wie ein Stängel vom Blawearier Sügers.

Auf Bridge End traf er Alec nicht an, der war in Stonehaven, um Schafe zu verkaufen. Doch die Mutchsche war daheim und saß herum, an ihrer Zigarette paffend wie stets, und erzählte ihm, Alec sei doch noch immer der stramme Patriot, er war den Freiwilligen von Glenbervie beigetreten, und jede zweite Nacht ging er hinunter nach Drumlithie zum Exerzieren, ein Anblick zum Schreien war das, da sprangen die Dösel herum wie Hunde mit Dünnschiss, das wars, woran sie dachte, wenn sie sie sah. Und sie fragte Chae, wann der Krieg denn vorüber sei, und Chae sagte: *Das weiß Gott allein*, und sie fragte: *An Den glaubst du noch?* Da packte den Chae doch der Schreck, ein Mann, der mochte ja seine Zweifel und seinen Unglauben haben, aber von einer Frau erwartete man sich doch was anderes, die brauchten ja mehr Halt in der Welt. Doch wie er jetzt über Gott und sich selbst nachdachte, kam ihm wirklich nichts in den Sinn, sein Feind drüben in Frankreich fiel ihm eher ein, und bei der Gelegenheit besann er sich, dass er noch beim Pastor Gibbon im Pfarrhaus vorbeischauen wollte. Doch die Mutchsche sagte: *Haste das noch nicht gehört? Mr Gibbon ist weg, der ist jetzt*

Militärkaplan in Edinburgh oder so was in der Art, und er hat eine ganz schmucke Uniform mit einem schwarzen Tuch um den Hals. Sein Vater ist gekommen und macht die Vertretung, ein Kerl vom alten Schlag, so wie der predigt, trinkt er morgens zur Hafergrütze Deutschenblut im Maßkrug.

Beim Pooty klopfte und klopfte Chae, und keiner machte auf. Das sollte ihn nicht wundern, sagten die Leute, der alte Pooty sperrte sich neuerdings immer ein, immer dalleriger wurde der Pooty, des Nachts, sagte er, da hörte er Männer, die in den dustern kalten Stunden über die Straßen stapften, und sie schlieggerten von den Straßen und schlidderten und schlängelten sich an Driften längs der Hecken und Felder entlang, und er wusste, was das für welche waren, das waren Deutsche, die toten Deutschen, aus der Erde kamen sie gekrochen, um in Schottland Böses zu wirken. Und sogar am helllichten Tag brauchte man bloß ganz schnell, scharf und plötzlich zwischen zwei Äste oder die Streben im Gatter zu blicken, und schon sah man ein bleiches Deutschengesicht, noch verzerrt im letzten Brand der Pein, und so spukten sie über die Felder Schottlands. Und das war doch ein malliger Fimmel, konnte man sagen.

Doch Chae hatte davon keinen Schimmer, er bollerte die Tür des Kottens fast ein mit seiner Klopferei, bis er es aufgab und auf die Straße zum Langen Rob einbog. Rob sah ihn von weitem schon kommen, er stellte die Mühle ab und lief ihm entgegen, dann saßen sie da und palaverten den ganzen restlichen Tag lang. Rob brachte die Flasche heraus, und sie tranken ein Gläschen, dann machte Rob Abendbrot für sie beide, und sie kippten ein größeres Glas, und sie palaverten bis tief in die Nacht. Und Chae schwor, er glaube immer noch daran, dass der Krieg der Welt etwas Gutes bringen mochte, er würde Heeren und Kämpfen für immer ein Ende bereiten, endlich würde das Morgenrot des Sozialismus heraufziehen, das einfache Volk hatte gesehen, was sie mit ihren Flinten ausrichten konnten, und die Leute würden die Flinten schon anwenden, wenn sie bloß aus dem Krieg heimkamen.

Tinnef, Tinnef!, sagte Rob darauf, *das gemeine Volk, wenn das keine Schafe sind, dann sind es Schweine, mein lieber Chae, du bist eine Ausnahme, denn du bist eine Ziege.*

Das war schön und tat gut, dieses lange Streiten mit Rob, doch wie sie dann im Dunkeln zusammen die Straße entlangtrapsten, Rob neben Chae, da rief er aus: *Ach, Mann, ich würd ja morgen mit dir ziehen, wenn ich bloß …*, und dann wars, als blieben ihm die Worte in der Kehle stecken. *Wenn du bloß was, Mann?*, fragte Chae nach, und Rob sagte: *Wenn ichs mir bloß einfach machen wollte – einfach machen und lügen. Doch die Gangart hab ich noch nie eingeschlagen, und verdammich, wegen so einem Krieg werd ichs nicht anfangen!*

Was er damit meinte, das wusste Chae nicht, sie trennten sich dort, und Chae ging übers Moor zum Knapp unterm aufgehenden Mond. Und da passierte ihm etwas Gruliges, vielleicht hatte er zu viel vom Whisky des Langen Rob getrunken, obwohl sein Kopf in der Regel auch bei der dreifachen Portion noch klar blieb. Also, was ihm passierte, das war dies: Als er ein offenes Stück Land überquerte, wo einst mal Aufrechte Steine gestanden hatten, da sah er nicht weit vor sich einen Karren stehen, ein Mann war ausgestiegen und kniete neben der Achse und betrachtete sie. Chae hielt ihn für einen Kutscher vom Netherhill, der die Abkürzung über die Heide genommen hatte, und im Vorbeigehen rief er ihm zu: *Moi, ne gute Nacht dir!* Doch es kam keine Antwort, deshalb schaute er noch mal hin, da sah er keinen Karren mehr, die kiesligen Steine schimmerten weiß und verlassen unterm Mondlicht, die Kiebitze klagten in der Ferne. Chaes Haar stand ihm ordentlich zu Berge, denn auf einmal wurde ihm klar, dass es kein Bauernkarren gewesen war, den er gesehen hatte, sondern etwas aus leichtem Holz oder Flechtwerk, verbeult und verbogen, hinten tiefliegend, mit einer Deichsel, an die zwei Kunter geschirrt waren, und der Bursche, der neben dem Wagen kniete, war so mallig angetan gewesen, kaum etwas hatte er angehabt, und auf seinem Kopf war etwas aufgeblitzt, eine Art Helm. Und Chae blieb stehen und fluchte, es überlief ihn kalt und er fuhr beinah aus der Haut, als ein Fasan mit einem Schrei und surrendem Flügelschlag neben seinen Füßen aufflog und in das trübe Dunkel entschwand. Vielleicht war es einer der Männer vergangener Zeiten gewesen, den er da gesehen hatte, einer von Calgacus' Männern von der Graupius-Schlacht gegen die Römer, die von Süden heraufgekommen waren, oder am Ende vielleicht auch bloß die Wucht von Robs Glenlivet.

Das war also Chaes Runde über Land daheim, im Handumdrehn war sein Urlaub alle, und Chae verschwand mit ihm, die Leute sagten, er sei doch immer noch der alte Chae, immer noch quasselte er herum von Arm und Reich, man hätte meinen sollen, das Militär hätte ihn da eines Besseren belehrt. Doch Chris trat für ihn ein, Chae war ein braver Kerl, nicht dass sie selbst sich so um Arm und Reich scherte, sie war weder das eine noch das andere. In diesem Jahr kam das Getreide so gut, Ewan sagte, sie würden Hilfe brauchen, und das taten sie auch, ein älterer Kerl von Bervie wars, arg fockig am Anfang, John Brigson hieß er. Doch bald fand er sich ein in den Lauf von Blawearie, er schlief in der Kammer, die einst Chris' gewesen war, und wurde unerwartet bester Freund des kleinen Ewan, sie hatten Glück mit John Brigson. Und die Ernte war gut, und Chris dachte, bald würde es Zeit für ein weiteres Kind auf Blawearie. Bisher hatten sie in aller Wonne gut achtgegeben, doch jetzt war es anders, Ewan wollte gern ein zweites.

So verging eine Nacht und dann eine weitere, und leise

sagte sie zu sich selbst, im Frühjahr sag ich es ihm, und Neujahr ging vorüber, und dann trug das Gerede vom ganzen Howe die Nachricht hinauf nach Blawearie: Das Parlament hatte ein Gesetz zur allgemeinen Wehrpflicht verabschiedet, das hieß, ein Mann musste in den Krieg ziehen, egal, was er dazu sagte, und wer es nicht tat, der wurde über den Haufen geschossen. Und wie zu erwarten, Ewan bekam bald die Einberufungspapiere, er musste nach Aberdeen hinauf und sich mustern lassen, vorher war er als Bauer befreit gewesen. Der Lange Rob bekam den Bescheid am selben Tag, und er lachte und sagte: *Na gut, so komm ich mal rum.*

Und sie fuhren alle nach Aberdeen, ein ordentlicher Haufen Männer wars, und alle in einem Waggon, die Ackerknechte schworen allesamt, sie gäben keinen Pfifferling darum, ob sie genommen wurden oder nicht, und Ewan wusste sehr gut, dass sie ihn nicht einziehen würden, sie nahmen keinen, der sein eigenes Land bestellte, und der Lange Rob sagte gar nichts, er saß bloß da und schmauchte. Dann kamen sie nach Aberdeen und gingen an den angegebenen Ort und saßen da in einem langen kahlen Raum. Ein Soldat stand an der Tür und rief ihre Namen auf, einen nach dem andern, und der Lange Rob saß ganz still und schmauchte seine Pfeife. Schließlich waren sie fertig mit den Ackerknechten, der ganze fidele Haufen wurde zu den Soldaten eingezogen. Dann riefen sie den Langen Rob auf, aber der saß bloß still da und schmauchte seine Pfeife, er hatte nicht mal die Jacke ausgezogen. Darüber gabs großen Aufruhr, sie sprangen um ihn herum und fluchten ihn an, doch er stieß nur seinen Rauch aus, ihnen ins Gesicht, ganz ruhig, wie einer, der sich an einem Sommertag nicht von den Gelsen aus der Ruhe bringen lässt.

Sie gaben es auf und ließen ihn da und dort in Ruhe, er kam zurück auf den Howe und setzte sich wieder in seine

Mühle. Doch kurz darauf wurde er nach Stonehaven einbestellt, da tagte der Ausschuss über die Freistellungen und beriet die Anträge. Rob fuhr auf dem Fahrrad hinunter und schmauchte dabei seine Pfeife. Er wurde aufgerufen und ging hinein, und der Vorsitzende, ein spilleriges Krämerken, das Tag und Nacht dafür rackerte, dass andere Leute in den Kampf gegen die Deutschen geschickt wurden, der fragte den Langen Rob, wie es ihm denn gefiele, Feigling genannt zu werden? Und der Lange Rob antwortete: *Moi, Mann, moi, ich bin eh lieber ein Feiger als eine Leiche.* Und da sagten sie ihm, er könne nicht freigestellt werden, und der Lange Rob zündete seine Pfeife an und sagte, das sei traurig.

Er kam heim zur Mühle, und an diesem Abend sahen die Leute ihn, wie er auf seinen Feldern die Runde machte, immer wieder blieb er stehen, der lange schlaksige Kerl, schmauchte, schaute auf sein Land und zum Himmel. Spät am Abend kam Ewan vorbei und sah ihn und rief: *Moin, Rob!*, doch der Müller sagte kein Wort. Ewan war ganz vergretzt deshalb, als er heim nach Blawearie kam. Doch Chris sagte ihm, der Lange Rob habe sicher nur an den Morgen gedacht, da musste er sich in der Aberdeener Kaserne melden.

Und der nächste Tag verging, und ganz Kinraddie hielt von den Höfen aus Ausschau nach dem Kommen und Gehen beim Rob von der Mühle, und den ganzen Tag machte er verdammich keine Anstalten, sich auf den Weg zu machen, wie ihm befohlen war. Der nächste Tag kam, und mit ihm ein Polizist, auf dem Fahrrad kam er zur Mühle und blieb gute zwei Stunden dort, dann fuhr er wieder weg. Und die Leute erzählten später, die ganze Zeit in der Mühle habe er damit zugebracht, mit dem Langen Rob zu streiten und ihn zum Gehen zu bewegen. Doch Rob hatte gesagt: *Wenn ihr mich wollt, müsst ihr mich tragen!* Und wahrhaftig, das konnte der Polizist nicht tun, egal wie wütend er war, das hätte ganz schön dösig ausgesehen, wenn er den Langen Rob quer aufs Fahrrad gelegt und so die Straße lang geschoben hätte. Der Polizist kehrte also zurück nach Stonehaven, und spät am Abend kam ein Pferdewagen von dort, das war wieder der Polizist, und er hatte zwei Soldaten auf Heimaturlaub dabei, drei Leute brauchte es, um den Langen Rob in den Krieg zu schaffen. Auch da rührte er sich nicht, obwohl er sich auch nicht widersetzte, er saß bloß ruhig da und schmauchte seine Pfeife, und sie mussten ihn hinaus in den Pferdewagen tragen. Und sie fuhren davon, so zog der Lange Rob in den Krieg, und was ihm dort wiederfuhr, darüber kursierte dieses und jenes Gerücht, manche sagten, er sei hinter Gittern, manche sagten, er habe nachgegeben, andere sagten, er sei geflüchtet und halte sich in den Hügeln versteckt, doch niemand wusste nichts Genaues.

Und nun, da Chae weg war und Rob weg war, da war es Chris, als wären ihre besten Freunde aus Kinraddie verschwunden, die trauten, nahen Freunde, doch sie hatten ja noch einander, sie und Ewan und der kleine Ewan. Und all ihr Sinnen und Trachten richtete Chris auf die beiden, sie arbeitete für sie, versorgte sie, sah den kleinen Ewan frisch und kräftig heranwachsen mit seinem schlanken weißen Körper, der genau wie der seines Vaters war, und mit sonderlicher schwindelnder Wonne sang es in ihrem Herzen, wenn sie ihn badete, so kräftig und weiß stand er da, sie erinnerte sich ihres Ringens mit den Schmerzen, als sie seinen Körper zur Welt brachte, es hatte den Schmerz gelohnt, und mehr als das. Und jetzt wollte sie ein zweites Kind, der Frühling kam mit großen Schritten, das Land roch danach, die rescheren Seewinde kamen frisch vom Tang, den sie nur im Frühling brachten, es war neunzehnsiebzehn. Und Chris sagte sich im Herzen, dass ihr Kind im April gezeugt werden würde.

Das hatte sie vor, und singend ging sie in diesen Tagen in der Küche vom Blawearier Hof ihrer Arbeit nach, in Gedanken mit ihrem Plan beschäftigt, sie wollte neue Leintücher kaufen und sich selbst neue Kleider, sie wurde jung und lustig wie in der Zeit vor ihrer Ehe, und stiekum folgten ihre Blicke Ewan überall. Und der alte John Brigson rief: *Fürwahr, Frau Bäuerin, Sie sind gut aufgelegt!*

Doch Ewan sagte nichts, das war mall. Da wusste sie, dass ihn etwas bedrückte, vielleicht war er krank und wollte es nicht sagen, so still wie er bei den Mahlzeiten saß und auch nach dem Essen, es wurde ärger mit jedem Tag. Und wenn er sie anschaute, war es nicht mehr der alte Blick, sondern ein leerer, grauer Blick, der sich dann langsam von ihr abwandte. Sie war erst vergrellt und dann ängstlich, und eines Morgens, als sie im Hof stand, hörte sie ihn in der Stille zwischen dem schrillen Gackern der Hühner, fluchend erhob er die Stimme gegen Brigson, es war eine Schande, dass er das tat, und so fremd an Ewan. Gleich darauf kam er hastig und rasch vom Schuppen herangestapft, und als er durch die Küche ging, rief Chris: *Was ist passiert? Nichts*, grollte er zur Antwort und trampelte die Treppe hinauf, ohne den kleinen Ewan zu beachten, der ihm, wie Kinder es tun, hinterherlief, um ihm ein Bild in einem Buch zu zeigen.

Chris hörte ihn oben im Schlafzimmer rumoren, dann kam er in voller Ausgehkleidung herunter, sein düsteres Gesicht dräuend und fremder denn je, Chris starrte ihn an: *Wohin gehst du?* Und er fuhr sie an: *Nach Aberdeen, wenn dus wissen willst*, und weg war er. So hatte er noch nie mit ihr geredet, Ewan, ihr Ewan!… Wie benommen stand sie am Fenster und sah ihm hinterher, so fremd musste sie wirken, dass der kleine Ewan ganz bang zu ihr gelaufen kam. *Mutter! Mutter!*, rief er, sie hob ihn hoch und beschwichtigte ihn, und so standen die beiden und sahen, wie Ewan

Tavendale auf der hellen Straße im Frühling ihren Blicken entschwand. Chris kam es vor, als hätte er sie gehasst, als er sie da in der Küche angesehen hatte, und den ganzen Tag war ihr so elend ums Herz. Aus Scham für ihren Mann sagte sie dem alten Brigson, Ewan sei wegen diesem und jenem in Sorge und sei deshalb am Morgen düsterer Stimmung gewesen, jetzt sei er nach Aberdeen gefahren und würde den Tag über dort sein. John Brigson antwortete munter: *Machen Sie sich keine Sorgen, Frau Bäuerin. Wenn er heut Abend zurückkommt, wird er wieder ganz fidel sein!* Und Brigson half ihr beim Abwasch nach dem Abendessen, und sie hielten einen ordentlich langen Schwatz. Danach ging er und versorgte die Tiere, und Chris wurde unruhig beim Blick auf die Uhr, bis ihr einfiel, dass es noch einen späteren Zug gab, den Zehnuhrzug. Sie brachte den kleinen Ewan zu Bett und melkte die Kühe und kam zurück in die Küche und wartete. John Brigson war schlafen gegangen, Blawearie lag still da, sie ging Ewan entgegen die Straße hinunter durch den frischen Abendtau, das Jahr war noch so jung und so lieblich, heute Nacht, heute Nacht würde sie bei Ewan liegen, so wie sie es vorgehabt hatte!

Drüben beim Peesie's Knapp rief eine Schnepfe, im Licht der Sterne sah sie die nackten Stämme liegen, die sich einst als Wald dort dem Nordwind entgegengestellt hatten. Ein Hase huschte über die Straße, in den Gribben girgelte es, voll vom verborgenen Wasser des Frühlings, sie roch das Gras auf den umgebrochenen Schollen des gepflügten Lands und zitterte im Wind, der aufgekommen war, Ewan brauchte lange. An der Biegung zur Mautstraße hielt sie an und lauschte nach seinem Schritt, da kam ihr aus der Kinderzeit die Erinnerung, dass man das Ohr an den Boden legen konnte, um aus großer Entfernung Schritte zu hören, die man aufrecht stehend noch lange nicht vernehmen konnte. Sie lachte über sich selbst, als sie daran dachte und quick und behänd, wie die Guthries waren, in die Knie ging und ihr Ohr an den Boden legte, der war kalt und rau von kleinen Steinen. Sie hörte eine Herde kleiner Laute heim in ihre Hürden kehren, nah und fern, jeder Laut ging heim, doch kein Schritt war zu hören.

Dann kam von Stonehaven her ein großes Auto durch die Nacht gebraust, das Licht der Scheinwerfer hüpfte von Hang zu Hang, Chris trat beiseite und sah das Auto vorüberfahren, Soldaten waren darin, einer saß übers Steuer gebeugt, sie sah die schwankenden Spitzen seiner Glengarryhaube, das Auto sauste vorbei und verschwand in der Nacht. Sie starrte ihm hinterher, benommen und gedankenverloren stand sie da, und ein Schuddern überlief sie wieder. Ewan musste den Weg über die Hügel genommen haben und schon auf Blawearie sein, wie dösig von ihr, hier zu stehen, er würde sich sorgen und sich auf die Suche nach *ihr* machen!

Sie rannte zurück nach Blawearie und kam außer Atem dort an. Doch ihr war froh ums Herz, sie würde Ewan einen Streich spielen, sich stiekum anschleichen, dann plötzlich in der Küche hinter ihm stehn und ihn erschrecken. Auf leisen Sohlen schlieggerte sie über den Hof zur Küchentür und schaute hinein, die Lampe stand hell auf dem Tisch, und still lag der Raum in ihrem Schein. Sie stieg die Treppe hinauf in ihre Kammer, keine Spur von Ewan, der kleine Ewan lag und schlief, das Gesicht in die Kissen gedrückt, sie richtete ihn ein wenig und ging wieder in die Küche hinunter. Da saß sie dann auf einem Stuhl und wartete, ihr wurde es immer kälter ums Herz von den Ängsten, die in ihr aufstiegen, sie sah Ewan von einem Auto überfahren auf der Straße liegen, warum hatte man ihr nicht telegrafiert? Doch vielleicht war es gar nicht so, er hatte den letzten Zug verpasst und hatte stattdessen den nach Stonehaven genommen und stapfte jetzt von dort durch die Dunkelheit heim. Sie legte Holz im Kamin nach und saß und wartete, und die Nacht verstrich, sie schlief fest ein, und als sie aufwachte, war die Lampe ausgegangen, und zwischen Laden und Fensterkreuz hing eine schneidende leblose Weiße wie die Hand eines Toten. Und als sie sich streckte, so verfroren und fremd, da ging die Weckeruhr oben in John Brigsons Kammer. Es war halb sechs, die Nacht war vorüber, und Ewan war immer noch nicht zurück.

Und er kam auch weder an diesem Tag zurück noch an vielen folgenden Tagen. Denn am Mittag brachte der Postbote Chris einen Brief, der war von Ewan, und sie saß in der Küche und las ihn und verstand nicht, was er schrieb, die Lippe tat ihr weh, und sie strich mit der Hand darüber, und als ihr Blick auf die Hand fiel, sah sie Blut daran. Der kleine Ewan spielte in ihrer Nähe, er zog ihr den Brief aus der Hand, in seiner schrillen Kinderstimme vor Lachen kreischend rannte er damit weg, sie blieb sitzen und schaute ihm nicht einmal hinterher, da kam er zurück und lachte ihr ins Gesicht, überrascht, dass sie sich nicht aufs Spiel einließ. Sie nahm ihn in den Arm und bat ihn, der Brief herzugeben, und wieder versuchte sie ihn zu lesen. Ewan schrieb, er sei das Ganze satt, die Leute lachten ihn aus und verhöhnten ihn als Feigling, der Mutch und der Munro stichelten immerzu. Er würde jetzt in den Krieg ziehen, am gestrigen Tag hatte er sich zu den Northern Highlanders gemeldet, er würde ihr schreiben, wohin sie ihn schickten, sie brauche sich keine Sorgen zu machen, und: *Herzlich, Dein Ewan.*

Als John Brigson zum Abendessen hereinkam, war Chris noch immer leichenblass, doch sie war nicht mehr benommen und benebelt, es ließ sich nicht ändern, Ewan war weg, doch vielleicht würde der Krieg vorbei sein, bevor er mit der Soldatenausbildung fertig war. Und John Brigson sagte:

Natürlich wird er bald vorbei sein, die Deutschen treten an allen Fronten den Rückzug an, die haben ordentlich Bammel, hör ich, wenn unsere Leute nach den Bajonetten greifen. Der kleine Ewan wollte wissen, was ein Bajonett war und warum die Deutschen davor Angst hatten, und John Brigson erklärte es ihm, und Chris wurde ganz kodderich, sie musste hinausrennen und sich übergeben, denn wer jemals ein Kaninchen oder ein Huhn ausgenommen hat, der kann sich denken, wie es in einem Menschen aussieht, und sie hatte gerade vor sich gesehen, wie ein Bajonett Ewan durchfuhr. Und John Brigson tat es leid, er hatte gar nicht nachgedacht, sagte er, und sie sollte sich keine Sorgen machen, alles würde gut gehn mit Ewan.

Ach, das war ein langer Frühling! Tagsüber ging sie hinaus aufs Feld, um John Brigson zu helfen und sich von ihrer Erschöpfung abzulenken, dann nahm sie den kleinen Ewan mit und eine Decke, in die sie ihn wickelte und zum Schlafen in den Schutz von Hecke oder Brambusch bettete, wenn er müde wurde. Und die Felder gaben ihr Trost, das Krümeln der feinkörnigen Erde unter den Füßen, das Schwingen der Mistforke im Gehen, wenn man Dung ausbrachte, die Lerchen am Himmel, die Pferde, die mit schnaubendem Atem ihres Weges trotteten, der alte Brigson dahinter, über die Sterzen gebückt. Er pflügte recht jämmerliche Furchen, doch sie waren besser als gar keine, und er war immer freundlich und immer fidel, ein braver alter Kerl, er tat jetzt so viel von Ewans Arbeit, ohne sich jemals mehr Geld dafür zu erfragen. Und das war auch gut, denn er hätte nicht mehr bekommen, das Wetter war schlimm, und das Korn faulte im Sprießen.

Früh im Jahr, es war erst Mai, da kam der Regen, und man meinte schon, es würde nie ein Ende nehmen, draußen ließ sich nichts machen, der Regen kam vom Nordosten her über

Kinraddie, und Chris war nicht die einzige, die merkte, wie anders er fiel als in früheren Jahren. Auf Peesie's Knapp wurde die Strachansche ganz dallerig beim Versuch, sich dieses Andere zu erklären, bis ihr einfiel, dass Chae gesagt hatte, wie es würde, wenn der Wald weg war, früher hatten Bäume Schutz und Schirm für den Hof gewährt, jetzt stand er frei oben auf dem Hügel, jedem Sturm ausgesetzt, der in die Richtung blies. Die Holzfäller waren längst fertig, sie hatten ein Gelände hinterlassen, das aussah, als hätte die deutsche Armee es beschossen. Wenn Chris in diesem Mai hinaus in die Stürme blickte, konnte sie kaum fassen, dass es derselbe Ort war, über den sie und Will damals, an ihrem ersten Morgen auf Blawearie, geblickt hatten.

Und am nächsten Tag, als sie beim Buttern war, der kleine Ewan spielte oben mit seinen Bauklötzen und Bilderbüchern, und John Brigson war mit einer Ladung Korn nach Mondynes gefahren, da hörte Chris Schritte auf dem Hof, dort hastete jemand und lief und suchte Schutz vor dem Regen. Dann flog die Tür auf, und atemlos kam ein Soldat hereingestolpert, eine komische Uniform trug er, eine Mütze mit Goldlitzen und rote Kniehosen und Stutzen, Chris starrte auf die Mütze, dann auf das Gesicht, und der Soldat rief: *Ach Chris, ich glaub, du kennst mich nicht wieder!*, und sie rief: *Will!*, und sie fielen einander um den Hals wie Kinder, Chris unter Tränen, Will den Tränen nah, er tätschelte ihren Rücken und sagte: *Ach, Chris!*

Da schob sie ihn weg und sah ihn an, dann umarmten sie einander wieder, und Will tanzte mit ihr durch die Küche, und der kleine Ewan oben in seiner Kammer hörte den Lärm und kam heruntergerannt, und wie er sah, dass ein fremder Mann seine Mutter im Arm hielt, stürzte er auf ihn und boxte ihn in die Beine: *Geh weg, Mann!*, schimpfte er. *Guter Himmel, was hast du denn da, Chris!*, rief Will und hob

Ewan hoch in die Luft und schaute ihm fest ins Gesicht, dann schüttelte er den Kopf. *Ein prächtiger kleiner Bursche bist du, wahrhaftig, aber du kommst zu sehr auf deinen Vater, um je so schmuck wie deine Mutter zu sein!*

Das stimmte nicht, tat aber gut zu hören. Chris bekam kaum etwas getan und gekocht, über so vieles mussten sie schwatzen und erzählen, Will saß da und rauchte, und ab und zu schauten sie einander an, und Will brach in lautes Lachen aus: *Mensch, Chris, weißt du noch, wie … weißt du noch, als …!* Und in sein Lachen mischten sich Tränen, wie dösig waren die beiden. Der alte John Brigson kam nach Haus, sie hörten die Karrenräder im Hof, und Will ging hinaus, um ihm zu helfen, da sprang der alte Kerl mit einem Satz vom Karren und packte eine Forke, die in der Nähe lag, weil er Will in der sonderbaren Uniform für einen Deutschen hielt. Doch dann lachte er herzlich, als Will ihm sagte, wer er war, und die beiden kamen zum Essen herein, und Will saß am Kopfende, auf Ewans Platz. Beim Essen erzählte er ihnen, wie er an die Uniform gekommen war, und von all den Begebenheiten und Wanderschaften, die er und Mollie nach ihrem Abschied von Schottland mitgemacht hatten.

Und fürwahr, von beiden hatte er reichlich gehabt, denn in Argentinien, das hatte er Chris schon einmal im Brief geschrieben, verließ er seine erste Arbeitsstelle schon bald, er und Mollie, sie beide hatten das Spanische erlernt, und er hatte dann eine Stelle bei einem Franzosen angenommen, ein schwer anständiger Kerl war das. Er mochte Will gern, und Will mochte ihn, und er gab Will die Hälfte seines Hauses zur Wohnung, es war eine große Ranch draußen in den Feldern von diesem riesichten Land. Da hatten sie also gelebt und waren guter Dinge und froh, bis dass der Franzose in den Krieg gezogen war. Will hatte mehr als einmal daran gedacht, sich selbst auch zu melden, doch der Franzose hatte ihm gesagt, dann wär er ein rechter Narr, er könnte sich freuen, dass es bei den Britischen keine Wehrpflicht gab, außerdem musste ja einer da sein, der die Ranch versah. Nicht ganz zwei Jahre vergingen, dann kam der Franzose zurück, schlimm verwundet war er gewesen, und sobald er zurück war, hatte Will ihm gesagt, nun sei *er* an der Reihe, er wollte sich auch den Krieg mit eigenen Augen ansehen. Und der Franzose hatte gesagt, er sei in der Tat ein rechter Trottel, so als Freiwilliger zu gehen, doch er würde ihm Arbeit bei den Franzosen besorgen. Und das tat er auch, jede Menge Telegramme nach Paris hatte es gegeben, dann nahm Will Abschied von Mollie und dem Franzosen und der Frau des Franzosen und reiste im Schiff von Buenos Aires nach Cherbourg, und in Paris wussten sie schon bestens Bescheid über ihn, und er fand sich bereits zum Oberfeldwebel in der französischen Fremdenlegion ernannt, Dolmetsch war er, denn er sprach drei Sprachen gut. Dann bekam er zwei Wochen Urlaub, und da war er nun.

Und als er am Abend alleine mit Chris zusammensaß und sie ihm von Ewan erzählte, der unten in Lanark die militärische Ausbildung machte, da sagte er, Ewan müsse entweder ein Weichling sein oder ein Dösel oder beides. *Warum hast du diesen dusteren Deiwel geheiratet, Chris? Hat er dich gezwungen oder hast du von ihm ein Kind erwartet?* Und Chris war nicht böse mit ihm, es war ja Will, der es fragte, und er würde immer gleich zu ihr sein, selbst wenn sie einmal oder gar zweimal im Jahr ein Kind ohne Vater eingestehen müsste. Sie schüttelte nur den Kopf. *Nein, er war mir bloß das, was dir Mollie gewesen ist, deshalb*, sagte sie, und da nickte Will. *Ja, wenn es so ist, dagegen können wir nichts ausrichten … Weißt du noch, als du mal wissen wolltest …?* Und so standen sie im Abend und lachten, erinnerten sich und spazierten

Arm in Arm den Weg auf und ab, und Chris vergaß ihren Ewan, vergaß den kleinen Ewan, vergaß all ihren Kummer, während sie diesen Erinnerungen an die Zeiten nachhingen, als Will und sie zusammen Kinder waren, und an all das Bittere, Harsche und an das Schöne jener Jahre, und Will fragte: *Weißt du noch, wie wir in einem Bett geschlafen haben? – das letzte Mal war damals, als der Alte mich in der Scheune fast umgebracht hat!* Sein Gesicht verdüsterte sich dabei, er konnte es auch jetzt nicht verzeihen, er sagte, Leute, die ihre Kinder schlecht behandelten, die gehörten erschossen, Vater hatte ihn aus reiner Grausamheit gequält und geschunden, als er ein Junge war. Doch Chris gab keine Antwort, sie gedachte des Tags von Vaters Begräbnis und wie sie an seinem Grab auf dem Kirchhof von Kinraddie geweint hatte.

Doch sie wusste, dass sie davon Will nie würde erzählen können, er würde es nie verstehen, und so redeten sie von anderen Dingen, Will von Argentinien und dem Leben dort drüben und dem Geruch der Sonne und dem warmen Wetter und den Früchten und Blumen und der Flamme des Lebens unter dem Kreuz des Südens. *Aber ihr kommt doch zurück nach Schottland, Mollie und du, um wieder hier zu leben?*, sagte Chris, und Will lachte, er wirkte noch wie ein Junge, auch in der fremden französischen Uniform. Unfug, wer würde denn hierher zurückkommen wollen? *Dies Land hier ist am Ende, es ist tot oder stirbt – und es ist verdammt nicht schade drum!*

So dumm es auch war, Chris fühlte dabei einen plötzlichen Groll im Herzen aufwallen; sie ließ den Blick über Kinraddie im Abendlicht gleiten, so ruhig und geborgen und still lag es da, und sie dachte an die Saat, die jetzt aus tausend erdigen Mündern aufging. Dumm war es von Will, so etwas zu sagen: Schottland lebte, es würde nie sterben, das Land würde sie alle überleben, ihre Kriege und ihre Argentiniens, und die Winde würden mit Sturm und Regen und dem Tau, der die Saat zum Reifen brachte, über die Grampians geweht kommen, noch lang, lang nachdem alle ihre kleinen Vergrelltheiten im Abendlicht erstorben und vorüber waren. Und ihre Gedanken kehrten zum Kirchhof zurück, sie fragte Will, ob er nicht am nächsten Tag mit in die Kirk kommen wollte, sie war seit einem Jahr nicht mehr dort gewesen.

Er sah sie überrascht an, dann lachte er: *Du wirst doch wohl nicht fromm, oder?*, als hätte sie angefangen zu trinken. *Nein*, sagte Chris, und dann dachte sie darüber nach, endlich hatte sie nach dem ganzen tagtäglichen Bösseln und Pütschern mal Zeit nachzudenken, wo Blawearie so ruhig dort oben lag und der kleine Ewan und der alte Brigson schon schliefen. Und dann sagte sie: *Ich glaube nicht, dass die Schotten jemals fromm gewesen sind, Will – nicht fromm auf die Art wie die Iren oder die Franzosen und all die andern in den Geschichtsbüchern. Sie waren nie GLÄUBIG. Es ist bloß immer ein Platz gewesen, wo man sich zusammenfand, in der Kirk, und stritt und Kritik an Gott aussprach.* Will gähnte, es mochte so sein, sagte er, ihn kümmerte es nicht, so oder so, Mollie war in Argentinien zu den Katholschen gegangen, und wahrhaftig, sollte sie nur, wenn es ihr Vergnügen machte.

Am nächsten Tag also machten sie sich auf in die Kirk, das Wetter war heller geworden, Wind Regen und Sonne gab es zugleich, gezackte Regenbögen standen über Kinraddie, Wills Uniform wars, die den Himmel so durcheinandergebracht hatte, sagte Chris. Doch bei alledem war sie stolz auf ihn, und wie die Leute glotzten! Chris trug ihre blauen Sachen, mit einem neuen kurzen Rock und hohen Schuhen, und Will hatte sein blaues Zeug an, mit den roten Hosen und Stutzen, und die Jacke mit den Goldlitzen und dem hohen Kragen und die weiche Haube mit dem glänzenden Schirm. Der alte Gibbon, der für seinen Sohn hier predigte, der fiel beinah von den Kanzelstufen, wie er Wills ansichtig wurde. Doch er erholte sich schnell wieder und hielt eine von diesen Predigten, wie sie vor gut einem Jahr auf dem ganzen Howe so eingeschlagen waren, er erzählte, wie diese deutschen Viecher jetzt die Leichen ihrer eigenen Gefallenen kochten und die Reste an Schweine verfütterten. Und er fletschte die Zähne wider die Deutschen, solche Lumpen waren die, und er sagte, GOOTT würde sie gewisslich niedermachen.

Doch die Leute waren ihn und sein Wüten ordentlich satt, es waren nur wenige da, um seine Predigt zu hören, und als sie am Schluss aus der Kirche kamen, sagte Will: *Gut, dass wir aus der Stinkwolke von diesem Ollen draußen sind!* Dann erkannte Ellison Will und kam herübergescheimelt, röter denn je im Gesicht und fetter denn je, und er rief: *Na, wenn das nicht der Will Guthrie ist! Wie geht es dir?* Und Will sagte: *Gut.* Anscheinend freuten sich die meisten ihn wiederzusehen, bloß die Munrosche, die schnippte: *Und was bitteschön stellst du denn vor, Will? Am Lichtspielpalast in Stonehaven, da haben sie einen, der hat grad solche Kniebuxen an.* Und Will sagte darauf: *Fürwahr, Frau Munro, ihr wisst wohl Bescheid, wenns um Kniebuxen geht. Ich hab gehört, oben auf Cuddiestoun tragt ihr sie eh.* Die Leute, die herumstanden, gnickerten, das geschah dem Marder recht, da hatte sie einen gefunden, der Paroli bot.

Und Wills Urlaub verging wie im Flug, im ganzen Howe war er an den ersten paar Tagen unterwegs, droben in Fordoun und unten in Drumlithie, und allwägens machten die Leute viel Aufhebens um ihn. Doch danach verbrachte er fast die ganze Zeit bei Chris, in altem Zeug von Ewan, das sie für ihn herausgesucht hatte, half er ihr oder Brigson. Recht oft nahm er Vaters Flinte und ging schießen, froh machte es sie, wenn sie ihn oben im Moor hörte und hörte, wie er sang, und der kleine Ewan stieg den Hang hinauf ihm entgegen. Und als die Zeit an ein Ende kam und der letzte Tag da war, da saßen sie beim Feuer, der kleine Ewan lag im Bett, und draußen senkte sich die sanfte Juninacht, da war Chris gar nicht bange um Will, er war im Reinen mit sich und froh und forsch, alles ging seinen guten Weg bei ihm. Und am nächsten Morgen war es nur der kleine Ewan, der beim Abschied weinte, und fort ging Will, und da schien es auf Blawearie, als wäre mehr aus ihren Leben geschwunden als nur Will, eine glückliche Stimme war es gewesen, die sich in den Wochen seines Besuchs einen Platz in ihre Herzen geklungen hatte.

Doch die Hügel stiegen auf und versanken, jeden Tag wieder aufs Neue, in Dunkelheit und Sonnenlicht, und auch diese Wochen waren verbracht und abgetan, und Chris sah die Ernte naherücken, so nah, dem Wetter zum Trotz eine gute Ernte, und immer noch ging der Krieg weiter. Manchmal kam ein Zettel oder eine Postkarte von Ewan in Lanark, dann wieder wochenlang kein Zeichen, bis sie ganz besorgt war. Er schrieb, er finde bloß nie die Zeit zum Schreiben, er wüsste nicht wie, sie hatten so viel zu tun, und sie solle sich keine Sorgen machen.

Und dann kam eines Tages ein Auto durch Kinraddie gefahren, es wendete an der Kreuzung und fuhr am Denburn hinunter. Es hielt bei der Mühle, und die Leute rannten vor die Türen und fragten sich, wer das wohl sein mochte, die Mühle war verschlossen und verlassen. Und als das Auto anhielt, da stieg ein Mann aus und ein anderer hinter ihm her, und in kleinen Schrittchen schluffelten sie im Schneckentempo zum Mühlhaus hinauf, dann konnten die Leute nichts mehr sehen. Doch bald ging es wie ein Lauffeuer rund, dass der Lange Rob selbst zurückgekommen war, er hatte nie Bucht gegeben, sie hatten ihn ins Gefängnis gesteckt und schrecklich misshandelt, doch er gab nicht Bucht, egal, was sie taten, er lachte ihnen ins Gesicht: *Recht so, Mann, soll mir recht sein.* Zum Schluss ging er in den Hungerstreik, das hieß, dass man sich einfach selbst verhungerte, um ihnen eins auszuwischen, und er wurde immer schwächer. Da brachten sie ihn aus dem Gefängnis zu einem Doktor, und der Doktor sagte, es wär zwecklos, ihn im Gefängnis zu halten, er würde nie von Nutzen für König und Vaterland sein.

Also war er schließlich doch heimgekommen, wenngleich als ein rechtes Wrack, wie die Leute sagten, er konnte kaum aufrecht stehn und gehn oder sein eigenes Essen bereiten, der Himmel allein wusste, wie er es in seine Kleider schaffte. Und Mutch und Munro machten einen weiten Bogen um ihn, Gordon ebenso, sie sagten, es geschehe ihm recht, dem leipen Deutschenfreund. Wie Chris das hörte, brannten ihr die Augen, und sie ließ den alten John Brigson den Karren anspannen und gab Korn herein, als wollte sie es zum Quetschen zu Rob bringen, und Chris stieg auch in den Karren und nahm den kleinen Ewan auf die Knie, und los fuhren sie von Blawearie hinunter. Draußen vor dem Mühlhaus hieß Chris John Brigson anhalten, sie nahm den Korb, den sie unten auf den Karrenboden gestellt hatte, und rannte über den Hof zur Küchentür. Die stand halb offen, drinnen war es dunkel, kaum ein Funken Glut glomm im Bausen. Doch sie sah jemanden sitzen dort drinnen, sie hielt inne und starrte, ein alter Mann war es mit ausgezehrtem bleichem Gesicht, dessen Hände an einer Pfeife pütscherten und versuchten sie anzuzünden.

Rob!, sagte sie, und er blickte auf, und sie sah seine Augen, in denen schlimme Dinge standen. *Chris!*, rief er. *Du lieber Himmel, ist das Chris Guthrie?* Sie schüttelte ihm die Hand und fasste ihn an der Schulter, dachte an den Rob von früher, ohne ihn anzusehen, dachte daran, was er ihr und Ewan zur Zeit ihrer Heirat für ein guter Nachbar gewesen war. *Warum sitzt du hier?*, fragte sie, *du solltest im Bett liegen!*, und Rob antwortete: *Zum Deiwel, nein, ich hab mehr als genug vom Bett. Ich hab auf den Krämer gewartet, aber er hat nicht angehalten, obwohl er weiß, dass ich zu Hause bin. Er hat wohl noch immer Groll auf die Deutschenfreunde, mein ich.*

Chris riet ihm, sich nicht um den Krämer zu scheren, sie redete beinah schroff mit ihm, damit sie nicht zu weinen anfing, dann schickte sie ihn hinaus, mit John Brigson solle er plaudern. Kaum war er an seinem Stock mühsam hinausgehüppelt, sah sie sich in der Stube um und machte sich ans Aufräumen, sie richtete ein schönes Feuer im Bausen und bereitete eine Mahlzeit aus frischen Eiern und Butter und Haferkeksen und Wecken und Marmelade, das hatte sie alles von Blawearie mitgebracht. Als Rob von seinem Schwatz mit Brigson wieder hereinkam, erwartete ihn der gedeckte Tisch, er flinkerte mit den Augen, und im Hinsetzen sagte er: *Das hättst du aber nicht machen sollen, Chris, Deern.* Chris sagte nichts darauf, half ihm nur, es sich bequem zu machen, und setzte sich zu ihm und sorgte dafür, dass er aß, und als der kleine Ewan mit dem alten Brigson hereinkam, bekamen sie auch zu essen, und dann machte sich Brigson auf zu dem Hof in Auchenblae, wo Robs Pferd und Pony untergebracht waren.

Chris machte sich unterdessen im Haus zu schaffen, sie öffnete die Fenster und ließ Luft herein und fegte die Räume aus und zog die schmutzige Bettwäsche ab und packte sie zu einem Pungel, den sie zum Waschen mitnehmen konnte. Sie machte Rob Haferkekse und versprach ihm, dass er jeden Tag eine Kanne Milch vom Netherhill bekommen würde, bis wieder Vieh in seinem Stall war, dafür hatte sie schon gesorgt. Als John Brigson am Abend mit Pferd und Kunter zurückkam, war der Lange Rob in seinem Stuhl fest eingeschlafen, sie weckten ihn nicht, deckten ihm nur fürs Abendbrot auf und auch fürs Frühstück und zündeten die Lampe an, die sachte neben ihm brannte, und gaben in sein Bett eine Wärmflasche. So ließen sie ihn zurück und fuhren selbst heim nach Blawearie, alle drei waren sie müde, der kleine Ewan lag schlafend in Chris' Armen, sie hielt ihn gerne so an sich gedrückt, sein dunkles Köpfchen ruhte an ihrer Brust, und die Schultern vom alten Brigson sah sie wie einen stillen Schutzwall vor der Nacht.

Am nächsten Morgen sahen sie von Blawearie aus Robs Pferd und Pony auf der Wiese neben der Mühle grasen und den Langen Rob selbst sahen sie, ein Punkt im Sonnenlicht, der langsam den Weg hinaufschritt zu dem blachen Moorland, mit dem er sich so lange abgerackert hatte. Und als sie so schauten, hörten sie fern und schwach den Klang eines Lieds, lange hatte es daran gehapert in Kinraddie, von dort unten ertönte *Ladies of Spain*.

Vielleicht würde der Krieg bald zuende sein, hatte Chris träumend gedacht, als sie das Lied tönen hörte, und alle würden wieder wie früher in Kinraddie sein, Chae und der Lange Rob, und Ewan, ihr dunkler Bursche, auch. Das hatte sie an diesem Morgen erträumt, nie würde sie sich diese Träumereien im langen herbstlichen Morgendämmer abgewöhnen. Und ganz bald schien der Traum wirklich zu werden, ein Telegrammbote kam den Weg nach Blawearie heraufgeradelt. Chris las das Telegramm, das Ewan geschickt hatte. *Heute Abend zu Hause auf Heimurlaub bis Abreise nach Frankreich.* Sie starrte auf das Telegramm und den Jungen, der es gebracht hatte. *Schicken Sie Antwort?*, fragte der, und sie fragte: *Was soll ich schicken?*, er fragte noch einmal, sie sagte: *Nein!*, und lief mit dem Telegramm in die Küche und starrte die Worte an. Nach Frankreich würde er gehen.

Das blieb ihr lauernd im Hinterkopf, dunkel, wie eine schwarze Katze, die hinter einer Hecke entlangschlieggert. Sie sah den Flaum ihres Fells oder den Blick aus den Augen, ein wildes, dräuliches Ding im hellen Sonnenlicht, doch du schautest nicht oft hin, sahst selten diese Augen, wie sie nach dir glupten. Dorthin würde er ziehen, wo der Himmel ein wüster Albtraum war, wo die Erde Tag und Nacht bebte, ins Land dieser leipen Franzosen, ihr Ewan, ihr Bursche mit dem dunklen lieben Gesicht und seinem plötzlichen, heitern Erröten. Und plötzlich war ihr Herz erfüllt von zehrendem Mitleid mit ihm, ein Mitleid, das ihr keine Tränen in die Augen steigen ließ, er durfte sie keine Träne vergießen sehen, solange er bei ihr war, wenn er in dieses ferne dunkle Land zog, sollte er Erinnerungen an sie und Blawearie mitnehmen, die hell und traut und sacht waren.

Diesen ganzen Vormittag bösselte und flitterte sie von Kammer zu Kammer, machte alles hübsch, holte frische Laken und Kissen hervor für das Bett, das ihr so einsam gewesen war, sie schickte den kleinen Ewan hinaus, er sollte Rosen und Sügers pflücken, die sie in einem Krug aufs Bord über dem Bett stellen wollte. Und sie hängte frische Gardinen auf und holte Ewans Kleider hervor und bürstete sie aus, er würde doch rauswollen aus der Uniform, so satt hatten sie den harschen Khaki, all die Männer, die zurückkamen. Ein großes Backen unternahm sie für seine Heimkehr, so viel buk sie, sie hatte kaum Zeit, dem kleinen Ewan und Brigson Essen zu kochen, doch die kümmerte das nicht, sie waren beide so aufgeregt wie sie. Sie wusste, mit welchem Zug er kommen würde, dem um halb sechs, und sie fegte und feudelte in der Küche und deckte auf für sein Abendessen und klopfte ein großes Kissen zurecht für seinen Stuhl und zog sich das blaue Zeug an, das er so mochte, und dem kleinen Ewan zog sie die feinen braunen Hosen aus

Schnürsamt an. John Brigson rief aus: *Heut Abend kommt dein Mann heim, da bin ich nur im Weg, ich fahr nach Bervie zurück für die Nacht!*

Und weg war er, Chris winkte dem braven alten Burschen hinterher, wie er den Blawearier Hang hinunterradelte. Und gleich rannte sie wieder zurück, in die Stube hinein, um sich im Spiegel zu betrachten, in dem langen Glas wirkte ihre Gestalt noch anmutig und sogar noch schlank, er würde gern bei ihr liegen, dachte sie sich – ach, Ewan! Ihr Gesicht hatte sich nicht verändert, es war rotwanging und hübsch, die Augen vielleicht älter, aber leuchtend und klar. Dann hörte sie auf, sich zu betrachten, und ging über den Hof, um sich zum kleinen Ewan zu stellen, der den Hügel hinab nach seinem Vater Ausschau hielt. Die Sonne ließ die langen Schatten von Blawearie und den Buchen weit nach Osten fallen, und jenseits des Den, oben in den Feldern vom Upperhill, hörte sie ein Schaf zwischen den Ginsterbüschen blöken.

Sie hatte kaum glauben können, dass er das war, Ewan, sie lag wach, als er eingeschlafen war, er schlief schnarchend und brabbelte im Schlaf wirre Fetzen und krümmte sich gegen sie, sodass ihr wenig Platz im Bett blieb und noch weniger von der Decke. Sie schloss die Augen und presste die Knöchel der Hand gegen die Zähne, der Schmerz sollte sie aufwecken, sie sollte begreifen, dass Ewan nicht nach Hause gekommen war, er war noch derselbe Ewan, von dem sie träumte, in der Stille der Nacht und in ihrem eigenen einsamen Bett. Doch er regte sich, warf einen Arm hinter sich, der ihr übers Gesicht schlug, sie lag reglos darunter, dann zuckelte der Arm zurück. Sie nahm die Knöchel von ihrem Mund und lag still, es hatte keinen Sinn, sich selbst noch Schmerzen zuzufügen.

Betrunken war er vom Bahnhof gekommen und über zwei

Stunden verspätet. Als er endlich in seinem Kilt in der Küche stand, sah er sich um und höhnte: *Zum Deiwel, Chris, was für ein Schiet ist dieses Haus hier!* Er schleuderte seinen Ranzen in die eine Richtung und die Mütze in die andere und küsste sie, als wär sie ein dahergelaufenes Weibsstück, brennend und fordernd und erfahren, wie es seine Hände nie gewesen waren. Sie sah das heiße Glühen in seinem Blick, aber kein Erröten auf seinem Gesicht, die Röte darin hatte einen andern Grund. Doch sie erdrückte ihr Entsetzen und lachte und küsste ihn und befreite sich aus seinen Armen und rief nach dem Kind: *Ewan, sieh mal, wer ist da gekommen?*

Der kleine Ewan hielt Abstand, ganz scheu, und er starrte und sagte bloß: *Das ist Vater.* Daraufhin lachte diese fremde, scheimelnde Gestalt in dem karierten Kilt, ganz brattsch und gemein. *Das wolln wir doch hoffen, was, Chris? Gibts noch was zu essen für mich – oder bist du verdammich zu schnöselig und hast nich mal das zur Hand?*

Sie wollte ihren Ohren nicht trauen. *Schnöselig? Ach, Ewan!* Sie lief zu ihm, doch er schüttelte sie ab. *Is ja schon gut. Ich bin müde. Um Himmels willen, lass einen Mann doch mal sitzen.* Er stolperte zu dem Stuhl, den sie für ihn bereitet hatte, ein Bilderbuch vom kleinen Ewan lag darauf, das nahm er und schleuderte es quer durch den Raum, bevor er sich auf den Stuhl sacken ließ. *Zum Deiwel, was für ein verdammichter Aufstieg zu diesem verdammichten Haus. Los, gib mir zu essen.*

Sie setzte sich neben ihn, um ihm aufzulegen, sie wusste, dass ihr Gesicht ganz fahl geworden war. Doch sie schenkte ihm Tee ein und richtete das gute Essen an, das sie ihm so stolz bereitet hatte, es hätte gar nicht da sein brauchen, so wenig achtete er darauf, er schlapste nur eine Tasse Tee nach der anderen, wie ein Rindvieh am Trog. Sie sah ihn jetzt deutlicher, das grobe Haar, das wie in kurzen Borsten auf dem ganzen Schädel spross, den Hals mit dem grelligen roten Rand über dem Kragen der Drillichjacke, eine große roh verheilte Narbe schimmerte giftig blau auf seinem Handrücken. Plötzlich richteten sich seine Augen auf sie. *Na, verdammich, ist das alles, was du zu sagen hast, jetzt wo ich heimgekommen bin? Ich hätt besser dran getan, die Nacht bei einem Weibsstück in der Stadt zu verbringen.*

Sie sagte nichts, sie brachte kein Wort heraus, die Kehle war ihr zugeschnürt vom unterdrückten Weinen, das an ihren Lidern biss und brannte, sie wollten mit Macht hervor, diese Tränen, von denen sie geschworen hatte, er sollte keine einzige zu Gesicht bekommen, solang er auf Urlaub zu Hause war. Und sie wagte nicht, ihn anzusehen, damit er es nicht bemerkte, doch er sah es und stieß den Stuhl zurück und sprang wütend auf. *Herrje, was gibts jetzt wieder zu flennen? Immer diese Flennerei bei dir, das hab ich wohl nicht vergessen.* Und hinaus ging er, der kleine Ewan kam zu ihr gerannt und warf die Arme um sie: *Mutter, wein nicht, ich mag ihn nicht, das ist ein Lump, dieser Soldat.* Sie unterdrückte die Tränen. *Sschht, Ewan, sag das nie wieder!*, und sie stand auf und räumte den Tisch ab und ging hinaus auf den Hof und rief leise: *Ewan!*

Schon gut, schon gut!, rief er zurück, immer noch fuchtich, und dabei entflammte in ihr selbst der Zorn, sie wartete nicht darauf, dass Ewan wieder hereinkam, sondern nahm den kleinen Ewan auf den Arm und stieg die Treppe hinauf und brachte ihn ins Bett. Er war verstört und hatte Angst um sie und gab ihr einen Kuss. *Schlaf heute Nacht bei mir, Mutter.* Sie lachte ihn aus, sie würde bei seinem Vater schlafen, und er musste jetzt brav sein und auch ganz schnell einschlafen, am Morgen würde er es mit Vater ganz lustig haben. *Ich wills versuchen*, sagte er und machte die Augen zu, und sie ging die Treppe hinunter, es war dunkel, es war schon bald acht. Sie wähnte Ewan noch draußen, doch als sie zur Lampe ging, rührte sich etwas im Stuhl, eine Katze, meinte sie erst, doch es war Ewan. Er packte sie und zog sie auf seinen Schoß und sagte: *Jetzt versuch bloß schnöselig zu sein, was denkst du, wozu ich nach Haus gekommen bin?*

Es war dann wie ein Kampf in einem Albtraum, tief unter Decken verheddert, ringend um Luft, schrecklich, dass das jetzt ihr Bild von Ewan war. Doch nein, das war nicht Ewan, nicht ihr Ewan, einer, leip und roh und mall, war in seinen Körper gestiegen und hierhergekommen, um sie zu quälen. Er lachte, wie er dort im Stuhl mit ihr rang und sie fest umklammerte und ihr Sachen erzählte – ach, er war betrunken und wusste nicht, was er sagte, schreckliches, krankes Zeug, in Lanark hatte er Frauen gehabt, wann immer er wollte, sagte er. Und er flüsterte ihr von diesen Frauen, sein Atem traf heiß auf ihr Gesicht, sie sah den Schimmer seiner Zähne, er erzählte ihr, wie er bei denen gelegen hatte und was er mit ihnen gemacht hatte. Übelkeit und Scham überkamen sie, doch schlimmer noch, als sie den Kampf aufgab, hatte brennendes, beschämendes Begehren sie ergriffen. Und er merkte es, merkte es sofort. *Ha, jetzt weißt du wohl, was du kriegen kannst!*, hämte er.

Sie hatte sich vom Boden aufgerappelt und war wie im Schlaf hinausgegangen, um die Kühe zu melken, ließ ihn da liegen. Als sie zurückkam, war er nicht mehr in der Küche, sie nahm sich Zeit beim Sieben und Entrahmen der Milch, bis sie hinauf in die Kammer ging, die sie am Morgen zurechtgemacht hatte, singend hatte sie die Kammer bereitet. Und da oben erwartete er sie, er lag schon im Bett, aus der Küche hatte er ein Licht mitgebracht, wo sie doch immer im Dunkeln schlafen gegangen waren und so gern dort im schwachen Schimmer der Nacht, der durchs Fenster fiel, umschlungen gelegen hatten. *Herrje, los, mach schon!*, grumpelte er, und als sie Anstalten machte, das Licht zu löschen: *Das mach ich gleich, komm her!* Sie legte sich neben ihn, und er nahm sie.

Daran dachte sie jetzt, im Dunkel liegend, während er schlief, warum hatte er das Licht brennen lassen? Wenn sie an diese Schäbigkeit dachte, drehte sich etwas kalt und wund in ihrem Kopf wie ein Spiegelrad. Denn nicht nur wegen der Viehischkeit, mit der er sich über sie hergemacht hatte, hatte sie gequält gewimmert: *Ach, Ewan, lösch doch die Lampe!* Das Grausen seiner Augen würde sie nie vergessen, diese Augen, die auf sie stierten, sie glühten und tanzten auf diesem Spiegel, der sich in ihrem Kopf ohne Unterlass drehte.

Das also war Ewans Heimaturlaub, und die Tage, die vergingen, waren genau so, wie der erste Abend es düster hatte ahnen lassen. Als Ewan Tavendale war er gegangen, zurück kam er als ein Mann so leip und so roh und rau, dass in Chris' Herz der Hass tönte, wo der Klang der Liebe gewesen war – Hass, der sich nie in Worte fand, doch langsam und sicher und unbeirrbar dort niederließ. Denn oft wollte es ihr scheinen, dass ein gequältes, gepeinigtes Etwas aus Ewans Augen glupte, gerade beim Schwingen der verruchtesten Reden, wenn er den alten Brigson beschimpfte, Abend um Abend betrunken zurück nach Blawearie kam – dieses gepeinigte Etwas war der abhanden gekommene, der verlorene Junge, den sie geheiratet hatte. Doch das Bild dieses Jungen welkte und schwand mit den Tagen, die vergingen. Fünf Tage blieb er, ließ sich das Frühstück ans Bett bringen und stand erst zum Mittag auf, keinen Blick warf er auf Felder und Vieh, noch schenkte er dem kleinen Ewan Beachtung. Er kleidete sich nur in Khakirock und Kilt, und als Chris vorschlug, er könne doch mal einen Anzug anziehen, hieß es: *Was, ich soll mich anziehen wie ein Schietpazi? Das überlass ich deinem Freund Rob Duncan.*

Jeden Tag scheimelte er breitbeinig die Straße hinunter, nach Drumlithie oder Fordoun, um zu trinken. Bevor er losging, fragte er Chris um Geld, sie gab ihm wortlos, was er verlangte, doch er witterte Zaudern und hämisch verhöhnte er sie. Hatte er nicht ein Recht auf sein eigen? Meinte sie, er wär immer noch der junge Döskopp von früher, der es zufrieden war, auf Blawearie zu fronen – *ohne auch nur ein Söffken, um den ganzen Schiet zu versüßen, oder eine Deern in der Nacht, um das Blut in Wallung zu bringen – nix als eine Olsche, die man kaum anrühren durfte aus Angst, sie könnte was Kleines kriegen, hä, Chris?*

Das sagte er beim Abendessen, höhnisch und großkotzig, der alte Brigson wurde rot und senkte den Blick auf seinen Teller, und der kleine Ewan starrte seinen Vater unverwandt an, bis Ewan sagte: *Herrje, was für ein verdammichtes Schulern! Augen wie die Mutter und im Wesen auch wie sie*; dann fluchte er das Kind an, es war zum Schämen, wie er redete. Er war jetzt dicke freund mit Mutch, den er früher kaum hatte ausstehen können, und mit ihm kariolte er jede Nacht auf Sauftour. Wenn John Brigson zu Bett ging, sah er Chris an, Sorge lag in seinem freundlichen alten Blick, doch sie wagte nicht, mit ihm darüber zu sprechen, er stapfte langsam umher über ihr, während sie sich hinsetzte, um zu warten, dass Ewan heimkam, und indessen grub ihr das stockernde Ticken der Uhr jede Sekunde ins Herz, sie hasste sein Heimkommen, wollte sein Heimkommen.

Denn nach dieser ersten Nacht hatte er sie nicht mehr angefasst, bebend und wartend lag sie neben ihm. Und er lag still, sie wusste, dass er wach war, und wusste, dass er wusste, worauf sie wartete, es war, als wär er eine Katze, die mit einer Maus spielt, nach einer Weile lachte er laut auf und schlief dann ein, sie selbst lag und peinigte sich noch stundenlang. In der letzten Nacht versagte sie sich der

Pein, gegen drei Uhr stand sie auf und machte das Feuer an und kochte Tee und sah zu, wie der Morgen über die Hügelkämme näherkam, ein schöner Sommermorgen war es, gelb und grau und schön mit dem Zwitschern der Vögel in den Buchen. Und mit einem Mal, so plötzlich wie bei jeder Verwandlung, die sich in ihr vollzog, wurde sie ruhig und sicher, nahm Ewan aus ihrem Herzen und verschloss es ihm, nie wieder sollte er sie aufbringen und verstören, sie war fertig mit ihm, in der Liebe sowie im Hass. Und erleichtert stand sie auf und ging langsam ihrer Arbeit nach, einer großen Last hatte sie sich entledigt. Als John Brigson am Morgen herunterkam, hörte er sie singen und wurde selbst heiter davon, heiter vor Erleichterung, sie indessen sang ihre Befreiung heraus.

Um neun Uhr schrie Ewan aus der Kammer oben: *Wann zum Deiwel bringst du mein Frühstück?* Sie scherte sich nicht drum, aber schickte den kleinen Ewan zum Spielen hinaus und ging unbeirrt weiter ihren Arbeiten nach. Schließlich hörte sie Gepolter auf der Treppe, und dann stand er in der Küchentür und sah sie mit brennendem Blick an, fiünsch glommen seine Augen. *Bist du glatt taub geworden?* Sie hob den Kopf und sah ihn an. *Wenn du Frühstück willst, mach es dir selbst!*, antwortete sie.

Du Töle!, sagte er und hob die Hand, um sie zu schlagen. Doch sie griff ein Messer, das auf dem Tisch lag, da hatte sie es bereitgelegt, fluchend wich er zurück. Sie nickte und lächelte, als sie das sah, ganz gelassen, sie legte das Messer zurück und wandte sich wieder ihrer Arbeit zu.

Er machte sein eigenes Frühstück, grummelte drohlich dabei, ein schöner Abschied für einen, der nach Frankreich zog, um zu kämpfen. Chris horchte auf dieses Gequassel, mit Verachtung im Herzen schaute sie ihn an, die Lippe gekräuselt, er sah ihren Blick und beschimpfte sie, doch war er auch bang, ihr fiel wieder ein, dass er immer der Bange gewesen war. Und ganz kalt und fremd kam es ihr da so kurios vor, dass sie sich je hatte abrackern sollen, um ihn zu versorgen und zu lieben und ihm das Beste von sich zu geben, Körper und Geist und Seele hatte sie ihm geschenkt, ein Geschenk für den Körper eines betrunkenen Rüpels vom Ackerpflug.

Jetzt sah sie diesen Körper mit kalter Abscheu an, wie er sich wusch und rasierte und ankleidete, sie konnte den Anblick kaum ertragen und ging hinaus und machte sich im Hof zu schaffen, schrubbte im strahlenden Wetter dort die Töpfe aus, der kleine Ewan spielte heiter und zufrieden mit seinem Spielzeug, im ganzen Howe war die Heumahd im Schwange, und die Hühner kamen herbei und pickten um ihre Füße. Sie hörte Ewan in der Küche herumstapfen, er wollte, dass sie hinschaute, herbeigerannt kam und ihm sein Zeug brachte. Doch sie lächelte bloß wieder, gelassen und selbstsicher und friedlich, und sie hörte ihn herauskommen und die Tür krachend zufallen, und ohne den Kopf zu heben, sah sie ihn dann. Er war in voller Montur, die Glengarryhaube auf dem Kopf, den Ranzen über der Schulter, mit schwingendem Kilt, so kam er forsch an ihr vorbei, doch sie wusste – er wartete darauf, dass sie ihn aufhielt, hinter ihm herlief, die Arme um ihn schlang, als er an ihr vorbeiging, erlugte sie in seinem Blick die Angst, sie könnte ihn gar nicht beachten.

Und das tat sie auch nicht, sie sagte nichts, sie richtete sich nicht auf, der kleine Ewan ließ von seinem Spiel ab, um dem Vater teilnahmslos hinterherzusehen, als wäre er ein malliger Fremdling, der ihr Zuhause verließ. Ewan ließ das Gatter zum Hof knallend zufallen und blieb stehen, um seine Strümpfe zu richten, er war rot im Gesicht und sah sie immer noch nicht an. Und sie beachtete ihn nicht.

Da schwang er sich den Ranzen auf den Rücken und ging

langsam den Weg zur Einbiegung in die Mautstraße hinunter, das sah sie vom Küchenfenster, wusste, dass er darauf rechnete, sie würde schließlich doch nach ihm rufen. Und sie lächelte gelassen und sicher, dass sie ihn so gut kannte, all sein Handeln und Denken, und wusste, warum er dann zuletzt dort stehn blieb, bemüht, sich nicht umzusehn. Er kramte nach Zündhölzern, pütscherte herum beim Versuch, die Pfeife anzuzünden, und sie sah ihm zu, eine Wolke schob sich über die Sonne und zog weiter mit Ewan, die beiden zusammen gelangten an die Mautstraße, entschwanden ihrem Blick in Schatten und Gleißen des hellen Sonnenwetters, es war so fremd, so unfassbar fremd. Sie stand lange da und starrte auf den Punkt, an dem er verschwunden war, scharf unter der Brust zerriss es ihren Körper, ihr Herz brach, und es kümmerte sie nicht! Sie war draußen jetzt, fort von den Mühen des Herzens und seiner Pein, er hatte alles getan, was er je tun konnte, er, der den Weg hinuntergestapft war in diesem Schatten, der vor der Sonne wich.

Und dann lernte sie, dass es keine Erlösung gibt, die immer währt oder stärker ist als das, was das Herz an Last ertragen kann, sie weinte und konnte nicht aufhören, die Arme über den Küchentisch geworfen weinte sie um diesen Ewan, der nie mehr zurückgekommen war, für den verschämten, gepeinigten Jungen mit den hochfahrenden Allüren, den sie ohne Kuss und Abschiedswort hatte von Blawearie davonziehen lassen. *Ewan, Ewan!*, schrie da ihr Herz und wollte brechen. *Oh, Ewan, das hab ich nicht gewollt!* Ewan – er war doch der ihre, der ihre noch trotz alledem, was er getan und gesprochen hatte, er hatte inniger tief in ihrem Körper gelebt als das Herz, das ihr jetzt brach, der kleine Ewan war von ihm, oh Gott, sie konnte ihn doch nicht so haben ziehen lassen! Und in ihrem verzweifelten Weinen begann sie zu beten, sie wusste, wie sinnlos es war, doch sie betete und betete, er möge zurückkommen und sie küssen und ihr gut sein und sie umarmen, ein einziges Mal nur, bevor er diesen Weg hinunterging. Weinend und mit wildem Blick rannte sie hinaus in den Hof, da stand John Brigson, der starrte sie baff an, als sie rief: *Bitte, lass ihn nicht gehen, lauf hinter ihm her, John!*

Und er sagte, er verstehe sie nicht, wenn sie ihren Mann meinte, das war schon über eine Stunde her, dass Ewan hinunter zur Straße gegangen war, und längst schon war der Pfiff der Lokomotive von drüben über die Hügel geklungen.

Ein Monat verging, bis sie von ihm hörte, und auch dann wars nur ein kurzes Gekritzel auf einem Ding, das sie Feldpostkarte nannten, irgendwo in Frankreich war sie geschrieben, und nicht mehr stand darauf, als dass es ihm gut ging. Nichts als ein Flüstern aus der dunklen Höhle der Tage, in die er verschwunden war, dennoch erleichterte es ihren Sinn und nahm ihr die zehrende Pein, die sie in den ersten Wochen seit seinem Fortgehn gequält hatte. Es würde nie wieder so wie früher zwischen ihnen sein, doch vielleicht würde er eines Tages zu ihr zurückkommen, ihrer beider Wahn und Wut wäre vergessen, zurück zu ihr und zum kleinen Ewan würde er nach Blawearie kommen, wenn der Krieg fertig war, sie würden mit der Zeit vergessen, mit neuen Zeiten und Jahresläuften beschäftigt sein, nie wieder würde Glut und heitere Wonne zwischen ihnen sein, doch immer noch die Arbeit auf den Feldern, die nie verging und in der sie jetzt ihre Tage begrub.

Denn sie selbst versank in dieser Arbeit, es war ein Weg zu vergessen, vom Morgen- bis zum Abenddämmer war sie kaum je drinnen in der Erntezeit, egal wie das Wetter war, sie lief die Bahnen entlang hinter dem Mäher her, den John Brigson fuhr, sie band die Garben und schockte sie auf ohne

Unterlass und so schnell, ihre Hände wurden wie Maschinen, unermüdlich und schnell und unablässig Stunden und Stunden hindurch, sie schockte die Garben so schnell auf, dass sie bei einer zusätzlichen Arbeitsstunde am Abend und mit Brigsons Hilfe bis an die noch ungemähten Fahren gelangte. Das Korn und die glänzenden hohlen Spieren des Strohs woben sich zu einem Muster um ihr Leben, ihre Nächte und Tage, sie kroch ins Bett und träumte von den endlosen gemähten Bahnen und des Nachts wachte sie auf von dem Stechen und Kribbeln in ihren Händen. Einmal ging sie in die Stube, um sich im Spiegel anzusehen, und wusste, warum Brigsons Augen oft voller Mitleid auf sie blickten, sie war so dünn wie noch nie, ihr Gesicht war mager, aller Glanz schien ihr aus dem Haar gewichen, ihre Augen waren trüb und dwalmig geworden, pupillenlos wie die Augen eines Rinds.

Gekränkt und verstört wie sie war, wandte sie sich dem Land zu und hielt sich daran, an das Land und seinen Geruch, und es war gut zu ihr, all wieder gut, es erhob sich nicht gegen dich, um dein Herz zu peinigen, mit dem Land konntest du Frieden halten, wenn du ihm Herz und Hände liehest, es versorgtest und für es frontest, es war wild und tyrannisch, aber grausam war es nicht. Und beim abendlichen Garbenbinden mit dem alten John Brigson in ihrer Nähe, da kam sie ein Schatten von Frohsinn an, wenn sie unter dem aufziehenden Mond arbeitete, bevor der Tau über Kinraddie prickelte, wenn die Nachtvögel über den Feldern riefen, so ruhig war es, so ruhig, es linderte den Schmerz in ihrem Körper und den in ihrem Herzen, der mit diesem Ernten und Einbringen gekommen war.

Und dann kam der Lange Rob von der Mühle nach Blawearie hinauf. Er kam eines Morgens, als sie sich gerade ans Mähen des Sommergetreides machen wollten, er kam über den Hof in die Küche, lang und schlaksig wie eh und je, das

Gesicht wieder voller, die Augen wie immer. *Wie gehts der Chris? Schmuck wie immer!* Und er schwang sich den kleinen Ewan auf die Schulter, und der schaute auf ihn hinab, dunkel und ernst, und er lächelte, und Rob gefiel ihm gut.

Rob war zum Helfen gekommen, er hatte nichts zu schneiden und zu ernten, und als Chris sagte, ach was, er dürfe doch die Mühle nicht allein lassen, da kniepte er nur und schüttelte den Kopf. Und Chris wusste wohl, der Verlust würde gering sein, die Leute waren anders geworden und wurden all wieder anders, keine Menschenseele hatte einen Karren Korn zur Mühle gefahren, seit der Lange Rob zurück war. Er hatte nichts anderes zu tun, als über die Felder zu klabastern und die Straße hinunter Ausschau nach Kundschaft zu halten, die doch nicht kam, und wenn jetzt einer käme, der könnte wohl auch warten, er jedenfalls war nun hier, um auf Blawearie Garben zu binden und beim Aufschocken zu helfen.

Also gingen die beiden zum Feld hinunter, der kleine Ewan mit ihnen, und so banden sie Garben und richteten die Hocken zusammen, das beste Getreide der Ernte, und Rob schien so guter Dinge wie immer, fand Chris. Doch manchmal ließ er den Blick zu den Bergen wandern, wie ein Mann, der etwas sucht, was er nie begehrt hat, und in die stahlblauen Augen kroch dann ein Schatten wie eine dunkle stille Frage. Er mochte ans Gefängnis denken und an seine Qualen dort, er redete nie davon und niemals ein Wort vom Krieg, auch nicht zu Chris, die ganze Zeit nicht, in der sie auf dem Feld mit dem Sommergetreide Garben banden und aufschockten. Seltsam, sie hatte ihn vorher kaum gekannt, den Langen Rob von der Mühle, raubatzig und ein Atheist, der war nur der Müller mit den zwinkernden Augen gewesen, sein Singen am Morgen, sein Pfeifen am Abend, seine Dönekens von Pferden, bis sich dir alles im Kopf drehte.

Jetzt kam es ihr vor, als hätte sie ihn immer gekannt, nah und narrsch, sie fühlte sich narrsch, beinah wie schüchtern, als sie an diesem Abend beim Abendbrot am Tisch neben ihm saß und er mit John Brigson redete. Die Blässe vom Gefängnis kam im Lampenlicht zum Vorschein, unter der Bräune, die die Sonne ihm verliehen hatte, und sie sah seine Hand neben ihrer liegen, schmal und stark, die Pferdezähmhand des Müllers.

Er brachte den kleinen Ewan an diesem Abend zu Bett, zum Spaß, und er sang ihm Schlaflieder, Chris und der alte Brigson saßen unten in der Küche und hörten ihn *Ladies of Spain* singen und *There Was a Young Farmer* und *A' the Blue Bonnets are Over the Border*. In Kinraddie sang kaum noch einer diese Lieder, allenthalben tönten jetzt andere Melodien aus den Hüsselhusen, *Tipperary* und quäkiges englisches Zeug, wie Quieken von eingelegten Ratten in Sirup, *Long, Long Trail* und dergleichen. Es war mall und nicht ganz geheuer, Rob zu lauschen, als horchte man auf ein Echo aus tiefer Vergangenheit am Eingang eines längst vergessenen Tals.

Sie wusste später nie, wann und wie es in den folgenden Tagen zuging, leise kam es sie an, stiekum, vielleicht aus der Erde selbst, dieses Wissen, dass sie für Rob da war und ihnen nach seinem, nach ihrem Willen alles verstattet war. Sie verlangte nach mehr als dem Schulterklopfen, wenn sie am Abend mit dem Feldstück fertig waren und langsam durch die Schatten an Driften und Steinmauern entlanggingen, auf den Hof, über den sich schwer der Sügersduft breitete. Sie wollte mehr als den Blick aus seinen stahlblauen Augen, warm und klar und traut, obwohl sie sich unter seinem Blick erröten fühlte, sie wollte das, von dem sie jetzt wusste, dass sie es ihr Leben lang nicht gekannt hatte – einen Mann, der sie liebte, nicht bloß ein Junge, wie Ewan es war, oder das arme, tumpichte Viech, zu dem er geworden war.

Und wenn John Brigson ahnte, was da so ohne Scham in ihrem Herzen raunte, dann ließ er es sich nie anmerken, besonnen war er, sanft und sacht. Und auch Rob verriet nicht, ob er es wusste, wie er bei der Ernte, die ihrem Ende zuging, an ihrer Seite gebückt voranschritt. Und am letzten Tag, als Chris sich bückte und aufrichtete und die Garben zu Hocken steckte, da kam ihr ein Gebet an Erde und Felder, ein Beten darum, diese Erntezeit möge nie zu Ende gehn, sie und der Lange Rob möchten immer so nebeneinander herstapfen. Doch dann blitzten die Klingen des Mähers am Ende der letzten langen Bahn auf, und Rob legte ihr die Hand auf die Schulter: *Getan isses, Chris, nun is Lammas!*

An diesem Abend ging sie mit ihm bis zum Hoftor, und er schwang sich den Mantel über die Schulter. *Ja, ja, Chris, mein Deern, das hat mir gut getan.* Und dann, ohne sie anzusehen, setzte er hinzu: *Morgen früh bin ich weg nach Aberdeen und melde mich bei den Soldaten.*

Einen Augenblick lang war sie wie vor den Kopf geschlagen und starrte ihn wortlos an, doch in seinen Gedanken hatte sie keinen Platz, er blickte über die Garbenhocken der geernteten Felder von Kinraddie. Und dann hob er an, er habe es schon vor Tagen beschlossen, er konnte sich nicht länger außen vor halten, die ganze Welt sei rappelig geworden, und er könne sich den andern dann anschließen, hier wartete weder Vertrauen noch Verdienst auf ihn, und auch keine Ruhe, solange dieser Krieg nicht vorbei war – wenn er jemals vorbeigehen würde. *Zu guter Letzt also geb ich klein bei, das werden sie sicher alle sagen. Und das ist jetzt das Ade, Chris, denk meiner manks im Guten.*

Sie ließ seine Hand nicht los im ohmdrautigen Licht, und da sah er schließlich zu ihr herab, sie biss sich auf die Lippen, um die Tränen zu unterdrücken, doch er sah, wie sie ihr glitzernd in die Augen stiegen. Und da wurden seine

Augen auch anders, ganz anders, so traut und lieb und noch etwas anderes war darin: *Aber Deern!*, rief er aus, und seine Hand, die auf ihrer Schulter lag, zog sie nah heran, ganz nah stand sie jetzt bei ihm, er hielt sie so fest, dass sie seinen langsamen Herzschlag hörte, dort wollte sie ausruhen, sicher und bewahrt in diesen Armen. Sie dachte daran, dass er morgen fortgehn würde, in jedem Ruf der Kiebitze über der Landschaft rief es mit: *So nah, so nah!* Auch dies also würde zu Ende gehen wie alles andere, alles, was sie geliebt und begehrt hatte, ging davon in den Wahnsinn jenseits der Hügel auf diesem schlimmen Weg, der sein weißes Band so eisch in den Abenddämmer auswarf. Ihre Arme legten sich dann um seinen Hals, zogen seinen Kopf herab, sie küsste ihn, komisch und erschreckend war es, einen Mann so zu küssen, so lange, bis sie hörte, wie sein Atem schneller wurde, er umfasste sie, beschwor sie: *Chris, Deern, das dürfen wir nicht!*, doch sie wusste, dass sie gewonnen hatte, sie umschlang ihn: *Die Heuraufen!*, flüsterte sie, und er trug sie dorthin, der Geruch nach zerdrücktem Klee stieg beißend und süß unter ihrem Kopf auf, und wie sie da im Dunkeln lag, ihn fest umschlang und küsste, da wär sie gern mit Lippen, Gliedern und Blut mit ihm gestorben.

Doch diese dunkle heiße Wolke zog vorüber, sie lag still und ruhig, zog Robs Kopf auf ihre Brust und sah über den runden Wölbungen der vollen Heuraufen das Dämmerrot der Erntenacht, dieser Ernte, die sie endlich für sich eingesammelt, geschnitten und in Herz und Körper eingebracht hatte. So lagen sie da, stundenlang, John Brigson rief nicht nach ihnen, und dann stand sie wieder neben Rob am Anfang des Wegs, schläfrig, still und zufrieden. Sie versprachen einander nichts, küssten sich ein letztes Mal, sie wusste, dass er sich schon von ihr entfernte, die Augen schon in die Ferne auf diesen Wahn gerichtet, der jenseits der Hügel rief. So war er der nächste, der sie verließ, sie hörte seinen Schritt und Tritt, langsam, diesen schlaksigen federnden Gang, den er hatte, hinab durch das Dunkel, und sie sah ihn nicht wieder, sollte ihn nie wiedersehen.

Es war entflammt wie ein Feuer im dürren Brambusch, dieses Etwas in ihrem Leben, und es brannte sich aus und war vorüber. Am nächsten Tag ging sie durch Haus und Hof auf Blawearie und summte leise vor sich hin, ruhig und unverstört, versorgte die Hühner und Kühe, bettete den kleinen Ewan zum Mittagsschlaf und deckte zum Abendbrot für den alten Brigson, bevor er am Abend heimkam. Sie fühlte kein bisschen Scham, all das verstörende Bangen war von ihr gewichen, sie versuchte nicht, dem Blick auszuweichen, der sie aus dem Spiegel ansah, sie war wieder quick und lebendig. Sie war froh, dass sie beim Langen Rob gelegen hatte, froh und zufrieden, sie waren jetzt quitt, Ewan und sie.

Der Telegrammbote, der nach Blawearie geradelt kam, fand sie so vor, singend saß sie auf dem Hof und stopfte Kleidung vom kleinen Ewan. Sie hörte das Klacken des Tors, und er nahm das Telegramm aus der Tasche, und sie starrte erst ihn an und dann die eigenen Hände. Sie zitterten wie die Buchenblätter in Erwartung kommenden Regens, sie zitterten in einem kleinen Nebel unter ihren Augen. Dann öffnete sie den Umschlag und las die Worte und sie sagte, nein, keine Antwort, der Junge schwang sich wieder aufs Rad und radelte hinaus, schief auf dem Rad klackerte er das Gatter hinter sich zu und lachte ihr über die Schulter zu, weil er so künnig war.

Da stand sie auf, sie legte die Arbeit auf den Hackklotz und las wieder in dem Telegramm und fing an, mit sich selbst zu reden, bis ihr angst davon wurde, und verstummte. Doch dann vergaß sie ihre Angst, im nächsten Augenblick redete sie wieder, die Hühner auf dem Hof hörten auf zu gackern und kamen näher und hoben die glänzenden Augen zu ihrem lauten tonlosen Geflüster empor. *Was tu ich jetzt – ach, was soll ich jetzt bloß tun?*

Das verstörte sie, schreckte sie auf – was sollte sie tun? Würde sie jetzt hinaus nach Frankreich müssen und an die Front vielleicht, in eine Kammer, wo man ihr Ewan zeigen würde, der tot dalag, still und tot, weiß und blutleer, Schweiß im Haar, im Kampf gefallen? Sie ging zur Haustür hinaus und winkte denen unten bei der Ernte, Brigson, dem kleinen Ewan und einem Scharwerker, den sie angeheuert hatten, sie sahen sie und starrten, bis sie wieder winkte, und da ließ John Brigson den halb beladenen Karren stehen und kam das Feld hinauf gewatschelt, er war so langsam, so langsam – *Hast du mir gerufen, Chris?*

Schweiß in seinem Haar, wie der Schweiß in Ewans Haar. Sie starrte darauf und hielt ihm das Telegramm hin, er wischte sich langsam die Hände und nahm es und las es, während sie an den Türpfosten geklammert stand und flüsterte, immer wieder: *Was mach ich jetzt, John? Muss ich jetzt nach Frankreich?* Und schließlich schaute er auf, sein Gesicht war graustopplig und erhitzt und alt, er wischte den Schweiß ab, ganz langsam. *Mein Gott, liebe Frau, das ist eine schlimme Nachricht, aber er ist als Mann dort gestorben, Euer Ewan ist tapfer gestorben.*

Doch das wollte sie nicht hören, sie wollte wissen, was sie jetzt tun sollte, und erst als er ihr sagte, sie müsse nichts tun, sie könnten doch nicht all die Witwen nach Frankreich bringen, und Ewan war gewiss schon begraben, da hörte sie auf mit dem Händeringen und dem tonlosen Flüstern in einem fort. Dann stieg Zorn auf: *Warum hast du mir das nicht gleich gesagt! Zum Deiwel mit dir, du wolltest mich quälen und hattest Freude daran!*, und sie wandte sich von ihm ab ins Haus und lief die Treppe hinauf zum Bett, dem Bett, das ihres und Ewans gewesen war, und sie legte sich darauf und presste sich die Hände auf die Ohren, um nicht den Schrei der Todespein auf einem verlassenen Feld in Frankreich zu hören, nicht daran zu denken, dass der Körper, der bei ihr gelegen hatte, frank und frei und brav und jung, nun zerfetzt und tot war, regloses Fleisch mit verspritztem Blut, überhaupt nicht mehr Ewan, zerrissen und schrecklich, still und tot, während die Ernte auf den Feldern vom Blawearie stand und die Schnepfen am Brack riefen und die Buchen wisperten und raschelten. Und – SIE WUSSTE, ES WAR EINE LÜGE!

Er war nicht tot, er konnte nicht gestorben und getötet worden sein für nichts und wieder nichts, weit weg von ihr auf der anderen Seite des Meers, was ging ihn denn denen ihr Krieg und ihr Kämpfen an, denen ihr König und Land? Kinraddie war sein Land, Blawearie war seins, er konnte nicht tot sein um dieser Dinge willen, die nichts galten, er musste die Saat einbringen und die Bracken trockenlegen und er hatte sie, zu der er zurückkommen musste. Es hatte nichts mit Ewan zu tun, dieses Telegramm. Sie wollten sie nur quälen, Feiglinge und Lügner und Schietkerle von Männern waren sie, diese englischen Generäle und ihresgleichen dort unten in London. Doch sie würde es nicht hinnehmen, sie würde sie vor den Richter bringen, diese Feiglinge und Lügner, sie kannte sie gut genug!

Erst da merkte sie, dass sie stöhnte, grässlich anzuhören war es, und sie hörten es draußen, John Brigson hörte es und wurde fast dösig dabei, er schnappte sich den kleinen Ewan und rannte mit ihm in die Küche und dann an den Fuß der Treppe und hieß ihn hinauf zu seiner Mutter gehen, sie brauchte ihn. Und der kleine Ewan ging zu ihr, seine Hand, die an ihrem Rock zupfte, holte sie aus dieser stöhnenden

Bewusstlosigkeit, und er weinte nicht, so beängstigend die Laute auch waren, die sie ausstieß, sein Gesicht war bleich und entschlossen. *Mutter! Mutter!*, rief er, und sie hob ihn hoch und hielt ihn fest an sich gedrückt, wiegte sich mit ihm in einer Pein der Verzweiflung, wegen dieses Blicks in seinen Augen, dieses verlorenen Blicks und dem Glosen, das er in den Augen hatte. *Ach, Ewan, dein Vater ist tot!*, da sagte sie ihm die Lüge, die die Welt glaubte. Und endlich weinte sie, blind und befreiend eine kurze Zeitlang, und später sagte der alte Brigson, der Junge hätte sie vor dem Wahnsinn bewahrt.

Doch in ganz Kinraddie raunte man sich hinter vorgehaltener Hand zu, dass sie doch den Verstand verloren hatte, der Tod von ihrem Liebsten hatte sie ordentlich verdreht. Denn immer noch schwor sie, es wäre gelogen, Ewan sei nicht tot, er könnte doch nie und nimmer um nichts gestorben sein. Kirsty Strachan und die Munrosche kamen herauf, um sie zu besuchen, sie schüttelten die Köpfe und sagten, er habe einen tapferen Tod gehabt, für König und Heimatland sei er gestorben, der junge Ewan würde stolz auf seinen Vater sein können, wenn er größer war. Das sagten sie beim Tee und machten lange Mienen dazu, und da lachte Chris, und schaudernd fuhren sie zurück vor diesem Lachen.

König und Vaterland! Tinnef ist das, nichts wie Tinnef! Was haben die mit meinem Ewan zu tun, was hatte er mit dem König zu schaffen, was mit dem verdammten Vaterland? Blawearie ist sein Land, es ist doch nicht seine Schuld, dass andere Kriege führen!

Sie wurde ganz rappelig vor Zorn damals, wie sie das Mitleid in ihren Gesichtern sah. Und dann, erst dann, als sie die beiden durch einen Nebel des Zorns anstarrte, begriff sie ganz, dass sie in einer Welt, die den Verstand verloren hatte, einen Traum lebte. Ewan war tot, die beiden wussten es, sie selbst wusste es auch, und er war wirklich für nichts gestorben, für gar nichts, verwundet und ermordet und vielleicht nach ihr schreiend, für nichts umgebracht, und diese blöden Weiber saßen da und quasselten von König und Vaterland …

Die beiden Frauen rannten aus dem Haus und den Hang hinab, und keuchend stand sie da und schrie ihnen hinterher. Am nächsten Tag wars in aller Munde von Kinraddie, wie sie sich aufgeführt hatte, und niemand kam mehr zu ihr hinauf auf Besuch. Doch sie hatte sich ausgeschrien, sie war jetzt ruhig und gelassen. Neue Morgen brachen an, und sie sah sie heraufziehn, sie dachte an den Morgen, an dem sie ihn weggeschickt hatte, und jetzt konnte sie ihn nie mehr rufen. Mittage kamen mit Sonne und Regen über den Howe, und sie sah Grausamkeit und Pein des Lebens als purpurne Regenbögen, die sich über das laufende Rad der Stunden spannten. Die Nächte kamen sanft und grau und still über die Felder von Kinraddie, sie brachten ihr jetzt weder Schrecken noch Hoffnung. Hinter den Mauern eines kühlen, erhabenen Verstands würde sie leben, eingesperrt von der Lüge des Lebens, von der Welt, die ihren Liebsten für nichts ermordet hatte, für nichts als das Gebrabbel eines Verrückten, das des Nachts hinter den Hügeln tönte.

Und dann schließlich kam Chae Strachan auf Fronturlaub heim, er kam heim und schnell herauf nach Blawearie. Sie traf ihn draußen an der Küchentür, Feldwebel war er jetzt, dünner und größer sah er aus, und er blieb stehn und blickte in ihr erstarrtes Gesicht. Als ihre Hand aus der seinen geglitten war, ging er an ihr vorbei mit schwingendem Kilt in die Küche hinein, setzte sich und nahm die Haube ab. *Chris, ich bin gekommen, um dir das mit Ewan zu erzählen.*

Sie starrte ihn an, in ihrer Brust regte sich eine Hoffnung wie ein kleiner Vogel, der flattert. *Ewan? Chae – Chae, er ist doch noch am Leben?* Er schüttelte den Kopf, und da schloss sich die eisige Wand gleich wieder um ihr Herz.

Ewan ist tot, mach dich nicht dösig mit anderen Hoffnungen. Sie können ihm nicht mehr weh tun, selbst dies kann ihm nicht mehr wehtun, obwohl ich geschworen hab, es nicht zu erzählen. Doch ich weiß sehr wohl, dass du es wissen musst, Chris. Deinen Ewan haben sie dort in Frankreich als Feigling und Deserteur erschossen.

* * *

Chae hatte in einer Stellung in der Nähe gelegen und hatte durch Zufall von der Sache gehört, er hatte Ewans Namen in einer Liste gesehen, die ausgehängt war. Und am Abend, bevor er erschossen wurde, war Chae hingegangen, und sie hatten ihn zu Ewan reingelassen, und er hatte alles von ihm gehört, die ganze Geschichte, die er Chris jetzt erzählen würde. – *Ist immer besser, man weiß, was für eine Wahrheit in einer Sache steckt, die Lügen finden eh einen Weg sich einzuschleichen und brüten ihresgleichen aus, Chris, Deern. Du bist noch jung, dein Leben hat kaum begonnen, und ich hab mir geschworen, ich würde dir alles erzählen, damit du dich in Zukunft nie von einer verdrehten Geschichte beirren lässt. Ewan ist als Deserteur erschossen worden, und das war recht so, denn er ist von den Gräben an der Front desertiert.*

In einem kurzen Augenblick Schönwetter war es, zwischen den Regenfällen, die auf die überschwemmten Schleichwege der Front platschten. Er hatte sich schnell und ohne Aufhebens davon gemacht, erzählte Chae, er hatte sich einfach umgedreht und war zurückgegangen. Und andere Soldaten, die ihm begegnet waren, die hielten ihn für einen Botengänger oder Verwundeten oder einen mit Urlaub, keiner hatte ihn zur Rede gestellt, er war um zehn Uhr am Morgen aufgebrochen, und am Nachmittag war er querfeldein zehn Meilen von der Front entfernt. Dann hat ihn die Militärpolizei erwischt, sie haben ihn zurückeskortiert und vors Kriegsgericht gestellt und ihn für schuldig befunden.

Und wie sie da in der Hütte saßen, wo er auf den Morgen wartete, da hatte Chae ihn gefragt: *Aber warum hast du das gemacht, Ewan? Hättest doch wissen müssen, dass sie dir das nie durchgehen lassen würden.* Und Ewan hatte ihn angesehen und gesagt: *Das lag an dem Wind, der mit der Sonne aufkam, mir ist Blawearie eingefallen, und mir war, als hätte mich was aufgeweckt, als ich diesen Geruch in der Nase hatte. Und ich konnte nicht fassen, dass ich das war, der da im Schützengraben stand, es war einfach dämlich, dass ich dort war. Deshalb hab ich mich umgedreht und bin gegangen.*

Blitzartig war ihm diese Einsicht gekommen, er war aufgewacht, er war dämlich und ein Döskopp, dass er dort war, und wie bei der Erinnerung an Dinge, die man in einem gräsigen wilden Albtraum getan hat, war ihm das Bild von Chris auf Blawearie in den Sinn gekommen, seine letzten Tage dort, irrsinnig, so irrsinnig war er gewesen, wie ein Deiwel hatte er sie behandelt, er hatte sie kränken und ihr Gewalt antun wollen, das war sein Versuch, aus dem Albtraum zu erwachen, sie dazu zu bringen, ihn aufzuwecken, und jetzt im hellen Schönwetter sah er plötzlich ihr Gesicht vor sich, wie er es zuletzt gesehen hatte, als sie von seinen Kränkungen zurückzuckte. Er wusste, er hatte sie verloren, sie würde nie wieder ihm angehören, das wusste er in dem Augenblick, als er aus dem Schützengraben geklettert war, doch er wusste auch, er wäre ein Feigling, wenn er es nicht wider alle Hoffnung versuchte.

Also war er losgegangen, im Gedenken an Chris, im Wunsch, zu ihr zu gelangen, mit jeder Meile, die er stapfte, wissend, dass er es nie schaffen würde. Doch er hatte ihr versprochen, sie nie im Stich zu lassen, vor langer Zeit war das gewesen, in jener Nacht, als er sie so schmuck und lieblich und mädchenhaft im Arm gehalten hatte, jung und begehrlich und gut. Meile um Meile ging er auf diesen schlammigen Straßen in Frankreich: Sie war für ihn verloren, doch das war egal, er musste versuchen, sie zurückzugewinnen, sie wiederzusehen, ihr zu sagen, dass nichts von dem, was er geredet hatte, sein eigenes Reden gewesen war, es war das leipe Gift, das aus dem Traum troff, der ihn verschlungen hatte. Und der kleine Ewan kam ihm in den Sinn, er hatte ihr so viel zu sagen über das Kind, so viel wollte er sagen, wenn ers nur nach Blawearie schaffte …

Dann hatte die Militärpolizei ihn ergriffen, und an den folgenden Tagen hatte er zugehört, was sie redeten, zugehört und doch nicht hingehört, müde und still. *Ach so müde und wach, endlich, Chae, und es war mir egal, sollen sie mich morgen holen und erschießen, ich werde froh drum sein, Chris hab ich verloren durch meine eigene Rohheit, meine Grausamkeit. Sie hat mir nicht mal einen Kuss zum Abschied gegeben, Chae wir haben nicht mal einander Lebwohl gesagt, doch ich weiß noch, wie sie da stand, den lieben Kopf gesenkt, dort auf dem Hof. Sie wird es nie wissen, meine Deern, und das ist am besten so – sie erzählen Lügen über die, die sie erschießen, und sie wird denken, ich bin bloß gestorben wie alle andern auch, du sollst es ihr nicht erzählen.*

Dann hatte er lange geschwiegen, und Chae hatte nichts zu sagen, er wusste, es würde keinen Zweck haben, um Begnadigung zu ersuchen, er hatte nicht mal was in der Hütte mit dem Gefangenen zu suchen. Und dann sagte Ewan plötzlich, Chae war glatt überrumpelt davon: *Weißt du noch, der Geruch vom Mess auf dem Land, morgens im April, Chae? Und die Kiebitze über den langen Gewannen? So schön fliegen sie heut abend in Kinraddie, und Chris schläft dort, und der ganze Howe ist in Nebel gehüllt.* Chae sagte, daran sollte er jetzt lieber nicht denken, er fürchtete, dass es bald Morgen wurde, und Ewan sollte jetzt an anderes denken, hatte er mit einem Pastor gesprochen? Ewan sagte, so ein alter Bursche sei bei ihm gewesen und habe herumgefaselt, so ein Stabsmensch sei das gewesen, aber er hatte gar nicht zugehört, ihn ging das nichts an. Noch während er sprach, hatte sich ein großer Donner von Geschossen und Geschützen weiter oben an der Front erhoben, vier Meilen weit entfernt, sicher nicht mehr, und Chae dachte an die Wachen, die jetzt eilig auf ihre Posten kletterten, und an das Blitzen und Sprühen der Vereyleuchten, das Knattern der Maschinengewehre aus den Mulden im Dreck, Dinge, die er selbst vielleicht nicht mehr lang fürchten würde: Ewan würde es nach dieser Nacht nie wieder hören.

Er wirkte gar nicht bang, das sah Chae, Ewan saß da in seinem Kilt und in Hemdsärmeln, und immer noch sah er aus wie ein Junge, den Kopf hielt er zwischen den Händen und schien gar nicht daran zu denken, dass der Morgen so nah war. Denn jetzt redete er von Blawearie und von den Feldern, die er drainiert hätte, obwohl er meinte, das Land würde zum Deiwel gehn ohne den Schutz, den der Wald geboten hatte. Und Chae sagte, das sei ganz seine Meinung, schmerzliche Veränderungen harrten ihrer, wenn sie zurückkämen, und dann fiel ihm ein, dass Ewan ja nie zurückkommen würde, und er hätte sich die Zunge abbeißen können, doch Ewan hatte es gar nicht bemerkt, er redete jetzt von den Pferden, die er gehabt hatte, Clyde und die alte Bess, schöne Tiere, schöne Tiere – erinnerte sich Chae noch an die Gewitternacht, als sie Chris auf der Weide gefunden hatten, wie sie mit den beiden Pferden herumirrte? In der Nacht hatte er gewusst, dass sie ihn gern hatte – *nicht mehr als das, so jäh und rasch sie war, Chae, sie hat sich gehütet wie ein Königin im*

Schloss, da war nichts zwischen uns bis zu der Hochzeitsnacht. Weißt du noch – und die Lieder an dem Abend. Was war es noch, das Chris damals gesungen hat?

Sie beide wussten es nicht mehr, und das hatte Ewan eine Zeitlang ganz krisslig gemacht, dann hatte er es vergessen, ganz still saß er da in der Hütte auf der Kante des Morgens. *Es ist bloß noch eine Viertelstunde Zeit jetzt, Chae, du wirst zurück müssen.*

Da hatten sie einander die Hände geschüttelt, die Wache öffnete die Tür für Chae, und er versuchte, alle Worte des Trostes zu sagen, die ihm einfielen, der Schatten, den der Morgen schon auf Ewans junge Augen warf, war fremd und schrecklich, er konnte die Hand nicht aus der Ewans nehmen. Und Ewan sagte bloß: *Ach, Mensch, denk an mich, wenn du die Kiebitze wieder über Blawearie hörst – schau für mich meine Deern an, wenn du sie wiedersiehst, schau sie ganz gut an, für diesen Kuss, den ich ihr nie werde geben können.* Damit hatte er sich zurück in die Hütte gewandt, er war nicht bang und weinte auch nicht, ganz still und ruhig ging er, und Chae ging davon zwischen den Reihen von Hütten, die dort auf dem Gelände standen, ein Bauernhof war es gewesen, er kam zu dem Wagen, der auf ihn wartete, er fluchte und weinte, der Fahrer hielt ihn für dösig, er hatte selbst nicht gewusst, wie ihm war. Dann fuhren sie davon, der nasse Morgen war über die schlammigen Felder gekrochen gekommen, und Chae hatte Ewan nie wiedergesehen, sie töteten ihn am selben Morgen.

* * *

Das war es, was Chae Chris erzählte, als die beiden in der Küche auf Blawearie saßen. Dann rückte er den Stuhl und stand auf, und sie erhob sich auch, und wie aus einem fernen dunklen Land erst angekommen sah sie jetzt sein Gesicht:

All diese Zeit war er nur eine Stimme im Dunkeln gewesen. Und schließlich fand sie auch Worte: *Gräm dich niemals meinetwegen oder weil du es mir erzählt hast, es war sehr gut so, es war gut!*

Sie ging hinauf in ihre Kammer, öffnete die Kommode mit Ewans Kleidern und küsste sie und drückte sie an sich, näher würde er ihr nie mehr sein als jetzt mit diesen Kleidern, die seine gewesen waren. Und sie flüsterte in die Stille, in die niemand horchte als die Buche: *Ach, Ewan, Ewan, schlaf ruhig und fest jetzt, mein Junge, ich kann dich verstehen! Du hast es meinetwegen getan, und ich bin stolz, so stolz, meinetwegen und Blawearies wegen, mein Lieber, mein Liebster – schlaf ruhig und tapfer, ich hab es verstanden!*

Die Buche horchte und wisperte, wisperte und horchte. Und ein seltsamer Drang überkam Chris mit einem Mal, als sie auf die Buche lauschte. Sie lief die Treppe hinunter, nahm den kleinen Ewan bei der Hand und küsste ihn. *Komm, wir machen einen Gang den Hügel hinauf!*

Unter ihnen Kinraddie, über ihnen der Hügel; der See glänzte und schlief in der Herbstsonne; der kleine Ewan saß zu ihren Füßen, die Kiebitze riefen über den Howe.

Sie tat einen langen Seufzer und nahm die Hand von dem Aufrechten Stein. Der Nebel der Erinnerungen sank und schwand, und dieser schmerzliche Drang kam zurück – aber nach was, nach was? Sonne und Himmel und die Einsamkeit der Hügel hatten sie hier heraufgerufen – wozu?

Dann hob sie den Blick und erstarrte vor Schreck, sah sich ihm gegenüber, wie er den Pfad durch den Brambusch hinaufkam. Schlammbedeckt war seine Uniform, sein Gesicht war weiß, und das große Loch sackte zusammen und tat sich auf, rot glänzend und schwarz, immer wieder, auf und zu, bei jedem Schritt, den er bergan ging. Herauf kam er durch den Brambusch, sie sah das Gras unter seinem Schritt wehen, ohne dass seine Füße es niederdrückten, ihr Liebster, seine Augen hell von dem Licht, das sie ihm immer noch gab.

Die Schnepfen verstummten, eine Wolke schob sich über die Sonne. Er war jetzt ganz nah, sie streckte ihm die Arme entgegen, blind vor Tränen strahlten ihre Augen, die helle Luft lag auf ihren Gesichtern, ihre Stimme formte eine Frage, auf die er eine Antwort gab, die sie im Rascheln des Schilfs am Rand des Sees vernahm, während sein lautloser Schritt ihn ihren Armen und Lippen immer näher brachte.

Mein Mäken, ich bin heimgekommen!, sagte er und ging ein in das Herz, das auf immer ihm gehörte.

DAS NACHSPIEL

NACHSPIEL
DAS FELD OHNE FURCHEN

In diesem Winter sagten die Leute, dem Mutch vom Bridge End hätte der Krieg arg wenig Nutzen gebracht. Bei all seinem Prahlen und Prusten hätte er sein Geld genauso gut in einen Misthaufen stecken können anstatt in seinen Bauch, wenngleich es, fürwahr, zwischen dem einen und dem andern wenig Unterschied gab. Er hatte sich ganz auf Irländische Rinder verlegt, der Mutch, die waren schnell gekauft und schnell verkauft, und da gabs einen feinen Gewinn, weil die Preise so gut waren. Ganz besonders ließ sich Gewinn machen, wenn man die Rinder am Morgen vor dem Abtrieb zum Markt mit Wasser und Heu vollstopfte, dann schienen sie sich vor Fleisch glatt zu wölben. Doch manchmal kam der alte Aitken von Bervie, ein figelinscher alter Strunt war das, und der versetzte so einer Färse einen Tritt in die Wamme, und das Tier rülpste wie ein Blasebalg, und der Aitken sagte dann: *Jo, Mutch, der Wind weht eh noch, wo er will, wie ich seh*, der hatte immer was Dichterisches auf Lager, der Aitken.

Trotzdem machte Mutch gut Geld, und seine Riestüten hatten über manchem fetten Schmaus gewackelt, dort auf Bridge End während des Krieges. Denn so erging es ihm und seinen Leuten, sie fraßen vom Morgen bis zum Abend, der Krämer kam dreimal die Woche vorbei, und Alec und seine Olsche kamen zu ihm heraus, die Kinder auf den Fersen, und dann kauften sie Schinken und Kekse und Käse und Wurst und Dosen mit diesem und Dosen mit jenem, genug, um die deutsche Armee zu verpflegen, wie die Leute erzählten – und die hatte ja solchen Hunger, die Soldaten fraßen die Leichen ihrer eigenen Leute, pfui Deiwel!

Aber das, was sie da auf Bridge End trieben, das war kaum besser, als die Leichen der eigenen Leute zu fressen. Und das bisschen, das sie nicht verfraßen, das setzten sie in Getränke um, am Ende des Krieges hatte er ein Auto, der Alec, es war bloß ein Ford, doch jeden Tag der Woche knatterte er nach Drumlithie und rumpelte zurück nach Bridge End mit Bier in Kästen und Whisky in Flaschen hinten drin, dass das Hinterteil schwankte, als wärs knülle. Doch Alec, der prahlte und prustete wie eh und je, sein Bridge End sei ein wackres Gehöft und seine Söffken könnte er sich bei dem Hof schon leisten – *Man muss bloß raushaben, wie man am Land wirtschaftet, weiter nichts*, so redete er.

Mutch war grade erst aufgestanden, und seine Augen waren noch ganz schwiemelig, als der Postbote kam und ihm einen Brief von Kinraddie House überreichte. Er las ihn einmal durch, dann noch einmal, dann schrie er seine Frau an: *Neunhundert Pfund – hast DU etwa neunhundert Pfund?* Und sie gab ihm kalt und ungeniert zur Antwort: *Nee, seitdem ich dich geheiratet hab, hab ich weder Geld noch Verstand im Haus gesehn. Wozu brauchst du neunhundert Pfund?* Da zeigte Alec ihr den Brief, der war lang und dröge und umständlich, doch worum es ging, das war der Verkauf von ganz Kinraddie, den die Treuhänder zu guter Letzt beschlossen hatten, und die Bauern, die wollten, konnten ihre Pachten kaufen, wenn der Mutch vom Bridge End also sein Gehöft noch wollte: Der Preis dafür war neunhundert Pfund.

So kam es, dass die Mutchschen Kinraddie verließen, sie blieben ganz stumm über einen Erwerb des Gehöfts, Alec verkaufte seinen Viehbestand still und leise, und bei Nacht und Nebel tockelten sie mit ihrem Sack und Pack davon, manche sagten, sie hätten in jener Nacht den Ford bei Laurencekirk vorbeiknattern hören, andere wollten beschwören, Mutch wäre nach Norden gegangen, nach Aberdeen, und hätte sich da eine prima Anstellung in einer Wirtschaft besorgt. Ob Norden oder Süden – zu sehen kriegte ihn wohl keiner mehr, und noch bevor das Jahr um war, hatte der alte Gordon Bridge End zu seinem eigenen Hof dazugekauft, er wollte die Felder mit einem Traktor bestellen, sagte er. Doch zum Deiwel mit dem Traktor, der tauchte nie auf, er brachte stattdessen Schafe aufs Land, und manchmal spazierte der Schäfer in die Küche, wo die scheeläugige Frau vom Mutch gesessen und ihre Stängel geraucht hatte, und er sagte, der verdammichte Stink von den Dingern hinge da immer noch in der Luft, die hatten ihre Hemden so ungern gewechselt wie der alte Pooty seinerzeit.

Ja, der alte Pooty, dem machten die Deutschen und die Geister und der Dreck schwer zu schaffen. Der Krieg war noch lange nicht zu Ende, da wollte er vom Schuhflicken nichts mehr wissen, er ließ nicht mal den Krämer an die Tür, kreischte ihm nur zu, er solle die Bestellungen an der Straße lassen. Und dann schließlich schnappte er ganz über und holte seinen Esel zu sich in die Küche und wohnte da mit ihm zusammen, und wenn die Knechte am Samstagabend bei Pooty vorbeiradelten, dann hörten sie die beiden miteinander quasen, den alten Pooty hörten sie, der sich wohl in eine Darbietung oder dergleichen in früheren Zeiten zurückversetzt sah und Gedichte aufsagte, stotternd und stammelnd, mit schnerkiger Stimme. Und dann hörte man, wie er dem Esel eins hinter die Ohren klatschte: *Verfluchtich! Leg dich, du Ding!*, rief er, und das war allemal den Ackerknechten ein Spökes.

Doch schließlich wurde es zu arg, das war etwa der Monat, in dem die Briefe von den Treuhändern ankamen, und die Leute erzählten, ganz grässliche Töne seien aus Pootys

Haus gedrungen, das Mensch hatte eindeutig den Verstand verloren. Keiner wollte etwas unternehmen, bis schließlich der alte Gordon zur Tat schritt, er machte sich mit seinem Großknecht auf, sie fuhren im Auto vom alten Gordon, es war Nacht, und je näher sie an Pootys Haus kamen, desto gruliger waren die Töne. Der Esel kreischte ohne Unterlass in ärgster Raserei, sie versuchten durchs Fenster zu sehen, doch das war mit einem dicken Ledervorhang verhängt, und rein nichts konnten sie sehen. Da versuchte der Knecht die Tür zu öffnen, die rührte sich nicht, doch das Tier schrie immer gräsiger, und der Großknecht war ein schwerer Bursche, deshalb nahm er Anlauf und rammte die Schulter in die Tür, und die flog auf, und das, was sie da sahen, das hätte selbst einer Sau die Fresslust verdorben, dieser alte Grobian piesackte den Esel mit einem glühenden Schürhaken, das Viech sei ein Deutscher, kreischte er, und sie mussten ihn festbinden, den Pooty.

Der Großknecht ging und holte seine Flinte und schrieb eine Nachricht, die er der Polizei bringen ließ, und als die Polizei am nächsten Tag kam, da war der Esel erschossen, und manche Leute sagten, es hätte besser den Pooty erwischt. Den Alten brachten sie ins Tollhaus, und Kinraddie war froh, dass sie ihn los waren. Eine Zeitlang hieß es, der Großknecht vom Upperhill wollte Pootys Gehöft haben, er wollte heiraten, und die Butze wär gut und nah an seiner Arbeit. Und der Großknecht sagte, das Haus mochte für eine Schweinefamilie gut sein, doch sei weder er ein Eber noch seine Deern eine Sau.

Also rottete das Haus vor sich hin, bald saß das Dach ganz scheel und schief, zur Hälfte schon eingestürzt, es taugte weder für Mensch noch Tier, Disteln und Unkraut bedeckten den Hof, die hätten dem Esel vom alten Pooty gefallen, wenn er sie noch erlebt hätte. Wenn man des Abends vorbeikam, wars düster und eisig um die Stätte, beinah so verödet wie die alte Mühle jetzt war und nicht halb so gut gelegen. Die alte Mühle war ein Ort, wo man mit seiner Deern hinging, man lehnte die Fahrräder an die Wand und lugte durchs Küchenfenster, dann würde man hineingehn, nur zu zweit, und drinnen in der alten Mühle sitzen, und die Deern sagte dann: *Lass das!*, und strich sich den kurzen Rock glatt und sagte einem dann, man könnte von Glück reden, wenn man beim Ball in Fordoun zweimal mit ihr tanzen dürfte, John Edwards würde sie ja im Beiwagen mitnehmen, dessen müsste man bitteschön eingedenk sein.

Der Lange Rob nämlich war nie in die Mühle zurückgekehrt. Es war ein wahres Wunder gewesen, dass er zu den Soldaten gegangen und in den Krieg gezogen war – nachdem er Stein und Bein geschworen hatte, dass er nie kämpfen würde, dass der eine so schlimm war wie der andere, Schotte wie Deutscher. Manche sagten, es wär schiere Dösigkeit von ihm gewesen, sich freiwillig zu melden, ohne jeden Zwang, doch wie der Munro vom Cuddiestoun das zu Chris Tavendale oben auf Blawearie sagte, da versetzte sie, Rob hätte im kleinen Finger mehr Verstand und Zartgefühl gehabt als sämtliche Munros, tot und lebendig, die seit der Sintflut auf der Welt gewesen waren. So was zu einem Mann zu sagen, der vom Alter her ihr Vater sein könnte, das zeigte all wieder, was das für ein loses Luder war, diese Chris Tavendale, die Leute schüttelten die Köpfe und erinnerten sich daran, wie sie fast den Verstand verloren hatte, als ihr Mann totgeblieben war, als wär er der einzige! Und dann der Bruder von ihr, Will hieß der, der war in so einer ganz malligen Uniform aus dem Krieg gekommen, französisch sei die, hatten sie erzählt, aber wer sich mit Uniformen auskannte, der hatte da so seine Zweifel, die Ulanen nämlich, die hatten genau dieselben Uniformen getragen.

Die Ulanen, das waren doch diese deutschen Kerls auf den Pferden, am Anfang des Krieges, dachte man da, und dann schüttelte man den Kopf darüber und wandte sich in Gedanken wieder dem Langen Rob zu, der war im April des letzten Kriegsjahrs umgekommen. Er war bei den Soldaten, die sie in solcher Hast nach Frankreich geschafft hatten, wie es beinah den Anschein hatte, als ob die deutschen Viecher uns schon in der Tasche hätten, und er ist nie wieder zurück nach Kinraddie gekehrt, bloß die Nachricht von seinem Tod kam, und dann gabs eine kleine Notiz in der Zeitung über ihn. Den eigenen Augen wollte man nicht trauen beim Lesen dieser Notiz, er war doch so ein arger Pazifist gewesen, und beim Rückzug war er gefallen, er und zwei, drei andere Kerls hatten den Deutschen mächtig Widerstand geboten und hatten sie aufgehalten, während die Schotten den Rückzug antraten, sie hatten ganz lange die Stellung gehalten, nachdem die anderen weg waren, und Rob hatte dafür eine Medaille bekommen. Also, nicht dass er sie wirklich bekommen hatte, du lieber Himmel, er war ja tot, erst viel später haben sie seine Leiche gefunden, die Britischen, doch als Zeichen von Respekt hat man sie ihm verliehen.

Und gut war der Lange Rob in Erinnerung geblieben, der lange schlaksige Kerl mit seinen funkelnden Augen, und erst diese Geschichten, damit konnte er einen wohl rammdösig machen, Pferde, immer bloß Pferde, nix wie Pferde hatte er im Sinn. Und auch wie er über Religion sprach, eisch war das, ein rechter Schandal auf dem ganzen Howe, doch trotz alledem, ein wackerer Kerl war er gewesen, der Rob, wie er morgens immer da draußen sang – was hatte er noch gesungen? Es wollte einem nicht einfallen, bis irgendwann ein Kind auftauchte und sagen konnte, wie das Lied hieß, die Kinder hatten ihn auf dem Schulweg gehört, und das Lied war *Ladies of Spain*. Man hörte diese alten Lieder heutzutage nicht mehr viel, sie waren blöde und altmodisch, an ihrer Stelle gab es neue, schöne, direkt aus Amerika, sagten die Leute, das waren man künnige Kerls, diese Amerikaner.

Ja, das wars mit der Mühle, da war kein Geschäft mehr zu holen, der alte Gordon kaufte das Land für zwei, drei Pfund auf und verband es mit Upperhill. Jock Gordon war erblindet aus dem Krieg gekommen, die Leute sagten, anfangs sei er beinah rappelig geworden, als er das Augenlicht verloren hatte. Doch der alte Gordon machte Geld wie Heu, er verhätschelte seinen Jock wie ein Ferkel mit dem Zutzel, und der ließ es sich gut sein, so weit es ging, nach Belieben war alles zum Rauchen und zum Trinken eh zur Hand, und seine Mutter hätte ihm glatt die Stiefel geleckt. Richtig Landadel waren sie jetzt, mit allem Drum und Dran, eine Meile gegen den Wind vom Upperhill klotzte einem schon das Englisch entgegen, so fein und vornehm, und die Ackerknechte waren ordentlich fuchtich, wenn sie zum Trinken ins Drumlithie Hotel kamen und irgendein Kerl sie von nichtswegen fragte: *Stimmt das, dass ihr jetzt auf Upperhill alle weiße Kragenlätze kriegt und aufs Kolleg gehen müsst?*

Der alte Gordon, der war einer von denen, die den Verband der Pflüger und Ackerknechte zerschlugen, und ordentlich stolz war er noch darauf, und wahrhaftig, er hatte ja recht damit, der Mann – wer hatte schon von so einem Unfug gehört: einem Verband für Pflüger und Ackerknechte? Doch ganz ungeschoren kam er nicht davon, hoho, wahrhaftig nicht! Denn in den Parlamentswahlen kam es dann so, dass der Schriftführer vom Landarbeiterverband als Kandidat für die Mearns antrat, und aus ganz Schottland, von nah und fern, kamen diese Sozialistenmenscher in Scharen, um ihm zu helfen, Brillen hatten sie auf der Nase und ausgebeulte Kniebuxen an und großkarierte Socken. Und einer von denen, der war Doktor, und er kam nach Upperhill auf Wahlwerbung, und das war grade, wie der alte Gordon und seine Olsche losgefahren waren, um der Koalition zu helfen. Maggie Jean kam zur Tür, sie war eine schmucke Deern geworden, wie eine Blume im Frühling, lieb und gutherzig, schier ohne englische Allüren. Und Deiwel noch, der Doktor und sie, die beiden hatten sich in der ersten Minute schon ineinander verguckt, der Doktor vergaß ganz das Hüsselhus, wo er Wahlwerbung machen wollte, und Maggie Jean lud ihn zum Tee ein, und stundenlang redeten sie von Politik, das hat die Dienstmagd erzählt, nix wie Politik, wunders was für ein Thema.

Und als nächstes stellte der alte Gordon fest, wie seine Leute gedrängt wurden, für den Labourmann zu stimmen, von seinem eigen Kind Maggie Jean wurden sie gedrängt, das machte ihn wohl arg füünsch und seinen blinden Sohn auch. Doch Maggie Jean scherte das keinen Deut, der Doktorbursche hatte ihr den Kopf verdreht, und wie die Wahl vorüber war und der Labourmann verloren hatte, da sagte sie zu ihrem Vater, sie würde nicht weiter aufs Kolleg gehen, sie hatte sich in den Kopf gesetzt, ihren Labourdoktor zu heiraten. Gordon sagte, dem würde er einen Riegel vorschieben, sie war noch nicht volljährig und einer Heirat würde er nie und nimmer zustimmen. Doch Maggie Jean legte den Arm um seinen Hals: *Ich weiß, Vater, aber du willst doch nicht, dass die Leute mit dem Finger auf dich zeigen und sagen: Weißt du schon, der alte Gordon hat ein uneheliches Balg zum Enkel!* Bei diesen Worten gab der alte Gordon nach. *Ach, mein Mäken, meine Maggie Jean, das ist nicht wahr!* Als Antwort stand Maggie Jean bloß da und lachte, ein bisschen bibberig allerdings, bis die Gordonsche selbst hereinkam und die Neuigkeiten hörte, und sogleich ging sie mit Schimpf auf die Deern los. Da wurde Maggie Jean kalt wie Eis: *Nun gut, Mutter, in Ordnung, ich hab gehört, im Armenhaus in Stonehaven gibts ein gutes Bett, wo Frauen ihre Kinder kriegen können.*

Schließlich siegte sie, da kann man sicher sein, die Gordons hatten es ganz eilig mit der Hochzeit, und ab und zu sahen der Doktor und Maggie Jean einander an und platzten vor Lachen laut heraus, keine Scham und keinen Anstand hatten die im Leib. Und wie die Hochzeit vorbei war, da sagte die Gordonsche: *Froh bin ich, dass du von Kinraddie nach Edinburgh verschwindest, wo die Schande von deinem halben Bankert mir nicht immer ins Gesicht schlagen wird.* Da sagte Maggie Jean: *Was für ein Bankert denn, Mutter? Ich krieg doch jetzt noch kein Kind, höchstens wenn George und ich heute Nacht ein bisschen über die Stränge schlagen.* Da war die Gordonsche ordentlich baff und schnappte nach Luft: *Aber du hast doch gesagt, du kriegst ein Kind!* Maggie Jean schüttelte den Kopf und lachte: *Ach nein, ich hab bloß Vater gefragt, ob er nicht gern Großvater würde. Ich glaube nicht, dass er das will. Ich hab noch lang keine Zeit für Kinder, Mutter, erstmal werd ich jetzt helfen, die LANDARBEITER ZU ORGANISIEREN!*

Nu ja, die Leute sagten, die andere Tochter, die Nellie, würde wohl kaum je was Kleines kriegen, weder Kind noch Kegel, die war wie eine alte Kartoffel, so sauer und schrumplig, bei all ihrer Englischkeit würde sie unangefasst im kalten Bett liegen, ihr Leben lang eine alte Juffer. Doch wahrhaftig – heutzutage ist ja nichts mehr sicher und gewiss, denn wer hätte je gedacht, dass Sarah Sinclair, die dösige alte Schachtel, noch heiraten würde? Es kam alles durch den Krieg und das Aufhebens auf Netherhill, wie der alte Sinclair das Knapp kaufte und sein Gehöft dazu, auf einen Schlag. Kaum hatte sie das gehört, da ging Sarah zu ihm und sagte: *Für Kirsty hast du viel getan, die braucht das Knapp ja nun nicht mehr, da kannst du mich jetzt gut und gern dort wohnen lassen.*

Der alte Sinclair, er war an die neunzig und beinah blind, starrte sie an wie ein junges Rind den Gribben, dann rief er nach seiner Frau. Und Sarah sagte beiden, sie meinte ernst, was sie gesagt hatte. Dave Brown, der Knecht, der von Gourdon war, würde sie am nächsten Tag heiraten, wenn sie Peesie's Knapp zum Zuhause hätte.

Und sie bekam ihren Willen, aber das Land kriegte sie nicht, darauf weidete der alte Sinclair seine Schafe, und Dave blieb Instmann auf Netherhill. Da war also Sarah zu guter Letzt auch unter die Haube gebracht und beschlafen, in dem Haus, welches das ihrer Schwester gewesen war. Sie hatte ihren Mann bald unter der Fuchtel, die Sarah, die Leute erzählten, in der ersten Nacht hätte sie ihn am Schlafittchen ins Bett schleifen müssen, aber es gibt immer fiese Kerle, die so was erzählen. Und zum Deiwel, bevor noch zwölf Monate vergangen waren, hatte sie ein Gör, ein blässliches Mädchen, aber immerhin – ein Gör. Es war nicht viel, aber es war etwas, und wie der alte Sinclair die Nachricht hörte, brachte er alles durcheinander, bettlägerig war er inzwischen und baute zusehends ab, er meinte, von Kirstys erstem Kind wär die Rede, und die ganze Zeit flüsterte er: *Chae!*, er verlangte nach seinem Schwiegersohn Chae, der Kirsty vor langer Zeit geheiratet hatte.

Doch Chae war schon lange tot, er fiel in den ersten Kämpfen am Tag des Waffenstillstands, eine Stunde bevor die Geschütze verstummten. Er war manchem wohl noch gut in Erinnerung, er und seine Diskussionen mit dem Langen Rob von der Mühle; der arme Chae, der wäre schwer für den Kandidaten von Labour gewesen, denn Reich und Arm, die waren weiter von der Gleichheit entfernt denn je. Und es kam einem so sonderbar vor, dass er nicht mehr war, ein wackerer Kerl war er gewesen, wenngleich auch ein bisschen ein Dösel, über den man sich hinter seinem Rücken lustig machte. Auf seinem letzten Fronturlaub, da war er schrecklich still gewesen, sagten die Leute, vielleicht hatte er genau gewusst, dass er nie wiederkommen würde, die meiste Zeit war er über die Felder gestapft und hatte von den Wäldern gebrabbelt, die sie gefällt hatten, und davon, wie sich das Land davon nie erholen würde. Und wie er sich von Kirsty verabschiedete, da wars nicht bloß ein Klaps auf die Schulter und ein kurzes – *Ich bin jetzt weg!* Er hatte sie umarmt und geküsst, das hatten die Leute am Bahnhof gesehn, und er hatte zu ihr gesagt: *Sei lieb zu den Kindern, Deern!* Und Kirsty, das Trampel, hatte dagestanden und geweint, als der Zug losfuhr, da hätte man ihr wohl mehr Verstand zugetraut, vor den Augen von all dem glupenden Volk. Und damit hatte es sich, was Chae anging, möchte man sagen, außer dass sie im November neunzehnachtzehn sein Notizbuch und seine Taschentücher und seine Sachen zurückschickten, sie waren ganz saubergemacht, aber in einem Fach des Notizbuchs, da war noch Blut, kalt und schwarz, und wie Kirsty das sah, da schrie sie und sackte um und war ohnmächtig.

Ach, die Frauen, die hatten ja keinen Mumm, außer ein oder zwei vielleicht, sagte Munro vom Cuddiestoun dazu, als hätte er selbst im Krieg jeden Tag zum Frühstück einen Deutschen abgermurkst. Das bildete er sich vielleicht gerne ein, wenn er die Hühner jagte und ihnen den Hals umdrehte, um sie ans Spital zu verkaufen, oder wenn er wegen der einen oder anderen Sache Tony den Döskopp anschrie. Der aber schenkte dem kaum Beachtung, er stand bloß herum wie eh und je, stierte auf den Boden und brachte die Munrosche schier um den Verstand, wenn sie ihn schickte, im einen Inkubator die Temperatur runterzudrehen und im anderen sie höherzustellen. Denn es war mehr als wahrscheinlich, dass das Mensch genau das Gegenteil von dem tat, was ihm befohlen war, und dann stand er und pierte einen ganzen Nachmittag lang auf den Boden, bis einer herauskam und nach ihm suchte und jedes verdammichte Ei hartgekocht vorfand oder eisig kalt, je nachdem. Manche sagten, so dösig wär der Tony gar nicht, er tat es aus Rache, doch das mochte keiner so recht glauben, dass ein Döskopp so viel Räson haben mochte.

Niemand aber konnte leugnen, dass es die Munroleute zu was gebracht hatten, sie hatten es glatt aufgegeben, die Felder zu bestellen, nur eines nutzten sie noch, um Kartoffeln darauf anzubauen, alle anderen waren mit Ställen und Ausläufen für die Hühner bedeckt, sie machten ein wahres Vermögen mit ihrem Geflügel und dergleichen. Ein solches Gekreisch hatte man im Leben nicht gehört wie auf Cuddiestoun, wenn der Abend kam und die Ausläufe geschlossen wurden, das waren die Zeiten, wenn die Munrosche sich einen Hahn hier herauspickte und eine alte Henne da, und sie drehte den Viechern so schnell den Hals zu, wie man kaum mit den Augen blinkern konnte, und dann saß sie die halbe Nacht beim Rupfen. Selbst aßen die beiden kaum je eine ordentlich gekochte Mahlzeit zu Hause, doch wenn ihre Mägen auch leer waren, auf den Sparbüchern haperte es nicht, vielleicht war ihnen das eine größere Freude als das andere. Doch Ellison sagte, sie machten ihn glatt krank, diese beiden, die einzigen geizigen Schotten, die er je gesehen hatte, und beim Deiwel, die machten all die Freigiebigen wett.

Das war ja bloß die Art Gerede, die man von einem irischen Mensch erwarten konnte, und er redete auch eh noch wie ein Ire, ordentlich feist war er geworden, der Bauch wabbelte ihm bis auf die Knie, und seine Buxe war gewaltigen Umfangs. Als die Treuhänder ihre Vorkaufsbriefe verschickten, da waren die Leute neugierig, was er wohl tun würde, jetzt wärs aus mit dem Ellison, meinten sie. Doch da hatten sie sich geschnitten, er kaufte das Gutshaus mit allem Drum und Dran, er kaufte die Reste von Kinraddie House und er kaufte Blawearie, als niemand dafür bot, er kriegte das Gehöft für unter zweihundert Pfund. Und woher hatte er wohl das ganze Geld, wenn nicht gestohlen?

Für den großen Mann von Kinraddie hielt er sich wahrhaftig, guter Himmel!, die Leute lachten ihn aus und nannten ihn Lord Kellner, der Cospatric, der seinerzeit den Drachen geschlachtet hatte, wär wohl baff gewesen, ihn zu sehen. Er redete ordentlich dicke daher von Traktoren fürs Pflügen, doch dann kam die Krise, und die erwischte auch seine Prahlerei, stattdessen kaufte er Schafe für Blawearie. So ging es mit dem alten Gehöft da oben am Hang, Schafe blökten und scharrten, wo das Land einst schwer von Korn stand, das Getreide kam überhaupt nicht mehr, seit die Wälder abgeholzt waren, das sagten die Leute. Und wie der neue Pastor seine Einstandspredigt hielt, da rief er: *Sie haben eine Wüste bereitet und nennen sie Frieden*, und manch einer hatte deshalb für ihn nichts übrig, doch bei Gott!, seine Worte sprachen Wahrheit!

Die Gibbons nämlich hatten sich glatt aus Kinraddie verzogen, jetzt war viel mehr Platz und viel weniger Gestank, sagten die Leute, Stuart Gibbon war nicht aus dem Krieg zurückgekommen, um auf der Kanzel zu stehen, auf der sein Vater ihn vertreten hatte. Nicht dass er gefallen wäre, ach was, darauf konnte man sich schon verlassen, dass der mückige kruschkoppige Bulle genug Räson im Kopp hatte, um sich aus der Schusslinie zu halten. Doch die feinen Leute in Edinburgh fanden Gefallen an ihm in seiner Kaplansuniform, und dann wurde er mit ein paar amerikanischen Menschern bekannt, denen eine Kirk in New York unterstand. Und sie fragten ihn, ob er diese Kirk übernehmen wollte, all die feinen betuchten Schotten gingen dorthin, und er nahm das Angebot an wie der Blitz, und eh man sichs versah, waren sie alle drei weg nach Amerika, er und diese magere Englische, die er zur Frau hatte, und ihre kleine Tochter. Nun ja, er hatte ausgesorgt, die Amerikaner würden ihn zweifellos gern mögen, die hielten ja allerhand aus in Amerika, und ihre Mägen waren ordentlich hartgesotten von all dem malligen Zeug, das sie aus Dosen aßen.

Und was den Vater anging, der so einen Groll auf die Deutschen hatte, der war zum Predigen zu schwach und musste in Ruhestand gehen, und wahrhaftig, wenn die britischen Soldaten mit ihren Gewehren halb so viele Deutsche umgelegt hätten wie er mit dem Maul, dann wär Deutschland schon lange vor Ende des Krieges ausgestorben gewesen. Doch schließlich ging er, und nur zwei Pastoren bewarben sich um die Stelle, beide jung, der eine bloß ein Student aus Aberdeen, der andere frisch aus der Armee. Eine richtige Auswahl war es nicht, beide hatten sie keine Kanzelstimmen, doch die Leute fanden es gerecht, dass der aus der Armee die Chance kriegen sollte.

Und erst als er der erste Kandidat war, Colquohoun hieß er, da sprach sich rum, dass er der Sohn von diesem alten Pastor aus Banff war, der sich vor dem Krieg um Kinraddie bemüht und den der Pastor Gibbon seinerzeit glatt weggepredigt hatte. An den konnten sich die Leute doch gewiss noch erinnern – das war der mit der Predigt von Tieren und dem Goldenen Zeitalter, dass die Drachen noch lebten, doch irgendwann würden sie sterben und das Goldene Zeitalter wiederkommen. Pfui Deiwel, das war doch keine Predigt, mochte man meinen. Der war das gewesen, und hier war nun der Sohn, dünn und lang, mit glattrasiertem Gesicht, und er hielt Vorträge über dies und schrieb über jenes und hatte sich schon einiges an Feindschaft beschert, bevor noch der erste Monat herum war. Denn er war dicke mit den Instmännern, den Pflügern und Ackerknechten und Scharwerkern, er trug nie sein Bäffchen, und wenn Leute ihn Hochwürden nannten, dann wies er sie heftig zurecht: Würdig – das bin ich nicht mehr, mein Freund. Und er pfiff vor sich hin, wenn er einen Sonntagsspaziergang machte, und er heizte den Bauern ein, weil sie zu wenig bezahlten, und er half dem Verband der Pflüger, und er wiegelte richtig auf mit seinen Predigten und redete, als hätte Christus persönlich Kinraddie gemeint, und den Leuten wurde ganz mulmig dabei.

Man konnte ihn nicht gut Deutschenfreund nennen, denn den ganzen Krieg über war er einfacher Soldat gewesen. Die Leute waren glatt ratlos ohne jeden Namen, den sie ihm an den Kopf werfen konnten, bis Ellison sagte, er sei ein Bolschewik, einer von diesen schrecklichen Menschern, diesen leipen Lumpen, die in Russland so'n Mess angemacht hatten. Erschossen hatten sie ihren König, Zar nannten sie den da drüben, und Männlein und Weiblein schliefen jetzt kreuz und quer miteinander, ein Mann konnte heimkommen und zu jeder beliebigen Nachtzeit die Frau requiriert vorfinden, und so ein Lenin oder Trotzki lagen bei ihr. Und Ellison sagte, in Kinraddie würde es ganz genauso, wenn es nach dem Colquohoun ginge, vielleicht hatte er Angst um seine Olsche, der Ellison, obwohl, weiß der Himmel, die stand wenig in Gefahr, requiriert zu werden, sogar dieser Lenin und der Trotzki müssten ganz schön verzweifelt sein, um so weit zu gehn.

Ja, das war nun also der neue Pastor, und als nächstes machten Schandalsgeschichten die Runde, dass er sich mit der jungen Chris Tavendale eingelassen hatte. Beinah jeden Tag der Woche radelte er hinauf nach Blawearie und blieb die ganze Nacht dort, das erzählten die Leute jedenfalls. Was mochte er mit so einer gewöhnlichen Deern wie der Tavendalewitwe wollen? Pastoren ließen sich mit Damen ein, außer sie hatten Behumserei im Sinn. Doch wie Munro das zum alten Brigson sagte, da geriet das Mensch ordentlich in Rage und sagte, manch einer mit Anstand sei mit dem Krieg aus Kinraddie verschwunden, doch nur ein solcher sei hergekommen, und das sei der neue Pastor. Nu ja, mochte das sein, wie es wollte, jedenfalls kam es, dass der Dave Brown eines Abends vom Knapp den Hügel hoch nach Blawearie kam, um mit dem alten Brigson einen Pferdekauf zu besprechen, da hörte er Stimmen aus der Küche und spingste durch den Türspalt hinein. Da stand Chris in Person am Bausen, und der Pastor Colquohoun stand vor ihr, sie schaute auf, dem Pastor ins Gesicht, und er hielt ihre beiden Hände in seinen. *Ach, Lieber, mag sein, die zweite Chris, oder die dritte, aber die erste, die ist für immer nur Ewans!*, sagte sie, was immer das heißen sollte, und dann konnte Dave Brown noch erspingsen, wie der Pastor sich zu ihr beugte und sie küsste, der Döskopp.

Das bewies ja bloß, dass das Gerede stimmte, sagten die Leute, doch am nächsten Sonntag trat der Pastor auf die Kanzel, und seelenruhig wie nur einer verkündete er das Aufgebot vom Upperhiller Großknecht und seiner Deern aus Fordoun, und gleich darauf das Aufgebot von *Robert Colquohoun, Junggeselle, wohnhaft in der hiesigen Gemeinde, und Christine Tavendale, Witwe, ebenfalls wohnhaft in der hiesigen Gemeinde*. Man hätte eine Stecknadel fallen hören, so still wurde es da in der Kirk, die Leute saßen wie vor den Kopf geschlagen. Und so ein Gegacker und Getratsche hatte es noch nie gegeben wie an diesem Tag, als die frommen Leute nach dem Gottesdienst herauskamen – jawohl, diese Chris Tavendale, die hatte ihre Schäfchen ins Trockne gebracht, dieses figelinsche Luder, wer hätte das von ihr gedacht?

Damit erntete sich der Pastor kaum mehr Beifall beim neuen Adel von Kinraddie, dessen konnte man sicher sein. Doch es kam noch schlimmer: Er hatte Geld bekommen, der Pastor, um ein Denkmal für die Männer von Kinraddie zu errichten, die im Krieg gefallen waren. Die Leute dachten sich, er würde so einen schönen Engel aus Stein bestellen, ein Engel im Nachtgewand, der an der Straßenkreuzung in Kinraddie aufgestellt würde. Doch der Pastor ließ einen Steinmetz kommen und ließ den alten Steinkreis am Blawearier See aufrichten und säubern und zurecht stellen, richtig nach heidnischer Art, und einen Zaun ließ er drumherum machen. Und am Sonntag, nachdem er sein Aufgebot verkündet hatte, gab der Pastor bekannt, dass am folgenden Samstag das Kinraddier Denkmal am Hügel von Blawearie enthüllt würde, und dass er auf zahlreiches Erscheinen rechnete, bei gleich welchem Wetter: *Die mussten auch bei Schlechtwetter bereitstehn, die Männer, die gefallen sind.*

Schönes Wetter wars für Januar, als der Samstag kam, sonnig, doch frisch, man sah die Wolken vom Norden herbeisegeln, quer über die Sonne und auf und davon. Doch der Regen war nicht weit, die Möwen waren landeinwärts gedriftet, und ausnahmsweise schwiegen die Schnepfen still. Wie es Nachmittag wurde, schien beinah jede Menschenseele von Kinraddie den Blawearier Hang hinaufzusteigen, auf dem Hof war allerhand los, Pferde und Vieh waren keine mehr da, Chris würde am Ende der Pachtsaison fortziehen. Bald würde sie stattdessen unten im Pfarrhaus wohnen, und bestimmt würde sie karsch und schnöselig sein, so eine wie die.

Ja, oben auf dem Hügel schob sich ein ganzer Zug von Menschen über den Weg zwischen dem Brambusch, Ellison war da und seine Olsche, und die Gordons, und überhaupt die feinen Leute, dazu ein Gewimmel von Ackerknechten und Mägden, die im Gras saßen und gnickerten. Da stand der alte Kreis der Aufrechten Steine, der mittlere war mit einem Tuch verhängt, man fragte sich, was wohl darunter war und wie viel der Steinmetz in Rechnung gestellt haben mochte. Man war hoch dort oben, wenn man im Gras saß und sich umschaute, dann sah man ganz Kinraddie und sicher den halben Howe, der einem zu Füßen im Sonnenlicht lag, *Raus aus der Welt und auf nach Blawearie*, wie der alte Spruch ging. Und fürwahr, das Land lag düster und weh dort, wo all der Wald fort war, selbst unterm dünnen Glanz der Sonne kam es schuddernd kalt über die Ländereien vom Knapp und von Blawearie, bis hoch zum Gutshaus war das Land kalt und nass geworden, sagten die Leute.

Schnee glänzte in der Ferne auf den Grampians, weit drüben auf den rauen Bergen, und es dauerte nicht mehr lang, dann würde es dunkel sein. Dann sah man endlich auch den Pastor heraufkommen, er trug den Talar, den er kaum je anlegte, Chris Tavendale ging neben ihm und hinter ihnen ein Bursche, den keiner kannte, ein Highlander im Kilt und mit einem Dudelsack über der Schulter, groß und mit rotem Schopf, wer mochte das sein? Da fiel es Ellison ein: Der Mann war doch ein Freund vom jungen Ewan Tavendale, er war der Trauzeuge bei Ewans Hochzeit gewesen, McIvor hieß er.

Der Pastor hielt das Gatter auf für Chris, und sie ging hindurch, ganz in Schwarz war sie, die Hand vom kleinen Ewan hielt sie fest in ihrer, der kam arg auf seinen Vater, der Junge, so dunkel und ernst war er. Chris' Gesicht war bleich und auch ernst, außer wenn sie den Pastor anschaute, wie er ihr das Gatter aufhielt, der hatte so recht keinen Anstand, dieser Blick, ihr Schäkern sollten die beiden besser für sich behalten. *Moin, Herr Pastor!*, riefen die Leute, und er antwortete fröhlich und schritt zur Mitte des alten Steinkreises, John Brigson stand dort bereit, die Hand an den Leinen, die das Stück Tuch hielten.

Lasset uns beten, sagte der Pastor, und die Leute nahmen die Hüte ab, da wurde es einem ordentlich kalt am Dassel. Die Sonne gleißerte zwischen den Wolken, man sah die junge Chris dastehn und auf Kinraddie hinabschauen, die Hand ihres Kindes in der ihren. Und dann war das Vaterunser vorbei, der Pastor redete jetzt ganz gewöhnlich, er sagte, sie seien hierher gekommen, um die Menschen zu ehren, die der Krieg genommen hatte, und dass das Herrichten dieser alten Stätte das Gedenken sein mochte, das ihnen am besten gefallen hätte. Er nickte dem alten Brigson zu, und der zog an den Leinen, und das Tuch fiel ab, und die Worte auf dem Aufrechten Stein traten mit ihren dunkelgrauen Buchstaben hervor, schlicht und kurz:

DEM : GEDENKEN : AN : CHARLES : STRACHAN : JAMES : LESLIE : ROBERT : DUNCAN : EWAN : TAVENDALE : DIE : VON : HIER : SIND : UND : IM : WELTKRIEG : IN : FRANKREICH : FIELEN : OFFENBARUNG : II.28

Und dann, wie der Abend schon draußen am Hang von Blawearie wartend lag und die Sonne hinter den schroffen Hügeln unterging, dann setzte der Pastor wieder zu einer Rede an, sein kurzes Haar flatterte in dem Wind, der aufgekommen war, und seine Stimme war kein würdiges Brummen, wie es sich für die Kirk gehörte, sondern hallte hell und laut über das Wasser des Sees:

DENN ICH GEBE DIR DEN MORGENSTERN.

Im Abendrot eines Zeitalters und einer Epoche können wir das als Grabinschrift für die Männer nehmen, die in diese Zeit gehörten. Still und tapfer gingen sie fort aus der Gegend, die sie liebten, auch wenn sie von dieser Liebe selten sprechen mochten, es war nicht ihr Teil, in Worten von der Erde zu reden, die sich regte und lebte und ausharrte, ihr Leben und ihre geduldige Liebe. Und wer kann schließlich wissen, welche Erinnerungen daran sie in sich trugen, die Frühjahre und die Winter in diesem Land und all seine Klänge und Düfte, die einst zutiefst die ihren waren, die Leidenschaft in Blut und

Geist von jenen vier, die in Frankreich fielen? Mit ihnen, können wir sagen, ist etwas gestorben, das älter war als sie, sie waren die Letzten Bauern, die Letzten vom alten Schlag der Alten Scots. Eine neue Generation wächst heran, die nichts von ihnen wissen wird, höchstens als Erinnerte in einem Lied, so gehen sie dahin mit den Dingen, die ihnen gut erschienen, mit Liebe und Begehren, die in die kommenden Zeiten blass und fremd wirken werden. Das alte Schottland ist mit ihnen zugrunde gegangen, und wir mögen wohl glauben, dass die alten Redensweisen und die alten Lieder, die alten Flüche und die alten Segenssprüche nur noch mit Mühe über unsere Lippen kommen werden. Die Letzten Bauern, jene vier, die ihr gekannt habt, sie haben das mit in die Dunkelheit und Stille genommen, wo sie nun schlafen. Und das Land wandelt sich, ihre Felder und ihre Gehöfte liegen verödet, wo Schafe weiden, und wir hören, dass bald große Maschinen das Land bestellen werden, und riesige Herden werden hier weiden, den Häusler gibt es nicht mehr, den Mann mit seinem eigenen Gehöft und Land, das seinem Herzen näher stand als sein eigen Fleisch und Blut. Nichts ist wahr als der Wandel, so heißt es, nichts bleibt, wie es ist, und hier in Kinraddie, wo wir sehen, wie kleinlicher Stolz und kleinliches Vermögen auf den Trümmern der kleinen Höfe entstehen, müssen wir gewahr sein, dass auch diese nicht bleiben werden, dass mit den größeren Herden und den größeren Maschinen auch ein anderer Geist ins Land einziehen wird. Die Gier nach Grund und Besitz und großem Anwesen galt diesen vier Männern nichts, Güte von Freunden, Wärme der Arbeit, Frieden der Ruhe – mehr wollten sie nicht von Gott noch Mensch, und mit weniger gaben sie sich nicht zufrieden. Um ihnen keine Schande zu machen, lasset uns glauben, dass diese neuen Bedrückungen mit ihrer törichten Gier nichts weiter sind als Nebel, die vorüberziehen. Diese Männer sind für eine Welt gestorben, die vergangen ist, doch sie sind nicht für das gestorben, das unser Erbe zu sein scheint. Jenseits davon, jenseits von uns leuchten eine größere Hoffnung und eine neue Welt, von der noch niemand träumte, als diese vier starben. Doch können wir einen Zweifel haben, auf welche Seite des Kampfes sie sich stellen würden, wenn sie heute noch lebten, können wir an der Antwort zweifeln, die sie uns auch jetzt zurufen, die vier, von ihrer Stätte im Abendrot?

Und dann, als die Leute noch ganz verbaselt dastanden, das war ja die reinste Politik gewesen, klar, was er meinte, da stimmte der Highlander McIvor seinen Dudelsack an und begann ganz langsam, um den Steinkreis am Blawearier See zu schreiten, sachte und gemach, und alle sahen ihm zu, die Dunkelheit kam näher, das Haar stand zu Berge, so unheimlich war es und so sonderlich, *Die Blumen des Waldes*, wie er es spielte:

Höher und höher stieg sie, weinend und weh, diese Klage um die Männer, die in der Schlacht gefallen waren, und Kirsty Strachan weinte sacht vor sich hin und andere mit ihr, und die jungen Ackerknechte standen mit düsteren blassen Gesichtern da, es machte ihnen weder Gedanken noch Kummer, es war bloß etwas, das sie verlegen machte und rührte, es gehörte zu Zeiten, von denen sie keine Ahnung hatten.

Spielen konnte er wohl schön, der Dudelsackmann, er rührte jedermanns Herz, wie er da schritt und die Melodie übers Moor sprang und rings um den See widerhallte, die Leute sagten, Chris Tavendale habe keine einzige Träne vergossen, sie stand bloß still da, hielt ihren Jungen an der Hand und blickte hinunter auf die Felder von Blawearie, bis das Lied vorüber war. Und da merkten die Leute, dass es schon dunkel war, und sie zogen los, den Hang hinunter, und ließen sie dort oben zurück, manchen war dabei unwohl, und sie warfen einen Blick zurück. Doch da sahen sie, dass der Pastor hinter ihr stand und auf sie wartete, das letzte Licht lag dort oben auf ihnen, vielleicht brauchten oder beachteten sie es gar nicht, man kann auch ohne Tageslicht, wenn man ein stilles Licht der Güte im Herzen brennen hat.

ENDE

ANHANG

THE GRAMPIAN MOUNTAINS
KINRADDIE HOUSE
The MANSE
The MAINS
TO LAURENCEKIRK
CUDDIESTOUN
NETHER
The MILL
UPPERHILL
POOTY'S
THE DENBURN
BRIDGE END

KARTE VON KINRADDIE, GEZEICHNET VON LEWIS GRASSIC GIBBON (1932)

Abdruck mit freundlicher Genehmigung von The Grassic Gibbon Centre, Arbuthnott

ANMERKUNGEN

S. 15: Land von Kinraddie: Der Name des Ortes im Mittelpunkt der Geschichte ist erfunden, wenngleich die Ähnlichkeit mit Kincardine, dem historischen Namen von Gibbons Heimatgrafschaft in den Mearns im Nordosten Schottlands, auf der Hand liegt. Dieses erste Kapitel ist eine Persiflage aristokratisch gefärbter Historiendarstellungen, die sich auf folgende Quellen stützt: James Crabb, *Watts The Mearns of Old: A History of Kincardine from the Earliest Times to the Seventeenth Century* (Edinburgh und Glasgow, 1914) sowie die anonym erschienene *Geography of the County of Kincardine* (Glasgow 1875). Gibbons satirische Skizze ist sehr politisch gefärbt, sie verbindet historisch belegte Tatsachen, Apokryphen und Erfundenes und soll die Unzulänglichkeit herkömmlicher Einführungen betonen, die sich in der Regel nur auf die herrschende Klasse beziehen.
Kinraddie liegt vier Meilen nördlich von Gibbons Heimatort Arbuthnott. Gibbon verwendet tatsächliche Orte in den Mearns, wie Arbuthnott und die umliegenden Marktflecken Drumlithie, Auchenblae, und Laurencekirk sowie Stonehaven, die Hauptstadt der Grafschaft, ca. 25 km südlich von Aberdeen.

S. 15: Cospatric de Gondeshil: »Junge des Patric«, Gemisch aus Französisch, Latein und Keltisch, Figur der Lokalgeschichte. Hugh de Swinton, der als der eigentliche Gründer von Arbuthnott gilt, war angeblich ein Verwandter von Cospatrick de Swinton, Graf von Northumberland, Gegner von William the Conqueror und später Freund von Malcolm Canmore, dem König der Schotten (1031–1093).

S. 15: William the Lyon: So benannt nach dem Wappentier auf seinem Schild, bzw. William I, König von Schottland, 1143 geb., herrschte 1165–1214.

S. 15: Aberlemnos Hünenstein: Behauener stehender Stein aus Sandstein auf dem Kirchhof von Aberlemno, einer von fünf Aufrechten Steinen, wahrscheinlich zur Erinnerung an den Sieg der Pikten (Ostschotten) in der Schlacht von Nechtansmere im Jahre 683.

S. 16: Grampians: Bergkette (Gipfel bis ca. 1300 Meter hoch), die sich vom Südwesten nach Südosten quer durch Mittelschottland zieht. Die *Mearns* sind eine Hügelkette der Grampians, und der *Howe* das weite Talbecken zwischen Mearns und Küste, zwischen Aberdeen und Dundee.

S. 16: Graf Marschal: Earl Marischal, seit William I bestehender schottischer Adelstitel.

S. 16: Schlacht von Mondynes: 1094 bei Drumlithie in den Mearns, in der Duncan, Sohn von Malcolm II, mit englischer Hilfe gegen die Schotten kämpfte, die von seinem Onkel und seinem Bruder angeführt wurden.

S. 17: Highlandkämpfer Wallace: Sir William Wallace, Anführer des Widerstands gegen die Engländer im Schottischen War of Independence. Nach seinem Sieg im Jahre 1297 in der Schlacht von Stirling Bridge wurde er geadelt und zum Guardian of Scotland ernannt. 1298 unterlag er Edward I in der Schlacht von Falkirk, doch entkam. 1305 wurde er gefangengenommen und in London brutal hingerichtet, was ihn in den Status des nationalen Märtyrers erhob.

S. 17: Burg von Dunnottar: Zwischen Stonehaven und Kinneff, im 14. Jhdt. erbaute Festung auf einem Felsenvorsprung an der Küste.

S. 17: Skoten: Aus Irland nach Südschottland eingewanderte Kelten, die mit den Pikten im Norden und Osten Schottland prägten. Diese Trennung in den keltisch-skotisch geprägten Westen und den piktisch und skandinavisch geprägten Osten Schottlands wird bis heute vorgenommen und manifestiert sich in den sehr unterschiedlichen Dialekten im Westen und Osten.

S. 18: *Whiggam*: Die Schlachtrufe der einzelnen konfessionell orientierten Fraktionen. *Whiggam* war der Schlachtruf der Presbyterier, die sich gegen den dem Hause Stuart und damit dem Katholizismus verpflichteten Adel (*Rom!* und *Der König!*) richteten.

S. 18: der Holländer Willem: William III von England (1650–1702), auch William of Orange (Wilhelm von Oranien), wurde 1688 die Krone von England und Schottland zugleich angetragen, um den katholischen James II (Stuart) zu stürzen. Nach dem National Covenant (1638), der Verpflichtung zum schottischen Presbyterianismus, mussten die Protestanten ihre Religion gegen die vom Adel gestützte Stuart-Dynastie verteidigen.

S. 18: Kirk: Die Übersetzung verwendet hier das schottische Wort *kirk* für Kirche, weil es die Zugehörigkeit zur Konfession der »Auld Kirk«, der presbyterisch verfassten Gemeinden Schottlands definiert. Die »Auld Kirk« war nicht nur dezidiert antikatholisch sondern auch antianglikanisch.

S. 18: Johnson und James Boswell: Samuel Johnson (1709–1784) war ein bedeutender englischer Schriftsteller und Gelehrter, Autor des *Dictionary of the English Language*. James Boswell war sein Freund, Reisebegleiter und Biograf. Boswells erst 1931 veröffentlichtes Tagebuch enthält den Eintrag über seine Begegnung mit der Prostituierten Peggi Dundas, in griechischen Buchstaben geschrieben, die hier dem Aufenthalt in Kinraddie zugeordnet wird.

S. 18: Ρεφφγ Δσυφψας …: von Boswell in griechischen Buchstaben geschrieben: Peggy Douglas hatte eine fette Futt und ich hab bei ihr gelegen.

S. 19: Piktenstamm: Ironisch seitens des Autors, der die Pikten als »wahre Schotten« und geborene Proletarier den westlich-schottischen Kelten vorzog, die seiner Meinung nach geborene Aristokraten waren.

S. 20: die alte Königin: Hier ist Queen Victoria gemeint, die am 22. Januar 1901 starb.

S. 21: John Knox: Knox war der Begründer der schottischen Reformation und des Presbyterianismus. Zeit seines Lebens war ihm Mary Queen of Scots (Maria Stuart) ein Dorn im Auge, sie lebte auf der Burg Holyrood in Edinburgh und praktizierte in der dortigen Kapelle den Katholizismus. Es gab eine Reihe historisch belegter Begegnungen zwischen John Knox und Queen Mary auf Holyrood, bei denen wichtige Fragen zum Recht der Religionsausübung zur Sprache kamen.

S. 23: wie vom Turra das Rind: Die Turra Coo (Turriffer Kuh) war ein berüchtigter Fall aus Aberdeenshire: 1911 weigerte sich ein Großbauer aus Turriff in Aberdeenshire, die gesetzlich vorgeschriebenen Versicherungszahlungen für seine Angestellten zu leisten.

Zur Strafe wurde eine seiner Kühe beschlagnahmt, doch dann von Freunden des Bauern mit gesammeltem Geld ausgelöst und in einem prachtvollen Umzug ihrem Besitzer zurückgebracht.

S. 24: Bonny Prince Charlie: (eig. Bonnie) Prinz Charles Edward Stuart (1720–1788), der »Junge Prätendent«, führte 1745 einen Aufstand der Jakobiten an, der blutig niedergeschlagen wurde und am 16. April 1746 mit der Schlacht von Culloden in Inverness endete.

S. 29: neue Dienstfrist: Zweimal im Jahr wurden Knechte und Mägde in Anstellung genommen, am 28. Mai und am 28. November.

S. 36: *The People's Journal*: Beliebte schottische Wochenzeitung, die es seit Ende des 19. Jahrhunderts gab.

S. 36: Tweed: Der Grenzfluss zwischen Schottland und England.

S. 36: Calgacus: Der erste schottische Freiheitskämpfer Calgacus war der legendäre Anführer der caledonischen Stämme, die in einer Schlacht im Jahre 84 von den Römern am besagten Mons Graupius geschlagen wurden.

S. 38: Ingersoll: Robs Kritiker werfen Robert Green Ingersoll (1833–1899), einen bekannten amerikanischen Juristen und Verfasser agnostischer Abhandlungen, mit Robert Hawley Ingersoll (1859–1928) durcheinander, einem amerkanischen Unternehmer und Hersteller preiswerter Uhren.

S. 39: *Ladies of Spain* und *There was a young maiden*: Traditionelle englische Volkslieder, die zusammen mit Robert Burns' eher deftigem *The Lass that Made the Bed to Me* Robs Hang zu weltlichen Dingen illustrieren.

S. 40: Tierquälerei: Tierschutz.

S. 44: Singfest: Schottische und walisische Tradition, bei der gesungen und rezitiert wurde.

S. 46: Haus mit grünen Fensterläden: Anspielung auf die extremen Gegensätze in den Darstellungen schottischen Landlebens, die Kailyard Romances (Küchengarten-Romanzen) mit ihrer unrealistisch-süßlichen Verklärung des Landlebens einerseits und der herausfordernd sarkastischen realistischen Darstellung in *The House with the Green Shutters* von George Douglas Brown andererseits.

S. 50: Dee: Dee und Don sind die beiden Flüsse, die durch Aberdeen fließen.

S. 51: Barmekin, Hill of Fare: Hügel im Westen von Aberdeen.

S. 57: Too-long und Too-loose: Schulwitz, spielt an auf Toulon und Toulouse.

S. 57: ***What Katy did at School*:** Zweiter Band einer beliebten Serie von Susan Coolidge (1835–1905).

S. 58: ***Rienzi*:** Historienschinken von Edward Bulwer-Lytton (1803–1873)

S. 58: ***The Humours of Schottish Life*:** Sammlung weitgehend humorloser Anekdoten über Pastoren, gesammelt von Reverend John Gillespie aus Dumfries.

S. 60: Lied von den Blumen des Waldes: *The Flowers of the Forest*, ein Klagelied, dessen Text Jean Elliot (1727–1805) zugeschrieben wird und das an die Schlacht von Flodden im Jahre 1513 erinnert, in der die Truppen von James IV durch das Heer von Henry VIII geschlagen wurden.

S. 60: Frau Hemans: Felicia Dorothea Hemans (1793–1835), beliebte Lyrikerin in der Zeit Queen Victorias.

S. 65: Slug Road: Kurvenreiche und dem Wetter ausgesetzte Straße, die etwa 19 Kilometer durch die Hügel zwischen Banchory und Stonehaven führt.

S. 68: Schiffe vor Pytheas: Der griechische Weltforscher Pytheas umsegelte im 4. Jhdt. v. Chr. die Britischen Inseln und stattete Schottland einen kurzen Besuch ab.

S. 72: 45er Veteran: Bezug auf den Jakobiteraufstand von 1745, ironisch gemeint, Anspielung darauf, dass die Mitglieder der besiegten Armee ihre Waffen heimlich behielten, um sich den strengen Regeln der Engländer zu widersetzen.

S. 87: Kirk of Scotland: Damit ist die Kritik an einer Abweichung vom buchstäblichen Verständnis der Heiligen Schrift gemeint.

S. 89: die gegen ihn fehlten: »Verfehlende« (Im Original *trespasser*) ist die Anglikanische Variante im Gegensatz zu »Schuldigern« im Presbyterischen Gebetbuch.

S. 94: Zeiten der Covenanters: Siehe Anmerkung *der Holländer Willem, S. 18* zu Covenant.

S. 95: ***Religio Medici*:** Von Thomas Browne, 1642 erschienen, gebildete Abhandlungen vornehmlich zu religiösen Fragen.

S. 111: Petronella: Komplizierter schottischer Tanz.

S. 128: seit Nebukadnezar: Siehe Buch Daniel 4:33.

S. 142: Bin ich der Erste?: »First foot in« auf englisch, schottischer Brauch, nach dem der Erste, der am Neujahrstag eintritt, Glück bringen soll.

S. 143: Lass den Hunden …: Anspielung auf ein erzieherisches Kirchenlied für Kinder von Isaac Watts (1674–1748), *Let dogs delight to bark and bite / For God hath made them so.*

S. 145: Blawearie an die Liberalen: Tories oder Liberals: Die Konservativen und Liberalen waren die beiden großen Parteien in Großbritannien ausgangs des 19. und eingangs des 20. Jhdts., galten aber beide als moralisch bankrott.

S. 147: Er wäre für die Versicherung / zum Teufel mit dem Oberhaus: Aktuelle politische Themen: Die liberale Regierung unter David Lloyd George (1863–1945) wollte die Reichen höher besteuern, um eine Krankenversicherung für Kinder und ältere Leute zu finanzieren. Das Gesetz zur Nationalen Versicherung gab den Arbeitern ein Recht auf Kranken- und Arbeitslosengeld, und die Kompetenz des Oberhauses, im Unterhaus gebilligte Gesetze abzulehnen, führte zum Parliament Act of 1911, der die Rechte des Oberhauses beschnitt.

S. 147: Schottische Distel: Die Frage nationaler Identität war seinerzeit ein wichtiges Thema. Die Distel symbolisiert Schottland, die Rose seit dem Rosenkrieg (1455–1485) England.

S. 152: englische Mensch namens Alfred: Anekdote von König Alfred (849–899) dem legendären König von Wessex, der im Exil in der Hütte eines Schweinehirten unterkam und dort beim Backen die Kekse anbrennen ließ.

S. 154: ***Up in the Morning*****:** Vertontes Gedicht von Robert Burns, mit Volksliedcharakter.

S. 163: Zu Zeiten des Alten Testaments: Genesis 19:30-38, Lots Töchter machen ihn trunken und liegen bei ihm, um Söhne zu empfangen.

S. 168: Glenlivet: Erstklassige Whiskysorte.

S. 186: die Covenanters sterbend geschrien: 1685 wurden fast 200 männliche und weibliche Covenanters im »Whigs' Gewölbe« von Dunnottar Castle eingesperrt und über zwei Monate ohne Nahrung und Zugang zu sanitären Einrichtungen festgehalten, weil sie nicht die Hoheit des Königs in geistlichen Fragen anerkennen wollten. 20 von ihnen versuchten zu fliehen, 15 Flüchtlinge wurden wieder festgenommen und gefoltert, die übrigen Gefangenen wurden in die West Indies deportiert.

S. 200: den Blauen Wyandotte: Amerikanische Züchtung, die ab Ende des 19. Jhdts. in Großbritannien eingeführt wurde, bekannt für besonders prahlerische Hähne.

S. 212: um die Franzosen sattzumachen: Weil die Franzosen den Ruf besonderer Esslustigkeit hatten.

S. 231: *Strip the Willow*: Schottischer Ländler.

S. 231: das war ein Schottischer: Polkaartiger Paartanz.

S. 238: *The Bonnie House o'Airlie …*: Die Auswahl der Lieder verweist auf die schottischen Vorlieben (Texte von Rober Burns oder von ihm bearbeitet), während Ellisons Darbietungen englisch sind: der erste Text aus der Beggars' Opera von John Gay, der zweite eine zeittypische Gruselballade, wie sie in den damaligen *music halls* vorgetragen wurde.

S. 246: Nebelhorn am Todhead: Leuchtturm bei Kinneff, in Hörweite von Arbuthnott, wo Gibbon aufwuchs.

S. 250: Flying Scotsman: Nach der 1862 eröffneten Hauptbahnstrecke zwischen London King's Cross und Edinburgh Waverley benannte Lokomotive, die allerdings erst 1923 eingesetzt wurde.

S. 250: Thomas the Rhymour: Thomas der Reimschmied, Thomas von Erceldoune, oder Earlston, ein fast legendärer Seher und Dichter des 13. Jhdts. aus der Gegend von Melrose.

S. 251: Burg von Edzell: Ruine aus dem 16. Jhdt. in Edzell, ca. 15 Meilen südwestlich von Arbuthnott.

S. 276: meldete sich bei den Gordons: Gordon Highlanders waren eines der bedeutendsten Regimenter von Großbritannien, im Ersten Weltkrieg waren sie an der Somme stationiert, mehr als die Hälfte der 50 000 Soldaten fielen.

S. 276: Regiment der North Highlanders: Die North Highlanders sind ein erfundenes Regiment, doch die meisten Soldaten wurden regional eingezogen, und Perth war die nächste Garnisonsstadt.

S. 277: Wie zu Attilas Tagen: Im britischen Kontext wurden die Deutschen in beiden Weltkriegen häufig mit den Hunnen verglichen, die im 5. Jhdt. in Europa eindrangen und aus europäischer Sicht als Inbegriff barbarischer Sitten galten.

S. 279: *Onward Christian Soldiers*: Hymnisches Kirchenlied von William Sabine Baring-Gould (1834–1924), das mit Vorliebe zu Kriegszeiten gesungen wird.

S. 298: **Gesetz zur allgemeinen Wehrpflicht:** Das erste Gesetz zur Allgemeinen Wehrpflicht wurde im Januar 1916 verabschiedet und galt nur für unverheiratete Männer, ein zweites Gesetz im Mai 1916 machte den Kriegsdienst für alle Männer verpflichtend.

S. 299: **da tagte der Ausschuss:** Das sogenannte Exemption Board beriet regional und lokal über die Freistellungsanträge. Bis zum Frühjahr 1917 waren mehr Männer freigestellt als einberufen, doch dieses Verhältnis verschob sich dann drastisch, und nur in Ausnahmen (Arbeit in der »Kriegsindustrie«) blieben Männer freigestellt.

S. 303: **Glengarryhaube:** Weiche Haube mit Bändern und rotem Pompom, die von verschiedenen schottischen Regimentern getragen wurde, benannt nach Colonel Alasdair of Glengarry (1771–1828).

S. 308: **Französische Fremdenlegion:** 1831 gebildet als Legion ausländischer Freiwilliger, spielte in beiden Weltkriegen eine aktive Rolle.

S. 335: **dass andere Kriege führen:** Gibbon bezieht sich hier ganz klar und unverbrämt auf die Handlung und Haltungen in dem Roman *Im Westen nichts Neues* (1928) von Erich Maria Remarque.

S. 340: **Vereyleuchten:** Eigentlich Very-Leuchten, Leuchtsignalpistolen, die nach Edward W. Very, Offizier der US Marine, benannt waren.

S. 351: **Ulanen:** Ursprünglich polnisches, später österreichisches (k.u.k.) Regiment.

S. 354: **um der Koalition zu helfen:** Die Parlamentswahlen 1918 gewann eine Koalition aus Konservativen und Liberalen.

S. 359: ***Sie haben eine Wüste bereitet …***: Tacitus legt in *Agricola* Calgacus am Mons Graupius diese Worte in den Mund: *Ubi solitudinem faciunt, pacem apellant.*

S. 365: **Offenbarung: II.28:** Offenbarung des Johannes, II, 28: *Wie ich von meinem Vater empfangen habe; und ich will ihm geben den Morgenstern.* (Lutherbibel)

GLOSSAR

Affgunt: Missgunst
amangs: indessen
anken: laut stöhnen
anökeln: verspotten
Austmond: Erntemond
Bambuseken: Kindchen
bannig: sehr
begöschen: beschwatzen, schmeicheln
beinicht: zu Fuß
benaut: benommen
bösseln: geschäftig hin und her gehen
brattsch: grob, barsch
Bunken: Knochen
butenvör: außen vor
Buttichkeit, butt: tumb, dumm
dallerig: verrückt
dallig: geschickt, fix, clever
Dassel: Kopf
dwalmig: trüb verschwiemelt
eisch: böse
elst: schlimm, hässlich
figelinsch: tückisch, gerissen, raffiniert
Fleiten: Pfeifen
flüttern: umziehen
frötern: sich zu schaffen machen
fuchtich: wütend

füünsch: zornig
Gatt: Hintern
Girsel: Graupel, Eisregen
glei: fein
glüüstern: starren
glupen: starren, glotzen, auch: verstohlen gucken
gniedsch: geizig, habgierig
grallig: bös, ärgerlich
grallöögen: aus aufgerissenen Augen anstieren
Grepe: Mistgabel
Gribben: Gräben (Wasser)
grösich: gruslig, grausig
hachten: schuften, sich abplagen
hannig: geschickt
Hüsselhus: Gesindehaus
jaapen: jaulen
janken: sehnen
karsch: stolz
klaspern: klettern
Knojen: mühen
kruschkoppig: kraushaarig
Kunter: kleines Pferd
Lammas: Abschluss der Ernte (früher ein Fest)
leilönseln: faulenzen
leip: schlimm
lelk: bös
Leues: Laschheit, Schwäche
lodderig: lose, verkommen
luurich: schwül, gewittrig, flau
mall: seltsam, komisch, arg
manks: manchmal
marachen: sich abracken
narrsch: närrisch

Olsche: Ehefrau
Patten, Mauken: Füße
perschen: prahlen
pfuich: pfui
prünen: sich mit einer kleinen Sache abmühen, aufdröseln
quaat: schlecht, grob
queesig: quengelig
rappelich: ärgerlich, wütend
Rappschnütigkeit: Dreistheit, Frechheit
Riestüten: Ohren
risch: frisch, kühl
Sasichkeit: Verschwenderischkeit
Schandal: Skandal
scheimeln: schwanken
Schemern: Dämmer
schlieggern: schleichen
Schlunz: Schlampe
schmiedich: geschmeidig
seut: süß
slierig: schleichend
smüstern: schmunzeln
soorig: schwül, heiß
staatsch: schmuck, stattlich
stätsch: unwillig
stiekum: heimlich
Stiesel: Grobian, Lump
Sügers: Geißblatt
vergretzt, vergrellt: verärgert
verrätscht: verrückt

NACHWORT

Als Lewis Grassic Gibbons Roman *Sunset Song* 2016 bei einer vom britischen Nachrichtensender BBC durchgeführten Umfrage zum »Lieblingsbuch der Schotten« erkoren wurde, dürfte man in Schottland wohl weniger gestaunt haben als andernorts in Großbritannien, hatte man doch die Ergebnisse einer zu ähnlich sportlichen Superlativen neigenden britischen Umfrage noch im Ohr: Bereits 2005 war nämlich *Sunset Song* zum »beliebtesten schottischen Roman aller Zeiten« erklärt worden. Wie konnte es aber – so mag sich ein diese Meldung vernehmendes Publikum in Leicester, London oder Leighton Buzzard gefragt haben – eine solche unbekannte und in einem sicherlich doch schonungslos unverständlichen schottischen Dialekt verfasste Bauernschmonzette geschafft haben, Kassenschlager wie *Trainspotting*, *Harry Potter und der Stein der Weisen* oder *Die Abenteuer des Sherlock Holmes* auf die nachfolgenden Plätze zu verweisen?

Diese Fragestellung scheint zwar am eigentlichen Objekt unseres Interesses vorbeizuzielen, sie deutet jedoch auf einen für die breitere Rezeption des Romans wichtigen Zusammenhang: Denn tatsächlich wurde Gibbons im südenglischen Welwyn Garden City geschriebener und 1932 in London verlegter Roman, zu dem sich die in den beiden folgenden Jahren veröffentlichten Bände der Trilogie *A Scots Quair* (Ein schottisches Buch) – *Cloud Howe* und *Grey Granite* – gesellen sollten, in England kaum je gelesen. Die Zahl der Lesenden, die außerhalb Schottlands in der Lage waren, die Entscheidung der 2016 befragten schottischen Öffentlichkeit nachzuvollziehen, dürfte also verschwindend klein gewesen sein. In ihrer Einführung zu der 2007 erschienenen Penguin-Klassikerausgabe von *Sunset Song* ging die preisgekrönte schottische Schriftstellerin Ali Smith sogar so weit zu behaupten, dass es »beinahe ein Verbrechen« sei, dass Gibbons großartige Trilogie zwar mit Werken von Schriftstellern wie Thomas Hardy, D. H. Lawrence und William Faulkner den Vergleich nicht zu scheuen brauche, jedoch außerhalb Schottlands wenig bis gar nicht bekannt sei. Dass der Roman auch jenseits der britischen Inseln weitestgehend unbekannt geblieben ist, hängt vielleicht mit den Unwägbarkeiten einer schon vom Dichter T. S. Eliot beobachteten »Ökologie der Kulturen« der britischen Inseln zusammen. In seiner Vortragssammlung *Beiträge zu einem Begriff der Kultur* (1948) schrieb Eliot von dem vorteilhaften Austausch zwischen den »Randkulturen Englands« einerseits (zu denen er Wales, Schottland und Irland zählte) und der »stärkeren« englischen Kultur andererseits. Für die Schriftsteller einer »satellitischen Kultur« wie Schottland sei es nämlich von großem Nutzen, dass ihre Werke über die Verstärkung des großen englischen Bruders in die weite Welt posaunt würden. Wenn also das deutschsprachige Erscheinen einer Übersetzung von *Sunset Song* etwas über die sich wandelnde Literaturökologie Europas aussagt, dann wohl dieses: Weltläufige Verlage warten nicht mehr auf die Posaune des großen Bruders. Mit Esther Kinskys leuchtendem und einfühlsamem *Lied vom Abendrot* feiern wir nun eine Neuübersetzung dieses ergreifenden und feinfühlenden Romans.

Was die Bekanntheit des Romans außerhalb Schottlands betrifft, wendet sich im Übrigen möglicherweise das Blatt. *Sunset Song* wurde schon 1970 als durchaus angesehene BBC-Serie dramatisiert und in ganz Großbritannien ausgestrahlt (1982 und 1983 folgten sodann Produktionen von *Cloud*

Howe und *Grey Granite*). Die im Roman erzählte Geschichte des Lebens einer aufgeschlossenen jungen Frau namens Chris Guthrie auf einem kleinen Bauernhof im nordöstlichen Schottland inspirierte auch den gebürtigen Liverpooler Terence Davies: 2016 kam seine Verfilmung des ersten und zweifellos beliebtesten Bands der Trilogie in die Kinos.

Inwieweit ein erfolgreicher Kinofilm allerdings ausreicht, um ein empfehlenswertes literarisches Werk einem interessierten (geschweige denn uninteressierten) Lesepublikum vorzustellen, sei dahingestellt. Wem jedoch die Gelegenheit zur Lektüre des Romans bisher vorenthalten wurde, der musste eines der großen europäischen Epen der Zwischenkriegszeit entbehren, dessen Hauptfigur wegen ihrer komplexen Persönlichkeit und ihres beeindruckenden Selbstbestimmungsdrangs in der Weltliteratur ihresgleichen sucht. In einigen Zügen erinnert Chris Guthrie an Miles Franklins Sybylla Melvyn (*My Brilliant Career*, 1905), D. H. Lawrences Ursula Brangwen (*Der Regenbogen*, 1915) oder Doris Lessings Martha Quest (*Martha Quest*, 1952): drei überzeugende weibliche Hauptfiguren, die unter ähnlich kargen Bedingungen aufwachsen und sich trotz oder vielmehr wegen aller Fährnisse und Rückschläge des Lebens behaupten.

Obwohl nur auf einigen wenigen Buchseiten die eigentliche »Front« besucht wird, bietet *Lied vom Abendrot* in seiner Schlussphase außerdem eine beeindruckende Darstellung der verheerenden Auswirkungen des Ersten Weltkriegs auf eine kleine, vom eigentlichen Kampfgeschehen weit entfernte Bauerngemeinschaft: der plötzliche Verlust geliebter Menschen, die Abholzung überlebensnotwendiger Waldungen zugunsten der Kriegsvorbereitungen, wodurch die Felder und Ernten vor den rauen Winden schutzlos bleiben, die Abschaffung der traditionellen Bauernhöfe und Unterwerfung jahrhundertealter landwirtschaftlicher Gemeinschaften unter das Joch einer neuen, hemmungslos kapitalistischen Landwirtschaftsindustrie. Obwohl die kleinen Höfe des fiktionalen Weilers von Kinraddie von Flandern oder der Marne weit entlegen sind, bleibt keine Familie vom Krieg unversehrt. Was am Ende der Kampfhandlungen bleibt, sind zerstörte Perspektiven und die Erinnerung an eine Lebensweise, die nicht aufgrund eigener Entscheidungen beendet wurde und nun unwiederbringlich verloren bleibt. Eine Zäsur also, die der schottische Dichter und Übersetzer Edwin Muir rückblickend so beschrieb: »ein Satz, der abgebrochen wurde, ehe er vervollständigt werden konnte: Die Zukunft, in der er sein letztes Wort gesetzt hätte, wurde ihm jäh entrissen und durch eine neue, raue Gegenwart ersetzt« (*An Autobiography*, 1954).

Gibbons Roman, der in den Jahren unmittelbar vor und nach dem Ersten Weltkrieg spielt, entstand fast fünfzehn Jahre nach Kriegsende. Es gibt Passagen, vor allem jene schmerzlichen Szenen, wenn Chris' Ehemann Ewan nach seiner brutalisierenden Militärausbildung und kurz vor dem Fronteinsatz einen Besuch auf dem Hof abstattet, oder die Beschreibung seiner späteren Desertion von der Front, die an Szenen aus Erich Maria Remarques Roman *Im Westen nichts Neues* erinnern, der 1929 kurz vor *Sunset Song* auf Deutsch und Englisch erschienen war. Für die Entstehung von Gibbons Werk spielen jedoch solche intertextuellen Bezüge keine sehr bedeutende Rolle. So schnell auch die Niederschrift des Romans erfolgt sein mag, so deutlich spürt man bei dessen Lektüre, dass die traumähnliche Sinnlichkeit der szenischen Beschreibung und die fast überscharfen Bilder nur aus einer langsamen imaginativen Verwandlung weit zurückliegender Lebenserfahrungen schöpfen können, verbrachte doch Gibbon seine eigene Kindheit und Jugend auf einem kleinen Hof in derselben Landschaft des schottischen Nordostens, geplagt von denselben Ambivalenzen,

Hoffnungen und Härten wie Chris Guthrie in seiner Erzählung. Die gewaltigen gesellschaftlichen und technologischen Veränderungen, die im Zuge des Weltkriegs nicht nur Kinraddie, sondern das Gesicht Europas und alle Lebensweisen unwiderruflich veränderten, ließen eine schnellere ästhetische Verarbeitung solcher extremen Erfahrungen nicht immer zu. Ende der 1920er und Anfang der 1930er Jahre erschienen wohl auch deshalb noch zahlreiche bedeutende Romane, die sich direkt oder indirekt mit den Folgen des Kriegs auseinandersetzten, und zudem auch andere, deren revolutionäre oder experimentale Ästhetik sich nur aus der Tragweite der damaligen Umwälzungen und Zäsuren erklären lässt: Man denke an Virginia Woolfs Roman *Die Fahrt zum Leuchtturm* (1927), an Louis-Ferdinand Célines *Reise ans Ende der Nacht* (1932) oder Robert Musils *Der Mann ohne Eigenschaften* (1930–32).

Dass Gibbons *Sunset Song* nun in der neuen, kongenialen deutschen Übersetzung einer Autorin erscheint, deren eigene Erzählkunst die haarfeine Differenzierung von Sprachebenen und kleinste Verschiebungen narrativer Perspektiven kennt, ist für die deutschsprachige Rezeption des Romans ein großes Geschenk und lässt erst jetzt durch den Vergleich mit einer früheren Übertragung erkennen, welche übersetzerischen Entscheidungen dem Originaltext gerecht werden können. Bei *Lied vom Abendrot* handelt es sich nämlich nicht um die erste deutsche Übersetzung von *Sunset Song*. Hans Petersens zwischen 1970 und 1974 in der DDR veröffentlichte Übersetzung der ganzen Trilogie *Ein schottisches Buch* erschien unter dem Geburtsnamen des Autors: James Leslie Mitchell. Mitchell hatte sich den Autornamen Grassic Gibbon, den Namen seiner Großmutter mütterlicherseits, tatsächlich erst zum Anlass der Veröffentlichung von *Sunset Song* im Jahr 1932 zugelegt, ein Name, der seitdem untrennbar mit seinem Meisterwerk verbunden ist. Vermutlich hatte er mit zwei Namen – oder sogar als fiktives Autorenpaar – bessere Chancen, seine fulminante, womöglich gar halsbrecherische Buchproduktion jener Jahre (fünfzehn Bücher zwischen 1930 und seinem frühen Tod 1934 im Alter von nur 33 Jahren) bei seinem Verleger Jarrolds unterzubringen. Jedenfalls kam *Ein schottisches Buch* von James Leslie Mitchell in der DDR sehr gut an, wurde bis 1986 in drei Auflagen nachgedruckt und in den meisten Zeitungen wohlwollend besprochen. In der BRD wurden die Bücher jedoch kaum beachtet und sind trotz ihres Erfolgs im damaligen »benachbarten Ausland« nach der »Wende« nicht mehr gedruckt worden.

Der Erfolg der Bücher in der DDR lässt sich sicherlich aus verschiedenen Perspektiven erklären. Mag sein, dass die modernisierende Umwälzung der Landwirtschaft mit allen Konsequenzen für Land und Leute im ersten Band der Trilogie, die Frage der Kompatibilität von Religion, Pazifismus und sozialistischer Einstellung im zweiten Band und das großstädtische proletarische Milieu sowie die kommunistische Militanz des Sohns von Chris Guthrie im dritten Band Themen waren, um die man in den ersten zwanzig Jahren der DDR nicht einmal schlafend herumkam. Zeit seines Lebens antikapitalistisch eingestellt, hatte Gibbon sich seit seiner Jugend mit diesen Themen intensiv beschäftigt. Am meisten zum Erfolg der Trilogie dürfte allerdings ein anderer Faktor beigetragen haben: Die Romane, allen voran *Sunset Song* (in Petersens Übersetzung heißt dieser Band: *Der lange Weg durchs Ginstermoor*), erzählen eine packende Entwicklungs-, Familien- und Epochengeschichte mit einer für die damalige Zeit fortschrittlichen Behandlung von Fragen der Liebe, Sexualität und von Geschlechterrollen. Petersen schafft es, diese Geschichte in einem umgänglichen, wenn auch bisweilen eindimensionalen Hochdeutsch überzeugend nachzuerzählen. Durch seine Bemühung um eine regional unspezifische Allgemeinverständlichkeit, und bei aller Texttreue, was die Übertragung der Geschehnisse betrifft, lässt die Übersetzung Petersens jedoch wesentliche Aspekte der Erzählweise von Gibbon links liegen. Die Perspektive des Übersetzers als Erzähler, wenn man von so etwas sprechen kann, bewahrt bei Petersen nämlich einen mehr oder weniger konstanten Abstand zur Erzählstimme: Dadurch wirkt letztere im Vergleich zur ungewöhnlich flexibel modulierten Erzählstimme des Originals oft fade und flach.

Ein einziges Beispiel soll diese Problematik verdeutlichen. Auf den ersten Seiten des Kapitels »Eggen« (bei Petersen heißt dieses Kapital »Saatzeit«) gibt es zwischen John Guthrie, Chris' Vater, und seinem Sohn Will einen Streit über den Stellenwert neuer Technologie. Will ärgert sich über die konservative Haltung des Vaters, der alles Neue und Fortschrittliche ablehnt. Er muss aber als Sohn und aus Angst vor den Zornausbrüchen und physischen Übergriffen des Vaters klein beigeben:

> Murrend gab Will nach; denn zur Erntezeit überkam Vater stets etwas Unbegreifliches und Schreckliches, das man jedoch nicht beim Namen nennen konnte. Es war, als würde er zu dieser Zeit stärker und grausamer, immer kraftstrotzender, wenn das Getreide reifte, und flinker denn je zuvor. Sein Gesicht wurde voller, und man hörte ihn, wenn er auf Bess' breitem Rücken von den Feldern kam, Hymnen singen. Etwas anderes sang er nie mit seiner eigenartigen, durchdringenden, schrillen Stimme, die einem den Schweiß auf die Hände trieb.
> (Übers.: Hans Petersen, *Der lange Weg durchs Ginstermoor*)

> Will brummelte zwar was vor sich hin, doch er gab bei, denn jede Erntezeit überkam es Vater schrecklich und seltsam, ein Koller, den du bei keinem Namen zu fassen kriegtest, es war, als würde er dann auf einmal stärker und grausamer, stark und kräftig von der Reife des Korns, er war dann händiger wie je, und das Gesicht wurde voller, und sie hörten ihn von den Feldern heraufkommen, rittlings auf Bess' breitem Rücken und Kirchenlieder singend, das war das einzige, was er je sang, und so mall und arg schrill, dass du beim Hören schwitzige Hände bekamst.
> (Übers.: Esther Kinsky, *Lied vom Abendrot*)

Die Unterschiede zwischen den Passagen stechen sofort ins Auge, zumal lexikalisch – bei der Frage nach Dialektwörtern (hier etwa: »händig«: in niederdeutschen Mundarten »rasch« oder »flink«, und »mall«: »verrückt«). Als Erstes jedoch zu verzeichnen: Im ersten Beispiel reduziert der Übersetzer, bemüht um Klarheit, mehrere durch Kommata getrennte gleichrangige Teilsätze im Englischen auf drei getrennte deutsche Einzelsätze; im Allgemeinen macht die zweite Übersetzung einen wesentlich lebendigeren, unmittelbareren, fließenden Eindruck, sie ist vor allem wesentlich umgangssprachlicher als die erste, was dem Passus etwas von der für die Herausbildung der Subjektivität der Figuren vorteilhaften Innerlichkeit eines Selbstgesprächs verleiht.

Doch auf einen bestimmten Unterschied, der diese Vitalität intensiviert und die Nähe der zweiten Lesart zum Original hervorhebt, wäre besonders hinzuweisen. Dabei handelt es sich um eine Innovation, ja, im Zusammenhang auch mit der strategischen Art, wie Gibbon Dialektwörter einsetzt, um Gibbons wichtigste ästhetische Innovation überhaupt. Einerseits spricht die erzählende Stimme des Originals in der dritten Person, meist in ›erlebter Rede‹ (sie erzählt von

Vater und Will, ansonsten auch von Chris oder anderen Figuren aus dem Dorf). Andererseits benutzt sie – und das macht die deutsche Übersetzung von Esther Kinsky ihr gekonnt nach – immer wieder eine Art von unpersönlichem »Du«. Im Englischen verwendet Gibbon an diesen Stellen ein »you«, das manchmal wie ein deutsches »man«, manchmal jedoch viel persönlicher oder personalisierter wirkt, als Teil des Dialogs eines Ichs (Chris) mit sich selbst: Denn um ein »Du« zu gebrauchen, bedarf es ja immer eines Ichs, eines Ichs, das sich in diesem Augenblick herausbildet. Das »Du« von *Sunset Song* ist daher in Wirklichkeit ein Du-und-Ich in einem: Gibbon stellt seine Heldin und Erzählerin in Verhältnis zu sich selbst und ihrer Umwelt. Manchmal aber, sogar innerhalb eines Satzes, übernimmt das »Du« die Perspektive einer anderen Figur. Im oben zitierten Satz scheint beispielsweise die erste Verwendung des »Du« den Standpunkt beider Geschwister gleichzeitig zu verkörpern: Es ist aber nicht ganz dasselbe wie ein Wir. Manchmal scheint das »Du« wiederum aus der Nähe des Tratschgemenges zu sprechen, das wie ein altgriechischer Chor spitz und lüstern und dumm sprechen kann (vor allem im ersten und letzten Kapitel, im parodistischen Vorspiel und im Nachspiel, hört man diese Stimme des nordostschottischen »altgriechischen« Chors). Das »Du« setzt sich dann aber fordernd und klar und kantig vom Tratsch ab. Als Lesende erfahren wir am Anfang und Ende jedes Kapitels, dass diese wendige Stimme außerdem durch eine Reihe von rahmenerzählerischen Perspektiven als Erinnerung der Hauptfigur spricht. Dadurch und durch die dialogische, bisweilen hadernde Beziehung der Erzählstimme zu ihrer Umgebung wie auch zu sich selbst, zeigt sich das fragmentierte, doch auch sich wandelnde und den permanenten Wandel aller Dinge entdeckende Bewusstsein einer sich zur Reife entwickelnden, mutigen jungen Persönlichkeit. Gleichzeitig potenziert sich dadurch die Vielstimmigkeit der Narration, die über diesen Kunstgriff auch eine attraktive Alternative zur allwissenden Erzählerperspektive konstruiert.

Ob so gewollt oder nicht, nahm Gibbon durch seine vorsichtige und kluge Art, schottische Wörter in *Sunset Song* zu integrieren, eine eigene Position in den damaligen teils heftigen Auseinandersetzungen um die sogenannte »Scottish Renaissance« ein, eine über Status und Gebrauch der schottischen Sprache und Literatur öffentlich geführte Debatte, die hauptsächlich in den 1920er und 1930er Jahren in den Zeitungen und Literaturzeitschriften tobte: Auch diese Wortgefechte waren eine kulturelle Folge der vom Ersten Weltkrieg ausgelösten politischen und kulturellen Umwälzungen. Wenn man den Streit auf seinen Kern reduziert, ging es in dieser Kontroverse nicht um die Frage, ob Schottisch nun verwendet werden sollte oder nicht, sondern darum, welche Variante von Scots (so der schottische Name der Sprache) man favorisieren solle: einen regionalen Dialekt, etwa eine der Mundarten des Nordostens, wie sie James Leslie Mitchell in seiner Kindheit sprach, oder eine sogenannte »synthetische« Variante der Sprache, die keine Region bevorzugte, sondern sich vielmehr aus potenziell allen, auch historisch überlieferten, inzwischen obsoleten Dialekten Schottlands zusammensetzte, sich durch Neuschöpfungen und Leihwörtern anreicherte und sich ebenso wie andere Sprachen – Deutsch, Französisch, Englisch – als ebenbürtige nationale Literatursprache anbot. Wortführer dieser Tendenz war ohne Zweifel der streitsüchtige, auch geniale Dichter Hugh MacDiarmid, der eine Beschränkung auf regionale Dialekte ablehnte, weil sie zur Provinzialität und Nostalgie einluden. Im schottischen Nordosten, wie auch in anderen Teilen Schottlands, gab es aber auch Stimmen, die MacDiarmids bisweilen intolerante

Versuche ablehnten, Scots auf eine künstliche, wenn auch unter seiner eigenen Handhabung wunderbar geschmeidige Literatursprache zu beschränken. Darunter waren Schriftstellerinnen wie Willa Muir, bekannt unter anderem als erste englischsprachige Kafka-Übersetzerin, oder Nan Shepherd, deren Roman *Quarry Wood* (1928) jene Mundarten des Nordostens benutzt, die unter dem Begriff des »Dorischen« (the Doric) zusammengefasst werden, Dialekte also jener Region, aus der James Leslie Mitchell (alias Lewis Grassic Gibbon) selbst stammte.

Schon bei der ersten Lektüre des Romans, ob auf Englisch oder Deutsch, stellt man freilich rasch fest, dass von »schonungslos unverständlichem Dialekt« oder »Bauernschmonzette« keine Rede sein kann. Im Gegenteil: Die Sprache des Romans, auch wenn sie für ›Standard English‹ (oder in dieser Übersetzung: Hochdeutsch) Lesende einige ungeläufige Wörter enthält, entspricht in der Originalfassung keiner gesprochenen Variante von Scots, in der deutschen Übersetzung keinem irgendwo gesprochenen deutschen Dialekt (auch wenn in beiden Fällen Wörter aus entsprechenden Mundarten verwendet werden). Stattdessen gibt Gibbon – gibt auch seine neue Übersetzerin Esther Kinsky – durch eine geschickt gekünstelte Schichtung von Sprachregistern immer wieder den überzeugenden *Eindruck* einer landschaftlichen Sprache. Durch die Einführung von wenigen (etwa 100 bis 150), manchmal auch zweckdienlich umgebildeten schottischen Wörtern (für die es im Englischen meist keine Entsprechung gibt), auch durch variierend rhythmische Verdichtungen und Umwandlungen der standardenglischen Sprachmelodie, schafft Gibbon ein Idiom, in dem sich einerseits die Hauptfigur des Romans, Chris Guthrie, ihre Welt forsch und erforschend aneignet und andererseits das Selbstgespräch einer ländlichen, bäuerlichen Gemeinschaft stattfindet.

Die wahlweise, stimmungs- oder zweckbedingte Verwendung von solchen Wörtern ist für die Hauptfigur selbst Ausdruck ihrer eigenen Vielstimmigkeit und Geteiltheit. In einer Passage im zweiten Kapitel führt die junge Chris mit sich ein Gespräch, anfänglich in der dritten Person, dann unter Anwendung des dialogischen »Du«, das ihre sprachliche Gespaltenheit als Teil ihrer Weltwahrnehmung reflektiert:

> So sah's also bei Chris aus mit ihrem Lesen und ihrem Lernen, zwei Chris' gab es, die kämpften um ihr Herz und setzten ihr zu. Den einen Tag hasstest du das Land und das rohe Reden der Leute und das Lernen war schön und recht, und am nächsten Tag wachtest du auf und hörtest die Kiebitze über den Hügeln rufen, tief und tiefer ins Herz riefen sie dir, und der Geruch der Erde wehte dir entgegen, und du mochtest fast weinen, weil es so schön war und so lieblich, das schottische Land und der Himmel darüber. Da sahst du ihre Gesichter im Feuerschein, Vaters und Mutters Gesicht und die Nachbarn, bevor die Lampen angezündet wurden, müde und sanft, so lieb waren sie dir, und deinem Herzen so nah, du verlangtest nach den Wörtern, die sie gekannt und gesagt und dann vergessen hatten in der fernen Jugend ihrer Leben, schottische Wörter, die deinem Herzen erzählten, vom Hachten und Darben, der Fron ihrer Tage und ihrem Ringen, das nie zu Ende ging. Und kaum eine Minute später warst du schon wieder die Englische, zurück in den englischen Wörtern, so scharf und sauber und klar – eine Zeitlang, eine Zeitlang, bis sie dir so glatt aus der Kehle glitten und du wusstest, sie würden nie etwas sagen, das sich zu sagen überhaupt verlohnte.

Für das weitere Denken über Erzählperspektiven in der schottischen wie auch in anderen »satellitischen« Literaturen hatte die Tatsache, dass Gibbons Erzählstimme den »landschaftlichen« Tonfall oder den Gebrauch von schottischen Wörtern nicht nur auf direkte Rede zwischen Anführungsstrichen beschränkte, sondern diese Wörter rahmenerzählerisch in Beschreibungen und Überleitungen einsetzte, eine nachhaltige Wirkung. Dadurch ließ sich nämlich die erzählende Sprache des Romans aus einem zwischen englischer Hochsprache und gesprochenem Schottisch unerwünschten und unhaltbaren hierarchischen Gefälle herauslösen, bei dem das Schottische oft als grob und ungebildet erscheinen konnte, die Erzählstimme jedoch als kultiviert und »sauber« – für manche Ohren auch ungewollt »glatt«. In der dynamischen Figur von Chris aber setzt sich dieser Spaltungsprozess – Erschütterung für Erschütterung, Lebensentscheidung für Lebensentscheidung – als Teil ihres Wachstums zu einer starken, psychologisch überzeugenden, und bis zuletzt unbezwingbaren, für Leserin und Leser unvergesslichen Persönlichkeit fort.

Iain Galbraith, Wiesbaden, Januar 2018

BIOGRAFIEN

Lewis Grassic Gibbon (1901–1935) wurde unter seinem bürgerlichen Namen James Leslie Mitchell in der Nähe von Auchterless, Aberdeenshire, in Schottland als Sohn eines Kätners geboren. Schon im Alter von sechzehn Jahren verließ er die höhere Schule und arbeitete als Journalist. Gleichzeitig beteiligte er sich schon damals an der Gründung des Aberdeener Sowjets, der sich in Anlehnung an die Russische Revolution bildete. Nach dem Verlust seiner Arbeitsstelle ging er zuerst nach Glasgow, trat jedoch kurz darauf in die Armee ein. Als kleiner Verwaltungsangestellter bei den Militärbehörden war er im Nahen Osten, Indien und Ägypten stationiert. In dieser Zeit begann er, Kurzgeschichten, Romane und Bücher über Entdeckungen und Entdecker zu schreiben. Nach der Entlassung aus der Armee 1929 ließ er sich als freiberuflicher Autor in Welwyn Garden City, dem zweiten »Gartenstadtprojekt« Englands, nieder und engagierte sich publizistisch in der politischen Linken. Er veröffentlichte bis zu seinem Tod 1935 zahlreiche Artikel und Bücher. 2016 erschien im Guggolz Verlag *Szenen aus Schottland*, eine Sammlung von Essays und Erzählungen.

Esther Kinsky arbeitet seit 1986 als Übersetzerin polnischer, russischer und englischsprachiger Literatur, z.B. von Miron Bialoszewski, Magdalena Tulli, Joanna Bator, Aleksander Wat, Henry D. Thoreau und John Clare. Für ihre Übersetzungen wurde sie u. a. 2009 mit dem Paul-Celan-Preis und 2011 mit dem Karl-Dedecius-Preis ausgezeichnet. Sie lebt als Schriftstellerin in Berlin. Ihre Romane, Gedicht- und Essaybände sind ebenfalls mehrfach ausgezeichnet worden. Ihr aktuelles Buch ist *Hain*, ein Geländeroman.

Iain Galbraith, geboren 1956 in Glasgow, studierte Moderne Sprachen und Komparatistik an den Universitäten Cambridge, Freiburg und Mainz. Heute lebt er als Schriftsteller, Herausgeber und Übersetzer in Wiesbaden. Seine deutschen Versionen britischer und irischer Theaterstücke wurden an Theatern in Deutschland, Österreich und der Schweiz aufgeführt. Für seine Gedichte und auch für seine Übersetzungen wurde er vielfach ausgezeichnet, zuletzt mit dem Schlegel-Tieck Prize 2016.

LEWIS GRASSIC GIBBON
(JAMES LESLIE MITCHELL)
(1901 – 1935)

INHALT

ANHANG

Titel der Originalausgabe:
Sunset Song (1932)

Textgrundlage der Übersetzung:
Die Übersetzung folgt dem von William K. Malcolm kritisch herausgegebenen und kommentierten Text von *Sunset Song*, erschienen in der Reihe Penguin Classics 2007

Abdruck der gezeichneten Karte von Kinraddie (S. 370/371):
Dank an The Mitchell Literary Estate und das Grassic Gibbon Centre, Arbuthnott, Laurencekirk

CREATIVE SCOTLAND

Die Übersetzung dieses Buches wurde freundlicherweise gefördert von Creative Scotland

Die Übersetzerin dankt dem Deutschen Übersetzerfonds für das großzügige Reisestipendium

Erste Auflage Berlin 2018

Guggolz Verlag
Gustav-Müller-Straße 46, 10829 Berlin
verlag@guggolz-verlag.de

Druck & Bindung: Friedrich Pustet, Regensburg
Umschlag: Mirko Merkel und Daniel Wagner
Foto James Leslie Mitchell: Archiv des Verlages Volk und Welt in der Akademie der Künste Berlin
ISBN 978-3-945370-15-5

www.guggolz-verlag.de